Knaur.

Über die Autorin:
Ingrid Kampås lebt in Südschweden auf dem Land und arbeitet als Krankenschwester, wenn sie nicht gerade am Schreibtisch sitzt und schreibt. In Schweden ist soeben ihr dritter Kriminalroman mit der Heldin Mari erschienen. Außerdem hat sie Essays und Kurzgeschichten veröffentlicht.

Ingrid Kampås

Fein gesponnen ist die Lüge

Kriminalroman

Aus dem Schwedischen von
Marie-Sophie Kasten

Knaur Taschenbuch Verlag

Die schwedische Originalausgabe erschien 2002 unter dem Titel
Hjärta av is bei Bokförlaget Prisma, Stockholm.

Besuchen Sie uns im Internet:
www.knaur.de

Vollständige Taschenbuchausgabe April 2006
Knaur Taschenbuch.
Ein Unternehmen der Droemerschen Verlagsanstalt
Th. Knaur Nachf. GmbH & Co. KG, München

Redaktion: Maria Hochsieder
Umschlaggestaltung: ZERO Werbeagentur, München
Umschlagabbildung: Mauritius
Satz: Ventura Publisher im Verlag
Druck und Bindung: Nørhaven Paperback A/S
Printed in Denmark
ISBN-13: 978-3-426-62690-0
ISBN-10: 3-426-62690-X

2 4 5 3 1

Für Camilla und Peter

Prolog

Ich habe ein Herz aus Eis. Wenn ich meine Hand ansehe, denke ich, dass der Muskel, der regelmäßig seine siebzig Schläge in der Minute macht, genauso groß ist wie eine geballte Faust. Ein hart gefrorener Kristall innerhalb des Brustkorbes. Dahinein gelangt keine Wärme.
Ich habe lange gebraucht, um zu einem Entschluss zu kommen. Es war schwierig. Deswegen empfinde ich jetzt, da ich mich entschieden habe, Erleichterung. Ich weiß, was ich zu tun habe.
In Zeiten meiner schlimmsten Finsternis ist es allein meine Planung, die mich aufrechterhält. Sie hilft mir, normal zu funktionieren. Ich sage funktionieren, denn ein Mensch, dessen Herz erfroren ist, ist oder wird nie normal sein.
Diese Person, ich, lebt nur für ihre Befreiung.
Die einzig wahre Genugtuung kommt durch die Rache.

Der erste Nachtfrost des Jahres überzieht den Donnerstagmorgen mit einer weißen Puderschicht und bringt eine Vorahnung von Winter. Die Luft in den Lungen fühlt sich kalt an, und der Atem gefriert zu einer Wolke. Die Kälte kommt jedes Jahr überraschend. Keine Handschuhe, der Eiskratzer verschwunden.

Mari benutzt eine Kassette, um die Windschutzscheibe frei zu bekommen, während Anton auf der Rückbank in seinem Kindersitz zittert.

»Mach die Heizung an, Mama!«

»Sie ist voll aufgedreht.« Mit Fingern steif wie Eiszapfen setzt sie sich ans Steuer. Sie braucht eine Viertelstunde, um zuerst zum Kindergarten und dann zur Arbeit zu fahren. Vom Hof Hallsered nach Sundsby.

Kein Arbeitstag ist wie der andere, aber es gibt eine gewisse Routine.

Dazu gehört die Telefonsprechstunde der Kreiskrankenschwester zwischen acht und neun. Heute ist Mari ein paar Minuten zu spät und hört bereits auf dem Flur das Telefon in ihrem Büro klingeln. Sie nimmt den ersten Anruf entgegen, während sie sich gleichzeitig die Jacke auszieht und den Computer einschaltet. Es ist die Zeit der Erkältungen. Mari gibt Ratschläge zu Nasentropfen und

Fieber senkenden Mitteln und vereinbart ein paar Termine bei den Ärzten, bevor Vera anruft.
»Hallo, Vera! Wie geht es dir?«
»Ja, wie immer. Die üblichen Schmerzen eben, nichts weiter.« Die Stimme klingt ängstlich. Abwartend.
»Kann ich etwas für dich tun?« Mari klemmt sich den Hörer zwischen Wange und Schulter und öffnet die Tagespost.
»Es geht um Bengt«, sagt Vera. »Könntest du nicht vielleicht vorbeikommen?«
Mari legt eine Einladung zu einer Ethik-Vorlesung beiseite. Sie hört den flehenden Ton am anderen Ende der Leitung. »Ich kann nach meiner Ambulanz-Sprechstunde kommen. Gegen halb elf. Ist das in Ordnung?«
»Das wäre nett von dir. Ich bin so unruhig.«
»Dann sehen wir uns nachher. Bis dann.« Es ist unnötig zu fragen, worum es geht. Wenn die Sache nicht am Telefon geregelt werden kann, besteht kein Grund, Gefühle zu wecken, mit denen sie sich im Moment ohnehin nicht auseinandersetzen könnte.
Vera gehört zu denjenigen ihrer Patienten, die viel Aufmerksamkeit verlangen. In der Kindheit an Polio erkrankt und infolgedessen so geschädigt, dass sie schon mit fünfzig Jahren an den Rollstuhl gefesselt war. Schmerzen, die schwer zu behandeln sind. Seit über dreißig Jahren Witwe. Ein drogenabhängiger Sohn. Es ist nicht das erste Mal, dass Vera anruft und Mari bittet zu kommen, und als sie an diesem Tag Veras Haus betritt, denkt Mari, dass es so wenig gibt, was sie tun kann. Nur da sein. Zuhören.
Vera ist in der Küche im Erdgeschoss. Es ist unaufgeräumt.

Man sieht, dass jemand sich bemüht, Ordnung zu halten, aber nicht ganz zurechtkommt. Alte Zeitungen, die sich auf der Bank am Fenster stapeln, ein Haufen Kleider auf einem Küchenstuhl, Gardinen, die vermutlich seit zehn Jahren nicht gewaschen worden sind, die Katzenschüssel auf einem schmutzigen Pappkarton am Boden und auf dem Teppich verstreutes Trockenfutter und Milch, die ausgelaufen und eingetrocknet ist.

Vera hat den Rollstuhl an die behindertengerechte Spülbank gerückt und schält Kartoffeln, aber als Mari hereinkommt, dreht sie den Wasserhahn zu und lässt das Schälmesser in die Spüle fallen. Sie rollt zum Tisch, nimmt die Brille ab und legt sie vor sich hin. Die Augen sind vom Weinen gerötet, das Gesicht geschwollen. Sie hat lange Haare, schwarz mit grauweißen Strähnen, im Nacken zu einem Pferdeschwanz gebunden.

Mari betrachtet die Falten auf Wangen und Stirn, um so lange wie möglich Veras angsterfüllten Augen auszuweichen.

Im Radio, das auf dem Küchentisch steht, singt ein Chor *Großer Gott*. Mari schaltet es aus. »Was ist los, Vera?«, fragt sie und beobachtet die Träne, die aus Veras rechtem Augenwinkel auf den Tisch zu fallen droht.

»Bengt. Er ist nicht nach Hause gekommen.«

»Er kommt bestimmt bald, du wirst sehen.«

»Da stimmt etwas nicht!« Vera zupft an einer Häkelarbeit herum, die auf dem Tisch liegt. Sie wickelt das rote Garn von dem, was einmal eine Weihnachtstischdecke werden soll, um den linken Zeigefinger. »Ich habe Angst, dass ihm etwas passiert ist.«

»Du weißt doch, dass er manchmal ein paar Tage weg ist.« Mari könnte verschiedene Gelegenheiten aufzählen, bei denen Bengt abgehauen war. Nach Malmö oder Kopenhagen. Ab und zu nach Göteborg. Dann kam er high oder verkatert nach Hause zurück. Er saß wegen Drogenbesitzes und wurde, soweit sie weiß – in einem kleinen Loch wie Sundsby wird viel getratscht –, auch einmal wegen des Verdachts auf Rauschgifthandel verhaftet, aber aus Mangel an Beweisen wieder freigelassen. Sein Verschwinden trifft Vera immer hart. Eine krankhafte Unruhe lastet auf ihr, bis er zurückgekehrt ist.

»Heute morgen lag ich wach und dachte daran, die Pflegerin zu bitten, nach oben zu gehen und in sein Zimmer zu schauen. Dann habe ich es mir anders überlegt. Und nun kommt sie nicht vor heute abend wieder.« Sie sieht Mari flehend an.

»Selbstverständlich kann ich hochgehen«, sagt Mari. »Aber mir ist nicht klar, was ich da oben tun kann.«

»Du kannst vielleicht nachschauen, ob jemand auf den Anrufbeantworter gesprochen hat.«

»Warum?«

»Gestern abend war Bengt unten zum Essen. Er sagte, er würde später Besuch bekommen. Nachdem die Pflegerin mich kurz vor neun ins Bett gebracht hatte und ich gerade schlafen wollte, meinte ich das Telefon viermal läuten zu hören. Er geht nicht immer dran, für den Fall, dass es jemand ist, mit dem er nicht sprechen will, und dann springt der Anrufbeantworter nach dem vierten Klingeln an. Ich dachte, dass er vielleicht mit jemandem weggegangen war.«

Mari fällt ein, dass Bengt weder einen Führerschein noch ein Auto hat. »Hast du nicht gehört, ob jemand gekommen ist und ihn abgeholt hat?«
»Ich muss Schlaftabletten nehmen, sonst kann ich nicht schlafen. Wegen der Schmerzen, weißt du. Deshalb schlafe ich so tief. Aber ich glaube, ich habe einen Schlag gehört.«
»Dann machen wir es eben so«, sagt Mari. »Ich gehe nach oben und schaue nach, und dann musst du versuchen, dich ein bisschen zu beruhigen. Er ist schließlich erwachsen und für sich selbst verantwortlich.«
Die ältere Frau spielt mit dem Garn in ihren Händen, und Mari merkt, dass sie etwas Dummes, Unnötiges gesagt hat, denn Veras neurotische Unruhe lässt sich nicht wegdiskutieren.
Die Treppe zum ersten Stock ist eng, und auch hier breitet sich der Schmutz aus. Mari hat nicht wie üblich die Schuhe ausgezogen und spürt, wie sie an jeder Stufe hängenbleibt. Sie versucht, möglichst nicht daran zu denken, was da so kleben könnte. Oben auf dem Treppenabsatz steht eine Papiertüte mit Zeitungen, und ein Haufen Schuhe liegt neben einem zusammengelegten Flickenteppich. Hier oben gibt es zwei kleine Zimmer. In dem einen steht ein braungrün gestreiftes Sofa hinter einem niedrigen Tisch aus dunklem Holz. Der Tisch ist voller Glasabdrücke und Brandflecken von Zigaretten. An einer Wand stehen ein Fernseher und eine Stereoanlage auf einer Bank. Das Bett im Schlafzimmer ist ohne Laken und die Decke liegt zerknüllt am Fußende. Auf einem Nachttisch steht der Anrufbeantworter. Er blinkt. Mari geht vorsichtig über

den schmutzig grünen Teppichboden, um nicht auf irgendetwas zu treten, und drückt auf Play. Der Anrufbeantworter surrt beim Zurückspulen, knackt, und dann ist eine Stimme zu hören. Nuschelnd, aber dennoch deutlich.
»Hallo, ich bin es, Janne. Ich komme nachher vorbei.«
Mari schaut sich im Zimmer um. Ein Stapel Pornozeitschriften liegt neben der Heizung, und mit einem starken Gefühl von Abscheu und davon, genug gesehen zu haben, beschließt sie, wieder hinunterzugehen. Unmittelbar vor der Treppe befindet sich die Tür zum Badezimmer. Aus einem Impuls heraus öffnet sie sie und bleibt mit der Hand auf der Türklinke stehen.
Das winzige Fenster zur Linken, oberhalb der Badewanne, reflektiert einen Sonnenstrahl im Spiegel über dem Waschbecken. Einen Moment lang blendet er sie, und sie denkt, hier drinnen würde gerade gestrichen.
Mari sieht, aber das Gehirn nimmt nicht auf, was die Augen ihr vermitteln. Es dauert eine Weile, bis sie versteht, worauf sie schaut.
Bengt liegt mit einem Messer im Bauch auf dem Boden. Das linke Bein liegt ausgestreckt unter dem Waschbecken, das rechte ist weggespreizt. Die Schultern lehnen am Badewannenrand, und der Kopf hängt schräg nach rechts. Dadurch sieht der Mund mit dem herabgefallenen Unterkiefer schief aus. Bengts Hände ruhen auf den Schenkeln, die Handflächen nach oben gedreht, so als habe er seinen Körper umklammert, bevor die Arme durch den plötzlichen Tod hinunterfielen. Er trägt abgenutzte Jeans. Der Aufdruck auf dem ehemals weißen T-Shirt ist nicht mehr zu entziffern.

Durch die Zahnpastaspritzer auf dem Spiegel sieht Mari ihr Gesicht und muss an den Satz denken, den Anton immer ruft, wenn er mit seinem Holzschwert herumrennt: »Das Blut spritzt, das Blut spritzt!«
Sie spürt einen Brechreiz aufsteigen und stürzt die Treppe hinunter und durch die Diele nach draußen. Auf der Außentreppe klammert sie sich ans Geländer, glaubt einen Moment lang, die Übelkeit unterdrücken zu können. Aber sie kommt zurück, und Mari beugt sich vor und erbricht sich in den Rhododendron.
Danach richtet sie sich auf und atmet die frische Luft ein. So viel Blut! Was soll sie jetzt tun? Sie muss sich erst einmal hinsetzen. Sie gleitet hinab und lehnt sich gegen das Geländer, friert. Sie hat keine Jacke dabei, die liegt im Auto. Das Auto, natürlich. Der Schlüssel, den sie aus der Hosentasche holt, liegt nicht ruhig in der Hand, sie macht einen Kratzer in den Lack, als sie die Wagentür öffnet. Das Handy liegt noch auf dem Sitz. 112. Sie fragt nach der Polizei.
Als das erledigt ist, weiß sie nicht, wie ihre Beine sie zurück ins Haus tragen sollen, zurück zu Vera. Sie schließt die Augen, lehnt den Kopf gegen die Nackenstütze. Das Schlimmste bleibt noch zu tun. Vera wundert sich jetzt bestimmt. Fragt sich, warum sie hinausgelaufen ist. Warum sie nicht wiederkommt. Wer soll es ihr sagen, wenn nicht Mari? Sie sieht ein, dass sie diejenige ist, die ihr die Nachricht überbringen muss, beschließt aber, auf die Polizei zu warten.

»Mist!«, sagt Åke. Er hat den Notruf entgegengenommen und steigt aus dem Polizeiauto, um seine halb aufgegessene Portion Fleischbällchen in den Mülleimer zu werfen. Göte nimmt seinen Hamburger mit in den Wagen. Sie verlassen den Imbissstand an der Statoil-Tankstelle und fahren durch die Hauptstraße von Sundsby. Vorbei an der Post, der Bank und der Pizzeria. In der Straße gibt es nur wenige Läden, darunter das Elektrogeschäft, in dem auch eine Spirituosenhandlung untergebracht ist, und ein Damenfriseur. Die Apotheke befindet sich bei der ambulanten Pflegestation neben dem Krankenhaus am westlichen Ende der Ortschaft. Dort ist auch die Schule.
Sundsby liegt in einem Tal und streckt sich von dort den Nordhang hinauf. In der Nähe des Zentrums stehen Mietshäuser und einfachere Eigentumshäuser. In den letzten zehn Jahren sind viele Doppelhäuser entstanden, kommunale Mietswohnungen in Pastellfarben, die auf den Grundstücken der abgerissenen Holzhäuser erbaut wurden, die früher an der Hauptstraße standen. Weiter oben zum Wald hin ist die bevorzugte Wohngegend mit Villen aus weißem Stein und mit Aussicht. Östlich vom Zentrum, Richtung Lunnered, gibt es eine Feuerwache und ein kleines Industriegebiet. Außerdem liegt im Osten die Kirche mit dem dazugehörigen Friedhof.
Bis vor einigen Jahren war die Hauptstraße eine viel befahrene Durchfahrtsroute, aber seitdem südlich von Sundsby die neue Umgehungsstraße gebaut wurde, hat der Verkehr merklich abgenommen. Es ist nun in vieler Hinsicht ruhiger, aber für den Kommerz hat das negative Auswirkungen. Niemand macht mehr halt in Sundsby, die

Bäckerei mit dem angeschlossenen Café musste schließen, ebenso das Gasthaus. Eine friedliche Ortschaft, nach außen hin idyllisch.
Als Åke an der Pizzeria vorbeifährt, denkt er daran, dass an dieser Stelle früher die alte Fleischerei war. Er ist hier aufgewachsen und hat miterlebt, wie der Ort sich veränderte. Von einer geschlossenen Einheit, sicherlich nicht ohne seine Dramen und Verbrechen, zu einer offenen Welt. Nicht alles war früher gut. Der eine soff, der andere war untreu, manche Kinder hatten zu leiden. Dennoch passierte alles im kleinen Stil. Die meisten Menschen waren wohlmeinende Kleinbürger. Natürlich konnte die soziale Kontrolle manchmal lästig sein, aber sie bedeutete auch eine gewisse Sicherheit. In den sechziger Jahren gab es den Fortschrittsglauben und eine Gemeinschaft. Es wurde etwas aufgebaut. Mit PV-Volvos, Herstellungsindustrie und Möglichkeiten für alle. Ab einem gewissen Zeitpunkt, möglicherweise war das, als er Anfang der Achtziger von der Polizeihochschule zurückkam, vielleicht auch schon früher, begann alles, sich zu verändern. Plötzlich gab es Drogen, Kriminalität, Außenseiter, Arbeitslose und Fremdenfeindlichkeit. Dazu kamen Stresssymptome und eine Art kollektive Angst. Sundsby wurde eine Miniaturausgabe der globalen Probleme.
»Gut, dass wir in der Nähe waren«, sagt Göte. Er seufzt, und Åke weiß, dass er an seine Arbeitssituation denkt. Sie sind jetzt Bezirkspolizisten, zuständig für ein großes Gebiet. Zu groß, vor allem abends und an den Wochenenden. Ganz zu schweigen von den Nächten. Einen Innendienst gibt es nur auf der Station in Varberg bis vierundzwanzig

Uhr. Danach gehen die Notrufe über die Zentrale in Halmstad an die zehn Polizisten, die in der Region Halland im Dienst sind. Läuft es einmal richtig schlecht, kann es sein, dass alle zehn sich im südlichen Teil des Bezirks aufhalten, wenn etwas im Norden passiert.

Åke fährt nach Westen, Richtung Klocksbo. Er überholt einen Traktor.

»Was machst du im Urlaub, Göte? Schlafen?«

»Nee. Ich werde Laub rechen. Den Boden düngen. Herbstarbeit. Du solltest auch mit Gartenarbeit anfangen.« Er leckt sich die Soßenreste von den Fingern seiner linken Hand und trinkt einen Schluck Fanta.

»Das ist der Vorteil, wenn man in einer Wohnung wohnt. Da brauche ich so etwas nicht zu machen.«

»Man muss ein Hobby haben. Denk an die Rente.«

»Wie viele Tage hast du jetzt noch?«

»Zweihundertachtundachtzig. Es wird gut sein, diesen Scheiß hier nicht mehr machen zu müssen.«

»Schön für dich.«

»Nimm es mir nicht übel, aber ich sage dir, ich bin diesen Job hier leid. Als ich vor vierzig Jahren als Polizist anfing, sollten wir den Menschen helfen. Gauner einfangen, damit die gewöhnlichen Leute ihre Ruhe hatten. Herrgott, es kommt mir vor, als sei das in der Steinzeit gewesen.« Er nimmt den letzten Schluck, rülpst und wirft die Dose auf den Boden. »Besoffene Dreizehnjährige und siebzehnjährige Autoknacker in Verwahrung nehmen. Dann kommt das Jugendamt, klopft ihnen auf die Schulter und sagt: ›Freundchen, so etwas darfst du nicht machen.‹ Am nächsten Tag schnappen wir sie uns wieder. Das nimmt nie ein Ende!«

Åke antwortet nicht. Er blinkt links, muss einen entgegenkommenden Lastwagen abwarten und biegt dann in den Schotterweg nach Klocksbo ein. Ein Bauer ist gerade beim Pflügen, und ein paar Möwen fliegen kreischend über das Feld auf der Jagd nach aufgewühlten Würmern. Nach einigen Kilometern sieht man das weiß gestrichene Haus. Vor der Scheune stehen drei Schrottautos. Das, was einmal der Garten war, ist zugewachsen. Nur die Sonne kann dem Verfall einen versöhnlichen Anstrich geben. Dem, was aufgeräumt, gestrichen und gestutzt werden müsste. Åke weicht einer Katze aus und bringt den Wagen auf dem Hof zum Stehen. Mari steht auf der Treppe. Er verspürt Lust. Eine Mischung aus Freude und Sehnsucht.

»O Gott, wie schön, dass ihr es seid!«

»Wir sollten aufhören, uns so zu treffen«, sagt Åke. Er bereut seine Worte sofort. Warum muss er nur immer spotten?

»Ist jemand tot?«, fragt Göte.

»Bengt.«

»Damit war wohl zu rechnen, dass er früher oder später eine Überdosis nimmt.« Göte hat genug von Drogenabhängigen.

»Falls man sich nicht selbst eine Überdosis Messer verabreichen kann, dann hat ihn jemand umgebracht«, antwortet Mari verärgert. »Geht hoch und schaut nach!« Sie geht zurück zu Vera.

Åke seufzt tief und folgt Göte ins Haus.

Vera sitzt noch immer am Küchentisch und zwirbelt mit leerem Blick das Garn, sie schaut nicht auf, als Mari sich

neben sie setzt. Mari streicht Vera über die Hand. »Ich habe die Polizei angerufen. Sie ist jetzt da.«
»Polizei?«
»Ich musste es tun, das wirst du verstehen.« Sie fasst sich ein Herz, jetzt oder nie. »Vera, Bengt ist tot. Ich habe ihn im Badezimmer gefunden. Es sieht aus, als habe ihn jemand getötet.« Sie lässt ihre Worte auf die andere wirken, aber zweifelt einen Moment lang, ob diese sie gehört hat. Ein gelbrotes Ahornblatt fliegt gegen die Fensterscheibe und schwebt dann auf das Sims hinunter. Es schimmert im Sonnenlicht. Vera ist still, aber dann fängt sie an zu weinen. Die Tränen laufen ihr über die Wangen auf die Brust hinunter, wo sie von der glänzenden Wolle der Strickweste aufgesaugt werden. Sie machen dunkle Punkte auf dem hellen Blau, wie Schmutzflecken. Vera holt ein Taschentuch aus der Tasche, die am Rollstuhl hängt. »Er war mein Kind!« Die Worte klingen resigniert, wie bei jemandem, der die Bestätigung für etwas bekommt, das er schon lange erwartet hat.
»Ich koche uns einen Kaffee, in Ordnung?« Die ältere Frau nickt, und Mari bereitet alles vor und stellt zwei Tassen auf den Tisch.
Vera bekommt ihren Kaffee, sie wärmt beide Hände an der Tasse, trinkt aber nicht. »Er war ein Nichtsnutz, aber du weißt, egal wie es steht, dein Kind ist immer dein Kind.«
Mari rückt ihren Stuhl näher an Vera heran und legt ihren Arm um sie. »Liebe, gute Vera. Das alles ist so schrecklich.« So bleiben sie lange sitzen. Wie immer, wenn es keine tröstenden Worte gibt, ist es am besten zu schweigen.

Im Flur hört man trampelnde Schritte, als Åke und Göte hinausgehen.
Er hat ein gefährliches Leben geführt, Bengt Silén, denkt Mari. Drogen und gewalttätige Bekannte. Dass er auf dem Weg vom Altersheim zur Postbank, wo er seine Rente abheben wollte, sterben würde, hat wohl niemand geglaubt, aber sein plötzlicher Tod kommt dennoch überraschend. Sie fühlt sich unschlüssig und gestresst. Sie hat Kinderambulanz am Nachmittag. Es ist absurd, jetzt an sich selbst zu denken und daran, wie man die eigenen Sachen erledigen soll, wo Vera in solch einer Lage ist, aber sie kann es nicht ändern. Irgendetwas muss getan werden, nichts wird besser davon, dass man es aufschiebt. Sie gibt sich einen Ruck, versucht, Veras Blick einzufangen, und erhebt die Stimme so, dass die andere aus ihren Gedanken schreckt.
»Du kannst hier nicht allein bleiben, nicht nach dem, was passiert ist.«
»Wohin soll ich denn gehen?«
»Ich rufe Carina an, die Pflegedienstleiterin. Sie soll versuchen, übergangsweise einen Platz im Pflegeheim für dich zu besorgen.«
Vera verzieht das Gesicht, aber nimmt das schnurlose Telefon aus der Tasche am Rollstuhl und reicht es Mari. Es ist am besten, jetzt gleich anzurufen, bevor Carina Mittagspause macht.
»Carina Ljungström.«
»Hallo, hier ist Mari. Kannst du für Vera Silén einen Platz in Svalebo organisieren?«
»Kann ich den Mond herunterholen? Wie wichtig ist es?«
»Sehr wichtig.«

»Es gibt in der Kommune fast keinen freien Platz. Die Frau von Anders Johansson ist gestern aus dem Krankenhaus entlassen worden, deshalb geht er heute nach Hause. Ich dachte eigentlich daran, dass Alfred aus Näset morgen den Platz haben könnte. Sonst muss ich bei ihm mehr häusliches Pflegepersonal einsetzen.«
»Tu das! Ich komme nachher mit Vera, wenn du so nett bist, im Heim Bescheid zu geben. Ich erkläre dir dann alles.« Mari legt auf und wendet sich an Vera.
»Soll ich dir beim Packen helfen?«
Vera nickt. »Ich brauche etwas zum Anziehen und eine Zahnbürste. Windeln werden sie wohl dort haben.«
»Willst du nicht deine Häkelarbeit mitnehmen? Ein paar Bücher?«
Vera zuckt apathisch mit den Schultern. Mari findet eine große Reisetasche in der Kleiderkammer und packt Röcke, Hosen, Pullover und Unterwäsche ein. Sie geht in Veras Badezimmer und findet die Toilettenartikel.
»Sind deine Medikamente in der Küche?«, ruft sie Vera zu.
»In der Schublade unter dem Besteck.«
Als Mari die Dosen und Tablettenröhrchen in die Tasche gestopft und den Reißverschluss zugezogen hat, öffnet Åke die Küchentür. Er mustert Mari, um herauszufinden, ob sie noch böse ist.
»Ich bringe Vera nach Svalebo«, sagt Mari. »Könnt ihr mit eurem Verhör, oder wofür auch immer ihr sie braucht, bis später warten?«
»Ich denke schon«, sagt Åke. Sein großer Körper füllt den Türrahmen aus, das Gesicht ist blass, zwei weiße Strähnen

ziehen sich von den Schläfen durch das dunkle Haar. »Wir haben die Kripo verständigt.« Er geht unbeholfen auf Vera zu und nimmt ihre Hand. »Mein herzliches Beileid, Vera.«

Sie antwortet nicht, aber klopft ihm auf den Arm und trocknet sich die Augen mit einem zusammengeknüllten Taschentuch.

Die Polizisten helfen Vera, in Maris Clio zu steigen. Auf Åke und Göte gestützt macht sie ein paar stolpernde Schritte und setzt sich auf den Beifahrersitz. Sie sieht die Menschen um sich herum nicht an, auch nicht das Haus, das sie im Begriff ist zu verlassen. Ihr Blick starrt abwesend aus dem Autofenster.

Im Pflegeheim wird Vera gut von Schwester Siv versorgt, einer großen Frau mit einem ebenso großen Herzen. Schon im Eingangsbereich flattert sie ihnen entgegen, in einem rotweiß gestreiften Kleid, das sie wie eine aufgedunsene Zuckerstange aussehen lässt, überall an ihr schwillt und quillt es. Ihr Haar ist à la Roxette blondiert, und zwischen den mit Make-up bedeckten Wangen sitzt ein rosa Schmollmund. Sie schnalzt, jammert und verzieht das Gesicht während Maris kurzer Erklärung. Wie eine Glucke breitet sie dann ihre Flügel über Vera aus, und Mari spürt, dass diese in guten Händen ist.

Zurück in der Pflegestation schaut Mari ins Wartezimmer. Zwei Mütter sitzen dort und stillen. Keine Eile also. Im Personalzimmer ist es menschenleer, und sie wärmt ihr Essen in der Mikrowelle auf. Neben der Spüle stehend beginnt sie zu essen, aber es schmeckt ihr nicht, sie fühlt sich nicht hungrig. Ich muss essen und ich muss mich beruhigen, sagt sie sich. Deshalb setzt sie sich an den Tisch und blättert beim Essen in einer Zeitschrift. Die bunten Fotos flimmern vor ihren Augen, aber sie nimmt nicht auf, was in den Texten steht.

Nach einer Weile kommt Lars herein und setzt sich auf den Stuhl ihr gegenüber. Er ist Kreisarzt und der Chef der Pflegestation. Ihr Chef. Er hat seinen weißen Kittel abgelegt und trägt Jeans und einen hellgelben Pullover.

»Ist etwas passiert?«, fragt er. »Ich habe so etwas an der Rezeption gehört.«

Mari kämpft mit den Tränen. »Ich komme von Vera Silén. Sie hat heute morgen angerufen und war beunruhigt wegen Bengt. Er lag erstochen in seinem Badezimmer.« Mari gibt wieder, was passiert ist.

Lars schüttelt ab und zu besorgt den Kopf, aber schweigt während ihrer Erzählung.

»Wie schrecklich für dich. Schaffst du es, heute weiterzuarbeiten?«

Er sieht aus wie ein Golden Retriever, denkt Mari. Das Schlimmste an solchen Menschen wie Lars ist, dass sie so verständnisvoll sind. Sie beißt die Zähne zusammen, um nicht anzufangen zu weinen.

»Das wird schon wieder. Es ist nur so tragisch«, sagt sie.

Lars hat weizenblondes, seitlich gescheiteltes Haar, eine Locke fällt ihm immer in die Stirn. Jetzt schüttelt er die Locke zurück und lehnt sich über den Tisch, fängt Maris Blick ein. »Natürlich ist es tragisch, vor allem für Vera. Aber du darfst nicht vergessen, dass Bengt sein Leben selbst gewählt hat.«

»Du hast wahrscheinlich recht. Um Vera tut es mir am meisten leid. Vielleicht sollte ich nach der Kindersprechstunde nach Hause gehen.«

»Tu das und melde dich, wenn irgendetwas ist.«

Mari bleibt noch eine Weile sitzen, nachdem Lars zurück in seine Sprechstunde gegangen ist. In einer Thermoskanne auf dem Tisch ist noch ein Rest Kaffee. Er ist kalt und wässrig, wird es aber trotzdem tun. Es ist ein Tag, an dem sie viel Koffein braucht. Veras verzweifelte Hilflosigkeit hat sich in Maris Kopf eingenistet. Wenn sie genauer darüber nachdenkt, fühlt sie sich selbst auch verzweifelt und hilflos.

Mari hat vor, Anton ausnahmsweise selbst vom Kindergarten abzuholen. Als sie mit der Behandlung der Säuglinge fertig ist, ruft sie zu Hause an und spricht mit Iris.

»Ich komme früher nach Hause. Gösta braucht Anton nicht abzuholen.«

Normalerweise ist Gösta jeden Nachmittag um vier am Kindergarten, um Anton abzuholen. Das ist ein praktisches Arrangement. Anton muss nicht allzu lange von zu Hause weg sein, und sie selbst braucht kein schlechtes Gewissen zu haben, wenn sie Überstunden machen muss. Denn darum dreht sich alles bei berufstätigen Müttern, denkt sie, als sie den Kindergarten betritt. Zwar hatten Iris und Gösta angeboten, Anton die ganze Zeit zu sich zu nehmen, aber da hatte Mari Einspruch erhoben. Den ganzen Tag lang einen Fünfjährigen um sich zu haben ist anstrengend, sie sind trotz allem Rentner, und Anton braucht seine Spielkameraden.

»Mama, wir sind draußen gewesen und haben Laub gesammelt. Ich habe ein Bild gemacht.« Er lacht über das ganze Gesicht, so dass die Zahnlücken im Unterkiefer zum Vorschein kommen. Er hat Sand in seinem hellen Haar. Mari kneift ihn leicht in die noch runden Kinderwangen.
»Wie schön! Das hängen wir an die Wand.« Auf ein schwarzes Papier hat Anton gelbrote Ahornblätter, gelbes Espenlaub und Vogelbeeren geklebt.
Anton schiebt schmollend die Unterlippe vor. »Entschuldigung, aber das ist für Oma.«
»Das macht nichts. Du kannst ein anderes für mich machen. Bekomme ich einen Kuss?«
Hallsered besteht aus drei Höfen, eine Meile östlich von Sundsby. Als Mari und Anton einzogen, hatten ihre Schwiegereltern Iris und Gösta im zweiten Stock eine Küche und ein Bad installiert, so dass aus dem Haus zwei Wohnungen wurden, und sich dort oben eingerichtet. Zuerst war Mari skeptisch gewesen, aber dann hatte sie die Vorteile gesehen. Und die Nachteile. Es ist nicht immer leicht, so eng beieinander zu wohnen, aber es hat seine guten Seiten. Vor allem für eine alleinerziehende Mutter. Das erspart ihr eine Menge Sorgen. In ihrem Beruf ist es nicht leicht, kurzfristig eine Vertretung zu finden, wenn das Kind krank ist. Deshalb bedeutet ihr Fehlen doppelte Arbeit für die Kollegen. So wie es jetzt ist, bleibt Anton bei Iris, wenn er nicht in den Kindergarten gehen kann. Mari bleibt der Arbeit nur sehr selten fern. Das Gefühl nicht zu taugen, als Mutter nicht gut genug zu sein, wäre sicher noch größer, wenn sie nicht Iris und Gösta hätte. Es

bedeutet auch Sicherheit, Menschen in der Nähe zu haben, die sich um einen kümmern, und sie möchte, dass Anton auf dem Land aufwächst.
Vielleicht ist das der Weg des geringsten Widerstandes, der bequeme, sichere. Mari ist nicht für alles verantwortlich, wird zum Teil immer noch versorgt. Aber warum auch nicht?, denkt sie manchmal. In einer anderen Kultur als der unsrigen, in einer Kultur, die nicht betont, dass einsam sein stark sein bedeutet, würde ihr Zusammenwohnen als etwas völlig Natürliches und Selbstverständliches angesehen.
Auf dem Hof von Hallsered liegt auf der Seeseite der große Kuhstall, flankiert vom Hühnerhaus, der Waschküche und einem kleineren Geräteschuppen. Fünfzig Meter von den Wirtschaftsgebäuden entfernt steht das Wohnhaus, ein großes, weißes, zweistöckiges Holzhaus mit roten Fensterrahmen.
Hinter dem Haus, bevor der Fichtenwald anfängt, wächst ein Buchenwald in einem Halbkreis zum See hinunter. Im Sommer sind die Buchen zartgrün und filtern das Sonnenlicht auf ganz besondere Weise. Den entlaubten Teil des Jahres über schimmert ein Teppich aus braunen Blättern unter den hellgrauen Stämmen. Kein Wald ist Maris Ansicht nach schöner als ein Buchenwald.
Gösta legte vor vier Jahren die Milchproduktion nieder, aber er hat etwa zwanzig Bullen und einige Schweine. Der Hof besteht aus zehn Hektar Ackerland, von denen er die Hälfte verpachtet, und fünfundvierzig Hektar Wald, wo er noch viel arbeitet, obwohl er im Ruhestand ist. Gösta ist nicht der Typ, der sich hinsetzt und Briefmarken sammelt.

Für ihn ist Freizeit gleichbedeutend mit Arbeit. Die Arbeitskleidung ist seine zweite Haut, die Motorsäge seine Hand, der Holzgeruch seine Atemluft. In diesem kleinen Erdenwinkel geboren hat er hier sein ganzes Leben verbracht und Wurzeln geschlagen, genau wie die große Esche auf dem Hof, das uralte, knorrige Naturdenkmal, das Mari bei ihrer Ankunft auf dem Hof sofort auf den Namen Yggdrasil taufte.

Als sie nach Hause kommen, kocht Mari Spaghetti, und gegen sechs Uhr setzt sich Anton vor den Fernseher, um das Kinderprogramm anzuschauen. Ungefähr zur gleichen Zeit kommt Gösta vorbei, um zu erfahren, wovon die Leute reden. Er hat draußen ein paar Stunden lang geschreinert und trägt noch immer seinen Blaumann. Er steht in der Tür, ganz aufrecht und so groß, dass er fast an den Türrahmen stößt. In seinem dichten, welligen Haar hängen Sägespäne. Manchmal findet Mari, dass er Lennart schrecklich ähnlich ist.

»Was zum Teufel ist passiert? Ich war unten im Supermarkt, und da haben sie gesagt, du hättest Bengt aus Klocksbo tot aufgefunden?«

Mari erzählt, wie es war, ihre Schweigepflicht gilt ja wohl nicht bei Mord, aber sie lässt die Details weg.

»Das ist ja …« Gösta schweigt kurz, bevor er fortfährt: »Arme Vera. Wir waren gemeinsam im Konfirmationsunterricht. Bei Probst Svensson. Ich werde Iris bitten, sie zu besuchen.«

»Geh doch mit! Sie freut sich bestimmt.« Mari kann sich wahnsinnig über seine Art ärgern, alles in Frauen- und Männerarbeit einzuteilen. Soziales und Gefühle, das ist

Weiberkram. Aber sie weiß, dass sie ungerecht ist. Gösta ist in Ordnung, er ist ein Produkt seiner Erziehung, etwas altmodisch. Sie denkt daran, wie nett er und Iris zu ihr gewesen sind, seit Lennart starb, und bekommt ein etwas schlechtes Gewissen. Offenbar ist das einer dieser Tage. Ein Donnerstag der Untauglichkeit.

Als Gösta gegangen ist, bringt Mari den Müll weg und wünscht sich, sie könne mit ihm alle Pflichten, alle Schuldgefühle, das ganze schlechte Gewissen wegwerfen. Symbolisch würde sie ein Sühneopfer mit einem Opferlamm in Form eines Müllbeutels machen. Sie bindet die Tüte fest zu, geht auf den Hof hinunter und drückt sie kräftig in die Tonne hinein.

Einen Patienten zu haben, dem man nicht helfen kann, vermittelt Machtlosigkeit und verstärkt die Schuldgefühle, die man schon hat, denkt sie. Sie zwingt sich, nicht mehr an Vera zu denken, und geht in den Keller, um Wäsche aufzuhängen.

Es wird Zeit, Anton ins Bett zu bringen. Als sie ihm *Frosch und der Fremde* vorgelesen und das Licht gelöscht hat, sagt er: »Mama, im Kindergarten haben sie gesagt, dass jemand erstochen wurde.«

Mari kann sich das gut vorstellen. In Sundsby breiten sich Gerüchte schneller aus als ein Virus. Sogar im Kindergarten. Sie wählt ihre Worte vorsichtig.

»Aber die Polizei wird den Bösen bald fangen.« Sie versucht, selbstsicher zu klingen.

»Mama, ich habe Angst. Stell dir vor, der Böse ersticht mich oder uns.«

»Anton, das wird er nicht! Es gibt böse Menschen, aber

nicht viele. Die allermeisten sind nett. Das darfst du nicht vergessen. Du hast ja mich und Oma und Opa.«
Er muss sich mit der Antwort zufriedengeben und schläft nach einer Weile ein. Sie bleibt noch liegen, hört, wie seine Atemzüge gleichmäßiger werden, und seine Hand, die ihre so fest gedrückt hielt, wird schlaff. Es hat mit Vertrauen zu tun. So etwas kann ein Fünfjähriger nicht verstehen. Bevor sie neben ihm einschläft, obwohl sie vorgehabt hatte, nach oben zu gehen und die Nachrichten anzuschauen, denkt sie darüber nach, dass das, was man einem Kind nicht erklären kann, für niemanden zu verstehen ist.

Sie befindet sich auf einer Lichtung, und Gösta läuft ihr entgegen. Als er näher kommt, sieht sie, dass er mit Blut und Sägespänen beschmiert ist. Er lacht und wedelt mit den Armen. Sie dreht sich um und versucht wegzulaufen, aber stolpert über einen Ast und kommt nicht wieder hoch …

Mari wacht auf, schweißgebadet. Wo ist sie? Ach ja, in Antons Bett. Sie dreht sich auf die andere Seite, um auf seine rote Mickey-Maus-Uhr zu schauen. Viertel nach zwei. Ganz vorsichtig, um den Jungen nicht zu wecken, steigt sie aus dem Bett und geht in die Küche, um etwas Wasser zu trinken. Sie hat kein Licht angemacht, und als sie ein Glas gefüllt hat, um es mit ins Schlafzimmer zu nehmen, stößt sie gegen ein Stuhlbein und verschüttet das Wasser auf den Teppich und ihre Hose. Im Schein einer kleinen Lampe wischt sie den Boden und legt ein Handtuch unter den Flickenteppich.

Aber dann, als sie im frischen Nachthemd in ihrem eigenen Bett liegt, ist es vorbei mit dem Schlaf. Die Streckübungen, die sie unternimmt, um sich zu entspannen, sind nutzlos. Sie steht wieder auf, geht zurück in die Küche und macht sich Milch warm, die sie zum gelben Sofa im Wohnzimmer mitnimmt. Sie holt sich ein Kissen und eine

Wolldecke und legt sich hin. Das Sofa, einer ihrer besten Käufe, eignet sich immer, um darauf einzuschlafen. In wie vielen Nächten wurde sie nicht von Alpträumen wach, ging den üblichen Weg über die Küche – komisch, dass der Boden davon nicht ausgetreten ist – und schlief dann wie ein Kind auf dem Gelben ein. So nennt sie das Sofa. Das Gelbe.

Aber in dieser Nacht funktioniert es nicht. Wenn sie die Augen schließt, sieht sie die Szene aus dem Badezimmer vor sich. Sie beschwört andere Erinnerungen herauf. Anton in Opas Wagen in Liseberg. Der See am Mittsommerabend. Die Aussicht vom Elchturm, oben bei Råås Schlag. Sie werden zu verschwommenen Negativen, die ständig vom Bild von Bengt verdrängt werden, auf dem das Blut und der Körper messerscharf zu erkennen sind.

Es fällt schwer, nicht an den Mord zu denken. Damit ihr bei dem Gedanken an den Toten nicht übel wird, beginnt sie statt dessen zu überlegen, wer es getan haben könnte.

Es muss einer seiner kriminellen Bekannten gewesen sein. In der Zeitung steht immer wieder etwas über Auseinandersetzungen in der Unterwelt. Bengt und ein anderer Drogenabhängiger haben sich vielleicht um Rauschgift oder Geld gestritten, oder sie waren einfach besoffen. Die Obduktion wird wohl zeigen, ob er betrunken war, als er starb.

Es ist traurig für Vera. Sie braucht nicht noch mehr Sorgen und Leid. Mari fragt sich, wie es Vera geht. Sicher noch eine, die schlecht schläft.

In der Nacht kommen die Gedanken. Die frühen Morgenstunden wirken besonders lang, denn alles, was tagsüber klein scheint, bekommt riesige Proportionen, wenn man eigentlich schlafen sollte.

Was hatte Patricia noch gesagt? Patricia, die Maris überfüllte Taschen in einen Rucksack verwandelt hatte, in dem sich nur das Nötigste fand. Dass der Rucksack zwar nass und schwer würde, wenn es stürmte, aber dass er dennoch halten würde.

Mit seiner Bürde leben. Erinnerungen. Erlebnisse. Sorgen. Versäumnisse.

Nachts wird das Gepäck am schwersten.

So viele spielen auf diese Rucksäcke und Taschen an, die Gleichnisse Jesu der modernen Zeit. Das, was wir in uns tragen, das für andere unsichtbar ist. Wie leicht es ist, sich selbst zu täuschen und zu glauben, jetzt sei der Inhalt ausgepackt und geordnet. Man klatscht in die Hände, reckt das Kinn und macht ein paar Tanzschritte. Dann, ohne Vorwarnung, steht das Gepäck im Flur und wartet darauf, noch einmal ausgepackt zu werden. Eine endlose Wiederholung.

Mari will Patricias Rat folgen, das zu tragen, was sich nicht wegschmeißen lässt; sich nicht selbst mit der Illusion betrügen, alles könne weggeworfen werden. Ein intakter Bumerang kommt zurück, einer, den man zerbrochen hat und von dem man die Splitter behält, prallt dagegen nicht ganz so heftig auf dich zurück.

Schließlich fällt Mari in einen unruhigen Schlaf, und als sie aufwacht, stellt sie fest, dass sie seit einer Viertelstunde bei der Arbeit sein sollte. Sie schaut bei Anton ins Zimmer und findet ihn vor, wie er auf dem Boden sitzt und Lego

spielt. Neben ihm liegt eine leere Brottüte. Eine Packung Milch steht auf dem Nachttisch.
»Ich rufe schnell bei der Arbeit an, Anton.«
»OK, Mama.« Er hat die Schlafanzugjacke ausgezogen und sitzt mit bloßem Oberkörper da.
Gunilla, eine der Sekretärinnen, ist am Telefon.
»Hallo, Mari hier. Ist Lars zu sprechen?«
»Ich glaube, die Leitung ist frei. Ich verbinde.«
»Lars Wirding.«
»Hallo! Hier ist Mari. Ich konnte heute nacht nicht schlafen und würde den Vormittag über gerne zu Hause bleiben.«
»Brauchst du Urlaub? Soll ich versuchen, für eine Woche oder so eine Vertretung zu finden?«
»Nein, das ist nicht nötig, aber vielen Dank.«
»OK. Pass auf dich auf.«
»Ja. Ich komme zur Dienstbesprechung heute nachmittag.«
Den Kindergarten ruft Mari auch noch an, bevor sie Haferbrei kocht. Anton und sie essen, und dann nimmt Mari ihre Kaffeetasse mit in sein Zimmer. Sie setzen sich auf das Bett und spielen Mensch-ärgere-dich-nicht, ein Spiel, das Mari verabscheut, aber Anton liebt. Wie üblich wirft sie ihn nicht raus, wenn sie könnte, er freut sich immer so zu gewinnen.
»Mama, du bist dran!«
»Entschuldige, Anton. Ich war in Gedanken.«
»Sollen wir lieber etwas lesen?«, fragt er.
»Gut, aber erst will ich ein bisschen kuscheln.« Sie streckt sich auf dem Bett aus und er kriecht zu ihr hin, bohrt sein

Gesicht unter ihr Kinn. Sie streicht ihm über den Kopf. Er ist so weich, so warm.
»Kitzle mich, Mama!«
Sie krault ihm den Rücken, dann geht sie zum Bücherstapel und sucht ein Buch aus. Sie sitzen im Bett und lesen von einem Mädchen, das sich im Wald verirrt, als es mit einem Kleid zu einer reichen Dame gehen soll. Dann will Anton einen Film anschauen.
»Wir nehmen *Der Wind in den Weiden*, Mama.« Das ist sein Lieblingsfilm. »Sooo bin ich noch nie gefahren, sagte der Maulwurf ...« Er kann die Dialoge auswendig.

Als das Telefon klingelt, nachdem sie die Videocassette für ihn eingelegt hat, nimmt sie das Gespräch in der Küche entgegen. Es ist Sven aus Borstås.
»Hallo, hier Sven Johansson. Ich habe versucht, dich bei der Arbeit zu erreichen, aber dort haben sie gesagt, du seist heute vormittag zu Hause.«
»Hallo, Sven. Geht es um die Elchjagd?«
»Ja. Ich wollte nur sagen, dass wir uns am Mittwoch früh um acht Uhr bei mir treffen.« Sven ist Jagdaufseher. »Du bist doch dabei, oder?«
»Glaubst du, ich will den Höhepunkt des Jahres verpassen? Was gibt es denn?«
»Zwei Männchen. Die Kühe und Kälber schonen wir dieses Jahr wohl. Dann sehen wir uns am Mittwoch.«
Mari fühlt sich ein bisschen besser und beschließt, am Wochenende zum Schießstand zu fahren und ein wenig Probe zu schießen. Summend beginnt sie, das Essen vorzubereiten, und träumt davon, einen Sechzehnender zu schießen.

Sie ist in Gedanken schon dabei, die Krone zu bleichen – geht es mit Wasserstoffperoxid wohl am besten? –, als es an der Tür klingelt. Es ist nie angenehm, aus einem schönen Tagtraum gerissen zu werden, und etwas verärgert öffnet sie die Tür.

Draußen steht weder Iris noch Gösta, wie sie erwartet hatte, sondern ein Mann in brauner Lederjacke. Er ist um die fünfzig, hat einen grauen Schnurrbart und graue Haare, die geschnitten werden müssten. Das Gesicht ist gewöhnlich, leicht faltig und etwas aufgedunsen. Sie stellt noch fest, dass er ein paar Kilo zuviel wiegt, bevor sie an seinen braunen Augen hängen bleibt. Braun, klar, mit einem unbegreiflichen, sehnsuchtsvollen Schimmer. Schlafzimmerblick, denkt sie und wundert sich, woher sie dieses Wort hat.

»Evert Svensson, Kriminalkommissar. Darf ich hereinkommen und ein paar Fragen stellen?«

»Natürlich. Dann bringe ich vielleicht den Jungen schnell zu meiner Schwiegermutter hoch.«

Anton liegt in eine Decke gewickelt auf dem Sofa – dort herumzulümmeln gehört zu seinen Lieblingsbeschäftigungen – und fragt: »Was will er?«

»Das ist ein Mann, mit dem ich über die Arbeit sprechen muss. Kannst du solange hoch zu Oma gehen?«

Anton sieht enttäuscht aus, doch er fügt sich, als Mari ihm sagt, dass er oben bestimmt ein Eis bekommt. Sie bringt ihn zu Iris, wo es nach frisch gebackenem Kuchen duftet.

»Wie schön! Dann kannst du mir ein bisschen helfen.« Iris' Wangen glänzen von der Hitze des Backofens. Sie hat kurzes graues Haar, Ton in Ton mit der Schürze, die sie über einem ihrer engen Polyesterkleider trägt, heute ein rotes mit blauen Blumen. Sie watschelt zum Kühlschrank, um ein Eis zu holen, und Mari betrachtet die Schleife ihrer Schürze, die wie eine Rosette über der Rundung ihres Hintern ruht. Anton hat sich schon einen Küchenstuhl an die Arbeitsfläche gezogen, auf die Iris den Teig gelegt hat. Mari verlässt die beiden und geht hinunter zu Svensson.

»Möchten Sie einen Kaffee?«

»Ja, gerne.« Er folgt ihr in die Küche, wo sie die Kaffeemaschine einschaltet und Kartoffeln aufsetzt.

»Ich nehme an, es geht um Bengt.«

»Ja, ich leite die Untersuchung. Ich habe schon kurz mit seiner Mutter gesprochen. Sie ist sehr mitgenommen.«

»Nicht verwunderlich. Auch wenn Bengt ein Nichtsnutz war, war er ihr Ein und Alles.«

»Sie kannten sie gut?«

»Vera ist meine Patientin. Ich fahre manchmal zu ihr und gebe ihr Vitamin-B-Spritzen. Sie ist einsam. Sie hat nur mich und den Hauspflegedienst, außer Bengt natürlich, aber der ist ja jetzt tot, und als er noch lebte, bereitete er ihr meistens Kummer.«

»Wir haben überprüft, welche Hauspflegerin an dem Abend Dienst hatte, an dem er zuletzt lebend gesehen wurde. Marita. Offenbar war sie es auch, die Vera gestern früh half. So wie ich ihren Chef verstanden habe, war es ursprünglich nicht geplant, dass sie an dem Morgen zu Vera gehen sollte, aber eine andere Angestellte fehlte, weil ihr Kind krank war, und deswegen musste die Arbeit in der Frühbesprechung umverteilt werden. Hätte Vera

Marita gebeten, zu Bengt hochzugehen, hätte sie ihn gefunden.«

»Da war es wohl besser, dass ich es war.« Mari schweigt, während sie den Kaffee in zwei Tassen füllt.

»Wurde er am Abend oder in der Nacht ermordet?«, fragt sie dann.

»Die Ergebnisse der Obduktion liegen noch nicht alle vor. Aber der Gerichtsmediziner vermutet am späten Abend. Und er starb an dem Messerstich. Reines Harakiri. Die Arterie der Darmwand war perforiert. Dann ist das Messer durch den Zwölffingerdarm in die Aorta gedrungen. Das sagt Ihnen als Krankenschwester wahrscheinlich mehr als mir, aber es erklärt das viele Blut.«

Mari wird schlecht, wenn sie daran denkt, wie es im Badezimmer aussah. Sie stellt fest, dass sie sich nicht an das Messer erinnert. »Es muss wohl ein großes Messer gewesen sein?«

»Unter uns, es war ein scharfes Tranchiermesser. So eines wird bei IKEA millionenfach verkauft. Wie gut kannten Sie Bengt?«

»Wir gingen auf dieselbe Schule. Er ist achtundfünfzig geboren, ich neunundfünfzig. Er war eine Klasse über mir. Aber wir waren selten zusammen. Wir haben uns auf Festen und so weiter getroffen, sonst nicht.«

»Wissen Sie, mit wem er befreundet war?«

»Jetzt, meinen Sie?«

»Damals und heute.«

»Heute weiß ich nicht. Manchmal, wenn ich bei Vera war, hatte er Besuch. Niemand von hier.«

»Und früher?«

»Als Jugendliche bildeten sie eine Gang. Er und Janne Lundmark waren viel zusammen. Und Sven-Göran Stenström.«
»Wer sind sie? Auf dem Anrufbeantworter war ein Janne.«
»Das ist er. Janne ist auf die schiefe Bahn geraten, genau wie Bengt. Aus Sven-Göran dagegen ist etwas geworden. Er verkauft Autoteile. Er hat mehrere Geschäfte in Halland und Västergötland. Warum?« Mari reicht einen Teller mit Knäckebrot und bedauert, dass sie keine Hefeschnecken von Iris mitgenommen hat.
Svensson nimmt ein Knäckebrot und sagt: »Ich versuche nur, etwas über Bengt zu erfahren. Wer ihn getötet haben könnte.«
»Kann es sich nicht um einen Drogenstreit handeln?«
»Doch, vermutlich. Erzählen Sie, warum Sie hingefahren sind.«
»Vera rief mich während meiner Telefonsprechstunde an. Sie war besorgt. Sie wollte, dass ich komme.«
»Kam das oft vor?«
»Viel zu oft. Manchmal genügte es, ein wenig am Telefon mit ihr zu sprechen; manchmal, so wie gestern, hörte ich sofort an ihrer Stimme, dass ich genausogut gleich zu ihr fahren konnte. Sie war immer so unruhig, wenn Bengt weg war.«
»Warum sind Sie in seine Wohnung gegangen?«
»Vera bat mich darum. Sie hatte sein Telefon läuten hören, kurz bevor sie am Abend vorher einschlief. Als er bei ihr zum Essen gewesen war, hatte er gesagt, dass er Besuch bekäme. Jedenfalls glaubte sie nicht, dass er ans Telefon

gegangen war, der Anrufbeantworter geht nach vier Signalen an. Sie wollte, dass ich nach oben gehe und kontrolliere, ob es eine Nachricht gab, die erklären könnte, wohin er verschwunden war.«

»Ist das nicht ein bisschen weit hergeholt?«

»Nicht, wenn man Vera kennt. Sie wurde fast hysterisch vor Angst, wenn er nicht zu Hause war. Ihre Besorgnis war beinahe krankhaft. Sie ist eine zerbrechliche Person.«

Svensson tunkt noch ein Knäckebrot in den Kaffee. »Es sieht nicht so aus, als sei er zu seiner Mutter besonders nett gewesen.«

»Er war ein Mistkerl! Man soll ja nicht schlecht über Tote sprechen, aber ich konnte den Kerl nicht leiden. Er kam und ging, bekam sein Essen serviert, bedankte sich nie, schrie Vera sogar an.«

»Waren Sie davor schon einmal in seiner Wohnung?«

»Ja, mehrfach. Vera wollte, dass wir, also die Hauspflegerin und ich, nach oben gehen.«

Mari beobachtet, wie der Rest von Svenssons Knäckebrot aufweicht und in die Tasse fällt. Sie reicht ihm einen Teelöffel.

»Danke. Schlechte Angewohnheit von mir zu tunken. Was haben Sie da oben gesehen?«

»Ich bin zwischen dem Müll herumgelaufen. Sie haben es ja selbst gesehen. Schmutzwäsche und Bierdosen. Dann habe ich den Anrufbeantworter auf dem Nachttisch abgehört und Jannes Nachricht gehört.«

»War die Tür zum Badezimmer geschlossen?« Svensson nimmt das letzte Knäckebrot vom Teller.

»Ja. Ich weiß nicht, wie ich darauf kam, sie zu öffnen. Das

hatte ich vorher nie gemacht. Ich glaube, dass ich etwas gerochen hatte.«

»Es fanden sich keine sichtbaren Blutspuren auf der Treppe, aber der, der das gemacht hat, wird kaum umhingekonnt haben, Blut abzubekommen. Außerdem war auf dem Boden im Flur irgendetwas Klebriges, worin wir Fußspuren gesichert haben. Deshalb würde ich gerne die Schuhe ausleihen, die Sie dort trugen, um Ihre Spuren auszuschließen.«

Mari ist aufgestanden, um das Kasslergratin aus dem Ofen zu nehmen. An Svenssons Blick sieht sie, dass er hungrig ist.

»Essen Sie doch mit uns. Ich hole nur schnell Anton.«

Svensson ist Jäger. Er hat ein Stück Land in Norrland und war Anfang September dort. Sie haben viel Gesprächsstoff während des Essens. So viel, dass sie ihn hinauswerfen muss, um Anton rechtzeitig zum Kindergarten zu bringen, bevor sie zur Arbeit fährt.

Der erste Freitagnachmittag im Monat ist für die Mitarbeiterversammlung reserviert. Mari schleicht sich zu einem Stuhl im hinteren Teil des Konferenzzimmers. Gunilla, die rechts neben ihr sitzt, nickt ihr zu und zeigt auf die Kaffeetassen. Mari bejaht, und Gunilla schenkt ein. Es gibt zwei Sekretärinnen für die Ärzte, Gunilla und ein Mädchen, das Margareta heißt. Sie arbeitet halbtags und ist heute nicht da.

Maris Kollegin Eva reicht ihr Kuchen nach hinten. Mari sollte nichts mehr essen, aber sie schiebt ihre guten Vorsätze beiseite und nimmt ein Stück, während Lars vorne anfängt zu reden. Er hat den Overheadprojektor eingeschaltet und eine Art Diagramm aufgelegt. Er streicht sich die Haare aus der Stirn.

Mari findet, dass er gestresst aussieht. Sie schaut sich um, die anderen wirken auch müde. Eva-Lena Grundén, die andere Kreisärztin, die immer in lila gekleidet ist, kritzelt auf einen Block. Sie ist eine gute Ärztin, engagiert und klarsichtig, die aber dennoch das Vermögen hat, nichts an sich persönlich heranzulassen. Eine Eigenschaft, die für einen weiblichen Arzt wohl notwendig ist. Die Patienten erwarten mehr von einer Ärztin. Ein männlicher Arzt darf etwas grob, unsensibel und unhöflich sein; er wird vielleicht nicht gerade geliebt, aber die Patienten kommen damit zurecht. Von einer Ärztin erwartet man dagegen ein Übermaß an all den Eigenschaften, die als weiblich gelten. Sie muss verständnisvoll, mitfühlend, tröstend sein und alle Zeit der Welt haben. Wie eine Art Über-Mutter. Dasselbe wird im übrigen auch von Krankenschwestern verlangt.

Während die Welt um einen herum von der Marktwirtschaft und ihrem Leistungsdruck gelenkt wird, steht die Krankenschwester für das genaue Gegenteil. Das Menschliche. Diejenigen, die Schwäche verachten, wollen selber mit Liebe und Verständnis behandelt werden. Aber es ist nicht so, dass diese Erwartungen an Krankenschwestern beim Gehalt honoriert würden. Noch immer bringt die Pflege von Maschinen mehr ein als die Pflege von Menschen. Ein Computerfreak, der nur Abitur hat, verdient mehr als eine ausgebildete Krankenschwester mit einem rückzahlungspflichtigen Studiendarlehen.

Mari seufzt innerlich über das ungerechte Leben, schaut Eva-Lenas lockiges, hennagefärbtes Haar an. Wie alt wird sie sein, zweiunddreißig? Als würde die Ärztin ihren Blick spüren, sieht sie auf und lächelt Mari an, die zurücklächelt. Sie sind bisher immer gut ausgekommen, vielleicht, weil Mari nie Eva-Lenas manchmal dominierende Art in Frage gestellt hat.
Im Labor gibt es zwei einfache Krankenschwestern, Lotta und Sofia. Jetzt sitzen sie nebeneinander und schauen auf eine Tabelle. Die dritte Krankenschwester, Ulla, die im Kreis arbeitet, flicht eine Strähne ihres langen blonden Haares zu einem Zopf, aber man merkt, dass sie dennoch zuhört. Ihre Berufsgruppe ist die, die unter den Einsparungen der letzten Jahre am meisten gelitten hat.
Außer Mari und Eva gibt es noch zwei weitere Kreiskrankenschwestern in der ambulanten Pflegestation. Birgitta, die bald in Rente geht und froh darüber ist. Sie meint, dass sie mit den Veränderungen nicht mehr zurechtkommt. Der Beruf, den sie einmal gewählt hat, ist heute so völlig anders als vor vierzig Jahren. Sie sitzt links von Mari und spielt mit den Kuchenkrümeln auf ihrem Teller. Mari hat nicht den Eindruck, dass Birgitta sich noch sonderlich für das interessiert, was gesagt und getan wird.
Die vierte Krankenschwester heißt Annika und ist heute nicht da. Ihr Kind ist wieder einmal krank.
Lars legt eine neue Folie auf den Overheadprojektor. Budgetzahlen. Er räuspert sich und sagt: »Wie ihr seht, soll die gesamte Erstversorgungseinheit fünf Millionen einsparen. Für unsere Abteilung sind es ungefähr dreihundertfünfzigtausend.«

»Wie sollen wir das schaffen?«, fragt Ulla. Sie ist heute energiegeladen.
»Die vakante Krankenschwesterstelle von Josefin wird nicht mehr besetzt. Sonst weiß ich auch nicht. Da wir eine vakante Arztstelle haben, müssen wir ab und zu eine Vertretung suchen. Das kostet Geld. Möglicherweise schließt das Amt für Erstversorgung die Pflegeambulanz in Lillevik. In dem Fall könnten wir die Gelder von dort übertragen bekommen.«
Sie diskutieren eine Stunde lang über das Budget. Mari macht sich Sorgen. Niemand weiß, wie sie noch mehr einsparen sollen. Es gibt einfach eine gewisse Zahl von Patienten, die jeweils eine gewisse Zeit in Anspruch nimmt. Das Personal hat schon jetzt zuviel Arbeit. Es ist unbefriedigend, dauernd die Dinge, für die man gerne mehr Zeit hätte, im Vorbeigehen machen zu müssen. Wenn ich nicht eine Stunde pro Woche Tante Anna widme, weil ich zuviel anderes zu tun habe, sitzt sie bald bei einem Arzt in der Sprechstunde. Dann kostet sie letztendlich viel mehr. Als würde man in einem zähen Brei rühren. Am schlimmsten ist es für Lars. Neben den Patienten hat er auch noch viel administrative Arbeit.
Sie gehen über zum Thema Sprechstunde und reden über eine Umfrage, die sie durchführen wollen. Lars schließt die Sitzung mit der Mitteilung, dass Eva-Lena im Herbst zur Ärzteversammlung geht. Sie bekommen für diese Tage eine der üblichen Vertretungen. Einen Kerl aus Göteborg, der lieber Theater spielt und nur ab und zu eine Woche als Arzt arbeitet, um Geld zu verdienen. Mari ist froh, dass die Besprechung vorüber ist. Nachdem die

anderen den Raum verlassen haben, geht sie zu Lars, um ein paar Worte mit ihm zu wechseln.

»Wie geht's?«, fragt Lars. Er setzt sich neben dem Overheadprojektor auf den Konferenztisch und fordert Mari auf, sich auf einen Stuhl ihm gegenüber zu setzen.

»Ich denke viel an Vera«, antwortet Mari, als sie sich gesetzt hat.

Lars streicht sich die Haare aus der Stirn, faltet die Hände, fängt Maris Blick auf und sagt: »Das wird schon wieder mit Vera. Wenn der erste Schock vorbei ist, werden sowohl du als auch sie einsehen, dass sie jetzt nicht noch mehr Sorgen hat, eher weniger. Das klingt hart, aber so ist es.«

»Vielleicht hast du recht. Aber ihr ganzes Leben ist so tragisch.«

»Übertrage das nicht auf dich. Verwechsle dich nicht mit ihr.«

Lars sieht aus wie ein Beichtvater in seinem dunkelblauen Poloshirt. Mari schlägt den Blick nieder und denkt, dass sein Rat handfest und wahr ist. Sie hat sich zu sehr in Veras Sorgen eingefühlt und diese zu ihren eigenen gemacht.

»Du hast recht«, sagt sie noch einmal. »Ich muss versuchen, die Dinge auseinanderzuhalten.«

Auf dem Weg von der Arbeit nach Hause denkt sie an ihren eigenen, relativ frischen Kummer, dessen Kruste so dünn ist wie neu gefrorenes Eis auf einer Pfütze. Der kleinste Riss zerstört die Schutzschicht, obwohl es beinahe vier Jahre her ist, dass Lennart starb. Um diese Zeit war er besonders krank gewesen, deshalb ist es auch diese Jahreszeit, in der es ihr am schlechtesten geht, in der sich die Erinnerungen am stärksten aufdrängen. Sie versucht, aus dem, was in den letzten Tagen passiert ist, eine Lehre zu ziehen. Mitgefühl ist das eine, aber sich mit einem Patienten zu identifizieren ist unprofessionell. Und vor allem: Will sie Vera irgendwie helfen, muss sie das auf professionelle Weise tun.

Als Mari nach Hause kommt, wird sie von Iris empfangen, die ihr auf dem Hof entgegenläuft. Iris' Brüste schaukeln wie zwei Schlachtschiffe auf unruhiger See, und ihre Füße in Göstas Gummistiefeln machen zielbewusste Siebenmeilenschritte. Anton!, denkt Mari, bevor sich ihre Schwiegermutter über das halb heruntergekurbelte Wagenfenster beugt.

»Du musst nach Svalebo fahren! Gösta und ich waren dort, um Vera zu besuchen, bevor wir Anton abgeholt haben.«

»Ist etwas passiert?«

Iris schlägt mit der Faust auf das Wagendach. »Passiert? Passiert? Ist nicht schon genug passiert? Vera war völlig aufgelöst. Du musst hinfahren!«

»OK. Ich fahre.«

Eine Viertelstunde später ist Mari im Pflegeheim. In den Gängen riecht es nach Urin, als sie zu den Zimmern der Kurzzeitpatienten geht. Ein Mädchen, das wie ein verwachsenes Kind aussieht, sitzt bei Vera und hält ihr die Hand. Als Mari kommt, schaut sie auf und sagt: »Sie ist völlig verstört. Wir wissen nicht, was wir machen sollen.«

»Ich kann mich eine Weile zu ihr setzen«, sagt Mari.

Das Mädchen geht hinaus. Mari betrachtet Vera, die mit

geschlossenen Augen daliegt und sich im Bett von einer Seite auf die andere wirft. Ab und zu schreit sie auf, dazwischen jammert sie vor sich hin. Der Fernsehapparat läuft, aber der Ton ist abgeschaltet, das Flimmern des Geräts leuchtet in dem ansonsten dunklen Zimmer. Mari schaltet den Apparat aus und knipst eine Stehlampe an. Auf dem Tisch vor dem Fenster steht eine gelbe Chrysantheme. Von Iris, denkt Mari. Das Zimmer ist einfach möbliert, mit einem Tisch, zwei Stühlen und dem Bett links neben der Tür. Ein einsames Bild mit einem Obstkorb darauf hängt an der Wand.

»Vera! Ich bin es. Mari.«

Vera gibt ein langgezogenes Stöhnen von sich. »Kleine Mari. Das alles ist mein Fehler. Ich bin die Schuldige.«

»Rede keinen Unsinn, Vera. Du weißt genau, dass du nichts getan hast.«

»Doch, das habe ich.« Vera hebt die Arme, mit der rechten Hand schlägt sie hart gegen die Wand neben dem Bett. »Du ahnst ja nicht.«

»Was ahne ich nicht, Vera?«

»Mein schreckliches Geheimnis.«

»So schrecklich wird es schon nicht sein.«

Vera legt die Arme nieder. Die Haare hängen ihr strähnig ins Gesicht, sie schiebt sie mit der rechten Hand beiseite, um Mari anschauen zu können. »Er war nicht von mir.«

»Wie, nicht von dir?«

»Nicht mein Kind.«

»Doch, Vera, er war dein Kind.« Mari hört, dass draußen auf dem Flur jemand nach Lisa ruft.

»Du verstehst nicht!«

»Was soll ich verstehen?« Mari sitzt unbequem, vornübergebeugt. Sie zieht den Stuhl näher an das Bett heran und richtet den Rücken auf. Vera jammert nicht mehr, sie ist lange still. Mari wartet ab.
»Er war von meiner Schwester«, flüstert Vera.
»Von deiner Schwester?«
»Er war ein halbes Jahr alt, als er zu mir und Sten kam. Wir wohnten damals in Stockholm. Sten kam ja von dort. Als Bengt acht war, starb Sten, und ich zog hierher zurück, weil Mutter und Vater nicht mehr da waren und der Hof leerstand.«
Mari erinnert sich schwach an einen Neuen in der Schule. Natürlich, das war Bengt gewesen. Jetzt weiß sie es wieder. »Was geschah mit deiner Schwester?«
»Sie war Varietékünstlerin. Sie konnte ihn nicht behalten. Wollte es wohl auch nicht. Also nahmen wir ihn zu uns.«
»Wie hieß sie? Deine Schwester.«
»Berta. Sie lebt noch. Wohnt in einem Pflegeheim in Kopenhagen. Ich habe keinen Kontakt zu ihr, aber die Adresse. Sie hat mich als Angehörige angegeben, deshalb habe ich einen Brief von denen bekommen.«
»Wart ihr noch mehr Geschwister?«
»Nein, nur Berta und ich.«
»Wusste Bengt davon?«
»Ich habe nie darüber gesprochen. Er wusste es nicht.« Vera spricht leise, die letzten Worte sind kaum hörbar und der Blick wird abwesend.
Mari denkt, dass es schrecklich für Vera gewesen sein muss, all die Jahre über so ein Geheimnis zu haben.
Die unterbricht Maris Gedanken mit einem Wimmern.

»Aber ich habe ihn wie meinen eigenen Sohn geliebt. Etwas anderes darfst du nicht glauben.«
»Das tue ich auch nicht. Selbstverständlich hast du ihn geliebt.«
»Es ging schief. Er war nie fügsam. Das Schlimmste war, dass Sten starb. Das traf Bengt hart. Dann wurde ich immer kränker. Ich habe es nicht böse gemeint. Ich hätte ihn besser erziehen sollen.«
»Es war nicht deine Schuld.«
»Doch! Es war meine Schuld.« Vera weint laut. »Lieber, guter Gott, verzeih mir! Verzeih! Verzeih!«
»Beruhige dich, Vera!«
»Ich kann mich nicht beruhigen. Du musst zu Berta fahren und es ihr sagen.«
»Ich werde versuchen, für dich Kontakt zu deiner Schwester aufzunehmen. Aber jetzt musst du dich wirklich beruhigen.«
»Das kann ich nicht. Du musst hinfahren!«
Es hat keinen Sinn, länger mit Vera zu sprechen, und so drückt Mari auf den Alarmknopf. Sie blickt auf die Uhr, die auf dem Nachttisch steht. Viertel vor sechs. Es dauert sieben Minuten, bis jemand kommt. Es ist dasselbe Mädchen wie vorhin. Die Augen sind dick mit Kajal umrandet.
»Sei so nett und setz dich hierher, dann kann ich schnell telefonieren.«
Das Mädchen kratzt sich die Stoppeln auf dem Kopf. »Wir sind gerade beim Essen.«
Mari spürt Wut in sich aufsteigen. »Dann dauert das Essen heute eben länger. Jetzt gehe ich telefonieren, und du bleibst hier sitzen! Halt ihre Hand und pass auf, dass sie

nicht aus dem Bett fällt. Mach das Gitter hoch! Ach, ich mache es selbst.« Mari richtet das Seitengitter des Bettes auf und lässt es einrasten.

Im Personalzimmer findet sie ein Telefon und ruft den diensthabenden Arzt an. Glück gehabt! Es ist Sture Forsberg, ein Arzt aus Lillevik, den sie kennt. Sie erklärt ihm die Situation und fragt: »Kann ich ein Rezept für ein Beruhigungsmittel bekommen? Morgen, oder nach dem Wochenende, wollen sie versuchen, einen Termin in der Psychiatrie zu kriegen.«

»Du kannst ihr dreihundert Milligramm Heminevrin geben. Das müsste sie dämpfen. Bis heute abend kann man es ihr noch zweimal geben.«

»Danke, Sture!« Mari gibt Veras Geburtsdaten durch. Sie ist so oft bei Vera gewesen, dass sie die ersten sechs Ziffern der Personennummer im Kopf hat. Das reicht. Aber die Medikamente sind eingeschlossen, und das hier ist nicht Maris Revier. Sie erreicht zum Glück die Nachtschwester der Kommune. Sie heißt Kristina und ist relativ neu. Mari hat sie erst einmal getroffen. Kristina ist gerade in Lunnered, zwei Meilen entfernt. Mari nennt ihr Anliegen.

»Ich bin bald fertig«, sagt Kristina. »Eigentlich sollte ich zu einem Patienten in Saltnäs fahren, aber ich könnte Svalebo schnell dazwischenschieben. In einer halben Stunde kann ich da sein. Schreib doch bitte auf, wie der Arzt heißt und was sie bekommt. Leg den Zettel dann zu Vera.«

Zurück bei Vera stellt Mari fest, dass das Mädchen gegangen ist. Vera rüttelt am Gitter, und Mari versucht, mit ihr zu sprechen, gibt es aber schließlich auf und wartet statt dessen schweigend. Nach einer Dreiviertelstunde kommt

Kristina. Sie ist außer Atem und wirft ihre rote Jacke über einen Sessel. Kristinas Pferdeschwanz hat sich gelöst, und während sie das Gummiband abnimmt und das schwarze Haar neu zusammenbindet, schaut sie Vera prüfend an.

»Ich konnte sie nicht alleine lassen«, sagt Mari. »Entschuldige, dass ich mich so in deine Arbeit einmische.«

»Ich muss mich doch für deine Hilfe bedanken. Ich hole die Tabletten.«

Als Kristina zurückkommt, geben sie Vera gemeinsam das Medikament und wechseln ihr die Windel. Dann fährt Kristina nach Saltnäs. Mari stopft die Bettdecke um die ältere Frau und setzt sich zu ihr. Das Weinen und Jammern lässt langsam nach, und schließlich schläft Vera ein. Erst dann verlässt Mari sie und macht sich auf die Suche nach jemandem vom Personal. Sie findet zwei Pflegerinnen in einem Raum ganz am entgegengesetzten Ende des Korridors. Sie sind gerade dabei, einen alten Mann aus dem Rollstuhl ins Bett zu heben. Er sieht klein aus, wie er da in der Hebevorrichtung hängt. Mari wartet, bis er sicher im Bett liegt, bevor sie ihnen mitteilt, was sie Vera gegeben haben.

»Versprecht, dass ihr die Nacht über oft nach ihr schaut«, ist das letzte, was sie sagt, bevor sie sich auf den Weg macht.

Sie friert, es wird wieder eine kalte Nacht, aber aus Sorge vor Wild auf der Fahrbahn fährt sie wie immer langsam.

Iris hat den Wagen gehört, und in Morgenrock und Pantoffeln kommt sie die Treppe zur Erdgeschosswohnung herunter, als Mari die Haustür aufschließt.

»Anton schläft«, sagt Iris. »Wie war es?«

Mari erzählt von ihrem Telefongespräch mit dem Arzt und den Beruhigungstabletten, aber nichts darüber, was Vera ihr anvertraut hat. Iris ist zufrieden.
»Das ist klar, dass sie so einen Schock nicht verkraftet, ohne etwas zum Schlafen zu bekommen«, sagt sie.
Mari nickt zustimmend, dann schleicht sie sich zu Anton hinein. Er schläft und bemerkt die Küsse, die er bekommt, nicht. Sie kocht Tee, belegt Brote, anschließend schaut sie sich die Nachrichten an und den Anfang eines Filmes. Sie schläft auf dem Sofa ein.

Sie.
So nenne ich sie, die auf der anderen, wirklichen Seite. Diejenigen, die dazugehören.
Sie könnten sich niemals vorstellen, dass ich, ausgerechnet ich, diese Zeilen schreibe.
Ich bin eine Doppelnatur, in vieler Hinsicht, das habe ich immer gewusst. Niemand sonst weiß es. Sie sehen mich nicht, haben mich nie gesehen. In der oberflächlichen und klischeehaften Welt, in der wir leben, sehen sie meine Hülle. Die Form der Nase, die Farbe des Haars, die Kleider, die ich trage. Meine Körpersprache und die Worte, die ich benutze. Worte. Was ist das? Etwas, das wir verwenden, um uns dahinter zu verbergen.
Sie würden niemals glauben, dass ich solche Bücher lesen kann, wie ich sie lese, oder dass ich poetische Worte gebrauchen kann. So können Worte sein, poetisch. Oder hässlich, gemein, böse, schlimm. Aber auch schön. Einmal gab es etwas Schönes …
Nur dieses Blatt mit den Worten, die ich schreibe, die schwarzen Gemeine und Versalien, die ich darauf forme, wissen, wer ich bin. Im Innersten, tief drinnen.
Sie. Sie glauben, jemanden zu sehen, der so funktioniert, wie sie es für richtig halten. Sie nehmen mir meinen auf-

gesetzten Stil ab, meine betrügerischen Worte und meine verstellte Lebensart. Was sie für echt halten, von dem weiß ich, dass es falsch ist.
Er verdiente es zu sterben.

Anton sitzt zehn Meter hinter Mari. Er trägt Ohrenschützer, ist mit einem Holzgewehr ausgerüstet, und jedes Mal, wenn sie schießt, tut er es auch. Mari ist zufrieden, sie hat bisher vier Serien geschafft. Eine hat sie noch. Sie legt vier Schuss ein, entsichert das Gewehr und zielt. Treffer. Erneutes Entsichern, der Elch bewegt sich, und sie schießt. Neuer Treffer. Dann steht der Pappelch in achtzig Metern Entfernung wieder still, sie schießt, er bewegt sich, und dann zum Schluss der letzte Schuss.

Rikard, der den Schießstand betreut, kommt mit ihrem Ergebnis her.

»Viermal Gold, einmal Silber. Der Schuss sitzt, wo er soll«, sagt er zu Mari, die das Endstück des Gewehrs abnimmt, um es in das Seitenfach des Rucksacks zu stecken.

Mari wirft zufrieden den Kopf in den Nacken und nickt Rikard zum Abschied zu. Sie winkt Anton; es ist Zeit, nach Hause zu fahren. Ein Schießstand ist doch nur ein Schießstand, und es ist etwas völlig anderes, auf eine Attrappe zu schießen als auf einen lebendigen Elch in der freien Natur, aber es ist ein gutes Training. Jetzt weiß sie auch, dass die Waffe funktioniert.

Was für ein Samstag! Die Luft ist frisch, und die Sonne wärmt mit einem beißenden Vorgeschmack auf den be-

vorstehenden Winter. Der Schießstand liegt weit oben, und als sie über den Wald hinunterblickt, leuchten in einem Buchenwaldstück die braungelben Herbstfarben in ihrer vollen Pracht, vermischt mit den helleren gelben Tönen der Birken und Espen und den satten roten des einen oder anderen Ahornbaums. Ein Waldspaziergang mit Lukas heute nachmittag wäre schön.
Auf halbem Weg zum Parkplatz sieht sie, dass jemand mit einem Gewehr zum Schießstand hinaufgeht. Sie erkennt ihn, als er näher kommt.
»Hallo, Sven-Göran!«
»Tag, Mari! Bist du auf der Flucht vor dem Herd? Ach, entschuldige, das war nur ein Witz.« Er setzt ein Lächeln auf, das er vermutlich für gewinnend hält. Die Sonnenbräune passt gut zu dem lockigen braunen Haar und lässt ihn frisch aussehen, den Naturfreund in grüner Jacke und neuer Fjällräven-Hose. Er hat ohne Zweifel einen gewissen widerlichen Charme, denkt Mari.
»Keine Sorge. Der Herd ist dabei, steht im Auto.«
»OK! OK! War nicht so gemeint. Scheußlich, das mit Bengt.«
»Auch wenn er nicht gerade der netteste Mensch der Welt war, hat er es kaum verdient, umgebracht zu werden«, sagt Mari und wirft zugleich einen Blick auf Anton, der angefangen hat, etwas weiter weg Steine aufeinanderzustapeln.
»Wer weiß! Vielleicht nicht. Er war ein Parasit, den die Gesellschaft versorgen musste. Wir Steuerzahler.«
»Bezahlst du viel Steuern, Sven-Göran?«
Er antwortet nicht auf die Frage, sondern nimmt den Rucksack ab und setzt sich auf den zusammenklappbaren

Stuhl, der an dessen Rückseite befestigt ist. Mari lässt sich auf einem Stein am Wegesrand nieder.

»Wie gehen die Geschäfte?«, fragt sie.

»Ziemlich gut, muss ich sagen. Im Frühling mache ich einen Laden in Göteborg auf.«

Mari erinnert sich an das kleine Kellergeschäft im Haus der Eltern Stenström, wo er einmal angefangen hat.

»Waren nicht Bengt und Janne am Anfang mit in der Firma? Als ihr Jugendliche wart?«

»Ja, genau. Aber das ging nicht gut. Sie wollten nur feiern. So läuft das nicht.«

»Haben sie von sich aus aufgehört?«

»Mehr oder weniger. Vater hat mir geholfen, sie auszuzahlen. Lars war eigentlich auch dabei. Mit ihm hätte es klappen können, aber dann ist er ja weg, um Medizin zu studieren.« Sven-Göran klingt entrüstet.

»Ihr wart damals eine Clique«, sagt Mari. »Gun-Marie, die den Hair Shop hat, und Else-Britt waren auch dabei, wenn ich mich richtig erinnere. Ist sie nicht später nach Stockholm gezogen, Else-Britt meine ich?«

»Ja.« Sven-Göran knöpft sich die Jacke auf und zieht sie aus, darunter trägt er einen grauen Pullover aus Schafwolle. Er legt sich die Jacke über das Knie.

»Lief da nicht etwas zwischen Bengt und Else-Britt?«, fragt Mari. »Er war damals noch nicht so heruntergekommen.«

»Daran erinnere ich mich nicht.«

»Mama, ich habe Hunger.« Anton kommt zu ihnen und zerrt Mari am Jackenärmel.

»OK, Anton. Ich komme. Wir müssen jetzt los.«

»Mach's gut.« Sven-Göran steht auf und schaut Mari prüfend an. »Ich mag selbständige Frauen. Vielleicht können wir uns mal treffen? Du musst doch auch ziemlich ausgehungert sein?«

»Vergiss es, Sven-Göran. So ausgehungert kann ich gar nicht sein. Übrigens hast du Frau und Kinder.«

Er zuckt mit den Achseln und lächelt bedauernd.

Auf der Fahrt nach Hause denkt Mari über das Treffen mit Sven-Göran nach. Als sie sich Hallsered nähern, taucht eine Erinnerung auf. Else-Britt. Sven-Göran hatte ihr den Hof gemacht. Es hatte ihn ganz schön erwischt. War er deshalb so kurz angebunden, als die Sprache auf sie kam? Erstaunlich, wie Enttäuschungen in einem Menschen weiterleben können. Else-Britt war richtig süß. Ganz und gar mädchenhaft, mit langen blonden Haaren. Alle Jungen waren wohl ein bisschen in sie verliebt. Lennart auch, obwohl er es nie zugegeben hat.

»Mama, ich habe doch gesagt, dass ich Hunger habe.« Auf dem Rücksitz hat sich Anton ihren Rucksack gegriffen und wühlt auf der Suche nach etwas Essbarem darin herum.

»Liebling. Da ist nichts zu essen drin. Wir sind jetzt gleich zu Hause.«

Sie gibt ihm ein Butterbrot, bis die Fleischbällchen fertig sind. Sie essen und sind auf dem Weg nach draußen, als Åke klingelt. Er war in Varberg, in der Holma-Bäckerei, und steht mit einer Tüte Kopenhagener-Gebäck in der Hand da.

»Komme ich ungelegen?«

Mari seufzt. »Nein. Aber ich wiege schon fünfundsiebzig

Kilo, und jetzt stehst du mit diesen ganzen Kalorien hier. In diesem Fall darfst du uns in den Wald begleiten, dann essen wir sie dort. Ich hole nur schnell noch eine Kaffeetasse.«

Sie gehen zum Hundezwinger und holen Lukas. Anton versucht, ihn an der Leine zu halten, aber der kleine Dackel springt so, dass der Junge sich darin verwickelt.

»Du musst warten, bis er sich beruhigt hat«, sagt Mari.

Åke nimmt den Rucksack und sie den Hund. Vom Hof aus gehen sie ein Stück den Weg hinunter und biegen dann in den Waldweg ein, der um den See führt. Anton läuft vor ihnen her und sucht Pilze, die er wahllos in einen Korb legt. Mari lässt Lukas laufen. Sie genießt den Augenblick. Die Bäume am Seeufer spiegeln sich im Wasser. Erlen und Birken. Auf der anderen Seite des Weges stehen Fichten dicht beieinander. Etwas weiter weg wird der Wald von einer Lichtung unterbrochen, auf der Himbeersträucher welken und sterben. Dieses Jahr war kein gutes Himbeerjahr. Zu trocken. Zwei Eistaucher flattern über die sonnenbeschienene Oberfläche des Sees davon, aufgeschreckt durch die Anwesenheit von Menschen.

Åke trägt grüne Gummistiefel. Er kickt in den Teppich aus buntem Laub auf seinem Weg.

»Ich bin heute aus einem bestimmten Grund gekommen.«

»Welchem?«, fragt Mari.

»Ich dachte, du solltest es wissen, damit du dir keine Sorgen um Anton machst. Wir haben einen Pädophilenskandal in Sundsby.«

Mari bleibt stehen. »Mein Gott!« Sie denkt daran, was in der Zeitung über Kinderpfleger stand, die sich an Kindern

vergriffen hatten. Sie packt Åke am linken Arm. »Im Kindergarten?«
»Nein, aber ich weiß, wie schnell falsche Gerüchte verbreitet werden. Es war nicht im Kindergarten. Es steht sicher am Montag in der Zeitung. Ich wollte nur, dass du es weißt.«
»Aber wo dann? In der Schule?«
»Eine Familie aus dem Ort hat den alten Pfarrer Enarsson angezeigt.«
Anton steht außer Hörweite, fünfzig Meter von ihnen entfernt. Er hat angefangen, Stöcke ins Wasser zu werfen, die Lukas herausholt. Mari setzt sich auf einen großen Stein am Ufer. Sie spricht leise.
»Das klingt verrückt. Ist das wahr?«
Åke windet sich. »Es wird als sexueller Missbrauch bezeichnet. Er hat sie mit Süßigkeiten zu sich gelockt und dann an ihnen herumgefummelt. So etwas kann bis zu sechs Jahren Haft geben.« Er schüttelt den Kopf und schweigt einen Moment, denkt nach, fährt dann fort: »Mit Rücksicht auf sein Alter wird es wohl auf Bewährung sein.«
»Was sind das für Kinder?«, fragt Mari.
»Seine Nachbarskinder. Zwei Geschwister im Alter von drei und fünf. Aus dem Kosovo.«
»Pfui, wie ekelhaft. Er muss doch mindestens fünfundachtzig sein.«
»Weißt du nicht mehr, dass wir ihn immer etwas verdreht fanden?«, wundert sich Åke. »Wie er während des Konfirmationsunterrichts dauernd über Sex sprach.«
»Das stimmt. Er hat Jungen und Mädchen geteilt und ge-

trennten Unterricht veranstaltet. Ich habe mich immer gefragt, was er den Jungs erzählt.«

»Es war meist Unsinn, dass man die Fleischeslust bändigen muss und so etwas. Und wie schädlich Onanie sei. Was hat er zu euch Mädchen gesagt?«

»Ich habe so unangenehme Erinnerungen an den Unterricht. Man hat sich danach immer schmutzig gefühlt. Es ging viel darum, wie sündig Mädchen sind und wie sie die Männer verführen.«

»Ja, mein Gott! Dann ist er jetzt wohl richtig übergeschnappt.« Åke setzt sich auf den Boden und wühlt im Rucksack. »Sollen wir Kaffee trinken?«

»Gut. Aber was passiert nun?«

»Ich weiß es ehrlich gesagt nicht. Das Sozialamt wird wahrscheinlich eingeschaltet. Psychologen und so. Enarsson ist verhaftet worden. Es steht außer Frage, dass er irgendetwas getan hat.«

Mari denkt nach und kaut an ihrem Gebäck. »Åke, hat deine Mutter nicht einmal vor langer Zeit gesagt, sie bereue es, dass du konfirmiert worden bist? Dass du, hätte sie gewusst, dass er Nazi ist, nie hättest zu ihm gehen dürfen?«

»Das stimmt. Das ist sicher zwanzig Jahre her. Eine Journalistin war damals hier und fragte die Leute nach den Kriegsjahren. Unter anderem Mama. Diese Autorin, ich glaube, sie arbeitete gerade an einem Buch, erzählte Mama, dass Enarsson in einer Naziorganisation gewesen war.«

»Ich dachte nur«, sagt Mari, »wenn er so einer war, meinte er vielleicht, dass er es bei Flüchtlingskindern nicht so genau nehmen muss?«

»Er hat zigmal bei uns auf der Wache angerufen und sich über sie beschwert, also über die Flüchtlinge. Dass sie unordentlich sind, Lärm machen und so weiter. Er wollte, dass wir sie nach Hause schicken.«

»Dann haben sie sich vielleicht auch nur an ihm gerächt? Dann stimmt es vielleicht nicht?«

»Leider ist es wahr. Eigentlich darf ich dir das nicht sagen, also darfst du es um Gottes willen nicht weitererzählen. Aber eine Dolmetscherin, die die Familie gut kennt, war da, um mit dem ältesten Kind zu einem Hörtest zu gehen. Sie haben nach den Kindern gesucht, und die Dolmetscherin ging zu Enarsson. Sie überraschte ihn dabei, wie er den Fünfjährigen befingerte.«

Anton kommt zu ihnen, und es wird Zeit, über etwas anderes zu sprechen. Åke nimmt die Mütze ab. Die Geheimratsecken kommen zum Vorschein. Er war vor kurzem beim Friseur, und die dunklen Stoppeln am Scheitel stehen ab. Mari hat Lust, über seine Haare zu streichen.

»Es ist heiß in der Sonne, aber du siehst mit Mütze süß aus.« Mari hat sie vor einigen Jahren gestrickt. Sie ist schwarz mit weißen Streifen.

»Süß ist nicht gerade das richtige Wort für einen großen fetten Kerl. Anton, willst du etwas Saft?«

»Aber dann müssen wir Steine übers Wasser springen lassen.« Anton nimmt das Saftglas und setzt sich damit vorsichtig auf Maris Schoß. Er hat noch immer Schwierigkeiten mit dem R und sagt »splingen«. Im Kindergarten machen sie sich deswegen Sorgen, aber Mari findet, dass es niedlich klingt. Mit der Zeit wird er schon noch lernen, richtig zu sprechen.

»Wenn ich groß bin, werde ich Polizist wie du. Die anderen im Kindergarten sind neidisch, weil ich dich kenne. Du kannst mich beschützen, das ist gut. Kann ich nicht bald noch einmal die Pistole anschauen, weil Markus und Andreas nicht glauben, dass ich sie gesehen habe?«
»Das nächste Mal, wenn ich die Pistole dabeihabe, darfst du sie ansehen. Ich habe sie nicht dabei, wenn ich frei habe.«
»Das finde ich dumm. Wenn ich Polizist bin, werde ich immer eine Pistole haben.« Er springt auf und beginnt, nach flachen Steinen zu suchen. Åke steht auf und hilft ihm.
Mari blickt über den See. Es ist so ein Tag, für den es nur ein Wort gibt, ein altes, abgedroschenes, oft benutztes Adjektiv: schön. Hier sitzen Anton, Åke und sie selbst und genießen die Sonne. In Sicherheit. Dennoch lauert auch hier die Schlechtigkeit und droht, die Idylle zu zerstören. Als ob die Schönheit ein Spiegel der Hässlichkeit wäre. Mari nimmt einen Stein und wirft ihn ins Wasser. Plumps. Die blanke Wasseroberfläche zittert, bevor sich die Ringe ausbreiten.

»So!« Mari klebt ein Pflaster über den Verband. »Sollen wir es jetzt bandagieren?« Sie beugt sich über die Liege, auf der Rut Axelsson mit ihrem kranken Bein liegt. Die ältere Dame trägt ein Blümchenkleid, das über ihrem dicken Bauch spannt.
»Das wäre wohl am besten«, sagt Rut. »Komisch, dass es nicht heilen will.«
»So ist das mit Wunden am Bein, Rut. Die können lange

dauern.« Mari nimmt die feste Mullbinde und wickelt sie um das Bein, wobei sie an den Zehen anfängt. »Dann fehlt nur noch die Strumpfhose.« Sie hilft Rut beim Anziehen und stützt sie, als sie aufsteht.

»Weiß man, wie es Vera geht?«

Mari räumt das Verbandmaterial auf, sie antwortet ausweichend.

»Im Moment noch nicht.«

Das Geklapper von Holzpantoffeln nähert sich dem Behandlungszimmer Nummer zwei, und es klopft an der Tür.

»Dann verbleiben wir so, Rut. Ich erwarte Sie am Freitag wieder.« Mari legt ihre Hand auf Ruts linken Arm und lächelt. »Und vergessen Sie den Spaziergang nicht.«

»Das verspreche ich, Schwester. Danke.«

Ulla steht draußen auf dem Flur. Sie trägt ein rotes Band im Haar und darunter ist die Stirn in ängstliche Falten gelegt.

»Liebe Mari! Janne Lundmark ist hier und ist so komisch. Ich glaube nicht, dass er nüchtern ist. Bitte, sei so nett und kümmere du dich um ihn. Ich schaffe das nicht.«

»Ist er in Zimmer eins?«

»Ja. Ich kann das Telefon hüten, wenn du ihn übernimmst.« Ulla geht in Maris Büro, das Wand an Wand mit dem Behandlungszimmer zwei liegt und eine Verbindungstür hat. Im Wartezimmer sind zur Zeit keine Patienten, Ulla setzt sich an den Schreibtisch und loggt sich in den Computer ein. Nur sie und Mari sind heute in der Sprechstunde der Kreiskrankenschwestern. Annika ist bei einem Aufklärungsgespräch, und Eva und Birgitta sind

bereits auf Hausbesuch. Meistens ist es umgekehrt, dass Ulla unterwegs ist und Patienten besucht. Sie findet es schön, auch einmal im Haus zu arbeiten. Da ist man nicht so einsam, es ist immer jemand da, mit dem man reden kann. Aber mit Janne kommt sie nicht gut zurecht, er ist schrecklich. Sie haben jetzt mehrere solcher Typen, die kommen und Tabletten holen. Sie bekommen ziemlich hohe Dosen, aber sie nimmt an, dass es besser ist, sie bekommen Medikamente vom Gesundheitsdienst, als dass sie Alkohol trinken und Drogen nehmen. Sie sind so verlebt, und alle riechen nach Rauch, sehen aus wie verschrumpelte, aufgesprungene Zigarettenkippen. Sie liest den letzten Eintrag über Janne. Viel steht nicht drin. Nur dass er an dem und dem Tag da gewesen ist und Tabletten geholt hat. Es gibt eine Anmerkung von vor zwei Wochen, dass er beim Psychiater gewesen ist und man beschlossen hat, Stesolid von hundert Milligramm am Tag auf fünfundsiebzig herabzusetzen. Wie soll das gehen? Ulla glaubt nicht wirklich daran, dass das klappt. Nicht, wenn man ihn heute sieht. Sie geht ans Telefon, als es klingelt, und klickt die Termine der Kindersprechstunde an.
Mari geht in Zimmer eins. Janne sitzt auf der Liege am Fenster. Die Jalousien sind wie immer heruntergelassen, damit niemand hereinschauen kann. Die Neonröhre an der Decke lässt das Waschbecken und den rostfreien Tisch noch klinischer aussehen. Sie schielt nach dem Desinfektionsmittel für die Hände. Es ist noch da. Sie muss nachher daran denken, zu kontrollieren, ob es nicht gegen Wasser vertauscht worden ist.
Janne sitzt zusammengesunken da, die Hände unter den

Schenkeln, die Schultern gebeugt. Das lange, leberpastetenfarbene Haar ist vor Fett ganz strähnig. Die Jeans ist schmutzig. Er trägt einen schwarzen, gestrickten Pullover unter der Jeansjacke. Die Jacke hat ein großes Loch am rechten Ellenbogen, wo fransige Pulloverfäden an einem klebrigen Stück Erde hängen. Es riecht nach Alkohol und Exkrementen im Raum. Er schaut zu Mari auf. Die Augen sind rot, die Nase läuft.

»Zum Teufel! Ich will nur meine Tabletten. Wo sind sie?«

»Beruhige dich erst, Janne. Ich bin es, Mari. Du erkennst mich doch wieder?«

»Natürlich erkenne ich dich wieder. Glaubst du, ich bin dumm in der Birne?« Er schwankt auf der Liege.

»Du weißt, dass wir eine Vereinbarung haben. Du bekommst deine Tabletten am Montag und am Freitag, aber dann musst du nüchtern sein.«

»Ich scheiße auf eure blöden Vereinbarungen. Schau, was mit Bengt passiert ist.«

»Das mit Bengt ist traurig.«

»Trauuurig! Der Mistkerl hat nur bekommen, was er verdient hat. Er hat sich mir gegenüber total mies verhalten, aber ich bin schlauer. Das habe ich diesem Bullen gesagt. Ich sage nichts!, habe ich gesagt. Und daran habe ich mich gehalten.«

»Was hast du nicht gesagt?«

»Versuch es nicht. Ich sage nichts. Zu niemandem.«

»Weißt du etwas über den Mord an Bengt?«

»Na ja, wissen. Gebt mir meine Tabletten.«

»Auf dem Anrufbeantworter war eine Nachricht von dir. Dass du kommen wolltest. Warst du dort?«

»Nein! Verdammt, ich habe eine Frau getroffen und wir sind durch Varberg gezogen. Dann sind wir zu mir gefahren und dort geblieben.«
»Weiß die Polizei das?«
»Ich habe es gesagt, aber ich komme verdammt noch mal nicht mehr darauf, wie die Frau hieß. Sie wollten mit den Nachbarn reden.«
»Lieber Janne! Warum machst du das? Kannst du nicht versuchen, mit den Drogen aufzuhören? Soll ich dir einen Platz für den Entzug besorgen?«
»Die! Die wollen mich nicht haben. Dieses verdammte Scheißdorf.«
»Okay. Aber in jedem Fall darf ich dir keine Tabletten geben, wenn du nicht nüchtern bist. Ich muss mit Lars reden, dann kann er entscheiden. Aber ich glaube nicht, dass er bereit sein wird, dir etwas zu geben.«
Janne steht auf und geht mit wackeligen Schritten zur Tür. Er schiebt die rechte Hand vor, ergreift die Türklinke und tritt in den Flur hinaus. Mari folgt ihm zur Anmeldung. Seine Stimme ist laut genug, um in der gesamten Pflegestation gehört zu werden. Ein älterer Patient im Wartezimmer sieht ängstlich aus.
»Lars! Dem Scheißkerl kannst du ausrichten, dass ich nicht vor ihm krieche. Er soll verdammt aufpassen, sonst lasse ich ihn abführen, und dich auch. Du hältst dich für so verdammt fein.« Er verschwindet durch die automatische Eingangstür.
Mari braucht Kaffee. Im Personalzimmer sitzen Lars und Eva-Lena und trinken mit Gunilla und einer Arbeitstherapeutin, die Lena heißt, Kaffee.

Mari belegt sich ein Brot mit dem, was auf der Anrichte steht, und setzt sich zu ihnen an den Tisch.
»Du hast es sicher gehört?«, fragt sie Lars.
»Das war nicht zu vermeiden. Es ist nur zu hoffen, dass er wieder nüchtern wird. Er kommt sicher zurück. Es ist im Moment kaum der Zeitpunkt für ein Attest.«
»Er muss aufpassen. Als er das letzte Mal in so einem Zustand war, vor einem halben Jahr, wäre er fast auf die Straße gesetzt worden.« Eva-Lena sitzt mit Strickzeug da, es sieht aus wie Babysöckchen, aber Mari wagt nicht zu fragen. Das fehlt gerade noch, dass eine Ärztin in den Mutterschutz geht.
Lars wendet sich an Mari. »Hast du viel zu tun heute?«
»Wie immer. Warum?«
»Im Gemeindehaus findet ein Krisentreffen wegen dieser Pädophilengeschichte statt. Wir sind vom Sozialamt und der Kirche dazu eingeladen. Um zwei Uhr. Ich wollte dich fragen, ob du hingehst.«
»Nein. Ich verstehe nicht, was ich da soll. Es stand doch heute morgen in der Zeitung, dass es nur diese beiden Kinder waren, und die werden schon von Kinderpsychologen betreut.«
Lars lehnt sich in seinem Stuhl zurück, er schaut Mari nicht an, sondern fingert an der Kaffeetasse herum, die er in der Hand hält, und sagt beinahe entschuldigend: »Es gibt eben immer Unruhe, wenn so etwas passiert. Die Leute müssen sich aussprechen.«
»Ich halte nichts von solchen Krisengruppen. Egal, was passiert, immer glaubt man, wenn es nur eine Krisengruppe gibt, dann wird alles wieder gut. Ich sehe nicht, was ich

dazu beitragen kann. Frag Birgitta. Ich kann heute nachmittag ihre Patienten übernehmen, wenn sie gehen will.«
Lars sieht enttäuscht aus, aber er geht auf den Vorschlag ein: »OK, ich werde Birgitta fragen.«

Mari ist fertig für heute und auf dem Weg nach Hause, als sie Birgitta am Eingang trifft.
»Wie war es?«
»Eine aufgewühlte Stimmung.« Birgitta ist neulich auf Teneriffa gewesen, die Sonnenbräune ist zusätzlich mit Rouge aufgebessert. Sie sieht glücklicher aus als seit langem, sie pflegt sich mehr und hat eine neue Frisur. Das graublonde Haar ist im Nacken kurz geschnitten und am Scheitel lang. Es heißt, sie habe einen Freund, der mit auf den Kanarischen Inseln war, aber niemand weiß, wer er ist.
»War die Polizei da?« Mari sieht Svensson vor sich.
»Ja. Eine Frau aus Halmstad, die nur mit solchen Fällen arbeitet. Sie wirkte sehr kompetent.«
»Die armen Kinder!«, sagt Mari.
»Es ist zu hoffen, dass sie klein genug sind, um vergessen zu können. Aber es ist wichtig, dass sie professionelle Hilfe bekommen, hat die Polizistin gesagt.«
»Haben sie etwas darüber gesagt, was mit Enarsson passieren soll?«
»Nur, dass er noch in Haft ist. Auch wenn sie ihn freilassen, wird er wohl kaum wieder nach Hause gehen können.«
»Vermutlich nicht. Ich glaube, er hat einen Sohn weiter oben im Norden. Vielleicht zieht er dorthin.«
Birgitta schüttelt das graublonde Haar, sieht aus, als

würde sie nachdenken, und wird für einen Moment still. Schließlich seufzt sie: »Das wäre wohl für alle am besten. Ich kann es immer noch nicht fassen. Darüber hat sie auch gesprochen, Kriminalinspektorin Annette Andersson hieß sie, dass es für die Umwelt so schwer zu akzeptieren ist. Man will nicht glauben, dass so etwas passieren kann, deshalb werden nicht alle sexuellen Übergriffe aufgedeckt. Niemand wagt es, an etwas so Schreckliches zu denken.«

Sie trennen sich, und Mari geht zum Auto. Das Wetter hat umgeschlagen. Es ist wärmer, aber bewölkt, und die ersten Regentropfen fallen, als sie sich ans Steuer setzt.

»Mist!« Der Tank ist leer.

An den Zapfsäulen ist eine Schlange, und sie muss warten, bis sie an der Reihe ist, während ein älterer Herr in einem blauen Volvo umständlich tankt. Durch das große Fenster der Tankstelle sieht Mari, wie er ein langes Gespräch mit dem Kassierer führt und dann sein Benzin und einen Kanister Öl bezahlt. Danach wird der Kanister in den Kofferraum gelegt, der Gurt in einer verwickelten Prozedur festgeschnallt, der eine Diskussion mit der Ehefrau auf dem Beifahrersitz vorangeht, bevor der Wagen gestartet wird, vorfährt und wegrollt. Mari will nach Hause. Ungeduldig fährt sie zur Zapfsäule vor und steigt aus dem Wagen.

»Mari!«

Mari tippt ihre Geheimzahl ein, bevor sie sich umdreht und das Gesicht der ungewöhnlich großen Frau vor sich zuwendet. »Marita! Wie geht es dir?«

»Es geht.«

Marita ist nicht schön. Groß. Mager. Der Eindruck eines traurigen Pferdes wird durch das kräftige Kinn und die langen, borstigen Locken verstärkt. »Wie schlimm für Vera«, fährt sie fort.

Mari kennt die meisten, die im häuslichen Pflegedienst arbeiten. Marita ist absolut zuverlässig und genau, macht immer das Richtige zur rechten Zeit, aber ist unglaublich ängstlich. Der Leiter der Haussamariter hatte wenig Verständnis für Maris Hinweis, dass es vielleicht besser wäre, jemanden nicht ganz so sensiblen wie Marita als Kontaktperson für Vera Silén einzusetzen. Das Problem war nicht Vera an sich, sondern Bengt und die fragwürdigen Leute, die dort ein und aus gingen. Mari versuchte, Marita zu unterstützen, Marita durfte sich bei ihr aussprechen, Mari lobte und bekräftigte sie. Mehr war nicht zu machen.

»Es ist schrecklich«, sagt Marita und zieht sich die Kapuze über den Kopf, um sich vor dem Regen zu schützen, der immer heftiger fällt. »Ich war heute mit Vera in der Psychiatrie, und sie hat eine Reihe Medikamente bekommen. Sie wurde eingewiesen. Der Arzt sagt, sie habe eine Psychose. Sie wird vielleicht Elektroschocks bekommen. Es war noch offen.«

»Es ist schwer für sie«, antwortet Mari. »Aber jetzt ist sie jedenfalls in guten Händen. Wir haben getan, was wir konnten. Du wirst sehen, sie wird wieder gesund.«

»Aber sie war so seltsam. Hat so schreckliche Dinge gesagt. Dass es ihre Schuld sei.« Marita hebt die Augenbrauen zu einer verständnislosen Grimasse, sie ist kurz davor zu weinen.

»Das ist der Schock durch Bengts Tod. Und wegen der

Art und Weise, wie er starb.« Mari macht einen Schritt auf die Frau zu und legt den Arm um sie. »Es war sehr nett von dir, mit Vera ins Krankenhaus zu gehen. Wenn sie wieder zu Hause ist, wird sie besonders froh darüber sein, deine Unterstützung zu haben. Willst du ein Taschentuch?« Mari sucht in ihrer Hosentasche. »Hier!«

»Die Polizei war bei mir und hat gefragt, ob ich etwas gesehen habe.« Marita schluchzt. »Ich habe Vera an diesem Abend ins Bett gebracht. Aber ich habe doch nichts gesehen. Das habe ich gesagt. Wenn sie nun böse auf mich sind?«

»Liebe Marita! Du weißt, dass ich dir schon millionenmal gesagt habe, dass die Leute nicht böse auf dich sind. Du machst das, was du tust, ausgezeichnet. Du kannst nicht für alles die Verantwortung übernehmen.«

»Nein, ich weiß. Aber es ist so komisch. Weil ich mich später daran erinnert habe, dass ich, nachdem ich Vera ins Bett gebracht hatte, mein Handy vergessen habe. Ich saß schon im Auto, als ich es bemerkte. Also musste ich noch mal hineingehen und es holen. Ich hatte es auf den Tisch in der Diele gelegt. Es war so scheußlich, verstehst du, weil ich das Licht nicht angemacht hatte, um Vera nicht zu beunruhigen. Jedenfalls bekam ich solche Angst, weil da ein Geräusch war. So als wäre jemand in der Diele. Dann dachte ich, es wäre eine Maus. Stell dir vor, wenn es nun der Mörder war?«

»Ich glaube nicht, dass es der Mörder war, aber ich finde trotzdem, dass du Kommissar Svensson anrufen solltest.« Mari hat ihre Jacke im Auto gelassen, jetzt ist sie durchnässt, friert und will das Gespräch beenden. Sie fährt fort:

»Wir können hier nicht im Regen herumstehen. Willst du, dass ich Svensson anrufe?«
Marita nickt. »Wenn du so nett wärst. Entschuldige, aber es ist so schrecklich, jetzt wo Tomas nicht zu Hause ist. Er musste gestern fahren.« Ihr Mann arbeitet in Norwegen. »Ach, da war noch etwas. Vera wollte, dass ich zu ihrer Schwester fahre, aber ich kann nicht. Das musste ich ihr sagen. Ich hoffe, sie ist nicht böse auf mich.«
Geduld liegt Mari im Blut. »Marita! Niemand ist böse auf dich. Ich schaue, was ich tun kann. Fahr jetzt nach Hause und schlaf.«

Wie ein Vorhang hängt der drohende Regen über diesem Mittwoch. Mari packt ihre Provianttasche, während Anton ungeduldig mit seinem Holzgewehr herumrennt.

»Wirst du den größten Elch schießen, Mama? Wirst du?«

»Vielleicht, Anton. Aber iss jetzt dein Frühstück, damit du fertig bist, wenn Opa kommt. Sie warten auf dich im Kindergarten.«

Sie stellt den Rucksack auf einen Küchenstuhl. Auf den Tisch hat sie alles gelegt, was sie mitnehmen muss, und eine nach der anderen geht sie die Sachen durch, um sicher zu sein, nichts vergessen zu haben.

Thermoskanne, belegte Brote, eine Banane, Rosinen. Das Essen ist wohl so wichtig, weil man im Wald hungrig wird. Dann das Funkgerät mit neuen Batterien, Weidmesser, Kompass, Taschenlampe, Fernglas, Erste-Hilfe-Verband, Streichhölzer, Jagdplan, Lizenz, Jagdkarte, Zugleine und Toilettenpapier. Letzteres wird verwendet, um den Schussplatz zu markieren. Alles verschwindet im Rucksack mit der Regenausrüstung zuoberst. In ein Seitenfach stopft sie auch noch ein zusätzliches Paar Wollsocken, eingewickelt in eine Plastiktüte. Dann müssen natürlich die Munition und die Waffe mit.

Ach, ja. Sie sollte Svensson anrufen. Es ist Viertel nach sieben, ob er wohl schon bei der Arbeit ist? Sie macht einen Versuch.

»Er ist zu Hause, weil eines seiner Kind krank ist«, sagt die Frau, die das Gespräch entgegennimmt. »Ist es wichtig?«

Mari hat neulich einen Krimi gelesen, in dem die Detektivin Probleme hatte, ihren Polizeijob mit ihrem Mutterdasein in Einklang zu bringen. Die Rollen können offenbar vertauscht sein.

»Ich heiße Mari Johansson und bin Kreiskrankenschwester in Sundsby. Es geht um die Ermittlungen im Mordfall Bengt Silén.«

»Sie können Evert zu Hause anrufen.« Die Telefonistin gibt Mari die Nummer.

»Svensson!« Der Lärm streitender Kinder ist durch den Hörer deutlich zu hören.

Mari erzählt von dem Gespräch mit Marita, muss sich aber setzen, als sie hört, was Svensson zu sagen hat.

»Das weiß ich schon. Wir haben heute nacht einen Notruf bekommen. Maritas Mann Tomas ist Schreiner in Bergen und ist gestern bei der Arbeit gestürzt, wobei er sich einen Muskelschaden am Arm zugezogen hat. Er wurde zunächst einmal für zwei Wochen krankgeschrieben. Es ist allerdings nichts Ernstes. Gestern fuhr er jedenfalls nach Hause und kam gegen zehn Uhr an. Dann, gegen zwei heute nacht, hat jemand versucht, in den Keller des Hauses einzubrechen.«

»Was sagen Sie da?«

»Wer immer es war, er wurde dadurch vertrieben, dass

Tomas aufstand und zu rufen anfing. Es kann ein Zufall sein, ein gewöhnlicher Einbruch, aber wir wollen nichts riskieren. Jemand könnte glauben, dass Marita an dem Abend etwas bei Siléns gesehen hat. Es könnte der Mörder sein, der darauf aus ist, einen möglichen Zeugen zum Schweigen zu bringen. Wenn dem so ist, kann ich als Motiv für den Mord an Bengt kaum an eine Auseinandersetzung zwischen Drogenabhängigen glauben. Krach im Suff folgt der Eingebung des Moments, nicht der Planung und Berechnung.«

»Haben Sie etwas herausgefunden?«

»Eigentlich nicht. Wir treten auf der Stelle. Sie haben den Tatort gesehen, der Mörder müsste Blut abbekommen haben, möglicherweise viel Blut. Aber solange wir keinen Verdächtigen haben ...«

»Haben Sie Janne kontrolliert?«

»Wir haben seine Schuhe und Kleider untersucht. Wir haben auch das Mädchen gefunden, mit dem er in der Mordnacht zusammen war. Eine junge Frau, amphetaminabhängig. Sie hat ihm ein Alibi gegeben. Ebenso die Nachbarn, die den ganzen Abend laute Musik gehört haben.«

»Dann war es also nicht Janne?«

»Das glaube ich nicht. Wir sind dabei, Bengts Bekannte aufzuspüren, aber das ist ziemlich knifflig. Niemand in diesen Kreisen ist besonders daran interessiert, sich bei der Polizei zu melden.«

Mari fühlt sich niedergeschlagen und muss noch einmal nachfragen: »Die Sache mit Marita, glauben Sie wirklich, dass es da einen Zusammenhang gibt?«

Eines der Kinder schreit laut, und Svensson muss die Stimme heben.
»Schwer zu sagen. Der Mörder könnte schon glauben, dass sie etwas gesehen hat. Vielleicht hat sie das auch, obwohl sie sich nicht daran erinnert. Sie wirkt ziemlich nervös, nicht wahr?«
»Das ist sie immer gewesen. Das einzige Kind sehr altmodischer Eltern. In gewisser Hinsicht etwas schwach. Sie ist jetzt wahrscheinlich sehr mitgenommen, oder?«
Mari stellt fest, dass sie in den Hörer schreit.
»Ja. Zum Glück hat ihr Mann andernorts Bekannte, wenn ich das so sagen darf. Mehr kann ich nicht verraten. Sie sind wohl schon auf dem Weg dorthin.«
»Wie gut. Jetzt müssen Sie mich entschuldigen, ich habe einen Sechzehnender, der auf mich wartet.«
Svensson lacht. »Es ist wohl auch besser, wir hören auf, bevor sich meine Kleinen grün und blau geschlagen haben. Weidmanns Heil!«

Es sind nur ein paar Kilometer bis Borstås, und sie geht lieber zu Fuß, als mit dem Wagen zu fahren. Es werden bestimmt ohnehin genug Autos vor Svens Schuppen stehen.
Mari sieht unruhig nach den Wolkenfetzen, die tief über dem Wald hängen, aber sie vermögen es nicht, das kribbelnde Gefühl, das sie im Körper spürt, zu vertreiben. In den letzten Jahren gab es nicht viele Elche. Freilich haben sie jedes Jahr ein paar geschossen, und der Jagdverein bekommt nicht mehr zugeteilt, als was das Revier voraussichtlich verträgt, aber viel hängt vom Zufall ab. Das

Gebiet des Vereins umfasst beinahe fünfhundert Hektar. Auch wenn das viel erscheint, ist es nicht sicher, dass sich die Elche gerade auf ihrem Terrain befinden und nicht auf dem Grund des Nachbarvereins.
Maris Interesse für die Jagd kam in ihrer Jugend auf, sie war als Teenager ein paar Jahre im Schützenverein aktiv, das eine führte zum anderen, und sie fing an zu jagen. Aber erst als sie von der Krankenschwesternausbildung nach Hause zurückkehrte, wurde es ernst. Onkel Erik war vielleicht der Hauptgrund. Er war kinderlos, und so musste eine Nichte dafür herhalten, mit auf die Jagd zu gehen, zumal er ein bisschen stolz auf sie sein konnte. Immerhin hatte sie ein paar Schützenmedaillen, mit denen er angeben konnte.

Mari denkt an Onkel Erik, als sie den Schotterweg nach Borstås entlanggeht.
Es ist zwölf Jahre her, dass er starb, aber ihre Erinnerung an ihn ist lebendig. Er war ein sehr freundlicher Mann. Freundlich im eigentlichen Sinne des Wortes. Maris Mutter hatte, abgesehen davon, dass sie in ihrer eigenen geschlossenen Welt lebte, nie Geld, und wäre Onkel Erik nicht gewesen, hätte Mari als Kind wohl niemals Ski oder ein Fahrrad bekommen. Er hatte die Mittel, um Mari zu verwöhnen. Sie ist ihm dankbar dafür, aber wofür sie ihm am meisten Dank schuldet, ist, dass er ihr beibrachte, die Natur zu lieben. Oder besser gesagt, sich selbst als einen Teil davon zu sehen, als einen Teil des großen Ganzen.
Mari erinnert sich daran, wie sie mit zwölf Jahren zu ihm

ging und weinte, weil die anderen Kinder in der Schule gemein zu ihr waren.
»Was sagen sie denn?«, hatte Onkel Erik gefragt.
»Dass ich schmutzig bin.«
Er hatte sie nachdenklich angeschaut und in sein Badezimmer geführt.
»Beug dich über die Wanne, dann wasche ich dir die Haare.«
Noch heute kann sich Mari an das schwarzgraue Wasser erinnern, das von ihren Haaren in die Badewanne floss. Onkel Erik hatte das Haar dreimal eingeseift, bevor es sauber war. Dann hatte er Wasser in die Wanne eingelassen.
»Du bist ein großes Mädchen und kannst alleine baden. Ich gehe und trinke solange in der Küche einen Kaffee. Bleib ruhig lange drin, das Wasser ist warm.«
Nach diesem Zwischenfall hatte er sie einmal in der Woche mit ins Schwimmbad genommen.
Auf seine linkische Junggesellenart hatte er auch versucht, mit ihr zu reden.
»Deine Mutter meint es nicht böse, sie weiß nur nicht, wie sie sich verhalten soll.«
Das war richtig. Maris Mutter wurde, was ihren Verstand betraf, selbst nie älter als zehn oder zwölf.
Vernachlässigte Kinder sind wie Löwenzahn, sie wachsen in nährstoffarmem Boden. Sie drängen sich zwischen Felsen hindurch, kämpfen sich durch Ritzen, leuchten herausfordernd und behaupten ihr Recht zu leben, gesehen zu werden, zu wachsen.
Onkel Erik war der Rettungsring, den es im Leben eines

solchen Kindes gibt. Früh, sie war nicht älter als sieben oder acht, nahm er sie mit in den Wald. Er brachte ihr bei, die Fährten wilder Tiere aufzuspüren und verschiedene Losungen zu unterscheiden. Wo die Hasen ihren Bau hatten und die Namen der Seevögel. Den Respekt vor dem, was lebte. Den Unterschied zwischen brauchen und missbrauchen.

Erik sah die Jagd als eine Methode an, Essen zu beschaffen. Als etwas, das der Mensch schon seit Urzeiten tat und das sogar ein Teil seiner menschlichen Bedingung war. Der Art und Weise, wie er beschaffen war. Er rümpfte die Nase über die Stadtmenschen, die über die Grausamkeit der Jagd klagten. »Sie wollen am liebsten ein Messer und eine Gabel zwischen sich und ihrer Beute haben«, konnte er sich entrüsten.

Er, der so bescheiden lebte, würde nicht im Traum einen Baum beschädigen, einen Stein verrücken, ein Tier töten, wenn es keinen Zweck hätte. Dagegen konnte er nicht verstehen, wie »die«, wie er es ausdrückte, so viele unnötige Plastikverpackungen und anderes Zeug benutzen konnten, mit denen sie die Natur verschmutzten. Er war ein früher Umweltschützer.

Jetzt ist er weg, zurück im Kreislauf. Irgendwo gibt es die Wassermoleküle und Kohlenstoffatome noch, die Onkel Erik ausgemacht haben. Vielleicht in der feuchten Luft um sie herum an diesem Tag; vielleicht im Wasser, das neben dem Weg, auf dem sie geht, in einem Graben fließt. So ist es, denkt sie. Onkel Erik ist heute bei mir auf der Jagd.

Sven steht vor dem geöffneten Kofferraum seines Volvo

Kombi. Um ihn herum warten die Jäger in ihren grünen Kleidern. Die Hüte sind mit roten oder orangefarbenen Bändern geschmückt. Sie nickt und begrüßt alle. Sven-Göran steht da, mit einem neuen Funkgerät wie sie sieht. Er hebt das Kinn zum Gruß. Ein Mann ist neu, er heißt Egon Oscarsson und ist um die fünfzig, groß und rotgesichtig. Mari weiß, dass er den Hof der alten Frau Abrahamsson gekauft hat, die im Frühjahr gestorben ist. Sven hat auch zum ersten Mal seinen Sohn Mattias als Jäger dabei. Er ist noch ein Teenager und steht neben seinem Vater beim Wagen.

Als Mari zu ihm hingeht, um ihre Jagdkarte vorzuzeigen, hört sie, wie Sven Mattias ermahnt: »Denk daran, der einzige Schuss, den du nie bereuen musst, ist der, der nie abgefeuert wird.«
Sven nimmt ihre Karte entgegen und hakt sie auf einer Liste ab. Sie ist die einzige Frau im Verein. Ein paar Mal war eine der Ehefrauen der anderen als Treiberin dabei, aber heute nicht. Sie kommt mit den Männern gut zurecht, sie behandeln sie wie eine von ihnen. Wenn sie darüber nachdenkt, ist sie eigentlich immer besser mit Männern als mit Frauen klargekommen. Sie weiß nicht, warum. Sie stellt sich neben Svens Vater Bertil.
»Kommt Gösta nicht?«, fragt Bertil.
»Doch, er wird Treiber sein. Er meint, dass er zu schlecht sieht, um zu jagen. Er bringt nur noch auf dem Weg hierher Anton zum Kindergarten.«
»Dann sind wir auf jeden Fall zwei Hunde«, sagt Bertil. Er meint zwei Treiber.

Bertil ist über fünfundsiebzig, soweit Mari weiß. Im Sommer war er krank, aber jetzt scheint er wieder auf der Höhe zu sein. Er hat eine würdevolle und gewandte Art, er drückt sich immer so höflich aus. Das Gesicht ist faltenreich, mit langen Furchen auf der Stirn unter dem dicken grauen Haar. Er hält den Kopf gerade. Stolz. Ein Gentleman in orangefarbener Öljacke. Friesennerz. Sie lacht bei dem Gedanken an den Wortwitz. Bertil bemerkt es und sieht sie verwundert an.

»Ich musste nur an etwas denken«, entschuldigt sie sich. »Du siehst nicht gerade wie ein Hund aus.«

Er klopft mit seinem Stock, einem langen Birkenstab, auf den Boden. »Ich werde wohl einen spielen. Ob es noch regnen wird?« Er schaut unruhig zum Himmel hinauf.

Die Jäger versammeln sich um Sven. Er verteilt Zettel, auf denen die verschiedenen Anstände stehen. Auf manchen Zetteln steht auch Treiber. Es ist eine Art Verlosung, damit die Anstände so gerecht wie möglich zugeteilt werden, ein paar müssen auch treiben. Hat man Pech, kann man nur bei einer Treibjagdrunde auf dem Anstand stehen und muss die restlichen drei oder vier treiben. Sie schaffen gewöhnlich ungefähr fünf Treibjagden an einem Tag.

Auf Maris Zettel steht Treiber, und sie gesellt sich zu Bertil, Gösta, der inzwischen gekommen ist, und den drei anderen Treibern, Sven-Göran, Egon und Torsten aus Balgås. Letzterer ist Hundeführer und hält seinen grauen Elchhund an der Leine. Der wirkt trotz seiner ruhigen Art voller Eifer. Die Augen über der sich gleichmäßig verengenden Schnauze sind braun und blicken aufmerksam.

Der Schwanz mit seiner cremefarbenen Unterseite ringelt sich über den Rücken.
Es folgen ein paar Fragen zur Lage der Anstände, bevor Sven die Stimme erhebt: »Die Treiber fahren mit dem Wagen bis Vallås, parken an der Bucht und versammeln sich dort. Dann geht das Treiben direkt nach Norden in den Wald und endet am Waldweg zwischen Vallås und Tolered.«
Mari sitzt eingeklemmt auf dem Rücksitz zwischen Torsten, Bertil und Gösta. Bertil riecht nach Kuh und Holzfeuer. Sven-Göran sitzt vorne neben dem Neuen, Egon, der seinen Chevrolet-Van fährt. Sven-Göran markiert sein Revier: »Wo arbeitest du noch mal?«
»Im Pflegedienst«, antwortet Egon.
»Ja, da gibt es Arbeit für Männer. Mit dem vielen Heben und so meine ich«, sagt Sven-Göran, der davon ausgeht, dass Egon Pfleger ist.
Bei Mari fällt der Groschen, aber sie sagt nichts. Egon Oscarsson. Natürlich, auf diesen Namen ist sie in einigen Krankenakten gestoßen. Arzt im Lazarett von Varberg, spezialisiert auf Prostataoperationen. Eine der faszinierenden Seiten an der Jagd ist, dass sie alle möglichen Menschen vereint und sich die sozialen Hierarchien, die sonst gelten, auflösen und in andere Hierarchien übergehen. Hier zählt nicht der schönste Titel oder das höchste Einkommen. Hier wird derjenige geschätzt, der richtig zielen und treffen kann, der eine Fährte findet, der gekonnt einen geschossenen Elch zerlegt.
Sie kommen an die Bucht bei Vallås. Torsten stellt die Treiber in gerader Linie auf und spricht dann in sein

Funkgerät. Als er erfährt, dass alle auf ihrem Anstand stehen, geht er mit dem Hund vor, bevor er das Treiben startet. Der Hund, der Basse heißt, wird losgelassen und läuft im Zickzack, um eine Fährte aufzunehmen. Wenn er einen Elch wittert, soll er ihn stellen. Das bedeutet, dass er vor dem Elch stehen und bellen muss; damit hat er den Elch unter Kontrolle und weist zugleich dem Hundeführer den Weg. In dieser Situation darf nur der Hundeführer schießen.

Er ist anstrengend zu treiben. Idealerweise geht man exakt geradeaus, über Stock und Stein, um die Elche vor sich in Richtung der Schützen zu scheuchen. Mari hat eine Klapper in der Hand, die sie ab und zu dreht. Es klingt schrecklich. Als sie sich einen Hang hinaufkämpft, fallen ein paar Regentropfen. Sie beschließt, mit der Regenjacke noch ein wenig zu warten, es wird so warm darunter. Sie hört Torsten über das Funkgerät. Er sagt, dass der Hund Witterung aufgenommen und er selbst die Spur gesehen hat. Mehr passiert nicht. Danach bleibt das Funkgerät still, und bald ist das ganze Treiben vorbei.

Als sie sich wieder bei Sven versammelt haben, wird die nächste Runde ausgelost. Mari darf an der Grenze zum Revier des benachbarten Jagdvereins auf dem Anstand stehen. »Schieß um Himmels willen nicht in deren Richtung«, sagt Sven. Anschließend bekommt sie noch einen Anstand, dieses Mal an einem Waldweg, bevor es Zeit für die Mittagsrast ist. Noch immer wurde kein Elch geschossen. Sven-Göran hat ein Elchtier mit Kalb gesehen, das ist alles. Der Regen, der bisher nur aus einzelnen Tropfen bestand, bricht jetzt richtig los. Sie sitzen in Svens Schuppen und essen ihren Proviant, während der Regen auf das Blechdach prasselt. Es wird über den Elchbestand und alte Jagderinnerungen gesprochen. Natürlich lässt sich auch nicht vermeiden, dass der Mord an Bengt aus Klocksbo auf die Tagesordnung kommt.

»Es gibt zu wenig Polizei«, sagt Vidar aus Svanås und wirft seine aufgebrauchte Prise Kautabak zum Tor hinaus. Die anderen nicken zustimmend.

In der Runde nach dem Essen ist Mari wieder Treiberin. Sie stapft durch ein feuchtes Moor und ist froh, dass sie ein Paar Reservesocken dabeihat.

Gegen halb zwei bestimmt Sven, dass sie die letzte Runde für heute losen. Mari schließt kurz die Augen, bevor sie auf ihren Zettel schaut. Rååς Schlag. Einer der besten Anstände.

Sie schleicht sich durch den Wald dorthin und klettert auf den Hochsitz. Gut angekommen steckt sie den Lauf auf ihre Husqvarna Karl-Gustaf 6,5 und legt vier Schuss ein. Dann sichert sie die Waffe und schaut sich auf der Lichtung um. Es ist wichtig, die Natur um sich herum zu studieren. Wohin kann sie schießen? In welche Richtung oder in welcher Lage ist es unmöglich oder sogar gefährlich zu schießen? Wie ist der Abstand? Sie hat noch von früher einige Richtmarken. Einen Stein, den sie Hundertmeterstein nennt, und ein Gebüsch, das Hundertfünfzigmetergebüsch. Es hat aufgehört zu regnen und beginnt aufzuklaren. Die Sonne schaut zwischen den Wolken hervor, und Mari findet, dass der Wald neu riecht, frisch. Fliegen dort drüben nicht zwei Raben? Sie sitzt sehr still da und wagt nicht, sich zu rühren, eine plötzliche

Bewegung kann herannahende Elche erschrecken, ebenso ein Geräusch. Im Kopfhörer hört sie die Treiber über Funk reden. Der Hund hat eine Fährte aufgenommen, sie sprechen wieder von einem Elchtier mit Kalb. Mist! Weibliche Tiere und Kälber müssen geschont werden. Genauso Elchhirsche, die zwischen vier und acht Enden haben.

Mari spürt, wie ihr Herz laut schlägt. Jetzt wird es spannend. Sie hört per Funk, dass die Elche auf dem Weg zu ihr sind.

Dann kommen sie aus dem Wald. Plötzlich brechen sie zwischen zwei Bäumen hervor, ungefähr hundertfünfzig Meter entfernt, direkt vor ihr. Das Elchtier geht voraus, das Kalb einige Schritte hinterher. Auch wenn sie gedurft hätte, ist es zu weit zum Schießen. Die Elche gehen zur Seite, schräg nach rechts von ihrer Seite aus gesehen, und nähern sich. Trotz allem ist es ein wunderbarer Anblick.

Da kommt er auf einmal.

Wie üblich geht der Elchhirsch hinter dem weiblichen Tier. So ist die Rangordnung bei den Elchen, aus einem Grund, über den die Experten sich streiten. Die einen sagen, der Elchhirsch sei »feige«, die anderen, dass er den Rückzug sichert. Jetzt im Oktober ist die Brunstzeit gerade erst vorbei, das Elchtier könnte noch brünstig sein und den Elchhirsch hinter sich herlocken.

Mari sitzt jetzt sehr still da. Das Elchtier und das Kalb gehen in einem gleichmäßigen Trott, der Elchhirsch etwa fünfundsiebzig Meter dahinter. Sie kreuzen die große Lichtung noch immer schräg. Mari dreht sich ganz vorsichtig in ihre Richtung.

Sie hat den Elchhirsch im Visier, er hat mindestens zehn Enden, so viel kann sie sehen. Sie schätzt die Entfernung auf siebzig, achtzig Meter. Noch wagt sie nicht zu schießen, weil einige Büsche und Gestrüpp im Weg sind. Hilfe, wie das Herz hämmert!
Dann bleiben das weibliche Tier und das Kalb stehen. Also bleibt auch der Elchhirsch stehen. Jetzt. Sie hat ihn von der Seite und zielt auf die Herz-Lungen-Partie über der rechten Vorderschulter. Sie hat die Waffe schon entsichert und jetzt … jetzt schießt sie.
Sie sieht ihn fünfundzwanzig Meter laufen, dann stürzt er. Es war ein gelungener Treffer, sie weiß, dass er gut war, perfekt. Aber sie sieht den Elchhirsch nicht. Wo ist er? Das weibliche Tier und das Kalb verschwinden verschreckt in den Wald.
Sie ruft Sven über Funk.
»Sven hier!«
»Ich habe einen Elchhirsch geschossen. Aber ich sehe ihn nicht, obwohl ich mir sicher bin, dass ich richtig gezielt habe. Ich habe ihn stürzen sehen.« Insgeheim fragt sie sich, ob es gefährlich ist, wenn das Herz so pocht. Sie zittert.
»An alle: Das Treiben abbrechen! Du, Mari, steigst hinunter und markierst, und Torsten soll sich beeilen, zu dir zu kommen.«
Bevor sie hinunterklettert und zum Schussplatz geht, nimmt sie eine Hand voll Rosinen. Mist, sagt sie sich. Ich darf keinen Schüttelfrost bekommen! Das hier ist eine natürliche Reaktion auf die hohe Adrenalinausschüttung im Blut. Etwas ganz Normales und genetisch Bedingtes. Ein

Überbleibsel aus der Steinzeit, als die Jagd nicht nur den Tod der Jagdbeute, sondern auch des Jägers mit sich bringen konnte. Mit dieser Autosuggestion und Rosinen im Magen fühlt sie sich plötzlich ruhig.
Die Waffe in ihrer Hand ist jetzt gesichert, als sie zu der Stelle geht, an der der Elch zu Boden gegangen ist. Sie nimmt einen Streifen Toilettenpapier und befestigt ihn an einem Busch, um die Stelle zu markieren, von der sie glaubt, dass dort der Elchhirsch liegt. Sie schaut sich um. Wo ist er? Sie müsste es doch gesehen haben, wenn er verletzt weggelaufen wäre. Außerdem kann sie ihn nicht verfehlt haben, das ist unmöglich.
Sie sieht Torsten und Basse sich von der Lichtung her nähern. Sie hält es nicht für nötig, noch einmal das Funkgerät zu benutzen, Torsten ist ja gleich bei ihr. Statt dessen betrachtet sie ihre Umgebung. Sie will nicht umhergehen, aus Sorge, die Spur für den Hund zu zerstören. Na, wenn doch das Schlimmste passiert ist und sie ein Tier angeschossen hat, dann sind Elchhunde sehr gute Spürhunde.
Als Torsten nur noch fünfundzwanzig Meter von ihr entfernt ist, entdeckt sie den Elchhirsch.
Da, wo einmal ein schweres Waldfahrzeug über die Lichtung gefahren ist und fast fünfzig Zentimeter tiefe Furchen in der Erde hinterlassen hat, liegt er. Er liegt auf der Seite in einer Fahrrinne. Mari fühlt Erleichterung aufsteigen. Sie wusste, dass sie getroffen hat.
Torsten gibt Basse frei, und der Hund stürmt sofort los und beginnt, an den Geschlechtsteilen des Elchhirschs zu zerren.

Torsten lacht. »So was habe ich verdammt noch mal noch nicht erlebt,« sagt er.

Weil das Herz und die Lungen getroffen wurden, braucht man dem Elch keinen Fangschuss zu geben. Er muss allerdings aufgebrochen werden. Torsten und Mari beschließen, auf die anderen zu warten, bevor sie damit beginnen.

Als der Rest der Jagdgesellschaft zur Stelle ist, gelingt es ihnen, ein Seil unter dem Elch durchzuführen und ihn dann mit vereinten Kräften aus der Fahrrinne herauszuziehen. Jetzt kann Mari sehen, dass es sich um einen stattlichen Vierzehnender handelt. Sie freut sich so, dass sie sich nicht um Sven-Görans spitzen Kommentar kümmert: »Den hattest du auf dem Präsentierteller.«

Sie drehen den Elch auf den Rücken. Mari beginnt damit, den Hals aufzuschlitzen. Unter einer dünnen Muskelschicht befindet sich die Luftröhre, die wie ein weißes, geriffeltes Rohr aussieht. Darunter liegt die Speiseröhre, die sie vorsichtig löst und anhebt, um dann eine Schnur um den oberen Teil zu knoten und eine zehn Zentimeter weiter unten. Mari zerschneidet die Speiseröhre zwischen den Schnüren. Dann löst sie die Speiseröhre so weit wie möglich zum Zwerchfall hin ab.

Danach setzt sie sich kurzerhand rittlings auf den Elch, den Rücken seinem Kopf zugewandt. Sie findet die Stelle am Brustbein, wo die Rippenbogen aufeinandertreffen. Dort schneidet sie das Fell ein, hebt es an und macht ein kleines Loch in die Bauchdecke. Jetzt kann sie das spezielle Jagdmesser zum Bauchöffnen gut gebrauchen. Mit der kleinen, gebogenen Klinge ist das Risiko, den Pansen zu

verletzen, nicht so hoch, wie wenn man ein großes Messer benutzt. Sie macht einen Schnitt bis zum Geschlecht.
Nun, da der Bauch geöffnet ist, wird der Elch auf die Seite gedreht. Der Rest muss mit den Händen erledigt werden. Mari steckt die Hände zwischen die Bauchdecke und den Pansen und findet am Rücken dessen Aufhängung. Diese fühlt sich wie eine schräge Verdickung an. Mari muss eine Weile schuften, bis sie die zähen Weichteile losbekommt. Die Speiseröhre muss sie herausschneiden.
Es gelingt ihr, die Speiseröhre durch die Zwerchfellwand zu ziehen, gleichzeitig lässt sie das geronnene Blut aus dem Bauchraum herausfließen.
Dann ist es an der Zeit, die Leber freizulegen, den Pansen herauszunehmen, den Darm abzulösen und den Enddarm zu kappen. Sie lässt die Nieren, wo sie sind, und spannt den Bauch über einen Stab, um das Tier auszukühlen.
Was bleibt, ist den Elch von der Lichtung zu schaffen. Es wird bestimmt, dass Sven, der einen Waldtraktor hat, ein kleines Eisenpferd, wie er es nennt, zusammen mit Torsten und ein paar anderen Männern das Tier holt und zu Torstens Kühlraum transportiert. Dort soll es noch so lange hängen, bis es Zeit ist, es zu zerlegen und das Fleisch zu verteilen.
Die Geweihschaufeln gehören Mari. Sie kann sie bleichen und an die Wand hängen.
Natürlich wird über das gute Jagdglück geplaudert und Mari gratuliert. Außerdem müssen alle anderen ihre persönlichen Jagdgeschichten erzählen. Von diesem und jenen Tag, an dem sie diesen und jenen Elch geschossen haben. Alle sind ausgelassen. Gösta kommt irgendwann

her und klopft Mari auf die Schulter. Müde, aber glücklich geht sie mit ihm nach Hause.

Gösta sieht Mari in ihrer Wohnung verschwinden und stiefelt die Treppe hinauf. Wie gewöhnlich findet er Iris in der Küche am Herd. Sie ist dabei, Kartoffeln in Würfel zu schneiden, die sie anschließend in einen Topf mit kochender Suppe gibt. Er stellt sich auf die Türschwelle.
»Wie lief es?« Mit der rechten Hand, das Messer noch zwischen den Fingern, wischt sich Iris den Schweiß von der Stirn.
»Mari hat einen Vierzehnender geschossen.« Gösta erzählt von der Jagd. Iris nickt ab und an zu dem, was er berichtet.
»Ich gehe hinaus und versorge die Schweine«, sagt Gösta dann. »Hast du etwas, das ich mitnehmen soll?«
Iris zeigt mit dem Kinn Richtung Spüle, wo ein Eimer mit Kartoffelschalen und anderem Bioabfall steht. Gösta durchquert die Küche und greift nach dem Eimer. Auf dem Weg zur Tür kann er es sich nicht verkneifen. Er gibt Iris einen Klaps auf die rechte Pobacke, stellt den Eimer ab, lässt seine Hände über ihren Körper wandern und umarmt sie. Scherzhaft beißt er ihr in den Nacken. Sie ist genau, wie eine Frau sein soll. Rund, fest und warm.
Sie wehrt sich, wenn auch nicht allzu energisch, und sagt: »Sch, ich habe zu tun. Sieh lieber zu, dass die Schweine etwas bekommen.«
Gösta trottet gehorsam hinaus zum Stall. Hier ist es inzwischen so still, denkt er. Als es noch Kühe gab, schlug ihm ein dampfender Lärm entgegen, sobald er die Stalltür

öffnete. Das Brüllen, das umso lauter war, je mehr es auf die Melkzeit zuging. Das Rasseln der Ketten. Das leise Schmatzen der wiederkäuenden Kühe. Das Rascheln, wenn eine Kuh sich hinlegte oder aufstand. Die Kühe gaben immer Geräusche von sich, egal ob sie sich bewegten oder stillstanden. Das Tappen aus den Kälberboxen. Gösta hatte jede Kuh gekannt, jede von ihnen hatte ihre eigene Persönlichkeit gehabt. Das Brummen der Melkmaschinen. Das Geräusch, wenn er mit dem Karren voller Kraftfutter den Gang entlangging. Der Duft nach Heu. Der süßsäuerliche Geruch des getrockneten Sommergrases war für Gösta der Inbegriff des Lebens. All dessen, was gut und sicher war.

Iris wollte es nie zugeben, aber er selbst ist sich sicher, dass sie den Jungen oben auf dem Heuboden während der Heuernte gezeugt haben. An einem brütend heißen Julitag hatten sie vom frühen Morgen an den ganzen Tag Heu eingefahren, sobald der Tau getrocknet war, hatten sie angefangen. Wie hart sie gearbeitet hatten. Aber damals waren sie jung und frisch verheiratet gewesen und hatten nur ein Ziel vor Augen: mit dem Hof, den sie gekauft hatten, zurechtzukommen. Sie hatten es geschafft. Das Leben war Arbeit gewesen und die Arbeit das Leben. Als die letzte Fuhre eingefahren und auf dem Heuboden verstaut war – er erinnert sich daran, dass es in dem Jahr prachtvolles Heu gegeben hatte, bekamen sie Lust, hinunter zum See zu gehen, um zu baden. Das taten sie dann auch, aber vorher hatten sie noch dort oben im Heu gelegen.

Gösta geht auf den Heuboden und nimmt eine Hand voll von dem Heu, das er geerntet hat, um es im Winter den

Bullen zu verfüttern. Er schließt die Augen und atmet den Duft ein. Genau so muss es riechen.

Er nimmt seinen Eimer, geht an den leeren Kuhboxen vorbei, und als die halbwüchsigen Schweine hören, wie er sich den Ställen nähert, fangen sie an, Krach zu machen und sich um den Trog zu drängeln, in dem noch gar kein Futter liegt. Gösta hat eine Sau, die ihre neun acht Wochen alten Ferkel allein lässt und vor dem Trog zu grunzen beginnt, als sie ihn bemerkt. Von ihrem letzten Wurf hatte er sechs verkauft, als sie nicht mehr gesäugt werden mussten; die anderen vier, die sich jetzt neben der Sau im Stall drängen, sollen bald geschlachtet werden. Sie waren den ganzen Sommer über draußen, erst vor einer Woche hat er sie hereingeholt. Er betreibt die Schweinezucht nicht besonders professionell, sie rentiert sich sowieso nicht. Er hält die Schweine vor allem, um sie selbst zu essen. Die Sau ist jedenfalls wieder trächtig, er war mit ihr bei Alvar aus Strömen und dessen Eber. Jetzt will er bald die Ferkel, die er nicht braucht, weggeben, im Frühjahr kommen schließlich neue.

Gösta verteilt die Kartoffelschalen in den Trögen. Die vier halbwüchsigen Schweine, von denen jedes sicher um die hundert Kilo wiegt, schlagen sich um das Futter, grunzen, schreien und gurgeln. Die Sau, ein prächtiges Tier von einigen hundert Kilo, schlabbert in ihrem eigenen Trog. Ihre kleinen Ferkel zeigen auch Interesse für das Essen.

Aus einem Sack holt Gösta ein paar ordentliche Schaufeln Schweinefutter, gibt sie in die Tröge, und als er das Futter mit Wasser aus einem Eimer vermischt, der neben dem Sack steht, geraten die Schweine noch mehr in Ekstase.

Bevor er zu Iris und der Fleischbrühe zurückkehrt, füttert er die Hühner. Sie besitzen zehn weiße Hühner und einen Hahn und bekommen während der besten Legezeit zwischen Februar und September für gewöhnlich sechs, sieben Eier am Tag. Jetzt im Herbst legen die Hühner weniger, und um Weihnachten herum, in der dunkelsten Jahreszeit, hören sie fast ganz mit dem Eierlegen auf. Es gibt Bauern, die im Hühnerstall Lampen aufstellen, um die Hühner dazu zu bringen, das ganze Jahr über zu legen, aber Gösta findet so ein Verhalten naturwidrig. Er hat schon immer die Vorstellung, dass man an Ostern deswegen Eier isst, weil dieses Fest in die Zeit fällt, in der das Eierlegen wieder richtig in Gang kommt. Um den Abschied von der Dunkelheit und die Rückkehr des Lichts zu feiern und damit auch das neue, frische Essen.

Einmal hat er ausrangierte Hühner von einer großen Hühnerfarm gekauft. Es war ein furchtbarer Anblick. Ein Huhn beginnt in der Regel im Alter von zwanzig Wochen zu legen und macht das am besten, bis es ein Jahr alt ist. Ein Tier, das vierzig oder fünfzig Wochen alt ist, ist nicht mehr so einträglich, legt nicht mehr so viel und wird daher von den großen Hühnerfarmen aussortiert, obwohl es noch vier Eier pro Woche legen kann.

Die zehn Hühner, die er bekommen hatte, waren beinahe federlos. Zwischen den Zehen war die Haut bis zum Knochen abgeschabt, weil die Tiere auf einem Gitterboden gestanden hatten. So etwas zu sehen tut einem alten Bauern weh.

Schweine, Hühner oder Menschen. Ein jeder wird zu seinem Leben geboren und dieses Leben wird, wie es wird, denkt Gösta, während er die fünf Eier einsammelt, die im Nest liegen, und sie vorsichtig in seine Jackentasche steckt. Man ist an nichts anderes gewöhnt als an das, was man hat, und man will nichts anderes als das, woran man gewöhnt ist.

Gösta geht in den Keller und zündet den Heizkessel an. Der Zwölfhundertlitertank, den sie vor ein paar Jahren im Zuge der Umbauarbeiten installieren ließen, ist ein Segen, aber trotzdem müssen sie während der kalten Jahreszeit fast jeden Tag Feuer machen. Wenn es draußen richtig kalt ist, muss er zweimal am Tag einheizen. Das Holz hat er selbst gefällt, und er denkt wieder einmal daran, dass es ihn mehrfach ins Schwitzen bringt, bevor es schließlich im Heizkessel landet.

Dann ist es Zeit für die Fleischbrühe.

Das Herumrennen im Wald macht sich am Tag danach in den Muskeln bemerkbar, und wie ein lahmes Faultier bereitet Mari für sich und Anton das Frühstück. Als sie zerstreut in der Tageszeitung blättert, aus alter Gewohnheit erst durch die Familienanzeigen, wird sie durch ein Hupen von draußen gestört.

Mit ihrem angebissenen Brot in der Hand geht sie auf die Treppe hinaus, um zu sehen, was los ist. Für gewöhnlich fährt der Schulbus gegen Viertel nach sieben auf der Straße unten vorbei, heute ist er statt dessen nach Hallsered abgebogen, wild hupend, um die Aufmerksamkeit der Hofbewohner auf sich zu ziehen.

Der Fahrer, Göran, hat seinen Platz verlassen und steht neben der geöffneten Bustür, die Kinder versammeln sich

drängelnd an den Fenstern und drücken ihre Nasen gegen die Scheiben. Mari zieht ihren Morgenrock fester um sich, ein eisiger Nordwind fegt über den Hof.
»Ist etwas passiert?«
»Kannst du die Polizei rufen?« Göran, der trotz seiner schwedischen Herkunft südländisch dunkel aussieht, fährt fort, während er auf die Treppe zukommt: »Da liegt ein Kerl neben einem Moped, kurz vor eurer Abzweigung. Ich habe ihn im Graben liegen sehen, als ich abbremsen musste, ein Holzlaster kam mir entgegen.«
»Tot?«
»Man kann nichts mehr für ihn tun, er ist ziemlich übel zugerichtet, er muss wohl überfahren worden sein.«
»Wer ist es?«
»Schwer zu sagen, so wie er aussieht, aber ich könnte wetten, dass es Janne Lundmark ist.«
»Mein Gott!«
»Nicht nüchtern, natürlich. Man hat fast ein wenig Mitleid mit dem armen Kerl, der ihn überfahren hat. Obwohl er offenbar getürmt ist. Rufst du die Polizei? Ich muss mit den Kindern weiter.«
Mari nickt: »Mache ich. Fahr vorsichtig. Willst du etwas zu trinken?« Letzteres fragt sie, als sie bemerkt, dass Göran ziemlich mitgenommen ist, er schwitzt trotz der Kälte.
Göran folgt ihr ins Haus und bekommt in der Diele ein Glas Saft, während Mari die Polizei verständigt. Anton steht verschreckt hinter der Küchentür und traut sich erst hervor, als sich Göran zwar noch blass, aber etwas gesammelt, mit den Kindern davonmacht.

Es ist Donnerstagmorgen, genau eine Woche nach dem Mord an Bengt. Zwei Alkoholiker, die seit ihrer Kindheit befreundet gewesen waren, sind tot. Mari fährt zur Arbeit und denkt auf dem Weg darüber nach, ob es zwischen den beiden Todesfällen einen Zusammenhang gibt. Aber warum sollte es den geben? Im Innersten verspürt sie eine ganz andere Trauer als am letzten Donnerstag. Jannes Tod berührt sie. Als sie von Hallsered in die Hauptstraße einbiegt, sieht sie ein Polizeiauto und einen Leichenwagen am Straßenrand stehen. Armer Kerl!

Gnade.
Gibt es Gnade? Für alle mit Füßen Getretenen und Beschmutzten. Die sich in den Schlaf weinten. Die nie etwas bekamen.
Gäbe es Gott, dann deswegen. Um Gnade zu erteilen. Genugtuung.
Gerechtigkeit.
Gott. Einer, der nicht verurteilt. Also einer, der nicht menschlich ist. Denn wo immer es Menschen gibt, wird verurteilt.
Wo immer mehr als zwei versammelt sind, gibt es Ausgrenzung. »Du hast die falsche Farbe, falsche Angewohnheit, irgendetwas ist falsch, wir wissen nicht, was es ist. Du taugst nicht. Es gibt dich nicht, denn wir weigern uns, dich zu sehen, weigern uns, dich zu akzeptieren.«
»Du bist zu vertrauensselig.«
»Denn was sich am schönsten träumt und was am sanftesten aussieht, soll am brutalsten und wildesten am Boden zerstört und mit Dreck besudelt werden.«
Oder ist das die Wahrheit Nietzsches? Die Tauglichen stoßen die Untauglichen aus. In einer immer areligiöseren Welt ist das die größte Frage: Wenn es keinen Gott gibt, keine äußere Kraft, die uns diese Pflicht zu Moral und

Güte auferlegt, warum haben wir dann diese Moral und diese Güte? Warum werden sie wertgeschätzt? Sind sie nur eine äußere Hülle, die übriggebliebene Vorstellung von einer allmächtigen Kraft, an die wir nicht mehr länger glauben? Eine Weltordnung, die sich selbst überlebt hat? Denn die Natur des Menschen ist böse, auch wenn wir uns das Gegenteil einbilden wollen.

Was uns am Holocaust am meisten erschreckt, ist nicht, dass so viele starben. Nein, wir erkennen mit Entsetzen, dass genausogut wir selbst die Henker hätten sein können. Unser Selbstbild als guter Mensch ist bedroht.

Nietzsche, ja. Er lebte die letzten elf Jahre seines Lebens als Geisteskranker. Das muss die Strafe Gottes gewesen sein. Wenn es denn einen Gott gibt. Man stelle sich vor, dass man vor seiner eigenen Schwäche so große Angst hat, dass es nötig wird, das Ideal eines Übermenschen zu erfinden, als einzige Methode, um die Furcht vor der eigenen Erbärmlichkeit im Zaum zu halten.

Ich wollte Janne nie schaden.

Die Besprechung der Pflegemaßnahmen ist bald vorbei. Ein älterer Mann, ein gewisser Valdemar Karlsson, und seine Frau Anna sitzen zusammen mit einer Schwester von der chirurgischen Abteilung in einem Winkel im hinteren Teil des langen Stationskorridors. Es ist Montagnachmittag. Carina Ljungström, die Pflegedienstleiterin, ist mit dabei sowie die Arbeitstherapeutin Ros-Marie.

Mari, ein paar Minuten verspätet und außer Atem, muss aus einem Aufenthaltsraum einen Stuhl holen, um sich hinzusetzen. Sie versucht, dem bereits begonnenen Gespräch zu folgen.

Valdemar weint die ganze Zeit, und Anna hält tröstend seine Hand. Mit einem schiefen Mund und einem schlaffen linken Arm, ein Kissen unter der lahmen Hand, sitzt er im Rollstuhl.

Mari liest in den Unterlagen, dass er sechsundsechzig ist, vor einer Woche einen Schlaganfall hatte und dass das Krankenhaus der Ansicht ist, die Behandlung sei abgeschlossen. Er ist ein großer Mann, glatzköpfig, aber mit buschigen Augenbrauen. Sie kennt ihn und seine Frau flüchtig von früher.

»Was halten Sie davon, in die Reha zu gehen und dort ein

Trainingsprogramm zu absolvieren, Valdemar?«, fragt Carina.
Valdemar schaut auf seine Knie und schluchzt. Eine Folge des Schlaganfalles, denkt Mari.
Anna nimmt den Gesprächsfaden auf, man sieht, dass sie eine tüchtige Frau ist, mit erhobenem Kinn und einem resoluten Zug um den fülligen Mund. Sehnig wie ein Waldarbeiter. »Wir wären sehr dankbar, wenn Valdemar in die Reha gehen könnte. Inzwischen habe ich so viel über Schlaganfälle gelesen, dass ich verstanden habe, dass man sich vieles wieder antrainieren kann.« Sie dreht sich zu Valdemar: »Weine jetzt nicht, du wirst sehen, das wird schon wieder.«
So wird es vereinbart. Mari hat nicht viel gesagt, manchmal fragt sie sich, ob sie wirklich bei allen Besprechungen dabei sein muss. Sie verlässt die Station gemeinsam mit Carina, die eines ihrer unförmigen Kleider trägt und das blonde Haar im Nacken zu einem Pferdeschwanz gebunden hat.
»Hast du etwas von Vera gehört?«, fragt sie Mari. »Ich habe ein Fax bekommen, dass sie stationär aufgenommen wurde.«
»In der Psychiatrie. Ich habe gerade daran gedacht, bei ihr vorbeizuschauen. Hast du Zeit mitzukommen?«
»Nein, leider nicht. Ein Treffen mit der Betriebsleitung.«
»Ich habe neulich Marita getroffen«, sagt Mari. »Veras Hauspflegerin. Ihr zufolge ist Vera völlig zusammengebrochen.«
»Wie traurig. Dann wird sie wahrscheinlich nicht so schnell nach Hause kommen?«

»Vermutlich nicht.«
»Du kannst ihr von mir ausrichten, dass ich ein andermal vorbeikomme. Die Frage ist, ob ich ihr nicht eine behindertengerechte Wohnung anbieten sollte.«
In der Psychiatrie sind die Türen geschlossen, und Mari muss klingeln. Nach einer Weile kommt ein hochgewachsener Mann um die fünfundzwanzig und öffnet ihr die Tür. Jonas steht auf seinem Namensschild. Er hat eine seltsame Nase, genauer gesagt hat er keine Nase. Sie besteht nur aus zwei Löchern über dem Mund, auf dessen Oberlippe ein flaumiger Bart sein Bestes versucht, um die Aufmerksamkeit auf sich zu lenken.
»Ich bin Veras Ansprechpartner«, sagt Jonas. »Ich bringe dich zu ihrem Zimmer.«
Er führt Mari durch ein Gewirr an Gängen mit gelben Wänden. Alle Zimmertüren sind geschlossen. Eine Tür öffnet sich einen Spaltbreit und ein verschrecktes und sehr mageres junges Mädchen schaut heraus, bevor es die Tür schnell wieder schließt.
Jonas macht sich große Sorgen um Vera und versucht Mari über sie auszufragen. Irgendwie kommt es Mari nicht richtig vor, sich so in Veras Privatsphäre einzumischen. Sollen bei den Visiten alle ihre Probleme durchgekaut werden? Es muss reichen, dass sie wissen, dass ihr Sohn tot ist. Sie brauchen nicht in allem herumzustochern.
»Vera liegt heute im Bett«, sagt Jonas. »Sie hat die Nacht über schlecht geschlafen, und wir haben ihr Neuroleptika und Propavan geben müssen. Sie fragt die ganze Zeit nach dir und einer gewissen Marita.« Er macht mit seinen langen Armen eine ratlose Geste.

»Das ist ihre Hauspflegerin«, sagt Mari.
»Das ist natürlich eine Reaktion auf den Kummer, aber wir fragen uns, ob dem nicht noch etwas anderes zugrunde liegt. Borderline vielleicht.«
Prahl du ruhig mit deinem schönen Wissen. »Ich möchte gerne mit Vera allein sein.«
Sie bleibt einen Moment lang in der Tür stehen und betrachtet die schlafende Vera. Das strähnige Haar ist über das Kissen verteilt, als habe Vera den Kopf hin- und hergeworfen. Vera, die eigentlich eine kräftige Frau ist, sieht unter der Decke zerbrechlich aus. Die Kiefer beißen im Schlaf unruhig aufeinander. Sie sah schon immer aufgedunsen aus, denkt Mari. So ist es, wenn man über Jahre hinweg Cortison schluckt.
Warum müssen Krankenhauszimmer so trist sein? Ein Bett, ein Nachttisch auf Rädern, ein paar Zeitungen auf einem kleinen Tisch und ein Sessel. Eine kümmerliche, verlorene Yuccapalme. Bleiche Gardinen. Nein, hier muss Farbe her! Die Menschen sollen doch gesund werden, oder?
Mari nimmt den Besucherstuhl und setzt sich neben das Bett. Sie klappt das Gitter herunter und berührt Vera vorsichtig an der linken Hand, um sie nicht zu erschrecken.
»Vera.«
Vera zuckt zusammen und schaut sich verwirrt um. Ihr Blick bleibt an Mari hängen. Eine Sekunde später weint sie.
»Ja, ja. Bist du so traurig, Vera?«
»Berta! Lieber Gott, was soll ich mit Berta machen?«
»Kannst du ihr nicht schreiben?«

»Kannst du nicht hinfahren? Zu Berta.«
»Zu schreiben wäre doch auch gut.«
»Nein! So etwas kann man nicht in einem Brief schreiben.« Veras verweinte Augen sehen aus wie blaue Flecken am Boden eines Eimers Wasser.
»Muss sie es denn wissen?«
»Ja. Meine Sünde Bengt und meine Sünde Berta gegenüber ist groß. Ich habe mich nicht ordentlich um ihn gekümmert. Habe ihn nicht richtig erzogen.«
»Unsinn! Ich habe einen Verwandten in Dänemark, der auch Alkoholiker ist. Er hatte das schönste Zuhause, das ein Kind haben kann, das weiß ich, weil ich die Eltern kenne. Es hängt nicht immer vom Elternhaus ab, ob jemand alkoholkrank wird. Die Menschen wählen ihr Leben selbst. Und Alkohol ist eine Droge, die süchtig macht. Bengt ist ihr verfallen. Das ist nicht deine Schuld.«
Vera legt den Kopf schief und schluchzt. Sie zupft an der Decke und sieht Mari bittend an. »Kannst du nicht zu Berta fahren?«
Mari resigniert. Kopenhagen? Ja, warum nicht?
»OK. Ich verspreche, dass ich darüber nachdenke, falls ich jemanden finde, der mitkommt. Bist du damit zufrieden?«
»Das wäre nett von dir. Ich würde es dir nie vergessen. Du ahnst nicht, was mir das bedeutet.«
»Wenn du so weitermachst, fahre ich nicht. Ich will nur ein einfaches Dankeschön. Sonst nichts. Im Gegenzug musst du mir versprechen zu versuchen, nach vorne zu schauen, dein Leben in Angriff zu nehmen. Du bist fünfundsechzig und kannst hier nicht wie ein Baby herum-

liegen. Natürlich sollst du trauern, das meine ich nicht, aber du darfst dich nicht vergraben.«

Vera hebt das Kinn und seufzt schwer. »Danke. Vielleicht ist es das, was ich hören muss. Du, Mari ... Verzeih ... Äh ... Kannst du nicht versuchen herauszufinden, wer ihn getötet hat?«

»Die Polizei macht gute Arbeit. Versuche, nicht soviel darüber nachzugrübeln, sondern denke daran, wieder zu Kräften zu kommen. Versprich mir das.«

Jonas führt sie unter viel theoretisierendem Gerede hinaus. Mari hört nicht hin, aber bevor die Tür hinter ihr zufällt, sagt sie bestimmt: »Gebt ihr proteinreiche Kost und geht mit ihr spazieren.« Jonas bleibt erstaunt hinter der Glasscheibe stehen.

Mari nimmt den Aufzug hinunter zum nächsten kilometerlangen Korridor, der an einer Seite des rechteckigen Kolosses, der das Krankenhaus von Varberg darstellt, entlangführt. Kleine Sitzgruppen sind an der Glaswand platziert, die auf den Park hinausgeht.

Dieser blanke, surrende Fahrstuhl. Dieser lange, lange Korridor. Diese Wanderung nach Golgotha.

Hier lag Lennart die letzte Woche seines Lebens. Hier ist die Cafeteria, in die sie flüchtete, kurze Pausen mit Kaffee und Gebäck, in der ständigen Angst, dass er ausgerechnet dann sterben würde. Gerade, wenn sie nicht bei ihm wäre. Wie es sich anfühlte, den Korridor entlangzugehen, in die Nische abzubiegen, in der sich die Aufzüge befanden, auf den Knopf zu drücken, zu sehen wie sich die Aufzugtüren schlossen, manchmal einem Gesicht zu begegnen, die Angst im Blick wiederzuerkennen, der Spiegel im Aufzug, in dem ihr eigenes Bild kalt und unwirklich war, dann die Aufzugtüren, die sich öffneten, die paar Schritte bis Zimmer acht, wie es sich anhörte, wenn die Tür quietschend aufglitt. Alles ist auf ewig in ihrer Erinnerung eingeätzt.

Sie hasst dieses Krankenhaus!

Der Kunde, ein Mann um die vierzig, betrachtet kritisch sein frisch geschnittenes Haar. Es ist dick und schwarz. Er dreht den Kopf, um mit Hilfe des großen Spiegels vor dem Stuhl in den kleinen Spiegel schauen zu können, den Gun-Marie hinter ihm hochhält. Mit einer Bürste wedelt sie rasch abgeschnittene Haare aus seinem Nacken und lächelt.

»Ist es so in Ordnung?«

»Sehr gut.« Noch einmal betrachtet er prüfend sein Aussehen, bevor er sich erhebt und auf die kleine Theke zugeht, auf der Gun-Maries Kasse steht. Er versucht zu flirten.

»Das Haar wächst so schnell, dass ich oft kommen muss. Sie ruinieren mich.« Jetzt hört man, dass er einen Akzent hat.

»Das bin ich wert«, scherzt Gun-Marie.

Er bezahlt seine hundertachtzig Kronen und nimmt seine Jacke.

Ein Duft von exklusivem Rasierwasser schwebt durch die Luft, als Mari die Tür von außen öffnet. Sie stoßen fast zusammen. Als Kavalier wartet er, während sie hineingeht, und schließt dann hinter sich die Tür.

»Wer war das?«, fragt Mari.

»Der Typ, der das Häuschen in Prästhult gekauft hat. Er wohnt seit einem halben Jahr ab und zu hier. Er ist wohl Norweger oder so etwas. Besser gesagt Däne. Obwohl man es kaum hört. Ich glaube, er ist Musiker. Er heißt Palle. Süß, oder?«

»Zuwachs in der Riege der hübschen Männer.«

Gun-Marie kratzt sich den pflaumenfarbenen Schopf. Im Sommer war er blond gewesen. Sie sieht verlebt aus, älter als ihre neununddreißig Jahre, hat Ringe unter den Augen und einen gräulich bleichen Teint. »Da hat man wohl keine Chance. Aber ich kann dir sagen, dass ich anfange, Stefan satt zu haben. Er hat nur Pferde- und Fußballwetten im Kopf.«

»Dann hat er wenigstens keine Zeit für andere Frauen.«

»Er hat nicht einmal Zeit für mich. Das letzte Mal, dass wir miteinander geschlafen haben, war, als es eine vorübergehende Unterbrechung bei der Lottoziehung gab.«

»Du Arme. Du solltest diesem Palle ein bisschen den Hof machen. Er sah aus, als hätte er was drauf.«

»Männer sind anstrengend. Hast du Zeit für einen Kaffee? Ich brauche eine Zigarette.«

Mari folgt ihr durch den Salon. Er ist nicht groß. An der linken Wand stehen zwei Frisierstühle und an der rechten die Kassentheke.

Vor der Theke, gleich neben der Tür, befindet sich ein niedriger, mit Zeitschriften übersäter Tisch, daneben ein schwarzes Kunstledersofa. Die Gardinen vor dem Schaufenster sind in violetten Tönen gehalten, die mit der Lavendelfarbe der Tapete harmonieren. Um es noch gemütlicher zu gestalten, hat Gun-Marie außerdem Topfpflanzen aufgestellt. Grüne Palmen und lila Chrysanthemen.

Ganz hinten in einer winzigen Nische befinden sich ein fünfzig Zentimeter breiter Spültisch und eine Kaffeemaschine. Der kleine Raum ist vollgestellt und unaufgeräumt. Mari sucht die daneben liegende Toilette auf. Sie ist für die Kunden gedacht und im Gegensatz zur Teeküche ordentlich. Es riecht nach Putzmittel und Haarwasser. Die Wände, der Teppich und sogar das Toilettenpapier sind rosa.

Nachdem sie sich die Hände gewaschen hat, steht Mari vor dem Spiegel und zupft sich an den Haaren. Sie sind lockig, schulterlang und haben einen roten Ton, der in Richtung Mahagoni geht.

Was soll sie mit ihnen machen? Sie drückt die Hände platt an den Scheitel und versucht sich vorzustellen, wie sie mit richtig kurzen Haaren aussehen würde. Das wäre wohl keine gute Idee. Das Haar stünde sicher ab. Farbe vielleicht? Nein, sie ist so an ihren Ton gewöhnt, und er ist sicher auch nicht leicht zu färben. Sie ist zu dick, man sieht es an den Wangen, die wie der restliche Körper rund sind. Mit einem runden Gesicht stehen einem kurze Haare wohl nicht? Sie dreht ein wenig den Kopf, so dass sie ihr Gesicht im Profil sieht. Die Nase ist doch ganz in Ordnung, oder? Und der Mund?

Sie holt ihren Lippenstift hervor. Das ist eine ihrer Schwächen, es ist zu einer Art Ritual geworden, dass sie sich beinahe jedes Mal einen neuen Lippenstift kauft, wenn ihr monatliches Gehalt kommt.

Sie wirft den Kopf in den Nacken. Na und? Das Leben braucht Farbe. Sie denkt an Antons Worte: »Mama, du bist die schönste Mama der Welt.« Schön, dass wenigstens einer so denkt. Aber die Haare? Am besten fragt sie Gun-Marie.
Gun-Marie hat den Kaffee in Pappbecher geschenkt und ist dabei, sich am Stummel ihrer ersten Zigarette eine zweite anzuzünden.
»Was für ein schrecklicher Mittwoch! Ich hoffe, du hast es nicht so eilig. Dieser Däne und du, ihr seid meine letzten Kunden für heute.«
»OK. Der Kaffee ist gut. Hast du viel zu tun?«
»Viel ist gar kein Ausdruck. Ich habe daran gedacht, einen Stuhl zu vermieten, aber ich glaube kaum, dass sich das lohnt. Man weiß nie, ob es jemand ist, mit dem man zurechtkommt. Stell dir vor, es wäre ein überzeugter Nichtraucher? Deshalb lasse ich es, wie es ist. Heute hatte ich den gesamten Jurassic Park hier.«
»Jurassic Park?«
»Die Mafia der alten Drachen. Alle wollten eine Dauerwelle in ihre grauen Schöpfe, und du kannst dir vorstellen, wie spannend das war. Kann ich bei dir nicht etwas Besonderes machen?« Gun-Marie nimmt einen tiefen Zug von ihrer Zigarette und schaut Maris Haare prüfend an.
»Hauptsache, es ist pflegeleicht.«
»Das verspreche ich.«
Während sich Mari auf den Frisierstuhl setzt, wühlt Gun-Marie in einem Haufen Zeitschriften.
»Es muss hier irgendwo sein. Mist! Hier!« Sie blättert eifrig in einem Katalog mit Frisuren und hält Mari ein

Foto hin. »Asymmetrisch. So kann ich deinen natürlichen Haaransatz ausnützen. Traust du dich?«

»Nur zu! Das wächst sich ja wieder raus.«

Gun-Marie fängt an zu schneiden. Sie ist anfangs sehr konzentriert und beißt sich auf die Zungenspitze. Mari sieht die Haarsträhnen fallen.

»Es ist vermutlich ziemlich kaputt?«, fragt sie.

»Hmmm.« Gun-Marie nimmt eine Haarnadel aus dem Mund, um sprechen zu können. »Nur an den Spitzen. Übrigens, ganz schön unheimlich die Sache mit Bengt und Janne. Stimmt es, dass du Bengt gefunden hast?«

»Ja.«

»War es schlimm?«

»Es war nicht gerade ein Erlebnis, das ich noch einmal haben möchte.«

»Das verstehe ich. War es ein Streit zwischen Betrunkenen?«

»Das hat die Polizei zunächst geglaubt, aber jetzt wohl nicht mehr. Genau weiß ich es auch nicht.« Mari ist sich plötzlich nicht sicher, wieviel sie sagen darf. Ein Friseursalon ist die reine Klatschzentrale. Sie fährt fort: »Hattest du Kontakt zu Bengt?«

»Nein, überhaupt nicht. Zum Glück. Ich habe schon vor vielen Jahren verstanden, was das für ein Scheißkerl war«, antwortet Gun-Marie.

Sie zieht eine Grimasse und greift nach einer Sprühflasche mit Wasser. »Augen zu!«

Mari schließt die Augen. War Gun-Marie als Jugendliche nicht in Bengts Gang gewesen? Sie fragt: »Ihr wart doch mal in derselben Clique?«

»Das ist lange her. Manche werden erwachsen.«
»Was meinst du damit?«
Gun-Marie hält inne und betrachtet Mari im Spiegel. »Einfach, dass man nicht sein Leben lang ein verantwortungsloses Kind bleiben und feiern kann. Das haben Bengt und Janne nie eingesehen. Außerdem hingen sie am Schnaps. Kannst du dir so ein Leben vorstellen? Nur zu leben, um zu trinken.«
»Das stimmt. Man fragt sich, wie sie so auf die schiefe Bahn geraten konnten«, antwortet Mari.
»Bengt war von Geburt an fies. Aber Janne ist früher doch ein bisschen verständig gewesen. In gewisser Weise tut er mir leid. Weißt du noch, wie er in der Schule gemobbt wurde?«
»Jetzt, wo du es sagst.«
»Er war schwach. Janne, meine ich. Beeinflussbar. Wenn er jemanden traf, lief er mit und machte, was man ihm sagte. Das war immer so.« Gun-Marie schüttelt den Kopf. »Aber Bengt hat wohl nur bekommen, was er verdiente. Es ist traurig, das sagen zu müssen, aber ich glaube nicht, dass es jemanden gibt, der um ihn trauert.«
»Vera.«
»Ja, natürlich. Wenn man bedenkt, wie es der armen Vera ergangen ist, kann man froh sein, keine Kinder zu haben.« Mari spürt an der Kammbewegung, dass sie sich auf sensiblem Terrain befinden. Sie beschließt, das Gesprächsthema zu wechseln.
»Für Sven-Göran ist es jedenfalls gut gelaufen.«
Gun-Marie macht ein wütendes Gesicht. »Der! Der hat doch nur Geld im Kopf.«

Offensichtlich ist dieses Thema auch nicht gut. Mari geht dazu über, vom Wetter zu sprechen. Das ist zumindest neutral. Es ist schön, so dazusitzen und gepflegt zu werden, aber seltsamerweise wird immer erwartet, dass man sich beim Friseur unterhält.

Nach einer Weile versucht sie, still zu sein und die andere schneiden zu lassen, während sie ihre Bewegungen im Spiegel verfolgt.

Gun-Marie sieht traurig aus, hat einen bitteren Zug um den Mund. Wahrscheinlich ist sie es leid, tagaus, tagein im gleichen Trott zu gehen. Dieselben Kunden mit demselben Geschwätz zu schneiden und einen Mann zu haben, der sich nicht um sie kümmert.

Sie sollte ausbrechen, denkt Mari. Nichts bindet sie. Keine Kinder, auf die sie Rücksicht nehmen muss. Warum fürchten sich die Menschen immer so davor, etwas Neues auszuprobieren, auch wenn ihnen ihr Leben nicht gefällt? Alles wäre doch besser, als eine verbitterte und vorzeitig gealterte Frau zu enden? Es entfährt ihr: »Dass du nicht mal Urlaub machst?«

»Das sollte ich vielleicht tun. Den Salon eine Weile schließen. Aber ich habe Angst, alleine wegzufahren. Das Geld hätte ich.«

»Ach, man findet immer jemanden, mit dem man sich unterhalten kann. Bestimmt. Du musst nur ein bisschen offen und freundlich zu den Leuten sein, nicht zu große Erwartungen haben.«

Gun-Marie besprüht Mari im Nacken mit der Wasserflasche. »Ich bin ja weiß Gott nicht der netteste Gesellschaftsmensch. Vermutlich habe ich einfach Angst, den

Beweis dafür zu bekommen, dass niemand mit mir zu tun haben will.«

Mari hat Mitleid mit ihr. »Unsinn! Du bist nett und sogar lustig. Natürlich solltest du wegfahren.«

»Wie Else-Britt, die um die Welt reisen durfte.« Gun-Marie schneidet vorsichtig an Maris linkem Ohr entlang und fragt dann: »Hast du sie gesehen?«

»Mein Gott, es ist doch über zwanzig Jahre her, dass sie weg ist.«

»Nein, jetzt meine ich. Sie ist zu Hause. In Lunnered. Sie ist seit ein paar Wochen da. Ich habe sie auf dem Marktplatz in Varberg getroffen. Sie hat sich nicht verändert. Du erinnerst dich vielleicht, dass ihr Vater vor zwei Wochen gestorben ist?«

»Das habe ich nicht mitbekommen. Bleibt sie lange zu Hause?«

»Sie hat mit dem Fotomodelljob aufgehört. Ist mit einem italienischen Unternehmer verheiratet. Sie muss den Hof ihres Vaters räumen und verkaufen, und das wird wohl eine Weile dauern.«

»Es wäre schön, sie zu treffen«, sagt Mari.

Gun-Maries Blick wird lebhaft. »Du! Ich lade sie für Samstag ein, dann kannst du auch kommen. Und wir fragen noch Åke und Lars.«

»Das ist eine gute Idee. Ich komme gerne. Ich kann mit Åke und Lars sprechen, wenn du willst.«

»Schön. Jetzt bin ich fertig. Wie gefällt es dir?«

Mari betrachtet sich im Spiegel.

Es ist anders und neu, aber doch sie.

Gun-Marie hat das Haar auf der linken Seite kürzer geschnitten und hinten fransig. »Das ist schick, es gefällt mir. Danke.«

»Ich muss danken, dass du mich vor der Dauerwellentristesse gerettet hast.«

Die Heimfahrt gestaltet sich gefährlich. Mari ist immer wieder versucht, sich selbst im Rückspiegel zu betrachten. Bei der Abfahrt nach Hallsered landet sie beinahe im Graben, daraufhin dreht sie den Spiegel so, dass sie ihn nicht mehr benutzen kann. Es ist das Geld wert, sich wie ein neuer Mensch zu fühlen.

Oben bei Iris gibt es großen Jubel.

»Mama, du bist wunderschön!«, ruft Anton.

»Es ist ungewöhnlich, aber es steht dir«, sagt Iris. »Willst du einen Kaffee?«

Mari freut sich. »Ich laufe schnell hinunter und hole den Whiskey. Dann können wir auf meine neue Frisur anstoßen.«

Als sie mit der Flasche zurückkommt, ist Anton ins Wohnzimmer gegangen, um fernzusehen. Er hat Gösta vom Sofa vertrieben, der jetzt am Küchentisch sitzt.

Mari gießt die Schnapsgläser voll, die Iris herbeigeholt hat. Sie erzählt von ihrem Besuch bei Gun-Marie und von Else-Britt.

Gösta schielt Iris an. »Es ist schade um das Mädchen«, sagt er.

»Else-Britt?«, fragt Mari.

»Nein, nicht die. Gun-Marie.«

»Wieso?«

»Wärme jetzt nicht alte Geschichten auf«, unterbricht Iris. »Vergiss das, was einmal war.«

»Wer A sagt, muss auch B sagen. Was meinst du?« Mari ist neugierig. »Prost, übrigens!«
»Prost. Erzähl du lieber, Iris.«
»Ich sehe nicht ein, warum ich immer alle unangenehmen Sachen hier im Haus machen soll. Erzähl du!«
Gösta starrt auf sein Glas. »Es ist viele Jahre her, über zwanzig. Es wurde verschwiegen. So wäre es heute wohl nicht gelaufen. Heutzutage achtet man mehr auf so etwas.«
»Worauf?« Mari windet sich auf ihrem Stuhl.
Er murmelt vor sich hin. »Ja, Gun-Marie, sie wurde von ein paar Jungen geschändet.«
Mari sieht ihn erstaunt an. Es ist typisch für Gösta, ein so altmodisches Wort zu verwenden. »Erzähl!«
Iris ist offenbar der Meinung, dass ihr Mann genug geplagt wurde. Sie lehnt sich zurück, legt die Hände auf ihren großen Bauch und spricht leise. »Es waren Bengt, Sven-Göran und Janne. Janne beteiligte sich nicht aktiv, aber er war zumindest dabei.«
»Wie könnt ihr das alles wissen, wenn es verschwiegen wurde?«
»Ich habe dafür gesorgt«, sagt Iris. »Ich half der Diakonissin, die wir damals hatten, und sie wurde in die Sache verwickelt. Wir mussten uns um Gun-Marie kümmern. Dass ich nicht mehr gemacht habe, ist eines der Dinge, die ich in meinem Leben am meisten bereue; aber ich dachte, das Richtige zu tun.« Iris' Stimme zittert. »Gott verzeih mir, aber ich dachte damals wirklich, es sei für das Mädchen das Beste. Und dann gab es noch die Diakonissin, Birgit Persson. Ich glaube, dass Vater Stenström einen etwas zu

großen Einfluss auf sie hatte. Es wurde nicht einmal eine Anzeige bei der Polizei gemacht. Ich war zu feige und habe es oft bereut.«

»Du hast getan, was du damals für richtig hieltst. Es ist immer leichter, im Nachhinein zu urteilen.« Gösta versucht, seine Frau zu beruhigen, die jetzt die Ellenbogen auf den Küchentisch gestützt hat und das Gesicht in den Händen verbirgt.

»Ach, Iris«, sagt Mari. »Du warst nicht allein verantwortlich.«

Es ist schwer, Iris zu trösten. Sie muss nun alles loswerden.

»Das Allerschlimmste ist, dass das Mädchen unfruchtbar wurde. Sie bekam eine Infektion und lag im Krankenhaus. Da war ich nahe daran, zur Polizei zu gehen, aber dann kam Gun-Maries Mutter und bat und bettelte, es bleiben zu lassen.«

»Dahinter steckte bestimmt auch Axel Stenström«, sagt Gösta.

Mari schaut ihn forschend an. »Geld, meinst du?«

»Genau. Sie hat ihre Tochter verkauft.«

»Sag so etwas nicht, Gösta. Wir wissen es doch nicht«, sagt Iris.

»Ich glaube, was ich will«, antwortet Gösta.

Während Mari jedem noch einen Whiskey einschenkt, kommt Anton in die Küche. Seine Augen glänzen, und die Wangen sind gerötet. Mari fühlt ihm die Stirn.

»Anton, ich glaube, du hast Fieber. Bist du krank?«

»Mama, ich bin müde.«

Iris vergisst in der Sorge um ihren Enkel ihren eigenen Kummer und springt auf, um ein Thermometer zu holen.

Sie kommt aus dem Badezimmer zurück und sagt: »Es tut mir leid, aber ich finde keines.«
»Das macht nichts, Iris. Ich habe unten eines.«
»Warte mal. Du brauchst Limonade. Man muss viel trinken, wenn man Fieber hat.« Sie holt eine Coca-Cola und gibt sie der Schwiegertochter mit.
Anton hat neununddreißig Grad Fieber und wird in das Bett seiner Mutter gelegt. Nachdem Mari ein wenig aufgeräumt und sich neben den kleinen, heißen Jungenkörper gelegt hat, hat sie Mühe einzuschlafen.
Sie denkt an das, was Iris und Gösta erzählt haben. Kein Wunder, dass Gun-Marie Bengt verabscheute. Und Janne und Sven-Göran. Janne, der leicht zu beeinflussen war und nur zuschaute. Ein Feigling und armer Tropf. Sven-Göran? Der Geschäftige. Der Entschlossene. Bengt? Der Böse. Das Schlimmste für Gun-Marie musste sein, keine Kinder bekommen zu können. Dieses Mädchen sollte wirklich zusehen, von Sundsby wegzukommen, ist das Letzte, was Mari denkt, bevor sie einschläft.
Im Traum feixt ihre Mutter über die neue Frisur und versucht dabei, ein Laken um Maris Kopf zu wickeln. Plötzlich fängt die Mutter an zu weinen und sagt: »Wie konntest du mir das antun? Hast du das mit deinen Haaren gemacht, nur um mich zu strafen, du böses Kind?«

Am nächsten Tag ist Anton, wie es überraschenderweise bei Kindern oft der Fall ist, fieberfrei. Er darf den Kindergarten dennoch einen Tag schwänzen, sehr zufrieden darüber, von der Oma umsorgt zu werden. Einen Tag später, am Freitag, findet die Beerdigung von Janne statt.

Trotz allem sind relativ viele Leute in der Kirche. Jannes Eltern, eine große Zahl Angehörige und dann noch Åke und Mari. Unmittelbar vor Beginn der Andacht hört Mari noch eine Person die Kirche betreten. Sie dreht sich diskret um und sieht, dass es Sven-Göran ist. Er setzt sich auf eine der hintersten Bänke.

Die Beerdigungsgäste haben ein kleines Heft bekommen, aus dem Mari entnimmt, dass der Eingangspsalm »Trostlied« heißt. Der Sarg, der vorne im Chor aufgebahrt steht, ist aus hellem Kiefernholz, ein Kranz weißer Lilien liegt darauf. Um den Sarg herum hat der Küster oder vielleicht das Beerdigungsinstitut Kränze und Sträuße gelegt. Nelken, Rosen, Gerbera und Lilien. Von gelb, über orange und rot zu blau.

Die stellvertretende Organistin, die Mari nicht kennt, setzt sich vor den Sarg und greift nach einer Gitarre. Ihr Talent nimmt mehr Raum ein, als eine Dorfkirche zu bieten hat, ihr Gesang lässt niemanden unberührt.

Wie ein Segelboot am Strand
ruhtest du in Mutters Arm
zärtlich hielt sie dich und sang vom Himmelsland
als an ihrer Brust du schliefst,
ihre Stimme war so warm,
gab sie deine Zukunft in des Engels Hand.

Nach dem Lied ist es in der Kirche ganz still, Mari fühlt sich, als habe sie ein Betäubungsmittel bekommen. Dann beginnt der Pfarrer, der junge, moderne Anders Nilsson, über die Verlorenheit des Menschen zu sprechen, darüber, seinen Frieden bei Gott zu finden und dass die Kleinsten die Größten sein werden. Mari sitzt schräg hinter Einar und Inga Lundmark. Sie sitzen mit gesenkten Köpfen da, aber weinen nicht. Hoffentlich sind ihnen die Worte, die dort vorne gesagt werden, ein kleiner Trost. Es ist alles aus Staub geworden und wird wieder zu Staub.

Evert Svensson ruft am Samstagmorgen an. Was hat ein Polizist eigentlich für Arbeitszeiten? Er will wissen, ob Janne öfter Mari besuchte.

»Janne war nie bei mir. Warum?«

»Na ja, ich habe nur überlegt, wohin er unterwegs gewesen sein könnte. Er wurde schließlich vor Ihrer Abzweigung gefunden, aber das heißt noch nicht, dass er zu Ihnen wollte. Er kann genausogut auf dem Weg nach oder von Lunnered gewesen sein.«

»Wenn er auf unserer Seite der Straße gefunden wurde, müsste er auf dem Weg nach Lunnered gewesen sein«, sagt Mari.

»Das ist anzunehmen, aber wir können nicht ganz sicher sein. Es war ein ziemlich starker Zusammenprall.«

»Haben Sie keine Spuren?«

»Nein. Hätten wir wenigstens ein Auto, dann gäbe es etwas, wonach wir suchen könnten. Kratzer, Blutspuren, ja, Sie wissen schon. Aber wir haben nichts.«

»Wie bei Bengt also?«

»In dem Fall sind wir dabei, einer Spur nachzugehen. Er war vor ein paar Jahren in eine Schmuggelgeschichte involviert, und nun überprüfen wir einen Kerl, der damals auch unter Verdacht stand. Mal sehen, wohin das führt.«

»Allen wäre geholfen, wenn das geklärt wäre«, sagt Mari, »nicht zuletzt Vera. Wie geht es übrigens den Kindern?«
Es ist einen Moment lang still im Hörer, bis Svensson versteht, wovon sie spricht. »Ach, natürlich. Sie waren krank, als wir das letzte Mal miteinander sprachen. Ja, es geht ihnen gut. Jetzt bin ich an der Reihe. Sie kennen kein Hausmittel gegen Schnupfen?«
»Leider nein. Die medizinische Wissenschaft ist da machtlos. Versuchen Sie es mit Schnaps.«

Eine Stunde später befinden sich Mari, Åke und Anton auf dem Weg nach Varberg. Mari wiederholt, was sie aus dem Telefongespräch erfahren hat.
»Er ist ziemlich viel mit diesem Moped herumgefahren«, sagt Åke. »Erstaunlicherweise war er dabei meistens nüchtern. Ich weiß, dass er ab und zu in eine Kontrolle geraten ist, ohne dass ihm Alkohol nachgewiesen werden konnte. Er kann natürlich auch Tabletten geschluckt haben, das ist ohne Blutprobe schwer festzustellen. Jedenfalls weiß ich soviel, dass er am Mittwochabend nüchtern war.«
»Hatte er nicht beinahe überall Bekannte?«, fragt Mari.
»Ja, klar. Saufkumpane.«
»Es ist so eine Tragödie. Ich frage mich, ob es eine Verbindung zu dem Mord an Bengt geben könnte?«
»Sicherlich nicht«, antwortet Åke.
Sie landen bei einem Herrenausstatter, Mari soll Åke beraten. Ihm gefällt ein graues Jackett aus einem groben Wollstoff.
»Das ist schön«, sagt Mari. »Aber zu klein.« Sie winkt

einer Dame zu, die in dem Geschäft arbeitet. »Haben Sie das in einer anderen Größe?«
Die Verkäuferin, eine kleine blonde Frau, sieht zu Åke auf. Mari muss beinahe lachen. Åke sieht aus wie ein Elefant, der jeden Moment die Kleiderständer umschmeißen wird. Die Frau findet zum Glück die passende Größe und hilft ihnen auch, Hemden auszusuchen. Åke wählt ein blauweiß gestreiftes.
»Eigentlich bräuchte ich noch ein paar mehr Hemden«, sagt er. »Das hier ist schön.« Er hat ein rotschwarz kariertes Flanellhemd entdeckt. Mari sieht ein hellblaues aus dünner Baumwolle, das ihr gefällt, aber sie sagt nichts. Er kauft das karierte zusammen mit den anderen Sachen und legt auch noch zehn Unterhosen und zehn Paar Strümpfe dazu. Die Strümpfe sind alle in derselben Farbe.
»Am besten kauft man alle gleich. Sonst verschwindet der eine Strumpf, und dann habe ich zum Schluss lauter einzelne.«
»Hast du geschaut, ob die Waschmaschine sie nicht frisst?«, fragt Mari. Anton zieht sie am Bein. »Gehen wir bald ins Café?«
»Gleich, Anton.«
Sie gehen über den Marktplatz Richtung Parfümerie Viola. Mari will etwas für Gun-Marie kaufen.
»Warte! Ich hole nur schnell eine Begonie«, sagt sie, und sie bleiben an einem der Marktstände gegenüber der Kirche stehen. Wie jeden Donnerstag ist es voll, und Mari muss eine Weile warten, bis sie an der Reihe ist. Als sie ihre Blume bekommen hat und sich umdreht, sieht sie, dass Åke mit einer älteren Dame spricht. Die Alte stützt sich

auf ihre Gehhilfe, in deren Korb Einkaufstüten und eine Handtasche liegen. Um Åke ins Gesicht sehen zu können, hält die Frau ihren Kopf schief nach oben gewandt. Es bläst ein kräftiger Wind, in Varberg ist es meistens windig, und die ungewöhnliche Kopfhaltung bewirkt, dass die schwarze Häkelmütze auf dem Kopf der Dame beinahe hinunterfällt. Sie hebt eine Hand, um sie festzuhalten.

»Fräulein Ida!«, sagt Mari, als sie auf die beiden zugeht.

»Mari! Wie nett. Ist das dein kleiner Junge?« Sie streicht Anton, der jetzt auf Åkes Arm sitzt, über die Wange.

»Mama, ich habe Durst.« Anton schaut interessiert auf die Frau vor ihm. »Warum bist du so runzelig?«

»Weil ich so alt bin. Als deine Mutter klein war, war ich ihre Lehrerin.«

»Ist das hundert Jahre her?«

»Fast«, antwortet Ida.

Åke wirft ein: »Wir wollen einen Kaffee trinken gehen. Möchten Sie mitkommen, Fräulein Ida?«

»Ja, gerne. Ich kann nur nicht so weit laufen.«

»Können wir nicht zu Mignon gehen?«, schlägt Mari vor.

»Wenn ihr vorgeht, dann kaufe ich nur noch schnell ein Geschenk.«

Als Mari ins Café Mignon kommt, sitzen Åke und Anton mit Fräulein Ida an einem Fenstertisch in der Nähe der mit Gebäck und Kuchen überhäuften Theke. Åke hat eine große Kanne Kaffee bestellt. Anton hat endlich seine Cola bekommen.

»Sie haben hier auch einiges verändert«, sagt Ida. »Früher sah es ein bisschen anders aus. Es war irgendwie altmodischer. Festlicher.«

»Das ist der richtige Ausdruck«, sagt Mari. »Es war ein großes Abenteuer, wenn man in die Stadt kam und ins Café gehen durfte.« Sie schaut zu dem schönen weißen Glasdach mit dem Lilienmuster in Beige und Braun empor. Wie gut, dass wenigstens das bewahrt wurde. Über der Theke hängt ein Regal mit alten Kaffeekesseln und Keksdosen. »Wohnen Sie hier in der Nähe, Fräulein Ida?«, fragt sie.

»Ich habe eine kleine Wohnung in der Östra Vallgata. Ich bin von Sundsby fortgezogen, als ich in Pension ging. Darüber bin ich froh. In der Stadt ist mehr los.«

»Sie sind ursprünglich nicht aus dieser Gegend, oder?«, fragt Åke.

»Nein. Ich wurde ich Växjö geboren, aber ich habe dort keine Familie mehr.« Ein wehmütiger Ausdruck überzieht Idas faltiges Gesicht. Sie wirkt ein bisschen schelmisch, denkt Mari. Wie ein Eichhörnchen. Vielleicht liegt das an den haselnussbraunen Augen hinter der feinen goldgefassten Brille. Die alte Dame fährt fort: »Ich bin so alt, dass ich alle überlebt habe.«

»Wie alt bist du?«, fragt Anton.

»Ich bin siebenundachtzig.«

»Ist das soviel wie hundert?«

»Fast, mein Junge, Anton war dein Name? Du musst so fünf, sechs Jahre alt sein?«

»Ich werde sechs. In einem Jahr komme ich in die Schule.«

»Das ist wunderbar. Und wie geht es euch jungen Leuten so? Bist du nicht Polizist?«

Åke nickt. »Ich bin Polizist. Aber ob ich noch jung bin, ist wohl eher zweifelhaft. Ich bin einundvierzig.«

»Alles ist relativ. Es hängt davon ab, womit man vergleicht. Was machst du, Mari? Warte. Ich weiß es. Lass mich kurz überlegen, das Gedächtnis beginnt nachzulassen. Ja, du bist Kreiskrankenschwester.«
»Das stimmt. Anton und ich wohnen bei den Eltern von Lennart.«
»Ja, richtig. Du bist Witwe. Ist es jetzt zwei Jahre her?«
»Fast vier. Lennart war nur ein halbes Jahr krank, bevor er starb. Hodenkrebs.«
Ida kneift die Lippen zusammen und sieht besorgt aus. »Mädchen. Es ist nicht immer leicht, Mensch zu sein.«
Mari lächelt die alte Dame an, antwortet aber nicht auf ihre Äußerung. Sie gießt ihnen Kaffee nach und sagt: »Jetzt müssen Sie erzählen, Fräulein Ida. Waren wir schlimm, als wir zur Schule gingen?«
»Ich finde nicht, dass ich jemals schlimme Kinder hatte. Ein paar waren natürlich wilder als andere. Aber ihr beide wart sehr tüchtig. Apropos wild. Ich habe in den Hallands Nyheter etwas über Bengt und Janne gelesen. Bengt war ein nicht zu bändigender Bursche, und er konnte böse zu anderen sein. Zu Janne war er nicht nett. Der arme Janne. Ich glaube, sein Leben wäre nicht so unglücklich verlaufen, hätte man ihn in der Schule nicht so gemein behandelt.«
Mari stutzt. »Seltsam. Das sagen alle, mit denen man nach Jannes Tod spricht.«
»Du musst bedenken, dass ich euch nur die ersten drei Jahre hatte, und da ging es ganz gut. Ich glaube, das Mobbing fing an, als ihr in die Mittelstufe kamt. Es gab damals ziemlichen Ärger. Ich hätte vielleicht mehr für den Jungen

tun können, aber wie ihr wisst, entschied Rektor Johansson über alles.« Ida gießt Sahne in ihren Kaffee und fährt fort: »An der Schule war keine gute Stimmung. Vielen erging es schlecht. Hatten sie zu Hause auch nur die geringsten Probleme, schienen sie dem Mobbing noch stärker ausgesetzt. So wie Lars. Oder ein paar Mädchen, Else-Britt und Gun-Marie, die hatten es auch schwer.«
»Lars?« Åke sieht erstaunt aus und Mari pflichtet ihm bei. »Für ihn lief es doch gut?«
»Anfangs nicht, Kind. Die anderen waren gemein zu ihm. Er hatte es schwer, sein Vater trank. Aber als der Vater dann starb, bekam Lars immer bessere Noten. Und wurde schließlich Arzt. Die Mädchen lebten auch in schwierigen familiären Verhältnissen. Vor allem Else-Britt, ihre Mutter war nicht gesund. Und Gun-Marie hatte auch Pech.« Ida wiegt bedauernd den Kopf.
»Woran Sie sich alles erinnern, Fräulein Ida«, sagt Mari und wird von einer Welle der Dankbarkeit Onkel Erik gegenüber erfasst.
»Ihr müsst das verstehen. Ich habe keine eigenen Kinder. Meine Schüler waren meine Kinder. Man freut sich mit denen, die erfolgreich sind, und bedauert, wenn etwas schiefgeht. Sven-Göran ist auch ein Junge, der später Glück hatte. Trotz allem. Else-Britt hat mich übrigens letzte Woche besucht. Sie ist hier, um den Hof zu räumen und zu verkaufen.«
»Wir treffen sie heute abend. Bei Gun-Marie«, sagt Åke. »Lars kommt auch.«
»Dann müsst ihr sie alle von mir grüßen.«
Mari und Åke helfen Fräulein Ida mit ihrem Paket und

dem Rollator. Sie stehen vor dem Café und sehen, wie sie stolpernd in die Kyrkogata einbiegt. Sie wirkt zerbrechlich, und Mari wundert sich darüber, wie sie einmal soviel Respekt vor dieser Frau haben konnte.

Gun-Marie hat den Tisch mit einem dunkelgrünen Tischtuch und weißem Porzellan gedeckt und zwei orangefarbene Gerbera in eine Vase gestellt. Das Wohnzimmer besteht aus einer Sofagruppe auf der einen Seite des Zimmers und einem Esstisch auf der anderen. In kleinen Schalen brennen Kerzen, aus der Küche duftet es nach Essen, und die Wohnung wirkt einladend wie ein Bild aus einer Zeitschrift mit Einrichtungstipps.
Als Åke und Mari eintreffen, sitzen Lars und Else-Britt schon mit einem Bier in der Hand auf dem Sofa. Lars sitzt zurückgelehnt, die Hand mit dem Bierglas ruht auf der Armlehne. Er trägt Jeans und einen dunkelblauen Pullover. Er spricht nicht viel, sondern hört statt dessen den anderen mit einem leichten Lächeln auf den Lippen zu.
Åke lässt sich auf einem Sessel nieder, direkt gegenüber von Else-Britt. Er sieht den Traum seiner schlaflosen Jugendnächte an und stellt fest, dass sie noch immer genauso schön ist, trotz der gut zwanzig Jahre, die vergangen sind, seit er sie das letzte Mal gesehen hat. Irgendetwas an Else-Britt lockt, vielleicht das Unerreichbare. Wie eine schöne, zarte und durchscheinende Elfe, die verschwindet, sobald man die Hand nach ihr ausstreckt. Verführerisch und dennoch ungefährlich, weil jemand wie er nie eine Frau wie Else-Britt bekommen kann. Åke wird klar, dass er sie damals gar nicht wirklich wollte, so wenig wie heute. Worin

er verliebt war, war der Traum. Der Traum vom Holden. Süßen. Schönheit contra Stärke, wobei er für die männliche Kraft stand, die das Schwache beschützte. Sie war für ihn und seine gleichaltrigen Kameraden identitätsstiftend gewesen. Er betrachtet sie eingehend. Ihr Haar hängt noch genauso blond bis über die Schultern, die Augen sind noch genauso groß und blau, das Lachen genauso bescheiden. Ihre Nase ist gerade, und der sinnlich gebogene Mund ist voll, verlockend. Auf den hohen Wangenknochen schimmert bronzefarbenes Rouge, und die Augen sind geschminkt. Es sieht schön aus, verleiht ihrem bleichen Teint Leben. Es gibt Anzeichen von Falten, aber sie entstellen nichts. Eher prägen sie eine unfertige Schönheit zur Vollendung. Sogar Åke kann erkennen, dass das scheinbar einfache hellblaue Kleid, das sie trägt, von hoher Qualität ist und sicher einiges gekostet hat. Sie bewegt sich heute anders als früher. Selbstbewusster und weltgewandter. Jetzt lacht sie als Antwort auf eine Frage von Mari.

»Glamour? Eigentlich nicht. Klar, es hängt davon ab, was gemeint ist. Aber der Job als Fotomodell ist anstrengend. Man muss hart arbeiten.«

Gun-Marie, die an einem Ende des Couchtisches auf einem Sprossenstuhl sitzt, beugt sich neugierig vor. »Wie geht es da eigentlich zu?«

»Es werden die ganze Zeit Fotos geschossen, und es kommt darauf an, dem Fotografen zu helfen, sie so gut wie möglich zu machen. Manche Fotografen arbeiten dabei besser als gewisse Models. Es ist Teamwork. Manchmal werden Bilder draußen in der Kälte aufgenommen, und dann muss man den ganzen Tag frieren. Manchmal ist es

so heiß, dass man schwitzt. Und du musst die ganze Zeit an dich selbst denken. Dein Aussehen ist dein Kapital. Du darfst keinen Kuchen essen und musst darauf achten, genug Schlaf zu bekommen. Sonst fliegt man sofort raus.«
»Kommt man dann nicht auf den Gedanken, eine Menge Drogen und so etwas zu nehmen?«
»Nein, das funktioniert nicht. Die Models, die damit anfangen, sind schnell weg aus der Branche. Aber es ist eine harte Welt, junge Mädchen müssen wirklich ein dickes Fell haben und wissen, was sie tun, damit sie nicht auf die schiefe Bahn geraten.«
»Du bist sicher viel gereist?« Gun-Marie schaut sehnsüchtig.
»Ja, das bin ich. Das war das Beste an dem Job. Ich habe so viel von der Welt gesehen und unglaublich viele Menschen kennengelernt.«
Gun-Marie steht auf. »Kommt, bitte! Jetzt wollen wir essen. Dann darfst du von den vielen Prominenten erzählen.«
Gun-Marie serviert ein Hühnergericht, dazu gibt es Rotwein. Else-Britt hat tatsächlich einige berühmte Leute getroffen, und Åke sieht Mari und Gun-Marie an, dass sie die Details über Aussehen und Liebesgeschichten förmlich aufsaugen. Frauen sind seltsam. Kann es so interessant sein, wie diese Künstler privat leben? Er widmet sich seinen eigenen Gedanken und dem Essen und hört dem Gespräch der anderen nur zerstreut zu. Neben ihm sitzt Mari, und er schielt verstohlen zu ihr. Hat sie nicht etwas mit ihren Haaren gemacht? Sie lacht viel, und ihre Wangen sind gerötet. Åke ist glücklich, wenn sie froh ist. Er

erinnert sich an das Treffen mit Fräulein Ida. Während Mari Parfüm kaufte und Ida, Anton und er im Café saßen, hatte Fräulein Ida angedeutet, dass sie Åke und Mari für ein Paar hielt. »Wie schön, dass der Junge einen neuen Vater bekommt«, hatte sie gesagt. Åke hatte nur gebrummt und ihr nicht widersprochen. Das spielte schließlich keine Rolle. Sie durfte das ruhig glauben, und tatsächlich war er ein wenig wie ein Papa für Anton. Wie Gösta, der sich auch um den Jungen kümmerte. Er ist ein nettes Kind, denkt er. Er hängt richtig an Åke, der trotz seiner scheinbaren Zuversicht nicht genau weiß, wie er mit diesem Vertrauen umgehen soll. Diese unverstellte Bewunderung und Verehrung. Åke befürchtet, den Jungen eines Tages zu enttäuschen, indem er etwas »Falsches« sagt oder tut. Das alte Gefühl, dass niemand ihn richtig gern haben kann, überträgt er auf ein Kind! Åke erkennt die Mechanismen, aber was so tief sitzt, hat starke Wurzeln.

Ihm gegenüber sitzt Lars, und Åke denkt, dass er sich vielleicht mit ihm unterhalten sollte. Er hat allerdings noch nie genau gewusst, worüber er mit Lars reden sollte. Er gehört einer anderen, für Åke nicht definierbaren Welt an. Einer Welt ohne Arbeiterhände, ohne Fleischwurst, ohne Schnaps und das letzte Album von Sven-Ingvar. Mari scheint nie Probleme zu haben, mit Lars zu reden. Aber sie arbeiten auch zusammen.

»Hast du zur Zeit viel Arbeit?«, fragt er Lars.

»Ja, das hört nicht auf. Es gibt immer mehr zu tun. Aber das ist bei euch wahrscheinlich genauso?«

»Ja, das stimmt. Kürzungen und Einsparungen. Verdammter öffentlicher Dienst.«

»Es ist hart«, sagt Lars. »Wir sollen die Diener der Allgemeinheit sein, bekommen aber keine Ressourcen. Habt ihr den Kerl erwischt, der Bengt getötet hat?« Lars beugt sich über seinen Teller, so dass ihm die Haare in die Stirn hängen. Er schaut Åke fragend unter seiner Locke hervor an.

»Nein. Wir haben keine Spur oder besser gesagt, die Spur, die wir haben, führt nirgendwohin.«

Lars nimmt einen Schluck Wein, bevor er sagt: »Das ist schrecklich. Und der arme Janne. Auch da keine Spur?«

»Nein. Nichts. Jemand hat ihn in der Dunkelheit überfahren, und wir haben nicht die leiseste Ahnung, wer es war. Wir haben keine Hinweise erhalten.«

»Kann es ein Betrunkener gewesen sein? Weil er Fahrerflucht begangen hat, meine ich.«

»Sicherlich«, antwortet Åke. »Aber Janne selbst war nüchtern. Er hatte keinen Alkohol und auch keine Medikamente im Blut. Soweit wir wissen, war auch das Moped vor dem Unfall völlig in Ordnung.«

Lars schüttelt den Kopf, so dass seine Locke einen Moment lang nach hinten wandert, bevor sie wieder in die Stirn fällt. »Das ist scheußlich.«

Nach dem Essen hilft Åke, den Tisch abzuräumen. Er trägt das Geschirr hinaus zur Spüle. Else-Britt und Mari haben den Tisch kurz vor ihm verlassen, sie stehen vor dem Herd und unterhalten sich. Sie unterbrechen das Gespräch nicht, als er hereinkommt.

»Wie traurig, das mit deinem Vater«, sagt Mari.

»Er hat sich zu Tode gegrämt.«

»Wie meinst du das?«

»Die Sache mit Mama, und dann, dass er gezwungen war, die Milchproduktion niederzulegen. Er war erst sechsundfünfzig. Eigentlich war er Rentner, aber er kannte nichts anderes als zu arbeiten.«

»Was ist mit deiner Mutter? War er so traurig, als sie starb?«

»Mama ist nicht tot. Weißt du das nicht? Sie ist krank. Seit vielen Jahren.«

»Davon hatte ich keine Ahnung. Iris weiß das bestimmt, aber wir sprechen nicht über alles. Was für eine Krankheit hat sie?«

»Es fing an, als ich ein Kind war. Vielleicht schon bevor ich geboren wurde. Sie hatte immer schwache Nerven. Dann bekam sie vor über fünfundzwanzig Jahren eine religiöse Erleuchtung. Sie ließ sich zur Diakonissin ausbilden und arbeitete als solche ein Jahr lang. Dann schlug alles um. Sie bekam eine Psychose, aus der sie nie herausgekommen ist.«

»Jetzt verstehe ich«, sagt Mari. »Birgit Persson, Iris erwähnte sie. Sie hat wohl geglaubt, ich wüsste, wen sie meinte.«

»Das ist meine Mutter, ja.«

»Ist irgendetwas Besonderes passiert?«

Else-Britt denkt nach: »Nein. Ja. Ich meine, möglicherweise war da was. Aber weißt du, so ein Beruf. Es passieren immer wieder schlimme Sachen, Menschen werden krank, sterben und so weiter. Mama kam damit nicht zurecht. Ich glaube, sie wäre in jedem Fall krank geworden, auch wenn sie nicht Diakonissin gewesen wäre. Es hatte schon lange Anzeichen gegeben.«

»Wie schrecklich«, sagt Mari. »Ich hatte keine Ahnung.«
»Es ist nicht verwunderlich, dass du es nicht wusstest. Wir waren Teenager in der Zeit und haben wahrscheinlich nicht gerade über solche Dinge nachgedacht, wie es den Leuten geht und so, meine ich. Mama kam ins Krankenhaus, und das war entsetzlich. Zum Glück zog Tante Elsa zu uns, und solange sie da war, ging es Papa ganz gut. Aber sie starb vor fünf Jahren.«
»Daran erinnere ich mich. Als Elsa krank war, war ich oft dort«, sagt Mari. »Aber wir haben nie über deine Mutter gesprochen. Ich bin einfach davon ausgegangen, dass sie tot ist.«
»Sie ist in einem Pflegeheim in Småland. Jetzt vermutet der Arzt, dass sie auch noch Alzheimer hat.«
»Das ist schlimm.« Mari legt ihren Arm um Else-Britt, um ihr Mitgefühl auszudrücken.
»Ich weiß nicht. Ich denke, wenn sie nichts mehr mitbekommt, braucht sie vielleicht auch nicht zu leiden.«
»Das ist natürlich wahr.«
»Ich bin damals vor allem aus diesem Grund von hier weggegangen. Sonst wäre ich vielleicht geblieben. Es ist erstaunlich, wie verschiedene Ereignisse dein Leben prägen können.«
»Ich kann mir vorstellen, dass das deinen Vater hart getroffen hat.«
»Ja, natürlich. Und dann die Sache mit den Kühen. Heutzutage gibt es so seltsame Regeln. Wenn man zu wenig Kühe hat, muss man dafür bezahlen, dass die Milch abgeholt wird. Papa hatte acht Kühe. Das rentierte sich kaum, aber die Kühe waren in gewisser Weise sein Leben. Wenn

die Gedanken an Mama zu schwer wurden, flüchtete er in den Stall. Und dann konnte er seine geliebten Kühe nicht länger behalten. Er starb an einem Herzinfarkt. Aber ich glaube, man kann sagen, dass sein Herz brach.«

»Hast du einen Käufer für den Hof? Es ist wahrscheinlich auch noch ein wenig Wald dabei?«

»Fünfundzwanzig Hektar. Ja, ich habe einen Käufer und könnte schon verkauft haben, aber ich zögere es noch hinaus.«

»Warum das?«

Else-Britt lacht und schüttelt ihre blonde Mähne. »Sentimentalität. Es fällt mir ganz einfach schwer. Manchmal kommt mir in den Sinn, mein jetziges Leben aufzugeben und hierher zurückzuziehen. Und im nächsten Moment denke ich, dass das nie funktionieren würde. Außerdem bin ich mit einem Italiener verheiratet. Ich schiebe es nur immer weiter auf. Ich kann keine Entscheidung treffen. Aber Sven-Göran will den Hof kaufen.«

»Sven-Göran?«

»Er war diese Woche da und hat sich alles angeschaut. Ich habe ein gutes Angebot bekommen, also werde ich wahrscheinlich zuschlagen. Mir fehlt nur noch das Gefühl, mit allem hier abgeschlossen zu haben.«

Åke spült gerade den letzten Teller ab, als Gun-Marie in die Küche kommt und sie zurück ins Wohnzimmer bugsiert. Lars und Else-Britt beginnen ein Gespräch über italienische Weine. Åke ist neben Mari auf dem Sofa gelandet. Sie sitzt dicht neben ihm, so dicht, dass er ihren Duft wahrnehmen kann. Ihre linke Hand liegt nur einen halben Meter von seiner entfernt. Er schaut sie an, sie hat lange

Finger. Er widersteht dem Impuls, seine Hand auszustrecken und sie auf die ihre zu legen.
Der Rest des Abends verfliegt bei Kaffee und dem Gespräch über Erinnerungen an die Schulzeit. Mari und Åke brechen in dem Moment auf, als Stefan nach Hause kommt. Man merkt Stefan an, dass er leicht betrunken ist, aber er ist guter Laune.
»Ein Kumpel und ich haben heute siebenhundertfünfzig Kronen gewonnen, deshalb waren wir in der Pizzeria und haben gefeiert.« Er gibt ihnen die Hand. »Geht ihr schon?«
Mari lacht. »Es ist elf Uhr.«
Stefan bleibt an der Haustür stehen, während sie ihre Jacken anziehen. Else-Britt und Gun-Marie gesellen sich zu ihnen. Es gibt ein kurzes Hin und Her darüber, wie Else-Britt nach Hause kommt, Gun-Marie hat Wein getrunken und kann sie nicht fahren.
»Ich hatte daran gedacht, Stefan zu bitten, dich zu fahren, aber das ist jetzt wohl kaum angebracht.«
»Ich fahre dich«, sagt Åke. »Willst du auch mit, Lars?«
»Nein, ich wohne in der Nähe. Ich gehe zu Fuß.« Er lacht, zieht einen dunkelblauen Mantel an, sie verabschieden sich und treten hinaus in die Nacht. Lars verschwindet den Hügel hinauf, wo er in einem der Einfamilienhäuser wohnt.
Åke muss die Scheiben frei kratzen. Er wartet kurz mit laufendem Motor, bis die Windschutzscheibe nicht mehr beschlagen ist, bevor er Richtung Lunnered fährt. Mari und Else-Britt haben sich auf die Rückbank gesetzt. Ihm fällt auf, dass Mari von dem Wein angetrunken ist.

»Kannst du nicht bald Kommissar werden, damit du ein besseres Auto bekommst?«, ruft sie, um die Lüftung zu übertönen.

»Die verdienen auch nicht mehr. Außerdem gibt es kein besseres Auto als einen alten Volvo.«

Die Frauen kichern auf dem Rücksitz. Åke versteht nur vereinzelte Bruchstücke ihres Gesprächs. Als sie sich Lunnered nähern, hört er Else-Britts Stimme: »Du! Erzähl das mit meiner Mutter nicht Gun-Marie. Es ist etwas heikel.«

Sie setzen Else-Britt ab, und Mari kommt nach vorne auf den Beifahrersitz.

Sie ist still, und er hat nicht das Bedürfnis, über das Wetter zu sprechen. Aber es gibt eine Sache, die er sagen will. Er dreht und wendet die Worte zunächst in seinem Kopf, bevor er sich räuspert und sagt: »Du, Mari. Fräulein Ida dachte, du seist meine Frau. Ich meine, na ja, du weißt schon, es könnte doch wirklich so sein.« Jetzt ist es heraus, und zitternd wartet er auf eine Antwort. Aber Mari schweigt, und er dreht sich um und schaut sie an. Sie ist mit dem Kopf an die Tür gelehnt eingeschlafen.

Verachtung.

»Verzeih ihnen, Vater, denn sie wissen nicht, was sie tun.« So sprach er, Jesus. Unmittelbar bevor die Wächter, die ihn kreuzigten, seine Kleider unter sich aufteilten und verlosten. Was er eigentlich sagte, war, dass sie so unbegabt waren, so gleichgültig, so abgestumpft, dass sie nicht zurechnungsfähig waren. Diejenigen, die dort am Kreuz standen. Diejenigen, die höhnten. Die spotteten.

Ich bin mehr und mehr davon überzeugt, dass Nietzsche ein verspottetes Kind war. Ein Zyniker. Einer, der in »ich« und »sie« unterteilte.

Ich bin OK, alle anderen sind nicht OK. Sie.

Die mich verhöhnten, so dass mein Herz brach. So dass ich es nicht ertrug.

Um zu überleben, muss ich sie verachten.

War es das, was Jesus tat? Er verachtete den Mob. Vielleicht war es nicht unendliche Menschenliebe, die sein Ausspruch zum Ausdruck brachte, sondern vielmehr tiefe Verachtung?

Auf Verachtung folgt Hass.

Wenn nicht Liebe den Organismus nährt, tritt Hass an ihre Stelle.

Ich kann Anton eine Geschichte vorlesen.«
Åke nimmt den Jungen auf den Arm und trägt ihn in sein Zimmer.
Mari macht sich an den Abwasch und hört, wie die beiden auf dem Bett miteinander ringen und Åke sich besiegen lässt. Sie lacht leise.
Nach einer Weile verstummt das ausgelassene Geschrei, um von Åkes dunkler, eindringlicher Stimme abgelöst zu werden. Er liest die Geschichte vom Kobold aus Korvatunturi, eine von Antons Lieblingserzählungen. Kinder haben ein Bedürfnis nach Ritualen. Alles muss sein wie immer und gemäß einer bestimmten Ordnung vor sich gehen. Das schafft Sicherheit.
Auch Erwachsene haben Sehnsucht nach Kontinuität. Die große Wahlfreiheit, die Forderung nach Selbstverwirklichung sind nicht immer zum Besten. Es kann Rastlosigkeit schaffen. Die ausgeglichensten, zufriedensten Menschen, die Mari bisher getroffen hat, waren diejenigen, die ihr ganzes Leben an ein und demselben Ort verbrachten. Wie Onkel Erik. Sie lacht auch bei der Erinnerung an Axel aus Aranäs, der nur von Fleischwurst und Pellkartoffeln lebte. In seinem Haus gab es nur kaltes Wasser, und vermutlich hat er in seinem ganzen Leben nicht ein-

mal gebadet. Dafür hatte er keine Identitätsprobleme. Er wusste, wer er war, und kannte seinen Platz. Außerdem grübelte er über sämtliche Ideen, die Philosophen jemals hatten, und betrachtete sie von allen Seiten, und das mit nur sechs Jahren Volksschulbildung. Es ist schade, dass der Alte tot ist. Sie vermisst den wöchentlichen Besuch bei ihm, wenn sie an seinem Küchentisch saß und Tabletten in seinen Pillendöschen verteilte. Den knisternden Holzofen. Die schmutzige Tasse, in der der Kaffeesatz wie ein zähflüssiger Brei lag. Die Diskussionen über Gott und die Welt.

Sie spült den letzten Teller vom gemeinsamen Abendessen. Wenn Anton eingeschlafen ist, will sie Åke fragen, ob er sich vorstellen kann, mit ihr nach Kopenhagen zu fahren. Es ist bereits November, und wenn sie noch vor Weihnachten fahren wollen, was am besten wäre, ist es höchste Zeit zu planen.

Mari gießt Kaffee in eine Thermoskanne, die sie auf ein Tablett stellt und ins Wohnzimmer trägt. Im Fernsehen kommt ein Dokumentarfilm. Nach einer Weile gesellt sich Åke zu ihr, und sie schauen die Sendung gemeinsam an. Zunächst eher unaufmerksam, dann mit wachsendem Interesse.

Die Dokumentation handelt von der Entstehung der amerikanischen Bürgerrechtsbewegung. Den USA der fünfziger Jahre, in denen schwarz sein gleichbedeutend war mit aussätzig sein. Der Moderator erzählt von den schwarzen Kindern in Little Rock, Arkansas, die auf dem Schulweg gehetzt wurden. Ein gutes Dutzend Jugendlicher. Davon, dass die Behörden einen Aufruhr fürchteten und daher alle Kinder anriefen und sie baten, am nächsten Tag nicht zur Schule zu kommen. Ein Mädchen kam dennoch, allein. Sie hatte kein Telefon. Der Film zeigt, wie sie auf das Schultor zugeht, umgeben von schreienden Menschen, Polizisten, Fernsehkameras und Reportern, bis eine Frau sie schließlich in ihr Auto zieht und rettet. Am erschütterndsten findet Mari eine Szene, als das Bild plötzlich einfriert. Man sieht das schwarze Mädchen frontal, nur ein paar Meter von der Kamera entfernt. Hinter ihr steht ein weißes Mädchen im gleichen Alter, von der man nur den hassverzerrten Mund wahrnimmt.

Als die Sendung zu Ende ist, sagt Åke: »Eine andere Hautfarbe kann doch nicht so einen Hass verdienen. Wie sind wir Menschen eigentlich beschaffen?«

Mari weiß keine Antwort und schweigt.

Sie drückt auf die Fernbedienung und macht den Fernseher aus. Dann sagt sie: »Es gibt etwas, das ich dich fragen wollte.«

»Was denn?«

»Du kennst doch Vera Silén. Ich habe sie neulich besucht. Ja, ich muss zunächst auch etwas erzählen, das du nicht weißt. Vera hat mir anvertraut, dass Bengt nicht ihr eigener Sohn war, sondern der ihrer Schwester.« Mari erklärt die Situation und fährt dann fort: »Vera ist mehr oder weniger psychotisch und kann nur noch daran denken, wie ihre Schwester erfahren soll, dass Bengt tot ist. Im Krankenhaus haben sie es mit Medikamenten versucht, ich habe mit ihrem Arzt telefoniert, aber sie ist weiterhin wechselweise unruhig oder bekommt so viele Pillen, dass sie nur schläft.«

Åke streckt sich nach dem letzten Stück Kuchen, das einsam auf einem Teller liegt. »Die Arme. Was hat der Arzt sonst noch gesagt?«
»Nicht viel, außer dass er glaubt, Vera könne es besser gehen, wenn sie wüsste, dass jemand mit ihrer Schwester gesprochen hat. Er wollte wissen, ob ich irgendwelche Kontakte habe. Das ist nicht der Fall. Ich habe Vera aber auf jeden Fall versprochen, zu ihrer Schwester Berta zu fahren, wenn ich jemanden finde, der mitkommt. Das wollte ich dich heute abend fragen. Hast du Lust, ein paar Tage nach Kopenhagen zu fahren? Aufgrund der Arbeit kann ich nicht vor nächster Woche. Ich dachte, wir könnten am Sonntag in acht Tagen fahren. Hast du noch Resturlaub?«
»Klingt gut. Das lässt sich bestimmt regeln. Vielleicht kann ich Familienangelegenheiten vorschieben.« Er lehnt sich im Sofa zurück und verschränkt die Hände hinter dem Kopf, sieht sie fragend an: »Wir könnten doch auch etwas Schönes machen?«
»Auf jeden Fall. Zu Veras Schwester zu fahren wird nicht mehr als ein paar Stunden dauern. Das wird wie ein kurzer Urlaub mitten im herbstlichen Sauwetter.«
»Anton fährt sicher mit?«
»Ja, sonst wäre er bestimmt traurig.«
»Ich glaube, ich werde die Sache mit Bengts Herkunft Evert erzählen. Wahrscheinlich hat es kcine Bedeutung, aber er sollte es vielleicht dennoch wissen. Du hast doch nichts dagegen? War Bengt adoptiert?«
»Nein. Soweit ich verstanden habe, nicht. Und du darfst es Svensson gerne sagen. Ich habe selbst einfach nicht daran

gedacht. Ich nehme an, dass er eine Art Schweigepflicht hat?«

»Selbstverständlich. Wenn es für die Ermittlung nicht von Bedeutung ist, braucht er es nie weiterzuleiten.«

»Seltsam, dass ihr keine Spur habt.«

»Wenn man darüber nachdenkt, ist es vielleicht gar nicht so seltsam. Heutzutage werden nur fünfzehn bis zwanzig Prozent aller Verbrechen aufgeklärt. Aber Mordfälle sollten natürlich immer gelöst werden.«

»Habt ihr überhaupt keine Anhaltspunkte, nach denen ihr euch richten könnt?«

»Nein. Zuerst gab es Janne, allerdings schien sein Alibi zu halten. Jetzt ist er tot.«

»Stand er unter Drogen, als er starb? Bengt, meine ich«, fragt Mari.

»Nein. Im Blut fanden sich Spuren von Benzodiazepinen, aber es waren keine großen Mengen. Es sieht also nicht nach einer Schlägerei unter Betrunkenen aus.«

»Wer konnte ihn töten wollen?«

Åke schüttelt den Kopf. »Sicher haben einige ihm den Tod gewünscht. Aber daraus Wirklichkeit zu machen ist ein großer Schritt.«

»Iris hat mir etwas erzählt.« Mari wiederholt die Geschichte von Gun-Maries Vergewaltigung.

»Dass Gun-Marie ein Motiv hatte, glaube ich gerne«, antwortet Åke. »Sie war bestimmt nicht die einzige. Aber dass sie ihn töten könnte, auch noch auf so brutale Art, nein.«

»Man weiß es nie. Hass ist eine starke Triebfeder. Die Sehnsucht nach Rache. Es gibt noch eine Sache, über die ich nachgedacht habe. Janne. Er kam in die Schwesternsprechstunde, um Tabletten zu holen, an dem Montag nach dem Mord an Bengt. Er war betrunken und stieß Drohungen aus. Er deutete auch an, etwas über den Mord zu wissen. Ich hielt es zunächst für Prahlerei, aber jetzt mache ich mir Gedanken.«

Åke überlegt und sagt dann: »Natürlich ist das möglich. Die beiden waren schließlich viel zusammen. Schon immer. Janne wusste sicher das meiste über Bengts krumme Geschäfte. Rauschgifthandel und was es sonst so gab.«

»Svensson rief neulich an und fragte mich, ob Janne auf dem Weg hierher gewesen sein könnte, als er überfahren wurde. Ich habe darüber nachgedacht und glaube jetzt, dass es tatsächlich so war.«

»Nein, Mari. Jetzt geht deine Phantasie mit dir durch. Warum hätte er zu dir kommen sollen?«

»Im Ernst, Åke, zu wem hätte er sonst fahren sollen? Wohl kaum zu seinen Eltern. Aber mich hat er sein Leben lang gekannt, und außerdem glaube ich, dass er ein gewisses Vertrauen zu mir hatte. Wenn er seine Tabletten holte, das heißt, wenn er nicht gerade betrunken war, dann unterhielt er sich immer mit mir und sagte, ich sei nett und solche Sachen. An und für sich machen Alkoholiker das gerne. Sie versuchen zu manipulieren, damit man ihnen gegenüber nicht so hart ist. Aber ich hatte den Eindruck, dass Janne es ernst meinte. Er spürte, dass ich mir Sorgen um ihn machte.«

»Ich glaube, du hast nur ein schlechtes Gewissen«, wendet Åke ein. »Versteh mich nicht falsch. Es gibt keinen Grund, dich schuldig zu fühlen, du hast getan, was du konntest, aber ich denke dennoch, dass du bereust, nicht mehr für ihn gemacht zu haben.«

Mari ist durcheinander.

Sie zieht die Beine auf das Sofa und fängt an, mit den Fransen des Tischtuches zu spielen. »OK, vielleicht hast du recht damit. Aber er kann doch trotzdem auf dem Weg hierher gewesen sein.«

»Ja, natürlich.«

»Weißt du, was das heißen könnte? Dass er etwas wusste und getötet wurde, bevor er es erzählen konnte. Dass der Unfall nicht ein Verkehrsunglück mit Fahrerflucht war, sondern ein geplanter Mord.«

»Evert hat ein wenig in dieser Richtung gefahndet. Aber es ist schwierig, wenn man keinen Verdächtigen hat.« Åke schlägt sich auf das Knie. »Genug davon! Was werden wir in Kopenhagen machen? Bier trinken?«

»Pass auf«, sagt Gösta. »Es tritt wie verrückt.«

Mari geht einen Schritt zurück. Das Schwein, das gerade mit der Schlachterpistole erschossen wurde, liegt mit dem Kopf auf dem Boden. Es wankt und zittert einen Moment, bevor es schließlich still liegt. Tot. Einar sticht es ab, das warme, dunkle Blut dampft in der nasskalten Luft, als es auf den Boden fließt und von der Erde aufgesogen wird.

»Es gibt heutzutage niemanden mehr, der das Blut verarbeiten will«, sagt er bedauernd. »Man kauft seine Blutwurst lieber.«

Einar Lundmark ist ein kleiner Mann mit hängenden Schultern und krummer Haltung. Schlachten ist nur eine seiner Beschäftigungen. Man sieht ihm an, dass er seinen Körper nicht geschont hat, hart arbeitet. Und dann der Kummer um den einzigen Sohn, Janne. Sein Tod vor drei Wochen, das Begräbnis, die ganze Sorge und die Emotionen. Mari fragt sich, ob es für Schmerz eine gewisse Grenze gibt und ob das Unglück nicht mehr größer werden kann, wenn man diese Grenze passiert hat. Ist das vielleicht mit Schmerzgrenze gemeint? Nein, Schmerzgrenze ist für Mari die Grenze, die Schwelle, die überschritten wird, wenn sich Glück in Kummer verwandelt. Der oft verschwommene Zustand, in dem man von einem Tag auf den anderen nicht mehr zu sagen vermag, dass man heute Schmerz empfindet, gestern aber noch keinen verspürte. Das Fehlen eines Wohlgefühls. Es kommt schleichend, bis das Leid eines Tages so quälend ist, dass man sich seines Unglücks zu jeder Stunde bewusst ist und nichts anderes mehr kennt.

So war es, als Lennart krank wurde. Zuerst gab es noch Hoffnung, die dann schrittweise verschwand, bis Mari sich in tiefster Dunkelheit befand, ohne Ausweg, wie sie damals glaubte. Sie kann nicht sagen, an welchem Tag sie die Schwelle wieder in die andere Richtung überschritt, zurück in ein Leben mit Hoffnung.

Sieht Einar einen Ausweg, eine Möglichkeit, Freude zu empfinden? Vielleicht lebt er schon allzulange in seinem Unglück. Jannes Tod wäre dann nur ein weiterer Schritt in die immerwährende Sorge. Mari weiß wie kaum ein anderer, wie die Eltern Lundmark mit den Behörden und Pflegeeinrichtungen gerungen haben, um Hilfe für ihren Sohn zu bekommen. Ein ständiger Kampf für das Kind.

Einar hatte von sich aus angerufen und gefragt, ob sie nicht in diesem Jahr ihr Schwein schlachten wollten. Gösta hatte gesagt, sie wollten ihn nicht in seiner Trauer stören und hätten daher daran gedacht, jemand anderen um Hilfe zu bitten.

Da hatte Einar geantwortet, dass er Beschäftigung brauche. Vielleicht halfen der tägliche Trott und die Arbeit gegen das Grübeln, es nutzte nichts, immer wieder um dieselben Gedanken zu kreisen. Mari betrachtet den kleinen Mann, er muss an die fünfundsechzig sein. Der Overall hängt ihm schlackernd am Körper, das Haar ist schütter und nach hinten gekämmt, etwas zu lang. Die Augen wirken eingesunken. Geschwollen. Feucht. Weint er nachts heimlich? Wie viele Tränen hat er vergossen, seit Janne zur Welt kam?

Janne. Mari hatte nie viel für ihn übrig, aber sie behandelte ihn nicht schlecht, das weiß sie, und sie hätte ihm wohl auch nicht helfen können. Janne ließ sich nicht helfen. Man drang nicht zu ihm durch. Niemand, kein Mensch auf der Welt, hätte etwas für diesen Mann tun können. Der leicht zu beeinflussen und schwach war. Armer Kerl. Dennoch verspürt sie jetzt im Innersten einen Stich. Ein unnötiges Schuldgefühl. Sind wir nicht alle für unsere Mitmenschen verantwortlich? Hätte sie mehr für Janne tun können? Oder für Einar und seine Frau Inga?

Die Einsicht in die Tragik mancher menschlichen Schicksale macht Mari traurig, und sie wird von Mitgefühl für Einar erfüllt. Sie bemüht sich, es nicht zu zeigen. Einar braucht seine Würde. Die Würde, die er bewahrt, indem er

das Kinn vorstreckt, über das Wetter redet und seine Arbeit ordentlich verrichtet.
»Nun wären wir wohl soweit!«, sagt Einar. Er schneidet eine Sehne aus jedem Hinterbein heraus und befestigt den Haken daran. »Sollen wir es erst auf die Karre heben?«
Gösta nickt. Er hat einen niedrigen kleinen Karren herbeigeholt, und mit vereinten Kräften hieven er, Mari und Einar das Schwein darauf und ziehen den Karren in den Hof.
Es ist ein großes Schwein. Es wiegt sicher gut über hundert Kilo. Iris ist den ganzen Herbst über mit Küchenabfällen zu ihm ins Gehege hinter dem Stall gelaufen, wo es zusammen mit drei anderen Schweinen, die bereits an die Schlachterei verkauft wurden, gehalten wurde.
Einar prüft das Wasser im Waschtrog. Es ist zu kalt. Gösta nimmt den Schlauch, der an den Hahn angeschlossen ist, wo früher die Melkmaschine stand, und füllt Wasser nach, während Einar mit Hilfe eines Thermometers die Temperatur misst. Er hebt die Hand: »Das reicht so!«
Die beiden Männer und Mari führen unter dem Schwein Seile hindurch und wuchten es in den Trog. Mari bekommt ein Messer in die Hand, und gemeinsam machen sie sich daran, das Schwein zu häuten.
Sie erinnert sich daran, wie sie vor einem Jahr so zusammenstanden. Damals hatte Einar Witze gemacht und gercdet. Jetzt ist er still. Nur ab und zu verliert er ein Wort, wenn er denkt, das Schwein müsse gewendet werden, oder der Meinung ist, dass die anderen beiden an manchen Stellen nicht gründlich genug sind. Als sie fertig sind, heben

sie das Schwein wieder auf den Karren und fahren es in die Scheune.

Einar greift nach ein paar Ketten, die über eine Egge geworfen sind, und befestigt sie an den Haken, die an den Hinterläufen des Schweins hängen. Gösta klettert auf eine Leiter und fixiert die Ketten an dem Flaschenzug, der von einem Balken in der Scheune hängt. Er bleibt auf der Leiter und zieht vorsichtig an der Winde, während Mari und Einar unten stehen und ihn lenken.

»Stop!«, ruft Einar, als er der Meinung ist, dass das Schwein richtig hängt. Er holt das Schlachtermesser und die Säge hervor. Die Eingeweide sollen heraus, und dann muss das kopfunter hängende Tier in zwei Hälften geteilt werden.

»Ihr braucht mich nicht länger«, sagt Mari. »Ich gehe hinein und koche Kaffee.«

In ihrer Wohnung bereitet sie den Kaffee vor, sucht Großmutters besticktes Tischtuch mit dem Veilchenkranz in der Mitte hervor und legt es auf den Küchentisch. Anton hat sein Legospiel für eine Weile unterbrochen.

»Darf ich dir helfen?«

»Natürlich, Anton. Aber sei vorsichtig, das sind die guten Tassen.«

»Mama, ist bald Sonntag?«

»Morgen, Liebling. Warum?«

»Ich freue mich darauf, dass wir wegfahren.«

»Mein Schatz, wir fahren am nächsten Sonntag. Das ist erst in einer Woche. Wir müssen noch ein bisschen warten und uns gedulden. Kannst du bitte zu Oma hinaufgehen und sagen, dass wir jetzt Kaffee trinken.«

Als sie die Männer draußen in der Waschküche hört, stellt sie die Hefeschnecken auf den Tisch und gießt den Kaffee auf. Einar lässt sich am Fenster nieder. Er hat seine Mütze auf die Fußbank neben der Tür gelegt.

»Mein herzliches Beileid, Einar.« Iris ist hereingekommen und gibt Einar die Hand. Der antwortet nicht, nickt ein paarmal langsam und nimmt sich eine Hefeschnecke. Die Stimmung ist gedrückt.

»Das war wohl eines unserer größten Schweine«, sagt Gösta.

Alle nicken. Iris macht einen neuen Versuch: »Ob wohl ein Sturm aufkommt? Ich habe den Eindruck, dass der Wind auffrischt.«

»Herunter muss es, das Laub«, sagt Einar. Er räuspert sich und sieht Mari an, die ihm gegenübersitzt. »Ich soll dich von Inga grüßen und etwas fragen. Es geht um die Wohnung.«

»Kann ich irgendwie helfen?«, fragt Mari.

»Wir müssen anfangen, sie auszuräumen, aber Inga schafft es kaum.«

»Das verstehe ich gut.«

»Es wäre nett, wenn du hinfahren und dich um seine Medikamente kümmern könntest. Inga könnte sie auch in die Apotheke bringen, aber ich dachte, dich zu fragen kostet ja nichts.«

»Natürlich kann ich das machen. Das ist schließlich schnell erledigt.«

»Vielleicht kannst du Inga am Montag anrufen und mit ihr ausmachen, wann du den Schlüssel abholst. Ich glaube nicht, dass sie mitkommen wird.«

»Wie wollt ihr es mit dem Ausräumen machen?«, fragt Iris.
»Ingas Schwester hat versprochen, das zu übernehmen. Ihr Mann hat so einen Kastenwagen, damit werden sie die Möbel und alles andere zur Deponie fahren. Ja, ich habe ihnen gesagt, wenn sie etwas von Wert finden, können sie es dem Second-Hand-Laden der Pfingstgemeinde in Varberg schenken.«
»Die Schwester und ihr Mann sind wohl Mitglieder der Pfingstkirche?«, fragt Mari.
»Ja. Schon seit vielen Jahren. Ich glaube, dass jemand von der Kirche auch angeboten hat, ihnen zu helfen.«
»Schön, dass es Menschen gibt, die sich so engagieren«, konstatiert Iris.
Einar legt den Rücken der linken Hand über die Augen. Die anderen schweigen. Mari steht auf und schenkt Kaffee nach. Als Einar sich wieder gefangen hat, gehen die anderen dazu über, von alltäglichen Dingen zu sprechen, bis Einar sich schließlich für den Kaffee bedankt.
»Dann komme ich am Montagmorgen gegen acht, damit wir das Schwein zerlegen können. Jetzt hängt es ab und wird kalt.«
Gösta, Iris und Mari bleiben noch eine Weile in der Küche sitzen.
»Es ist nicht leicht, Mensch zu sein«, sagt Gösta zum Schluss. »Ich muss noch den Waschtrog leeren gehen.« Er verschwindet nach draußen und lässt die Frauen mit dem Abwasch zurück.
»Man fragt sich, wie es so kommen konnte«, sagt Mari. Ihre Äußerung zielt auf Janne, was Iris versteht. Sie trock-

net eine Tasse ab und stellt sie in den Schrank. »So geht es wohl einigen. Sie waren in der Schule nicht nett zu ihm. Er war ein sensibler Junge. Weich. Vertrauensvoll. Das ist die gefährlichste Eigenschaft bei einem Kind. Du erinnerst dich doch sicher daran, wie es damals auf der Sundsbyschule zuging. Lax. Keine Ordnung. Keine Disziplin. Die Kinder konnten machen, was sie wollten. Ich werde nie vergessen, wie Lennart eines Tages nach Hause kam und erzählte, der Geschichtslehrer habe gesagt, es sei unnötig, die Namen der alten Könige zu lernen. Das war typisch für die sechziger und siebziger Jahre.«

Mari stützt sich auf die Spüle. »Ich habe ein so schlechtes Gewissen. Ich denke, dass ich mehr hätte tun können, als ihm nur Tabletten zu geben.« Sie denkt an Jannes letzten Besuch in der Schwesternsprechstunde und an ihre eigene Machtlosigkeit.

»Das hättest du nicht, Mari. Früher einmal, als er klein war, wäre es möglich gewesen, ihm zu helfen. Man hätte ihn unterstützen und trösten können. Den anderen verbieten müssen, ihn auszugrenzen. Er wurde als derjenige angesehen, mit dem etwas nicht stimmte, nicht die anderen. Und so war es einfach nicht. Er wurde nie anerkannt. Durfte nie dazugehören. Das trieb ihn zum Alkohol, und dann war alles zu spät.«

»Was hat Lennart dazu gesagt?«, fragt Mari.

»Gösta und ich haben mit ihm gesprochen. Hätten auch die anderen Eltern mit ihren Kindern darüber geredet, was richtig und was falsch ist, wäre es nie so schlimm geworden. Ich weiß, dass Lennart nie gemein zu Janne gewesen ist, Lennart war nicht so ein Kind, aber man konnte nicht verlangen, dass er Janne allein verteidigte. Es gab eine Zeitlang große Probleme, als die Jungen so um die zehn Jahre alt waren. Janne weigerte sich ganz einfach, in die Schule zu gehen. Anstatt etwas gegen die Ursache zu unternehmen, drohte dieser erbärmliche Rektor Johansson mit der Polizei. Er war ein feiger Kerl. Ich konnte ihn nie ausstehen.«

»An all das erinnere ich mich nicht.«

»Das ist auch nicht zu erwarten, du warst noch klein. Kinder vergessen schnell. Aber Gösta und ich hatten damals Kontakt zu Inga und wussten daher, was vor sich ging. Einar sprach mit dem Rektor. Johansson sagte etwas in der Art, dass Einar ein ungebildeter Gelegenheitsarbeiter wäre und dass man von so jemandes Kind nichts anderes erwarten könnte. Das traf Einar hart.«

»Mama! Ich habe gepackt!« Anton kommt mit einer Tasche herein. Sie ist nicht verschlossen, und Mari erblickt darin Stofftiere und Spielsachen.

»Das ist gut, Anton. Man muss immer gut in der Zeit liegen.« Maris und Iris' Blicke treffen sich und beide müssen lachen.

»Wenn ich nur Gösta dazu bringen könnte, mit mir nach Kopenhagen zu fahren.« Iris nimmt den Jungen auf den Arm. »Du musst dir alle schönen Sachen in dieser Stadt genau anschauen, damit du danach Opa davon erzählen kannst.«

Am Montagnachmittag fährt Mari in den Forsväg. Sie findet den Schlüssel unter einem Stein neben der Tür, so wie Inga es gesagt hat. Mari ist auch schon früher hier gewesen. Um nach Janne zu schauen, ihm Medikamente zu geben, oder wenn Inga angerufen hatte, weil sie Janne zur Entgiftung einweisen wollte und von der Psychiatrie keine Antwort bekam. Dann rief sie als letzten Ausweg Mari an. Meistens konnte auch die nichts bewirken. Aufgrund der geltenden verwirrenden und seltsamen Vorschriften wurde Janne als nicht gefährlich genug eingeschätzt, weder sich selbst noch anderen gegenüber. Es musste so weit kommen, dass er mehr oder weniger bewusstlos war. Dann wurde er zur Notfallbehandlung eingeliefert und anschließend im besten Fall in eine Entzugsanstalt überwiesen. In der Regel wurde von den Einrichtungen verlangt, dass er nüchtern war, wenn er um Hilfe bat. War er nüchtern, wurde er als nicht ausreichend pflegebedürftig eingestuft. Der Platzmangel war groß, und andere bedurften der Hilfe dann mehr als er.

Als sie in die Wohnung kommt, hat sie eine Art Déjà-vu-Erlebnis. Mit Schaudern erinnert sie sich an Bengts Wohnung und was sie dort vorfand. An Alkoholikern haftet immer etwas Ärmliches. Elendes. Wo andere Blumentöpfe und Teppiche haben, stehen bei ihnen leere Flaschen.

Sie geht in den beiden Zimmern umher. Ein weißer Fransenteppich, ein schwarz gebeizter Ikea-Tisch und ein zerschlissenes Siebzigerjahresofa in dem einen. Fernseher. Stereoanlage. Die Vorhänge sehen aus wie selbstgenäht. Ingas Werk? Im Schlafzimmer ein einfaches Bett mit einer grob gewebten Tagesdecke in graugrünen Farbtönen. Unter dem Fenster ein Haufen Kleider auf einem Holzstuhl.

In den meisten Küchenschränken herrscht gähnende Leere.

Janne besaß nicht viel. In der Besenkammer findet sie eine Kiste mit Medikamenten. Fast alle Röhrchen sind leer. Es waren Beruhigungsmittel darin. Die Etiketten, auf denen stand, für wen sie bestimmt waren, sind abgerissen. Er hat sie schwarz gekauft.
Unter dem Ausguss liegt eine Einkaufstüte. Mari wirft die leeren Dosen hinein. Die restlichen Tabletten steckt sie in eine kleine Plastiktüte, um sie später in der Apotheke abzugeben. Dann geht sie ins Wohnzimmer. Janne hatte ein einziges schönes Möbelstück, einen imposanten Eichenschreibtisch, der dort an der einen Wand steht. Auf jeder Seite befinden sich drei Schubladen, und eine ist in der Mitte.
Mari kann sich nicht verkneifen, sie zu untersuchen, aber die meisten Schubladen sind leer. In der mittleren Lade liegen Fotos. Sie blättert darin.
Da ist ein altes Klassenfoto. Sie erkennt darauf Janne, Bengt und Sven-Göran. Auch die meisten anderen Kinder kann sie identifizieren, darunter Lars, Åke und sich selbst. Sah sie so aus? Janne war mager. Er steht zwischen zwei anderen Jungen in der hintersten Reihe. Mari greift nach den anderen Fotos. Sie scheinen von einem Ausflug zu stammen. In unterschiedlichen Zusammensetzungen sieht man auf den Bildern ein Kanu und ein knappes Dutzend Jugendliche. Auf einem sind Janne und Bengt mit je einer Bierflasche. Es war die Zeit des Leichtbiers. Auf einem anderen Foto stehen vor einem Kanu Bengt, Janne, Sven-Göran, Lars und einige andere Jungen und Mädchen, die Mari wiedererkennt. Gun-Marie ist darunter. Und Else-Britt. Einen Jungen kann sie nicht einordnen, er ist der

einzige, den sie nicht kennt. Er ist schlaksig und dunkel. Sogar auf dem Bild sieht man, was für ausdrucksvolle Augen er hat. Wer kann das sein? Alle haben die Arme umeinander gelegt und schauen in die Kamera. Lebensfreude und jugendlicher Übermut, vor über zwanzig Jahren eingefangen auf einem Bild. Sie lachen den Fotografen an.

Eskil ist ein dünner, rothaariger Mann. Obwohl er über dreißig sein muss, ist seine Haut picklig und Kinn und Wangen sind unrein und mit roten, entzündeten Bläschen bedeckt. Er wirkt etwas gezwungen, seine Bewegungen sind hektisch, der Blick flackert. Er macht einen schlampigen Eindruck, was im Widerspruch zu den sorgfältig geordneten Regalen hinter ihm steht.
Jetzt verlässt Eskil seinen Platz hinter der Theke, um Mari zu den Waren im Laden zu folgen. Es ist kurz vor Feierabend, und sie ist die einzige Kundin.
»Ich suche ganz gewöhnliches Autowachs«, sagt Mari. »Ich weiß nur nicht, welches ich nehmen soll, du hast tausend verschiedene Sorten.«
»Sie sind alle ungefähr gleich. Auf den Verpackungen stehen nur etwas unterschiedliche Angaben. Nimm dieses hier!«
Er streckt sich nach einer blauen Flasche, die er Mari vor das Gesicht hält.
»Ist das gut?«
»Völlig in Ordnung. Außerdem ist es relativ preiswert. Ich habe heute mehrere davon verkauft. Du weißt schon, Billiges verkauft sich immer.« Mit dem Rücken der rechten Hand wischt sich Eskil über die Nase. Mari muss den

Blick abwenden, und aus Angst vor weiterem Naseputzen entscheidet sie sich rasch.
»Dann nehme ich es. Sonst brauche ich noch eine Halogenbirne und Scheibenwischwasser.«
Eskil verschwindet zwischen den Regalen hinter der Theke und kommt bald mit einer Glühbirne und einem Kanister mit fertig gemischter Spülflüssigkeit zurück. Er tippt die Waren in seinen Computer und fragt: »Gibt Sven-Göran dir normalerweise nicht Prozente? Aus alter Freundschaft.«
»Nein. Ich bezahle wie alle anderen.«
»OK. OK. Die meisten wollen Rabatt. Wenn sie nur mit dem Chef im Kindergarten waren, versuchen sie etwas herauszuschlagen. Du willst keine Prozente?«
»Nein. Dazu gibt es keinen Grund. Ich habe nicht besonders viel gekauft.«
»Ist schon gut, Mädchen.«
Mari glückt es offenbar zu zeigen, dass sie nicht Mädchen genannt werden will, denn Eskil entschuldigt sich. Er bohrt nervös in der Nase. »Verzeih. Du kennst doch Janne, den, der überfahren wurde. Er war hier und wollte Rabatt. Und sich Geld borgen. Er sagte, er wolle von hier verschwinden. Es gab einen riesigen Ärger. Sven-Göran nahm ihn mit in sein Büro, aber man hörte sie dennoch bis hierher streiten. Janne sagte, der Chef sei ihm das schuldig. Aus alter Freundschaft und so. Er meinte, er wolle sich nicht länger hereinlegen lassen.« Eskil verstummt abrupt.
Sven-Göran ist aus seinem Büro gekommen. Heute trägt er ein weinrotes Jackett. Elegant wie immer. Er macht ein

paar große Schritte auf Mari zu und stellt sich neben sie.
»Tag, Mari. Eskil! Zehn Prozent für sie!«
Eskils Blick wandert zwischen Sven-Göran und Mari hin und her. Die erwidert nichts, nickt nur und bekommt ihren Rabatt.
Dann sagt sie: »Wie geht es dir, Sven-Göran? Wie läuft es mit dem Geschäft in Göteborg?«
»Sehr gut. Ich bin dabei, einen Filialleiter zu suchen. Wie sieht es bei dir aus?« Er fährt sich mit der rechten Hand durch die Locken, und mit der Bewegung weht Mari eine After-Shave-Wolke in die Nase. Sie weicht zurück, er steht zu nahe.
»Gut«, antwortet sie.
Sven-Göran macht einen Schritt auf sie zu, sagt: »Eine friedliche Beerdigung war das.«
»Ja. Es ist traurig für Einar und Inga.«
»Wer weiß, ob sie es jetzt nicht ruhiger haben. Aber natürlich ist es traurig. Wenn man daran denkt, wie es hätte gehen können. Janne war nicht unbegabt. Aber schwankend wie ein Rohr im Winde. Überhaupt keine Standfestigkeit.«
»Ungefähr das gleiche sagte auch Fräulein Ida. Wir haben sie in der Stadt getroffen.«
»Lebt sie noch? Sie muss ziemlich alt sein.«
»Siebenundachtzig. Wir haben auch Else-Britt gesehen. Aber das weißt du wahrscheinlich?«
»Ja. Ich habe sie getroffen. Teufel, wie die Zeit vergeht.«
Mari nimmt ihre Tüte und sieht auf die Uhr. »Sie hat sich kaum verändert, finde ich. Aber jetzt muss ich gehen. Tschüss!« Sie nickt Eskil und Sven-Göran zu.

»Tschüss!« Sven-Göran geht vor und hält Mari die Tür auf. »Du, Mari?« Er sieht unbeholfen aus. »Die ganze Sache ist unschön. Man macht sich so seine Gedanken. Ich meine, Bengt, Janne und ich waren früher schließlich gute Kumpel, und wir hatten auch ziemlich viel Spaß miteinander. Ich will nicht, dass du glaubst, ich sei gefühllos.«

Sie schaut ihm in die Augen. Einen Moment lang begegnen sich ihre Blicke, dann schaut Sven-Göran auf seine Füße. Mari wundert sich, wo der selbstsichere, erfolgreiche Unternehmer geblieben ist. Jetzt hätte sie die Gelegenheit, ihn ein wenig auszuquetschen, aber sie ergreift sie nicht. »Das denke ich auch nicht, Sven-Göran. Ich bin mir sicher, dass es dir leid tut.«

Als sie im Wagen sitzt, sieht sie, dass er noch in der Tür steht und ihr nachschaut. Einer, der für einen kurzen Moment seine Maske gelüftet hat. Läuft er vielleicht einem Trugbild hinterher? Einem Luftschloss aus starker Haltung und feinen Gewohnheiten? Es geschieht so häufig, dass Menschen in eine Rolle gezwängt werden, der sie im Grunde genommen nicht entfliehen können. Wenn nun Vater Stenström seinen Sohn zu diesem Spiel trieb, wie hätte Sven-Göran sich dem entgegenstellen können? Wollen nicht alle Männer die Erwartungen ihrer Väter erfüllen, und sind nicht alle Kinder damit überfordert? Mari weiß, dass Sven-Göran von außen besehen alle Anzeichen des Erfolges aufweist. Eine repräsentative Frau, ein schönes Haus, ein tolles Auto, teure Kleider. Aber vielleicht ist er all dessen überdrüssig und will lieber in einem alten, zerschlissenen Kittel Bilder malen? Mari erinnert sich, dass er in der Schule gut im Zeichnen war. Er gewann

sogar einen Wettbewerb. Ein Mensch wird vierzig, ein paar alte Freunde sterben, und plötzlich wird das ganze Leben unter die Lupe genommen. Sicher entblößt er sich nicht vor jedem. Aber Mari war dafür geeignet, sie ist eine Frau, und sie kennen sich schon ein Leben lang. Vielleicht sollte sie sich wegen des Vertrauens geehrt fühlen, aber sie ist nur müde.
Es kann aber auch ein geschicktes Ablenkungsmanöver gewesen sein. Ist es möglich, dass er doch etwas mit dem Mord an Bengt zu tun hat? Sie sieht kein Motiv. Geld? Etwas aus der Vergangenheit? Else-Britt? Wohl kaum. Mari lässt es dahingestellt.

Der Morgen ist feucht, und im Nebel wirkt die Welt verzaubert. Bäume und Büsche stehen wie phantastische Schattenfiguren am Wegesrand. Die Sicht beträgt nur ein paar Meter und die eigentlich so wohlbekannte Umgebung erscheint plötzlich unwirklich. In welcher Kurve befinden sie sich? Wie weit sind sie schon gefahren? Der Asphaltstrich wird zu einem Ariadnefaden, dem sie langsam folgen, bis sie schließlich in Varberg ankommen.
Gösta wollte zum Glück frühzeitig aufbrechen. Der Zug fährt zehn vor acht, und sie haben Hallsered kurz vor sieben verlassen. Als es Tag wird, ist der Nebel noch nicht verflogen, und er verleiht dem Bahnhof von Varberg das Aussehen eines gespenstischen Skeletts.
Gösta parkt, und sie hieven ihr Gepäck aus dem Wagen. Mari hat ihren zerschlissenen Wanderrucksack dabei, den mit den aufgenähten Wappen ihrer verschiedenen Reisen. Abisko, Mo i Rana, Tromsö. Åke trägt eine Tasche, und

Anton hat ein Schmusetier, Märchenbücher und einen Malblock in seinem kleinen Rucksack.
»Tschüss, Opa. Kümmere dich gut um Oma.«
Gösta lacht. »Tschüss, ihr drei. Passt auf euch auf.«
»Fahr vorsichtig nach Hause«, sagt Mari.

Im menschenleeren Bahnhofsgebäude ist auf einem Bildschirm zu lesen, dass der Zug voraussichtlich pünktlich ankommen wird.
Mari und Åke setzen sich auf eine Bank, aber Anton läuft vor Aufregung hin und her. Zehn Minuten vor Abfahrt treten sie auf den Bahnsteig hinaus. Åke nimmt Anton auf den Arm und zeigt ihm den Güterzug, der auf einem Nebengleis steht. Außer ihnen gibt es nur wenige Reisende. Eine Dame mit einem kleinen, langhaarigen Hund sieht nervös aus. Der Hund geht an einer roten Leine. Ab und zu beugt sich die Frau hinunter und spricht tröstend auf ihn ein, wie zu einem unruhigen Kind.
»Der Zug aus Oslo/Göteborg nach Helsingborg/Kopenhagen erhält in Kürze Einfahrt auf Gleis zwei.« Die Lautsprecherstimme klingt metallisch.
Der Zug ist zur Hälfte besetzt. Sie finden ihre Plätze, Anton darf am Fenster sitzen. Er fährt das erste Mal in seinem Leben Zug. Er zeigt auf alles und redet ununterbrochen. Als der Zug losfährt, holt Mari Butterbrote und Kaffee hervor.
Die Reise verläuft angenehm. Als sie nach Halmstad kommen, ist der Nebel verschwunden und die schöne Landschaft von Halland und Schonen breitet sich vor ihnen aus. Sie hat sich mit frisch gepflügten Äckern zur Ruhe

gelegt, um Winterschlaf zu halten. In Båstad steigt eine jugendliche Fußballmannschaft zu und die Stimmung im Wagen wird lebhaft. Ein älterer Herr, Mari schräg gegenüber, sieht indigniert aus.

In Helsingborg müssen sie aus dem Zug steigen und auf die Fähre überwechseln. Sie setzen sich in den Bug und sehen Helsingør näher kommen. So nah und doch ein anderes Land. Eine andere Sprache, andere Gepflogenheiten und andere Menschen.

»Ist das Dänemark, Mama?«

»Ja, das ist Dänemark.«

Am Bahnhof von Helsingør steigen sie beinahe in die Bahn nach Hillerød, bevor sie bemerken, von welchem Gleis ihr Zug abfährt. Der letzte Teil der Reise vergeht schnell, obwohl es viele Haltestellen gibt. Humlebæk, Rungsted, Skodsborg, Klampenborg. Mari beobachtet ein junges Mädchen, das schräg gegenüber sitzt. Sie hat einen dicken Kalender, in dem sie blättert und das Jahr durchgeht. Auf jede Seite hat sie Figuren gezeichnet, Bilder hineingeklebt und Bemerkungen geschrieben. Schließlich hält der Zug am Hauptbahnhof.

Mari nimmt Anton fest an die Hand. Als sie auf die Straße hinaustreten, schaut Åke auf den Stadtplan.

»Hier entlang!«, sagt er und deutet mit der Hand in eine Richtung. Sie gehen ein kurzes Stück die Vesterbrogade hinunter und biegen dann nach links ab, in die Helgolandsgade, wo das Hotel Selandia liegen soll.

Das Hotel ist alt, das Foyer hat Charme, aber das Zimmer ist etwas enttäuschend. Es liegt im fünften Stock, der Gang zum Zimmer ist so schmal, dass zwei Personen kaum an-

einander vorbeikommen, und das Zimmer selbst ist klein und muffig. Mari probiert die Dusche in dem grau gefliesten sogenannten Badezimmer aus. Ein paar dünne Wasserstrahlen finden ihren Weg von der Decke nach unten. Nun ja, es ist nur für zwei Nächte, aber Mari hofft, dass kein Brand ausbricht. Es war das billigste Hotel, das sie finden konnte.
Anton sucht sich als erster ein Bett aus. Er hüpft darauf herum, bevor er seine Stofftiere und seine Schmusedecke hineinlegt. Vor nicht allzulanger Zeit fragte er Mari einmal, ob er sein Schmusetuch sein ganzes Leben lang behalten dürfe. Das versprach sie ihm.

Sie nehmen die S-Bahn nach Ordrup. Der Wagen ist voll, und sie müssen stehen. Mari bemerkt streng gekleidete Herren in Anzügen, junge Mädchen mit Nasenringen und eine schlampige Frau mit orangefarbenem Haar und signalrotem Lippenstift. Sie sitzt eingeklemmt auf einem Fensterplatz und hat mehrere Plastiktüten auf den Knien. Mari vermutet, dass sie psychisch krank ist, noch ein Opfer einer Psychiatriereform. Eine Großstadt versammelt die vielfältigsten Menschen. Es gibt alle möglichen Typen, und das fasziniert Mari.
Der Bahnhof von Ordrup ist klein. Der Stadtteil wirkt wie ein Dorf innerhalb der Stadt. Sie orientieren sich an der Hauptstraße, aber Mari muss schließlich einen vorbeikommenden Herrn nach dem Weg fragen. Der Mann hat einen Hintern, der an den Bug eines Atlantikdampfers erinnert, und hält eine Brottüte in der Hand.
»Das Pflegeheim Hvilegaard? Warten Sie mal. Das muss

auf der anderen Seite des Skovgårdsvej sein«, sagt er. Er zeigt die Straße hinauf.

Mit Hilfe seiner Instruktionen finden sie das Heim. Im Eingangsbereich stehen eine Polstergruppe und mehrere große Palmen. Eine Dame um die fünfzig, mit blondiertem, aufgestecktem Haar und einer nach vorne gerutschten Brille mit Metallfassung sitzt in einem Raum, dessen Fenster auf das Foyer hinausgehen. Sie telefoniert, macht aber eine Handbewegung, um Mari zu signalisieren, dass sie sie gesehen hat.

Als sie auf dem Sofa Platz genommen haben, kann Mari nicht umhin, einen Vergleich mit Svalebo anzustellen. Die Ähnlichkeit ist recht groß, möglicherweise sind die Möbel hier im dänischen Pflegeheim etwas exklusiver, die Kunstwerke und Teppiche edler. Eine Dame im Rollstuhl kommt vorbei, hinter ihr folgt ein Herr mit Stock. Er geht sehr langsam.

Als die Blondierte mit ihrem Gespräch fertig ist, kommt sie heraus und begrüßt sie.

»Mari Johansson. Ich habe vor ein paar Wochen angerufen und darum gebeten, Berta Willumsen besuchen zu dürfen.«

»Richtig. Wenn Sie einen Augenblick warten würden, sage ich der Schwester Bescheid.«

Nach zwei Minuten kommt eine kräftige Frau im dunkelblauen Kleid. Sie wird kaum älter als dreißig sein, denkt Mari.

Schwester Dorte ist sehr freundlich. »Berta ist erst achtundsechzig. Sie ist nicht senil, aber man könnte wohl sagen psychisch krank.«

Mari nickt ihrer dänische Kollegin verständnisvoll zu. »Versteht sie, was man ihr sagt?«
»Ja, bestimmt. Sie ist etwas sonderbar, aber ganz klar da oben. Sie dürfen nur nicht erschrecken, wenn Sie sie sehen. Sie reißt sich die Haare aus. Wir wissen nicht, warum. Der Arzt glaubt, es sei ihre Art, Angst zu verarbeiten. Deswegen ist sie ganz kahl.«
»Vielleicht ist es besser, wenn ich hier mit Anton warte«, meint Åke.
Mari ist unschlüssig und sieht Dorte an, die mit dem Kopf nickt. »Ich denke, Sie sollten den Jungen hier lassen. Er könnte sich fürchten. Außerdem wird es einfacher sein, wenn Sie allein mit ihr sprechen. Ich bringe Sie hin.«
Dorte führt Mari durch einen kleineren Aufenthaltsraum, in dem ein paar Frauen im Rollstuhl an einem Tisch sitzen. Eine von ihnen raucht Zigarre, und der Duft erfüllt die Luft. Sie gehen eine Treppe hinauf und kommen in einen hellen Gang, an dessen einer Seite Fenster sind. Durch die Scheiben sieht man einen verglasten Wintergarten, voll grüner Pflanzen und Sitzgruppen. Dorte klopft an eine Tür.
»Guten Tag, Berta! Ich bringe Besuch für Sie mit. Eine Dame aus Schweden, die Kreiskrankenschwester ist.«
Als Mari in Bertas Zimmer tritt, kommt sie zunächst in eine kleine Diele, von der aus es rechts ins Badezimmer geht. Das Zimmer selbst misst höchstens fünfundzwanzig Quadratmeter. Vor dem Fenster hängen schwere rote Samtgardinen. Der Schrank und die übrigen Möbel, darunter ein Couchtisch und ein großer Schreibtisch, sind aus dunklem Holz. An der Decke glitzert eine Kristalllampe

in einem Sonnenstrahl, der zum Fenster hereinscheint. Auf dem Boden liegt ein großer Perserteppich. Die Wände sind mit Gemälden bedeckt, die Mari für sehr kostbar hält. Der Schreibtisch steht voller Portraitfotos. Einige von ihnen zeigen eine Frau in verschiedenen Tanzposen. Berta.

Mari, dankbar, dass Dorte sie vorbereitet hat, geht auf Berta zu und greift nach ihrer dünnen Hand.

Die ältere Dame sitzt in einem Sessel am Fenster und liest in einem Psalmenbuch. Die Füße ruhen auf einem Puff, und auf den Knien liegt eine Decke. Sie sieht grotesk aus mit ihrem kahlen Schädel. Berta ist mager. Aus dem Ausschnitt ihrer spitzenbesetzten Bluse ragt ein runzeliger Hals. Das einzig Lebhafte an dieser geierartigen Gestalt sind die Augen, die wie glitzernde blaue Saphire aussehen. Sie schaut Mari, die einen Stuhl genommen und sich ihr direkt gegenüber hingesetzt hat, fragend an. Dorte zieht sich zurück.

»Ich komme mit einem Gruß von Vera.«

»Sie lebt also.« In Bertas Aussprache ist der schwedische Akzent noch zu hören, aber sie spricht dänisch.

»Sie lebt. Im Sommer wurde sie fünfundsechzig, aber sie ist gehbehindert. Sie sitzt im Rollstuhl und hat große Schmerzen. Zur Zeit ist sie im Krankenhaus.«

»Es tut mir leid, das zu hören. Es ist viele Jahre her, dass ich aus Schweden weggezogen bin. Aus Sundsby. Ich weiß nicht einmal mehr, wie es aussah. Hat es sich verändert? Ja, das hat es bestimmt.«

»In den letzten fünfzig Jahren ist einiges anders geworden.«

Berta fährt sich mit der rechten Hand an den Kopf und zerrt an einer imaginären Haarsträhne. »Warum sind Sie gekommen? Was will Vera?«
»Es geht um ihren Sohn, Bengt.«
Lange Zeit sind beide still, dann fragt Berta: »Wissen Sie, wie die Dinge liegen?«
»Ja, das tue ich. Bengt war Ihr Sohn.«
»Sie sagen: ›war‹. Warum sagen Sie ›war‹ und nicht ›ist‹.«
»Deswegen bin ich gekommen. Vera wollte, dass ich hierher fahre und mit Ihnen spreche. Bengt ist tot. Er ist vor ein paar Wochen gestorben.«
Wieder schweigt Berta. Sie wendet den Blick von Mari ab und schaut auf ihr Psalmenbuch herab, das jetzt zugeschlagen ist. Mari weiß nicht, was sie sagen soll. Sie sieht sich im Zimmer um. Ein Foto auf dem Schreibtisch zeigt einen Mann. Er kommt ihr bekannt vor. Mari dreht sich wieder zu Berta und legt ihre rechte Hand auf deren linke.
»Es tut mir sehr leid«, sagt sie. »Ich komme mit einer traurigen Nachricht.«
»Damals habe ich gerade Karriere als Tänzerin gemacht und bereits die meiste Zeit über in Dänemark gewohnt. Ich traf einen Mann und wurde schwanger. Ich wusste nicht, was ich tun sollte. Ich entschied mich für das Falsche. Meine Eltern hätten mich und den Jungen gerne aufgenommen, aber es war so einfach, ihn Vera und Sten zu überlassen. Später wollte ich nicht mehr stören. Vera nahm ihn so an, dass er immer denken sollte, sie sei seine richtige Mutter. Ich habe viel an ihn gedacht. War er ein netter Junge?«
Mari lügt. »Er war sehr nett.«

»Das ist gut.« Berta zupft an ihrem Psalmenbuch und schlägt den Deckel auf. »Hier. Hier habe ich ein Foto von ihm. Da ist er erst zwei Monate alt.«
Das Bild zeigt einen kleinen, pausbäckigen Jungen in den Armen der Frau, die Berta einmal war. Eine sehr schöne Dame mit wallendem blonden Haar.«
»Ich muss etwas fragen. Er kann erst einundvierzig gewesen sein. Woran ist er gestorben?«
»Das weiß man nicht genau. Er lag tot in seinem Badezimmer. Vermutlich eine geplatzte Schlagader.«
Berta trägt eine schwarze Strickjacke. Aus einer Tasche holt sie ein Taschentuch hervor. »Wenn Sie wüssten, wie viele Tränen ich um diesen Jungen vergossen habe. Könnten Sie so freundlich sein und den Schreibtisch öffnen, die unterste Schublade.«
Auf dem Schreibtisch sieht Mari noch einmal das Foto des Mannes, den sie zwar wieder erkennt, aber nicht einordnen kann. Sie öffnet die Schublade und folgt Bertas Anweisungen.
»Da liegt ein Bündel Briefe. Nehmen Sie es heraus.«
Berta bekommt die Briefe und legt sie auf ihre Knie. »Jetzt werde ich noch einen schreiben. Den letzten. Ein paar Jahre nach Bengts Geburt habe ich geheiratet. Einen Schiffsmakler. Mit dreißig bekam ich noch einen Jungen, Palle. Da hörte ich mit dem Tanzen auf. Er ist der Mann auf dem Foto dort drüben.« Sie zeigt auf das Bild, von dem Mari sich gerade fragt, wen es darstellt, und fährt fort: »Aber ich konnte Bengt nie vergessen. Ich habe ihm mein ganzes Leben lang Briefe geschrieben. Diese Briefe hier.«
Plötzlich weiß Mari, wer der Mann ist. Es ist derselbe

Palle, den sie bei Gun-Marie getroffen und der das Haus in Prästhult gekauft hat.
»Ich kenne ihn. Hat er nicht ein kleines Haus in Sundsby?«
»Das ist richtig. Er ist Komponist. Er mag die Natur in dieser Gegend so gerne, sie inspiriert ihn. Aber ich habe ihm nie erzählt, dass er dort eine Tante hat. Er wusste auch nicht, dass er einen Bruder hatte.«
»Was für ein seltsamer Zufall«, sagt Mari.
»Die Welt ist so klein. Grüßen Sie Vera von mir und richten Sie ihr aus, dass es mir leid tut, dass sie nicht gesund ist, und ich hoffe, dass es ihr bald besser gehen wird. Ich kann sie nicht besuchen, ich bin selbst krank. Glauben Sie, Sie könnten mir ein Foto von Bengt zukommen lassen?«
»Ich werde es versuchen«, verspricht Mari.
Als sie geht, dreht Mari sich an der Tür noch einmal um. Sie sieht Berta in dem Bündel Briefe blättern, die Augen, die auf die Seiten geheftet sind, voller Tränen.
Unten an der Rezeption trifft sie Dorte wieder. Mari glaubt, dass sie ihren Besuch erklären sollte, damit die Kollegin versteht, warum Berta jetzt traurig ist. Aber auch Dorte gegenüber will sie nicht die ganze Wahrheit sagen. Sie erzählt daher nur, dass Berta einen Sohn hatte, den sie zur Adoption freigab und der nun tot ist. Dorte nickt verständnisvoll.
»Die Dame kann einem leid tun. Ihr Mann ist gestorben. Sie ist sehr vermögend, aber was für eine Freude hat sie davon, wenn sie krank ist? Sie hat nur noch ihren Sohn Palle, der allerdings nicht sehr häufig hier ist.«
»Mama!«, ruft Anton, als er sie entdeckt. Er und Åke

waren draußen vor dem Pflegeheim, um sich eine Straßenreinigungsmaschine anzuschauen. »Wir gehen ins Museum!«
Auf dem Weg zum Bahnhof erzählt Mari Åke kurz von ihrem Besuch. »Ich fühle mich so deprimiert. Berta hat mich an Calamity Jane erinnert. Die hatte eine Tochter, der sie ihr Leben lang Briefe schrieb. Es ist tragisch.«
Åke legt den Arm um sie. »Jetzt gehen wir mittagessen. Danach will Anton ins Wachsfigurenkabinett.«
Sie steigen in Nørreport aus, gehen die Fiolstræde hinunter, vorbei an der alten Universität und dem Dom, durch die Jorcks Passage, über die Strøget und kommen dann in die Brolæggerstræde.
»Hier muss es irgendwo sein«, sagt Mari.
Richtig, es befindet sich noch immer an der Ecke. Das Café Sorgenfri.
»Das ist der gemütlichste Ort, den ich kenne«, sagt Mari. »Ich komme immer hierher, wenn ich in Kopenhagen bin.« Sie geht voraus, unter der roten Markise durch die Tür in das eigentliche Lokal hinein, das zum Teil tiefer als die Straße liegt. Sie sind früh dran, es ist erst halb zwölf, und finden daher einen freien Tisch. Mari erklärt Åke: »Das Café existiert seit 1798. Ursprünglich war dies ein Ort, an dem sich die Besatzungen der Fischerboote, die unten am Gammel Strand festmachten, betranken. Dann, in den sechziger Jahren, kam eine Frau hierher, die der Meinung war, die Leute bräuchten auch feste Kost; also fing sie an, Schweinebraten anzubieten.«
Das Café hat tatsächlich eine besondere Atmosphäre, ein Hauch von alten Zeiten umgibt es, mit Balken und Holz-

tischen, gusseisernen Lampen und Gemälden in Goldrahmen, die das alte Kopenhagen darstellen. Die Tapeten waren einmal aus hellem Leder, sind aber jetzt fast schwarz vom vielen Nikotin.

»Nehmen wir Schweinebraten?«, fragt Åke. Sie bestellen auch jeweils ein Bier und einen Aalborg. Kurz nachdem der Kellner ihre Bestellung aufgenommen hat, kommt er mit dem Bier und einer halbvollen Schnapsflasche zurück, die er auf den Tisch stellt.

Mari lacht über Åkes verwundertes Gesicht. »Er nimmt Augenmaß. Es ist so gedacht, dass wir soviel Schnaps trinken, wie wir wollen, und hinterher kontrolliert er, wieviel wir verbraucht haben.«

Anton schlürft an seiner Cola. »Es ist alles so alt hier, Mama«, mault er.

»Du wirst es nicht glauben«, sagt Mari zu Åke. »Berta hat noch einen Sohn. Er heißt Palle und hat ein Haus in Sundsby.« Sie erzählt von ihrer Begegnung mit Palle bei Gun-Marie.

»Ich bin bereit, alles zu glauben«, sagt Åke. »Die Zufälle und Zusammentreffen, die es im wirklichen Leben gibt, kann sich nicht einmal ein Romanschriftsteller ausdenken.«

»Stell dir vor, er hätte etwas mit dem Mord an Bengt zu tun?«, meint Mari.

»Du hast eine blühende Phantasie. Jetzt vergessen wir Sundsby für eine Weile. Sollen wir noch ein Bier bestellen?«

Es ist noch nicht wissenschaftlich belegt, dass ein gleichbleibendes Niveau an Bier im Blut gesund ist, aber es hält Maris Überlegungen über Tod und Trauer im Zaum. Sie wandern zwischen der Glyptothek und verschiedenen Museen hin und her, machen einen Abstecher nach Fredriksberg und dem Storm-P-Museum. Mari steht eine Viertelstunde lang vor dem Bild »Innen und Außen«. Sind diejenigen außerhalb oder innerhalb der Mauern verrückt? In einer novembergrauen Stadt, die Anton von Åkes Schultern aus sieht, trotten sie die Straßen auf und ab.

Als sich Mari am letzten Abend schlafen legt, tauchen die tristen Gedanken wieder auf. Wenn sie die Augen schließt, sieht sie Bengts toten Körper, und das Bild von Berta mit dem Briefbündel hat sich in ihre Netzhaut eingeätzt. Bertas Schicksal berührt sie. Vielleicht weil sie selbst einen Sohn hat. Mari graut es vor dem Einschlafen und vor den Träumen, von denen sie weiß, dass sie kommen, wenn sie solche Gedanken hat; ihr graut es vor dem schreckhaften Aufwachen, bei dem sie von kaltem Angstschweiß durchnässt ist und das Herz klopft, und vor den Tränen, die rinnen, bevor sie erkennt, dass sie nur geträumt hat. Anton schläft ruhig, sie hört seinen gleichmäßigen Atem. Åke schnarcht wie ein großes Kind, das er in gewisser Weise auch ist. So unbekümmert.

Durch die Vorhänge erahnt man die Lichter und Geräusche einer Stadt, die nie richtig zur Ruhe kommt, die ihr eigenes Leben lebt, zum Teil unabhängig von den Menschen, die sie bevölkern.

Die Helgolandsgade kreuzt die Istedgade, das Rotlichtviertel von Kopenhagen, wo die Sexshops dicht an dicht liegen und die Huren scheinbar so alltäglich auf der Straße herumtrippeln. Scheinbar normal sind auch die Kunden, die kaufen, was es gegen Geld zu haben gibt, gewohnt, für ihre Wünsche zu bezahlen, da das, was es gratis gibt, entweder seine Anziehungskraft verloren oder einen allzu hohen Preis hat. Ein Preisschild auf dem Abhängigkeit, Verantwortung, Selbstauslieferung steht.

Der Markt, auf dem sich die Menschen prüfende Blicke zuwerfen. Was ist sie wert? Was ist er wert? Beherrschen, allmächtig sein, kaufen können. Ein Geschäft, bei dem beide Partner einen Mehrwert herausbekommen. Sie bekommt Geld für mehr Drogen und eine Bekräftigung ihrer Existenz als lebloses Ding, dessen Wert zwischen den Beinen liegt.

Er bekommt Erlösung und Trost für das einsame Kind, das in seinem Inneren weint.

Dan Turèll schrieb: »Die Istedgade, die jeden Tag ein vierhundertseitiger Roman ist, sich jeden Tag selbst niederschreibt und liest, und sich dann ohne weiteres davonstiehlt.«

In dem Gedicht *Das Leben in der Istedgade* spricht er von den Augen, die die Menschen bekommen, die dort leben. Augen, die jeden Kniff im Manuskript kennen. Augen, die Kassierapparate geworden sind. Augen, die es überall in der Istedgade gibt.

Von Dan Turèll wandern Maris Gedanken dann weiter zu den Dichtern Cornelis, Fröding und Lasse Lucidor. Ein paar Zeilen von Lucidor fallen ihr ein: »Als Trost vergess' ich aber nicht, Bruder Jesus sitzt zu Gericht.« Damit

meint er wohl, dass wir zum Glück nicht von unseren Mitmenschen verurteilt werden, denn deren Urteil ist hart und gnadenlos, denkt Mari, bevor sie schließlich einschläft.
Natürlich wacht sie auf. Wie immer. Nach einer Weile begreift sie, wo sie ist, und beginnt zu zittern, wahrscheinlich hat sie laut geschluchzt. Åke bewegt sich in seinem Bett, er wirft die Decke zurück, steht auf, tastet sich im Dunkeln vor und schlüpft zu ihr ins Bett. Er sagt nichts, nicht einmal ein Flüstern, streicht ihr nur über das Haar. Sie legt ihren Kopf in seine Armbeuge und schläft ein. Er riecht warm nach Schweiß.

Trost.

Psychologen nennen es ein Übergangsobjekt. Dieses Schmusetuch oder Stofftier, das Kinder haben. Damit lernen sie, sich selbst zu trösten.

Kinder brauchen Trost.

Kinder müssen gesehen werden.

Ohne Trost wächst das Kind zu einem Erwachsenen heran, der ein kleines Kind in sich trägt.

Ein Kind, das Trost benötigt.

Das tief drinnen in der Seelenkammer sitzt und herzzerreißend weint. Nach Schmusetüchern sucht, die es nicht länger gibt.

Das ungetröstete Kind geht unter oder wird zu einem Zyniker.

In jedem Zyniker wohnt ein ungetröstetes Kind.

Das Kind formt sein Ich mit Hilfe des Ichs der Eltern. Indem das Kind gesehen wird, wächst sein eigenes Ich heran.

Wird zu einer Person.

Ein Kind, das nicht gesehen wird, kann nie ein Ich ausbilden.

Gibt es einen Übergang zwischen der totalen Identifikation mit den Eltern und dem selbständigen Individuum? Zwi-

schen dem Bedarf an Trost und dem totalen Fehlen dieses Bedürfnisses?
Werden wir unser Trostbedürfnis jemals los?
Sven-Göran ist ein Zyniker.

Ein Monat vergeht, es ist Dezember geworden und damit haben die Vorbereitungen auf das anstehende Weihnachtsfest begonnen. Der erste Advent ist mit dem üblichen Hervorsuchen von Sternen und Kerzenständern verstrichen. In ganz Sundsby, in jedem Fenster macht sich die bevorstehende Hysterie bemerkbar. So kommt es Mari zumindest vor.

Solange sie denken kann, hat sie Weihnachten immer gehasst.

Sie hütet sich davor, es zu sagen, wer will schon ein Spielverderber sein. Sie nimmt an, dass sie nicht so empfinden sollte, jetzt, wo Anton da ist, weiß aber auch, dass diese Jahreszeit Gefühle weckt, die nicht mit der Gegenwart, sondern mit der Vergangenheit zu tun haben. Mit der Erinnerung an Einsamkeit und Sehnsucht, die jedes Jahr im Dezember zum Leben erwacht. Dennoch versucht sie Anton zuliebe ihr Bestes zu geben. Backt Pfefferkuchen, schmückt die Wohnung, kauft Geschenke, macht alle diese üblichen Dinge.

Seit der Fahrt nach Kopenhagen hat sie Åke nicht zu Gesicht bekommen.

Er rief ein paar Mal an, um zu fragen, wie es ihnen geht. Über eine Woche lang war er nach Stockholm ausgeliehen, um bei der Bewachung eines wichtigen politischen Treffens auszuhelfen. Ein paar Regierungschefs aus diversen Krisengebieten sollten vor einem Anschlag beschützt werden.

Wenn er anrief, erwähnten sie mit keinem Wort ihre letzte Nacht in Kopenhagen. Von dem Moment, da sie das Hotel verlassen hatten, war es, als hätte es diese Nacht nie gegeben.

Nachdem sie in dieser Nacht auf seinem Arm eingeschlafen war, schlief sie ein paar Stunden und erwachte dann mit einem Gefühl, von dem sie geglaubt hatte, dass sie nicht mehr dazu fähig sei. Draußen war es noch dunkel, die Uhr zeigte erst fünf Uhr morgens, noch hatte der Wecker der Großstadt nicht geläutet.

Es war selbstverständlich. Wortlos, nur mit einem tiefen Gefühl der Sehnsucht, hatten sie einander gestreichelt. Sie hatte bemerkt, dass das Kissen feucht war, und wusste, dass es von ihren eigenen stillen Tränen herrührte. Er küsste ihre Augen, und sie öffnete sich ihm mit einem Hunger, der als einziges auf der Welt Bedeutung hatte. Ihr Körper wurde zu einem befreiten, glühenden Ball, Åke war groß und stark und liebte ihre Trauer fort. Sie lachte, und er presste seinen Mund auf den ihren, brachte sie zum Schweigen.

Als Anton ein paar Stunden später begann sich zu regen, war Åke aufgestanden, hatte geduscht und ihre gemeinsame Wärme verlassen. Auf der Heimreise hatten sie sich ein paar Mal angeschaut, aber nichts gesagt. Als sei das, was zwischen ihnen passiert war, so zerbrechlich, dass Worte es zerstören oder beschmutzen könnten. Gösta

holte sie am Bahnhof ab. Seitdem hatte sie Åke nicht mehr gesehen.
Auf der Pflegestation ist dies eine relativ ruhige Zeit im Jahr. Die Menschen haben während der Weihnachtsvorbereitungen keine Zeit, krank zu sein. Der Mord an Bengt in Klocksbo und der Tod von Janne verlieren als Gesprächsthemen an Aktualität. Die Leute haben anderes zu bereden. Lars sieht weniger gestresst aus, er schafft es, einen Teil der administrativen Aufgaben, mit denen er im Rückstand lag, abzuarbeiten, und Mari hilft ihm, einen Entwurf des Tätigkeitsberichts zu verfassen. Das Luciafest nähert sich und Mari übertrifft sich selbst, indem sie Anton ein Pfefferkuchenmann-Kostüm näht.
Was Vera angeht, weiß Mari, dass sie noch im Krankenhaus ist. Unmittelbar nach der Kopenhagen-Reise war Mari bei ihr, um Bericht zu erstatten. Einen leicht geschönten. Vera schien zufrieden zu sein, und ihr Arzt, den Mari beim Hinausgehen auf dem Gang traf, war der Meinung, es gehe ihr besser. Dank Carina Ljungström bekommt Vera einen Platz in einem Pflegeheim, sobald sie entlassen wird.

Gegen drei Uhr in der Lucianacht geschehen zwei Dinge ungefähr gleichzeitig.

»Mama! Mama! Wir müssen aufstehen.« Anton zerrt an Maris Decke, klettert in ihr Bett und zieht sie an den Haaren. »Wach auf, Mama! Wach auf!«
»Uhmmm. Womit schlägst du mich?«
Nachdem sie die Nachttischlampe eingeschaltet hat, er-

kennt Mari, dass das, was sie gerade an der Wange getroffen hat, ein brauner Papphut ist. Anton hat das restliche Kostüm an, bereit für den Luciaumzug.
»Anton, kriech zu mir ins Bett und schlaf noch ein paar Stunden. Wir brauchen nicht vor halb sieben im Kindergarten zu sein.«

Åkes Telefon läutet. Von der schwungvollen Bewegung, die er mit dem rechten Arm macht, fallen ein Wasserglas und der Wecker zu Boden. Wo ist das verdammte Telefon? Bei den Apparaten, die an der Wand befestigt waren, wusste man wenigstens, wo sie sich befanden. Es liegt neben dem Kopfkissen.
»Hallo. Hier ist Lars. Entschuldige, dass ich dich geweckt habe.«
»Ja, worum geht es?« Åke ist noch nicht richtig wach. Er knipst die Lampe an.
»Ich dachte, es sei am besten, dich anzurufen. Bei Sven-Göran brennt Licht.«
»Daran ist doch nichts sonderbar. Vielleicht veranstalten sie ein Fest. Morgen ist schließlich Lucia.«
»Ja. Aber es ist trotzdem seltsam. Die Frau und die Kinder haben am Freitag den Zug nach Strömstad genommen, und ich weiß, dass Sven-Göran morgen früh mit dem Auto nachfahren wollte. Wir sprachen kurz darüber, als ich von der Arbeit nach Hause kam. Ich habe ihren Schlüssel bekommen und versprochen, nach der Post zu schauen.«
»Wahrscheinlich hat er einfach vergessen, das Licht auszuschalten. Steht das Auto draußen?«

»Nein. Er hat es heute nachmittag wie gewöhnlich in die Garage gefahren. Er ärgert sich über die Katzen, die sich auf die Motorhaube legen, und fährt den Wagen immer in die Garage. Aber er kann ihn natürlich später wieder herausgeholt haben.«
»Kannst du nicht hinübergehen und nachsehen?«
»Jaa … Gestern am späten Abend, gegen elf Uhr, kam es mir vor, als hätte ich einen Knall gehört. Ich dachte nicht weiter darüber nach, nahm an, dass es vielleicht von einem Auspuff herrührte oder etwas kaputtgegangen war. Ich ging zu Bett und bin vor kurzem wieder aufgewacht. Jetzt, wo im Haus Licht brennt, glaube ich, dass es auch ein Schuss gewesen sein könnte. Es ist nicht so angenehm …«
»Du willst, dass jemand mitkommt?«

Åke fährt mit dem Auto zum Paradisväg. Es hat angefangen zu schneien, und die Erde ist von einer dünnen weißen Puderschicht bedeckt. Bald wird es mehr sein, denkt er, wenn es weiterhin so heftig schneit. Die Flocken sind groß und fallen dicht. Hoffentlich bleibt der Schnee liegen und wird nicht zu Matsch. Vielleicht bekommen sie dann weiße Weihnachten?
Er ist verärgert darüber, geweckt worden zu sein, wo er endlich einmal richtig schlief.
Seit der Reise nach Kopenhagen hat er nicht viel Schlaf bekommen. Ständig muss er an sie denken.
Mari. Die Liebesnacht. Er träumt im Wachen und im Schlafen. Der Körper ist unruhig, die Seele auch. Er will sich ihr nicht aufdrängen, hat sogar Angst, sich in jener

Nacht an ihr vergriffen zu haben. Ihren Zustand ausgenutzt zu haben. Er fragt sich, welche Gefühle sie ihm gegenüber jetzt hegt. Wut? Reue? Noch schlimmer: Abscheu?

Mit klopfendem Herzen hat er in den letzten Wochen ein paar Mal zum Telefonhörer gegriffen und sie angerufen, in Angst vor ihrer Stimme. Aber sie klang wie gewöhnlich, als sei nichts passiert. Er will vorankommen, weiß aber nicht, welchen Schritt er machen soll, fürchtet sich davor, abgewiesen zu werden. Die Unsicherheit ist ihm lieber, da bleibt zumindest Platz für Hoffnung.

Von weitem sieht er Lars vor seinem Haus stehen, mit Jacke und Schal, aber barhäuptig. Åke unterdrückt den Gedanken, dass der Kerl ein Angsthase ist. Er selbst ist einen Meter neunzig groß, wiegt hundertzehn Kilo und ist darin ausgebildet, mit Ärger umzugehen. Er braucht keine Angst zu haben. Im Gegensatz zu Lars, der schmächtig gebaut ist.

Als Arzt ist Lars darauf trainiert, nett zu sein. Verständnisvoll. Immer freundlich zu den Leuten. Das sollte ein Polizist auch sein, aber im Unterschied zu einem Arzt, der versuchen muss, gleichbleibend höflich zu sein, egal wie unangenehm der Patient ist, darf ein Polizist lauter werden, wenn jemand Probleme macht. »When the going gets tough, the though get going.« Wo zum Teufel hat er das gehört? Es muss in einem Film gewesen sein.

Die Straßenlaterne leuchtet auf Lars' feuchtes, blondes Haar, die Stirnlocke ist mit Schneeflocken bedeckt. Er sieht hohläugig und abgezehrt aus, findet Åke. Er steht hier, friert und wartet auf mich. Ängstlich. Bekümmert. Es

ist trotz allem fürsorglich von Lars, sich darüber Gedanken zu machen, ob jemand in Sven-Görans Haus einbricht. In der heutigen Gesellschaft gibt es viel zu viele, die sich nicht um die anderen scheren.
Åke beschließt, nicht länger sauer über seine gestörte Nachtruhe zu sein.
In Sven-Görans Haus auf der anderen Straßenseite, es ist ein großes Einfamilienhaus mit gelber Holzvertäfelung, brennt das Licht sowohl im Ober- als auch im Erdgeschoss. Es ist beinahe halb vier, und ein Stück die Straße hinauf hört man ein paar Jugendliche grölen.
»Ich habe den Schlüssel dabei«, sagt Lars.
Er braucht ihn nicht zu benutzen. Als Åke die Haustür untersucht, gleitet sie auf. Die beiden Männer treten in die Diele.
»Sven-Göran???«, ruft Åke. Er tritt die Schuhe ab und, um ins Haus zu kommen, schiebt er einige Taschen beiseite, die direkt vor der Tür stehen. Vorsichtig geht er vor Lars hinein. Man kann nie wissen.
Links liegt die Küche. Sie ist aufgeräumt, nicht einmal eine ungespülte Tasse steht in der Spüle, alles glänzt in Erwartung des Weihnachtsfests. An die Küchenschränke aus Buchenfurnier hat jemand, vermutlich Sven-Görans Frau, rote Herzen gehängt.
»Wie lange wollten sie wegbleiben, sagtest du?« Åke hört sich flüstern und hebt die Stimme. »An Weihnachten wollten sie doch sicher zurück sein?«
Lars reibt sich die Hände, um sie zu wärmen. »Elisabeth und die Kinder, die von der Schule frei bekommen haben müssen, sind bei ihren Eltern. Sven-Göran sollte sie abho-

len und eigentlich gleich wieder zurückfahren. Zwei oder drei Tage wollte er weg sein. Er hat keine Zeit, länger zu verreisen.«

»Hier im Wohnzimmer stehen sowohl der Fernseher als auch die Stereoanlage noch, eingebrochen wurde also nicht«, konstatiert Åke. »Vielleicht ist er krank geworden? Gut, dass du dabei bist. Kennst du das Haus?«

»Ein paar Mal bin ich hier gewesen. Im ersten Stock liegt das Schlafzimmer. Sollen wir hochgehen?«

»Ich gehe voran«, sagt Åke. Er führt sie die helle Kieferntreppe mit dem geschnitzten Geländer hinauf.

Die vier Schlafzimmer sind verlassen und alle Betten gemacht. Åke hat das Gefühl, in einem Puppenhaus umherzugehen, so einem aufgeklappten Haus, in das man hineinschauen kann, in dem alle Möbel am richtigen Platz stehen, ordentlich hergerichtet. Irgendwo finden sich gewöhnlich die Puppen, die Menschen darstellen sollen, in einem Bett oder auf einem Stuhl. Steif sitzend, mit starrem Blick.

Die Männer schauen kurz in das Badezimmer. Glänzende blaue Kacheln.

»Wo zum Teufel ist er?«, fragt Åke. »Sollen wir wieder hinuntergehen?«

»Wir könnten noch in der Garage nachsehen«, schlägt Lars vor.

Åkes Herz schlägt heftig bei der Erinnerung an das letzte Mal, dass er jemanden fand, der sich in einer Garage mit Abgas erstickt hatte. Lars zeigt den Weg durch eine Tür in der Diele in den beheizten Anbau. Auch dort brennt das Licht. Sie erkennen Sven-Görans rotmetallic glänzenden

S80 und einen blauen Opel Vectra. Aber keine Spur von Sven-Göran oder einem anderen Menschen.
Zurück im Haus meint Åke: »Er kann nicht weggefahren sein. Die Taschen und die Autos sind noch da. Bist du sicher, dass wir überall nachgeschaut haben.«
»Einen Keller gibt es nicht, aber er hat ein Büro über der Garage. Dafür habe ich keinen Schlüssel. Und Licht habe ich dort nicht gesehen.«
»Wie kommt man dorthin?«
»Man muss außen herum gehen, über eine Treppe hinter der Garage.«
»Wir sollten dort noch nachschauen«, sagt Åke. »Dann denke ich, warten wir ab, bis es hell wird. Wer weiß, er kann sich mit seiner Frau gestritten und beschlossen haben, nicht zu ihr zu fahren. Er hat doch früher schon einmal etwas mit einer anderen gehabt. Er ist sicher bei irgendeiner Frau.«
Die Metalltreppe ist rutschig vom Schnee, und sie müssen sich am Geländer festhalten. Åke hat keine Handschuhe dabei und merkt, wie die Hände taub werden. Oben gibt es einen kleinen Absatz, aber die Tür ist verschlossen. Der Raum lässt sich nicht einsehen, obwohl die Tür aus Glas ist und sich in der Wand neben der Tür ein Fenster befindet.
Åke beugt sich über das Geländer und wölbt die Hände gegen die Fensterscheibe. Er führt das Gesicht dicht an das Glas heran, um einen Blick in das Innere des Raumes zu erhaschen. Vergebens.
»Gehen wir jetzt nach Hause und schlafen«, sagt er. Er friert und ist müde und außerdem ziemlich verärgert über

Lars. Åkes Angewohnheit, nett zu sein, hat eine Grenze, und er faucht Lars an: »Findest du nicht, dass wir hinuntergehen, das Licht löschen und abschließen sollten? Wenn du dich um das Obergeschoss kümmerst, kümmere ich mich um unten.«

Lars, der jetzt wie ein geprügelter Hund aussieht, erwidert nichts, sondern geht vor ihm ins Haus und verschwindet die Treppe hinauf in den ersten Stock.

Åke beginnt mit der Garage. Er öffnet die Tür in der Diele, die zu den Autos führt, und streckt die Hand aus, um den Lichtschalter zu betätigen. Er findet ihn und löscht das Licht.

Dann knipst er es wieder an.

Etwas stimmt nicht.

Er macht einen Schritt in die Garage hinein. An einer Wand, derjenigen auf Seiten der Diele, stehen Kellerregale. An der gegenüberliegenden Wand hängt eine Reihe von Werkzeugen an Haken. Jedes Teil an seinem Platz, in minutiöser Ordnung. Ist der Kerl pedantisch? Was zum Teufel stimmt hier nicht?

Dann sieht er es.

Auf dem rot glänzenden Dach des Volvos befindet sich eine kleine Lache.

Åke weiß sofort, worum es sich dabei handelt, aber er geht zum Auto vor, hebt den Blick in Richtung Decke und hat die längste Zeit gehofft, sich geirrt zu haben. Dort befindet sich eine rechteckige Klappe, zirka fünfzig mal sechzig Zentimeter. Sie führt nach oben, er entdeckt kein Scharnier. Auf der einen Breitseite, an der sich der Griff befindet, sieht man einen Blutfleck. Von dort ist es auf den

Wagen getropft. Jemand blutet oder hat geblutet. Das Blut sieht alt aus, flockig. Auch wenn es sich über der Luke angesammelt hat und geronnen ist, sorgt die Schwerkraft dafür, dass es früher oder später hindurchtropft. Hinunter.

Was zum Teufel ist los? Åke lässt das Licht brennen, aber schließt hinter sich die Tür. Er hat es eilig. In der Diele trifft er auf Lars.

»Geh nach Hause, Lars! Ich rufe einen Krankenwagen. Entschuldige, dass ich dir nicht geglaubt habe, es ist tatsächlich etwas passiert.« Åke wählt auf seinem Handy den Notruf und drückt es an sein Ohr, sagt, wer er ist, und bittet um einen Krankenwagen und Verstärkung. »Eine verschlossene Tür, ich werde versuchen hineinzukommen.« Ihm ist klar, dass es sich nicht anbietet, sich über die Luke Zutritt zum Büro zu verschaffen.

Lars steht während des Telefonats steif neben Åke, das Gesicht ist unnatürlich bleich, die Augen glänzen und die Lippen haben eine bläuliche Färbung. Åke ist beunruhigt.

»Wie fühlst du dich, Lars? Soll ich für dich auch einen Krankenwagen bestellen?«

»E… es is' okeee.« Lars richtet sich auf. Man merkt ihm an, dass er sich zusammenreißen muss. »Es ist der Schock. Außerdem ist mir so kalt. Ich gehe nach Hause und genehmige mir einen Whiskey. Lass von dir hören.«

Als sie aus dem Bett steigt, stolpert Mari über die Pfefferkuchenmann-Ausrüstung. Im gleichen Moment klingelt der Wecker. Es ist halb sechs. Anton wacht nicht auf, deshalb beugt Mari sich über ihn und zupft an seinem Ohr. Er riecht nach schlafendem Kind.

»Der Luciaumzug, Liebling!«

Er springt auf, und Mari wünscht sich, es wäre jeden Morgen so einfach, ihn aus dem Bett zu bekommen. Sie seufzt bei dem Gedanken an die heutigen Lebensbedingungen.

Heutzutage werden die Kinder von maschinenähnlichen Eltern aus dem Bett geholt und angezogen. In Tausende von Kaffeemaschinen füllt nun jemand Wasser, setzt einen Filter hinein, gibt sechs Löffel Pulver dazu und drückt auf den Knopf, so dass das rote Lämpchen zu leuchten beginnt. Die Apparate röcheln wie magenkranke Schweine. Dann beschmieren die Roboter Brote mit Margarine und hausgemachter Mettwurst, gießen Milch in Gläser und meckern. »Iss jetzt und schludere nicht herum!« »Lass ihn in Ruhe!« »Beeile dich!« »Mach keinen Unsinn!« Müde Kinder sind quengelige Kinder. In die Rucksäcke werden Regenzeug, Zettel für den Kinderhort und Bananen gepackt. Weiteres Gemecker. »Putz dir jetzt die Zähne!« »Lass ihn in Ruhe!« Die Jacken werden angezogen.

Wieviel Uhr ist es? Die Mutter hat bereits Schmerzen im Magen, im Kopf, am ganzen Körper. Zwei Alvedon-Tabletten. Thermohosen. Handschuhe. Mütze. Die Bücher aus der Bücherei. »Vergiss die Bücher aus der Bücherei nicht!«

Wieviel Uhr ist es? Müde Eltern sind quengelige Eltern. Holst du sie vom Kinderhort ab, dann gehe ich zum Elternabend? Was heißt hier, Überstunden machen? Und das Fußballtraining? Sag nicht, dass das Kind Fieber hat!

Wir haben heute Kunden aus Norwegen. Sollen wir am Donnerstag um neun miteinander schlafen, dann können wir das Vorspiel am Freitag nachholen? Die Schmutzwäsche in die Waschmaschine werfen, heute abend zum Trocknen aufhängen. Was heißt hier Frauenfalle?
Ein Mann, ein Betonkopf, sitzt irgendwo im Himmel und sagt: »Die hohen Steuern sind gut, dann können sie mehr arbeiten. Das ist Gleichberechtigung. Und das mit Haus und Kindern ist schließlich keine Arbeit. Nimmt keine Zeit in Anspruch. Was? Vermehrte Krankschreibungen? Das ist der Fehler der Arbeitgeber.« Der Betontyp hat noch nie einen Hintern abgewischt, wenn das eine Kind »Aa fertig!« rief und das andere um sechs Uhr abends vor Müdigkeit brüllte. Essen??? Ihr bekommt zu essen. Ich bin nur gerade erst zur Tür hereingekommen. Hausaufgaben? Jetzt? Geschichte vorlesen? Ach ja, die Waschmaschine.
Diabetes und Depressionen nehmen unter Kindern zu. Amerikanische Studien, die in Schweden verifiziert wurden, zeigen, dass bei zwei von drei Dreizehnjährigen ein Vorstadium von Adernverkalkung festzustellen ist. Alles wegen des Stresses.
Der Betonkopf faltet das Doppelkinn zwischen Betonhals und Betonbauch und grübelt darüber nach, warum die Geburtenrate sinkt. Warum die Kinder- und Jugendpsychologen so lange Wartelisten haben. Wenn er nur noch ein bisschen mehr organisieren und neue Kästchen für die Versicherungsformulare erfinden darf, in die man sein Kreuz setzen kann, dann lässt sich schon alles regeln. Damit die Realität so wird, wie sie sein sollte.

Es tut gut zu seufzen, also seufzt Mari noch einmal. Man denkt nicht so oft darüber nach, dass man selbst seufzt oder andere seufzen, fällt Mari auf, aber wir tun es manchmal. In Büchern wird viel geseufzt. Was ist ein Seufzer außer einem schnellen Ausatmen von Luft? Ein unwillkürlicher Ausdruck von Resignation?

Vermutlich seufzen wir alle ab und zu, kaum merkbar. Das Seufzen ist ein Teil unseres Alltags. Eine Möglichkeit, einen kurzen Augenblick lang aufzugeben. Eine Möglichkeit durchzuhalten.

Es ist nicht einfach, einen Fünfjährigen anzuziehen, der vor Aufregung nicht still stehen kann, aber schließlich ist der Pfefferkuchenmann fertig. Das Kostüm ist hinten etwas zu weit geraten, und Mari arrangiert es flüchtig mit ein paar Sicherheitsnadeln, bevor sie zum Kindergarten aufbrechen.

Die Eltern dürfen sich an dem einen Ende des großen Spielzimmers auf den Boden setzen. Das Licht wird gelöscht. Dann kommen sie, die kleinsten Stöpsel vorneweg, jeder mit einer Luciakrone auf dem Kopf, und dahinter die größeren Kinder. Eine der Erzieherinnen spielt Gitarre. Das Lucialied klingt auf liebenswerte Weise falsch, und die Kinder stellen sich in Reihen auf, die größten ganz hinten.

Anton steht rechts außen, zusammen mit zwei anderen Pfefferkuchenmännchen. Er ist hochkonzentriert, die Wangen sind gerötet, und er erledigt seine Aufgabe mit dem größten Ernst. »Wir kommen, wir kommen aus dem Pfefferkuchenland …«

Mari kann sich nicht helfen, die Tränen rinnen ihr über das Gesicht, und sie ist froh, dass es in dem Raum dunkel ist. Wie süß er ist. Das schönste Kind der Welt.

Hinterher bekommen alle Grütze und Schinkenbrötchen, das Gemurmel der sich unterhaltenden Eltern und das muntere Geschrei der Kinder nehmen ungeahnte Proportionen an. Es dröhnt Mari in den Ohren, als sie aus dem Kindergarten kommt. Draußen atmet sie tief ein und saugt die feuchte Luft in die Lungen, überquert den schneebedeckten Spielplatz, einzelne Schneeflocken fallen noch, achtet darauf, das Tor hinter sich zu schließen, und setzt sich in ihren ausgekühlten Wagen. Im Autoradio laufen noch mehr Lucialieder.
Schon im Eingang der Pflegestation sieht sie das Chaos. Im Wartezimmer sitzen nicht nur wie üblich alte Männlein und Weiblein sowie Mütter mit verrotzten Kindern. Drei Kerle in Arbeitsoveralls, Mari erkennt in ihnen Angestellte der Traktorenwerkstatt, halten sich Handtücher und Papierservietten vor das Gesicht, und einer von ihnen hat sogar die Hand in ein blutiges Tuch gewickelt. Was ist passiert?
Gunilla winkt ihr von der Rezeption aus zu. »Mari!«
Anstatt zum Schalter an der Rezeption zu gehen, betritt Mari direkt das Zimmer der Sekretärinnen. Jetzt bemerkt sie, dass Gunilla etwas verzweifelt wirkt. Oh, dann steht es schlecht. Gunilla ist nicht der Typ, der schnell gestresst ist. Ihre Marilyn-Monroe-Erscheinung, vom gebleichten Haar bis zu den roten Pumps, verbirgt ein Wunder an Effektivität.

»Mein Gott!«, sagt sie. »Irgendeine Flasche ist unten in der Autowerkstatt explodiert, und die Jungs sitzen mit Schnittverletzungen hier. Eva-Lena hat einen kurzen Blick auf sie geworfen, als sie kam, keiner hat ernsthafte Verletzungen, aber sie müssen verbunden und vielleicht genäht werden. Dann bekamen wir ein Baby herein, dem es so schlecht ging, dass Eva-Lena gezwungen war, mit ihm im Krankenwagen nach Halmstad zu fahren.« Gunilla hat Lippenstift auf der Wange, bemerkt es jedoch nicht. Sie holt Luft, bevor sie fortfährt: »Außerdem ist Lars noch nicht da. Das ist noch nie vorgekommen, seit ich hier arbeite. Ich habe versucht, ihn anzurufen, aber er geht nicht ans Telefon.«

»Darf ich die Sprechstundenliste sehen?«, bittet Mari. Sie wirft einen Blick auf die Termine des Tages. »Hier stehen mehrere Vorsorgeuntersuchungen, ein Diabetespatient und ein Demenzgutachten. So etwas kann warten.« Mari macht einen Haken an den Rand der Liste und sagt zu Gunilla: »Schick die Leute nach Hause, die schon hier sind, und sage den anderen telefonisch Bescheid, dass wir neue Termine ausmachen. Ich schaue mir die Schnittwunden an. Sind Eva und die andern schon da?«

Gunilla nickt. »Eva kümmert sich um das Telefon. Birgitta ist draußen.«

Mari nimmt die Männer von der Autowerkstatt in das Untersuchungszimmer mit. Sie hatten Glück im Unglück und haben sich nicht die Augen verletzt. Sie wollen zunächst nicht sagen, was explodiert ist, aber schließlich geben sie zu, dass es eine halbvolle Limonadenflasche war, die im Aufenthaltsraum vor sich hin gärte. Mari säubert

die Wunden und verbindet sie, keine der Verletzungen ist so tief, dass sie genäht werden muss.
»Also, Jungs«, sagt sie, als sie sie entlässt, »ich denke, ihr solltet in Zukunft etwas gründlicher aufräumen.« Mit den Gesichtern voller Pflaster trotten sie niedergeschlagen davon. Mari vermutet, dass sie sich vor ihrem Chef John fürchten und davor, was er sagen wird. Aber das ist nicht ihr Problem.
Ihres ist dagegen Lars. Sie geht zu Gunilla hinaus, die ihr erzählt: »Einer unserer Patienten sagte, oben beim Paradisväg seien lauter Polizisten. Stell dir vor, wenn Lars etwas passiert ist.«
Mari fasst einen Entschluss. »Ich fahre hin. Solange musst du dringende Patienten nach Varberg verweisen.« Sie schaut bei Eva hinein, die am Telefon sitzt, und sagt ihr dasselbe.
Mari will nicht ganz vorfahren, als sie in den Paradisväg kommt, sondern stellt den Wagen an der Straßenkreuzung ab und geht die letzten Schritte zu Fuß auf die Polizeiautos zu. Es hat aufgehört zu schneien, und eine dicke Schneeschicht knirscht unter ihren Füßen.
Entgegen ihrer Erwartung gelten die Menschenansammlung und die Absperrung nicht Lars' Haus, sondern dem von Sven-Göran.

Beunruhigt sieht Åke Lars nach Hause stolpern, aber er kann im Moment nicht viel für ihn tun. Er muss in das Kontor gelangen. Zunächst geht er zurück in die Garage, um ein geeignetes Werkzeug zu finden, wobei er versucht zu vermeiden, auf das Autodach zu schauen. Er holt ein

Brecheisen und einen Hammer von der Wand herunter. Steckt ein paar unterschiedliche Meißel in die Tasche. Dann geht er hinaus und steigt die Treppe empor.

Es sind erst ein paar Minuten vergangen, seit er den Krankenwagen gerufen hat, und er will tun, was er kann, um den Leuten ihre Arbeit zu erleichtern. Es dürfte nicht lange dauern, bis sie da sind. Die Polizei könnte länger brauchen, es hängt davon ab, wo die Polizisten sich gerade befinden. In der Lucianacht ist die Mannschaft allerdings verstärkt, dann vergeht vielleicht nicht allzuviel Zeit, bis jemand kommt.

Er wirft einen Blick auf das Schloss, es ist ein Sicherheitsschloss, das mit einem Schlüssel geöffnet werden muss, bevor er das Türglas mit der Brechstange einschlägt und mit der Taschenlampe hineinleuchtet. Ein Schreibtisch versperrt die Sicht auf den Teil des Raumes, in dem sich die Luke befinden muss. Im Strahl der Lampe entdeckt Åke neben der Tür einen Lichtschalter, mit großer Vorsicht streckt er die Hand aus und drückt ihn mit der Nagelspitze des Zeigefingers. Der Raum wird hell. Noch immer lässt sich nichts erkennen.

Mit Hammer und Meißel beginnt Åke, das Scharnier der Tür zu bearbeiten. Das ist schwierig, denn er muss sich krümmen und sieht schlecht, aber schließlich gelingt es ihm, die Stifte zu lösen, so dass die Tür herausgehoben werden kann. Da hört er den Krankenwagen.

»Hierher!«, ruft er, so laut er kann, während er die Tür herauswuchtet und sie gegen das Geländer lehnt. Am Fuß der Treppe stehen jetzt zwei Sanitäterinnen mit Bahre und Tasche.

»Wartet da unten«, sagt er ihnen.
Sie bleiben gehorsam stehen, aber die eine, eine kräftige Frau, macht doch Anstalten, die Treppe hinaufzugehen. Die andere greift nach ihrem Arm, um sie zurückzuhalten. »Er ist Polizist.«
Åke tritt in den Raum, er hat eine dunkle Holzvertäfelung und englische Möbel, ein üppiges Ledersofa steht unter dem Dachfenster. Er passt auf, wohin er die Füße setzt, die Maßnahmen zur Tatortsicherung hat er verinnerlicht.
Hinter dem Schreibtisch, direkt gegenüber der Tür, ist der umgestürzte Stuhl, auf dem Sven-Göran saß. Jetzt liegt Sven-Göran am Boden, das Gesicht grinsend zur Decke gerichtet, die fünf Rollen des Stuhls ragen wie eine Sonne neben ihm empor.
Åke versteht, woher das Blut kommt.
Die Schrotflinte liegt zerbrochen quer über Sven-Görans Brust, in der üblichen symbolischen Geste nach dem Erlegen einer Beute.
Åke hört undeutlich und wie aus großer Ferne die Sanitäterinnen nach ihm rufen. »Sollen wir heraufkommen?« Erst als ihre Schritte auf der Treppe zu hören sind, reißt er sich zusammen.
»Nein! Um Gottes willen! Bleibt unten!« Er kommt ihnen auf der Treppe entgegen. »Ihr könnt wieder fahren. Für den, der dort oben tot liegt, lässt sich nichts mehr machen. Er wurde erschossen. Wir müssen auf die Kripo warten.«
Nach einer Ewigkeit, wie ihm scheint, kommen endlich die Kollegen. Dann versinkt alles in einem Chaos aus Absperrbändern, Technikern, Kameras und Polizisten. Åke

ist sehr betroffen. Immerhin war Sven-Göran ein alter Klassenkamerad. Sie hatten nicht viel gemeinsam, und er konnte die hochmütige Art des anderen nie leiden, aber sie hatten einen Flecken Erde, ein Stück Leben geteilt.

Als Evert Svensson kommt, erläutert Åke ihm die Ereignisse der Nacht. Svensson sieht abgespannt aus. Er hat offensichtlich genug von Sundsby, denkt Åke, diesem Nest, in dem sich alle Teufelei versammelt zu haben scheint. Åke sieht ihm das an. Mit einem Seufzer geht Svensson in das Garagenkontor hinauf. Nach einer Weile kommt er wieder herunter und stiefelt zu Lars hinüber.

Åke fährt nach Hause und versucht, sich hinzulegen. Er hat in der nächsten Nacht Dienst und sollte schlafen. Aber es ist hoffnungslos. Das, was passiert ist, behält über die Müdigkeit die Oberhand.

Sven-Göran war schwer zu verstehen gewesen, denkt Åke. Als Jugendlicher wollte er immer bestimmen, eine Eigenschaft, die er mit den Jahren wohl nicht abgelegt hatte. Man konnte sich leicht über ihn aufregen, über seine fast krankhafte Art, sich behaupten zu wollen. Er musste am meisten trinken, die hübscheste Freundin haben, das meiste Geld und den größten Schwanz. Der Tollste sein. Åke hielt sich heraus. Ließ Sven-Göran gewähren, vermied Konflikte. Nicht weil er konfliktscheu war, natürlich wog Åke vor zwanzig Jahren noch nicht hundertzehn Kilo, aber er war ihm physisch überlegen. »Du hast ein gutes Herz, Åke«, sagte seine Mutter oft. Vielleicht war das der Grund gewesen, aus reiner Nettigkeit hatte Åke Sven-Göran brillieren lassen.

Sven-Göran war in einer Nobelpreisatmosphäre aufgewachsen. »Mein Junge ist der Beste und Größte«, sagte Vater Stenström. »Wartet nur, dann wird er es euch zeigen!« Erwartungen und Forderungen, die auf ein Kind erdrückend wirken, wenn es nicht so gesehen wird, wie es wirklich ist.

In dieser Zeit hatte Åke instinktiv gewusst, dass er Sven-Göran mit einem Sieg über ihn vernichtet hätte. Also war Åke ihm aus dem Weg gegangen.

Åke steht auf, zieht sich an, kocht Kaffee und schiebt ein paar Hefeschnecken, die er aus dem Tiefkühlfach holt, in die Mikrowelle. Während er trinkt und isst, blättert er zerstreut in den Hallands Nyheter, beschließt dann aber, nachzuschauen, wie es den Kollegen ergeht.

Er zieht sich warm an, einschließlich Mütze und Handschuhe, wenn er die Augen schließt, klingt ihm die Stimme seiner Mutter noch im Ohr: »Vergiss die Mütze nicht, Åke!«, und stapft dann durch den Schnee zum Paradisväg. Aus der anderen Richtung sieht er Mari kommen. Das Kind in ihm will auf sie zustürzen.

Er geht ihr langsam entgegen.

Als sie erfahren hat, was passiert ist, gehen sie gemeinsam den Weg zu Lars' Haus. Es ist ein weißes Steinhaus mit einem Garten, der frei von Unkraut ist. Thuja, Fingerkraut, Spiräen und Zypressen halten zwischen den gefliesten Wegen Winterschlaf.

Åke klingelt an der Haustür, Friedland steht dort auf einem weißen Zettel. Er fragt sich, ob es wirklich jemanden gibt, der so heißt, er hat bereits öfter an Türen mit diesem Namen geschellt, oder ob es nur der Name des Klingelherstellers ist.

Niemand öffnet. Großer Gott! Nicht noch einer, denkt Åke und prüft den Türknauf. Unverschlossen.
»Er liegt bestimmt im Bett, er war heute nacht wirklich schockiert«, sagt Åke. »So habe ich Lars noch nie gesehen.«
Sie betreten das Haus, und Åke, der noch nie zuvor da gewesen ist, staunt.
Lars hat ein sehr schönes Zuhause, das Wohnzimmer ist geschmackvoll in Pastelltönen eingerichtet. Die klassischen Möbel sind von Bruno Mathsson und anderen Marken, die Åke nicht kennt, aber von denen er schwören könnte, dass man sie nicht in jedem beliebigen Möbelgeschäft kaufen kann. Die Kunst an den Wänden, es handelt sich dabei um wirkliche Kunst, nicht um irgendwelche Drucke, ist zum größten Teil abstrakt. Kein Elch im Sonnenuntergang. Kein weinendes Kind. Kein Pförtnerhäuschen.
Sie finden Lars im Bett, in einem Schlafzimmer mit weinroter Tapete und einer goldgelben Borte, er stinkt leicht nach Whiskey. Das Haar über dem kreidebleichen Gesicht klebt wie verstreutes Heu auf dem weißen Satinkissen. Er würdigt sie keines Blickes.
Åke sieht, dass Mari Lars umsorgen möchte, der aber zischt: »Lass mich in Ruhe!« Sein Ton ist scharf. Das ist ein für Lars ungewöhnliches Verhalten, und Åke merkt Mari an, dass sie sich verletzt fühlt. Auch Lars erkennt das, denn plötzlich zeigt er den anderen gegenüber wieder Spuren seines gewöhnlichen Ichs. Er schaut Mari flehentlich an. Die blauen Augen sind von Trauer beschattet.
»Verzeih«, sagt Lars. »Du willst schließlich nur nett sein.

Ich glaube, ich habe mich mit etwas zuviel Whiskey zu beruhigen versucht. Es wäre wohl besser gewesen, ich hätte Tabletten genommen.«
»Ich habe deine Termine abgesagt«, teilt Mari mit.
»Das ist gut. Ich schaffe es im Moment einfach nicht.« Lars wischt sich mit einer Papierserviette den Schweiß aus dem Gesicht und setzt sich im Bett halb auf, den Rücken gegen das Kopfteil gelehnt.
Åke, der sich auf einem gustavianischen Stuhl an der Wand niedergelassen hat, beschleicht ein seltsames Gefühl. Hinter Lars' Schock steckt etwas anderes. Er fragt: »Hast du Angst, Lars? Um dich, meine ich.«
Lars schaut Åke und Mari an, lässt seinen Blick, der wie Seidenpapier flattert, zwischen den beiden hin und her wandern. »Angst?«, wiederholt er. »Ja. Ich habe Angst. Ich habe das Gefühl, dass jemand nachts um die Häuser geschlichen ist. Ich habe mich nicht hinausgewagt.«
»Dann müssen wir Personenschutz anordnen«, sagt Åke.
»Nein. Ich glaube nicht, dass das notwendig ist. Ich habe eine Alarmanlage, weißt du. Wegen meiner Bilder, ich sammle Lena Cronqvist und Roj Friberg, und auch wenn sie bei einem Einbruch nicht gestohlen würden, könnte jemand sie zerstören. Ich habe schon vor Jahren eine Alarmanlage installieren lassen. Eine gute.«
»OK!«, sagt Åke. »Aber versprich mir, von dir hören zu lassen, sobald du Hilfe brauchst.«
Lars stolpert mit ihnen hinunter und schließt hinter ihnen ab. Draußen vor der Tür bemerkt Mari: »Er ist nicht bei Kräften. Er arbeitet zuviel, ist beinahe ausgebrannt, er verkraftet so einen Schock jetzt nicht. Wir dürfen nicht

vergessen, dass sie früher viel zusammen waren, er und Sven-Göran.«

Aber wer ist nicht schockiert? Åke begleitet Mari zu ihrem Auto, der Schnee knarrt feucht unter ihren Füßen. Die Temperatur ist über Null, eine verschreckte Sonne schaut scheu zwischen den grauen Wolken hervor. Entweder wird es noch mehr Niederschlag geben oder es klart auf – dann würde der Schnee verschwinden. Nun ja, es ist typisches Westküstenwetter, denkt Åke. Grau. Nicht schwarz. Nicht weiß. Eine Mischung, die zu seinem heutigen Seelenzustand passt.

»Soll ich dich nach Hause fahren?«, fragt Mari.

»Nein, ich gehe zu Fuß. Ich muss zusehen, dass ich noch ein wenig Schlaf bekomme.«

»Komm, ich fahre dich.«

Er gibt nach und setzt sich neben sie in den Wagen.

»Es muss eine Verbindung zu dem Mord an Bengt geben«, meint Mari.

Åke vermag nicht zu antworten, er brummt nur und lehnt den Kopf schwer gegen die Nackenstütze. Als Mari vor dem kleinen Mietshaus aus rotem Ziegelstein hält, in dem er seine Wohnung hat, und er keine Anstalten macht, aus dem Wagen zu steigen, dreht sie sich zu ihm um und sieht ihn forschend an.

»Ich gehe mit hinauf.«

Åke zieht seine Jacke aus und, gefolgt von Mari, betritt er die Wohnung und setzt sich auf seinen schwarzen Sessel. Er verbirgt das Gesicht zwischen den Händen und spürt das Brennen hinter den Augenlidern. Er fängt an zu zittern.

Mari kniet sich vor ihm hin, legt den Kopf auf seinen Schoß und schlingt die Arme um ihn. Åke weint, die Hände um Maris Kopf gelegt, das Gesicht in ihr Haar vergraben.

So sitzen sie zehn Minuten lang, bevor Mari aufsteht: »Ich muss wieder zur Arbeit. Leg dich jetzt hin. Ich rufe dich später an.« Sie streicht ihm über die Wange und küsst ihm die Stirn, bevor sie durch die Tür verschwindet.

Mari muss nachdenken und bringt den Wagen auf einem Bergkamm zum Stehen, an der Einfahrt zu einer stillgelegten Kiesgrube. Rechts von ihr öffnen sich die Gruben, in denen der Stein, den das Inlandeis freigab, abgebaut wurde. Jetzt ist die Natur langsam dabei, sich ihr verlorenes Revier zurückzuholen. Im Sommer ist das ein schöner Ort, dicht mit Weidenröschen überwachsen. Im Winter erinnert er an eine Wunde. Aus der zehn Zentimeter dicken Schneedecke, die in der Lucianacht gefallen ist, blicken hier und da verwelkte Grashalme hervor. Das passt zu Maris Stimmung an diesem Morgen. Sie kommt gerade von Göta und Allan.

Allan war wie üblich redselig, erzählte viel und stellte in seiner neuerdings flehentlichen Art Fragen, während er um sie herumschwänzelte, um ihr behilflich zu sein.
»Brauchst du eine Mülltüte? Soll ich etwas Wasser holen?«
»Es geht gut so, Allan.« Mari hatte das Kopfende des Bettes gesenkt und ihre Spritzen zurechtgelegt. Vorsichtig knöpfte sie Götas Nachthemd auf und entfernte den Verband von dem Plastikschlauch. Göta reagierte nicht. Die Augen in dem kahlen Schädel waren geschlossen. Sie hat

nicht mehr lange zu leben, dachte Mari. Ein paar Tage noch, vielleicht eine Woche.

Ein zentraler Venenkatheter führt direkt ins Herz, und als Mari den Tropf entfernte und den Schlauch reinigte, kontrollierte sie, ob sie alle Ventile richtig geschlossen hatte, bevor sie alles wieder ordnete und die Decke über die Frau zog.

»Das Pflaster!«, sagte Allan.

»Natürlich. Gut, dass du da bist, Allan. Ich hätte es sicherlich bemerkt, wenn ich meine Eintragungen mache, aber es ist gut, dass du mich daran erinnerst.« Mari schrieb das Datum und ihre Unterschrift auf das Morphinpflaster und klebte es auf Götas rechten Oberarm. Sie suchte nach dem alten und entdeckte es auf dem Brustkorb. Die Rippen ließen sich mit dem bloßen Auge zählen. Göta bemerkte nicht, dass sie das verbrauchte Pflaster abzog.

»Möchtest du einen Kaffee?«, fragte Allan. Er wollte Mari unbedingt noch eine Weile dabehalten. Er war unrasiert und hatte lange Furchen im Gesicht. Hose und Hemd sahen zu groß aus. Götas Krankheit hatte ihn mindestens fünfzehn Kilo gekostet.

»Heute nicht, danke. Als Krankenschwester hat man nicht zwangsläufig einen robusten Magen. Aber ich kann trotzdem noch einen Moment bleiben.« Sie folgte Allan in die Küche, wo sie sich an den Tisch setzten. Sie fragte: »Wie geht es bei der Arbeit?«

»Sie haben für die Deutschlandtouren eine Vertretung gefunden. Der Chef ist nett. Sobald das hier vorbei ist, möchte ich wieder anfangen zu arbeiten.« Allan ist Busfahrer.

»Das ist vielleicht am besten so«, antwortete Mari.

Allan hatte sie kurz angeschaut und dann nach einer Zeitung gegriffen, die auf dem Küchentisch lag, und begonnen, sie zusammenzurollen. »Ich werde verrückt, wenn ich zu Hause bleibe. In zwei Jahren gehe ich in Rente, und ich fürchte mich vor dem Tag. Was zum Teufel soll ich dann machen?« Seine Stimme klang verzweifelt.

»Ich weiß nicht, Allan. Gibt es nichts, was du hier tun kannst?«

»Doch. Ich habe daran gedacht, die Wirtschaftsgebäude zu renovieren. Aber welche Freude hätte ich daran, wenn Göta nicht mehr da ist? Was hat das alles für einen Sinn? Sie ist erst neunundfünfzig. Was für eine Gerechtigkeit gibt es im Leben?«

»Hast du mit dem Pfarrer gesprochen?«

»Ach, ja. Er war hier.«

Allan schloss die Augen, bevor er fortfuhr: »Die haben auch keine Antwort. Ich habe ihn gefragt, warum ich, ausgerechnet ich, auf diese Weise geprüft werden sollte. Was ich Böses getan hätte, um so bestraft zu werden. Wenn es Gott gibt, sagte ich zum Pfarrer, warum nimmt er mir dann erst meinen einzigen Sohn und dann meine Frau? Auf so eine Art und Weise.«

»Ich wusste nicht, dass ihr einen Sohn hattet, bevor ich es in Götas Krankenakte las.«

»Wir waren gerade hierher gezogen, als es passierte. Börje erhängte sich auf dem Dachboden. Wenn du wüsstest, was ich in all diesen Jahren darüber gegrübelt habe. Warum?«

»Wie alt war er?«

»Achtzehn. Er wollte nach dem Militärdienst auf die Technische Hochschule gehen. Um Diplomingenieur zu werden.«
»Achtzehn ist ein schwieriges Alter. Gab es Probleme mit einem Mädchen?«
»Nein. Nicht, dass ich wüsste, jedenfalls. Und jetzt Göta.« Allan war in ein tränenloses Schluchzen ausgebrochen. »Großer Gott«, rief er den Allmächtigen an, an den er nicht glaubte.
»Hör zu, Allan«, hatte Mari gesagt. »Hat dir der Besuch von Anders nicht Freude gemacht? Ich finde, er ist ein guter Pfarrer. Er hat schöne Worte bei Janne Lundmarks Begräbnis gefunden.«
»Freude?«, antwortete Allan erschöpft. »Ich weiß nicht. Eines sage ich dir. Wenn es die Hölle gibt, herrscht dort kein Mangel an Pfarrern. Sieh dir Enarsson an. Macht sich an Kinder heran. Ich glaube, die Welt ist verrückt geworden.«
»Woran ich dachte, war, dass ich Anders bitten könnte, noch einmal herzukommen, wenn du möchtest. Ich kann ihn anrufen. Du musst mir glauben, dass ich dir gerne helfen würde. Aber ich kann so wenig tun. Ich kann dafür sorgen, dass Göta keine Schmerzen hat. Ich kann mit dir sprechen. Aber was die Fragen nach Leben und Tod angeht, kennt sich ein Pfarrer viel besser aus als ich. Auch wenn man nicht gläubig ist.«
Allan zögerte, schlug mit der zusammengerollten Zeitung gegen die Tischkante. »Ja. Ihr tut euer Bestes, das weiß ich. Und ich bin dankbar dafür, dass Göta wenigstens keine Schmerzen hat. Und Nilsson ist ein guter Pfarrer. Man

kann sich mit ihm unterhalten, und er ist nicht salbungsvoll.«
Als Mari sich zum Gehen umgewandt hatte, hatte sie durch die Schlafzimmertür Allan an Götas Bett sitzen sehen. Er hielt sie an der Hand und lehnte mit dem Kopf an ihrem Kissen, neben ihrem Gesicht. Das einzige, was das Zimmer erleuchtete, war der Adventskranz am Fenster.

Mari trägt eine dicke Jacke, aber sie friert dennoch, als sie den Wagen verlässt. Obwohl sie die Kälte sonst hasst, genießt sie heute den eisigen Westwind. Er kommt vom Kattegat, mit Salz und Frische. Beißt in den Wangen und sticht in den Augen. Rüttelt einen durch und verleiht Leben. Sie denkt an das Wort des Predigers Salomo. »Es ist alles ganz eitel.« Was ist der Sinn all dessen? All dieses Leids? In demselben Buch der Bibel heißt es auch: »Iss, trink und sei guter Dinge.« Vielleicht stimmt das ja. Sie kickt gegen einen Stein. Es schmerzt am Zeh, trotz der dicken Stiefel. Warum läuft sie hier in der Kiesgrube herum und denkt an Salomo? Was nützt es zu grübeln? Sie sollte an Krankheit und Tod gewöhnt sein. Das ist ihr Beruf. Sie ist ein Profi. Oder nicht?, sagt sie laut zu einem Sandhaufen. Ich bin ein Profi. Der Sandhaufen antwortet nicht.
Steht nicht auch in diesem weisesten aller Bücher, dass Gott die Menschen so schuf, wie sie sein sollten, aber dass sie selbst sich vielerlei Torheiten ausdenken? Kann man aus dem Leben überhaupt klug werden? »Denn wo viel Weisheit ist, da ist viel Grämen, und wer viel lernt, der muss viel leiden.«

Es war zuviel für sie gewesen in diesem Herbst. Zuviel Elend. Zuviel Tod. Dieses schwärzeste aller Worte. Jäher Tod. Wer hat Bengt, Janne und Sven-Göran getötet? In gewisser Weise war es zu erwarten gewesen, dass Bengt so enden würde. Kleinkriminelle Drogenabhängige werden häufig umgebracht. Aber Janne? Denn Mari ist nun überzeugt, dass auch Jannes Tod ein Mord war. Janne wusste etwas darüber, wer Bengt getötet hat, deshalb musste er zum Schweigen gebracht werden, bevor er sich jemandem anvertrauen konnte.

Der Schulbus kam am Morgen kurz nach sieben, um diese Uhrzeit wurde Janne gefunden. Åke hatte erzählt, dass Janne zu diesem Zeitpunkt schätzungsweise acht oder neun Stunden tot gewesen war. Angenommen, er war tatsächlich auf dem Weg zu ihr gewesen, als er überfahren wurde. Es war spät am Abend, nicht viele Autos waren unterwegs. Ein Mopedfahrer ist schutzlos. Außerdem trug Janne keinen Helm. Ein ordentlicher Stoß von einem Auto … Selbst wenn er nicht unmittelbar gestorben wäre, hätte er unsichtbar im Graben gelegen und wäre an den Verletzungen und der Kälte umgekommen. Und nicht vor dem nächsten Morgen gefunden worden. Hätte der Schulbus nicht angehalten, hätte er vielleicht noch länger dort liegen müssen. Zumindest bis es draußen richtig hell wurde. Das war Berechnung. Das beweist, dass der Mörder eine gewisse Härte besaß. Eine Eiseskälte. Er musste sichergehen, dass Janne nicht bis nach Hallsered kam, um zu erzählen, was er wusste.

Aber Sven-Göran? Warum wurde er mit seiner eigenen Schrotflinte erschossen? In seinem Haus? Auch bei diesem Mord spielte Berechnung mit. Die Frau und die Kinder waren nicht zu Hause. Das musste der Mörder gewusst haben. Aber warum wollte jemand Sven-Göran töten? Wusste auch er etwas über Bengts Tod? Mari ist überzeugt, dass alle drei Morde zusammenhängen. Das müssen sie. Obwohl sich alle Bosheit und alles Leid der Welt in Sundsby zu versammeln scheinen, kann sie nicht glauben, dass drei Morde Zufall sind. Es gibt eine Verbindung. Aber welche?

Sven-Göran hatte vielleicht etwas geahnt. Zeigte er damals in seinem Laden Angst und nicht Trauer? War er in Sorge, das nächste Opfer zu sein? Die drei Toten hatten etwas gemeinsam. Die Kindheit. Die Jugend. Findet sich die Antwort dort?

Gun-Marie ist fraglos eine Person, die Grund hatte, sie zu verabscheuen. Aber sie zu ermorden?

Else-Britt? Die Episode mit ihrer Mutter, der Diakonissin, ist in gewisser Weise mit Gun-Maries Geschichte verstrickt. Else-Britts Vater, der sich nach dem, was geschah, zu Tode trauerte.

Palle? Was hätte er für ein Motiv? Das Erbe? Berta wird wohl Vera beerben, nun da Bengt nicht mehr ist. Aber Palle bekommt sicherlich genug von seinem Vater und von seiner Mutter Berta, wenn diese stirbt. In dem Fall müsste er Vera auch töten. Kann ihr Hof soviel wert sein? Ist Palle Spieler? Und warum sollte er Sven-Göran töten?

Apropos Spieler, denkt Mari. Vielleicht Stefan? Weil Gun-Marie unfruchtbar wurde? Man kann sich ihn nur schwer als Mörder vorstellen. In Stefan sieht Mari nur ein großes Kind. Verantwortungslos. Ist ihm irgendetwas wichtig genug, dass er überhaupt reagieren würde? Gun-Marie bekommt wohl nicht viel Trost von ihm.

Diese Menschen kannte Mari als Kind und Jugendliche gut. Später lebten sie sich auseinander. Ab und zu trafen sie sich im Supermarkt oder auf dem Marktplatz in Varberg. Sagten: »Hallo! Wie geht es dir?« Antworteten: »Gut, danke. Und dir?«

Das war alles. Sie lebten ihr eigenes Leben. Im Alter zwischen achtzehn und einundzwanzig wohnte Mari in Dalarna. Sie hatte sich die dortige Pflegeschule ausgesucht. Damals schien es das richtige zu sein. Von Sundsby wegzugehen und nie mehr wiederkommen zu müssen. Gleichzeitig hatte sie die Berge lieben gelernt. Den Grövelsjön. Båtberget. Wenn sie die Augen schließt, sieht sie die Aussicht von Storvätteshogna Richtung Salsfjäll und Gröthogna vor sich. Dort oben erkennt der Mensch, wie klein er ist. Die Nichtigkeit dessen, was im Alltag so wichtig erscheint.

Auf dem Grövelsjön war es auch, wo sie Lennart zufällig getroffen hatte. Er war mit seinem Verband zu Übungszwecken dort gewesen. Sie erinnert sich noch daran, wie sie auf der Bergstation vor einem Postkartenständer stand. Da hörte sie seine Stimme hinter sich.

»Mari! Du???«

Sie drehte sich um. In dem Moment machte es klick, und ab da gab es nur noch sie beide. Es folgten ein paar Jahre, in denen sie zwischen ihren Wohnorten hin und her fuhren. Dann zogen sie zusammen. In Sundsby, wohin Mari nie mehr zurückkehren wollte.

Das Telefon klingelt. Die Jacke über die Schulter gehängt, die Hand an der Türklinke zögert Mari. Sie dreht sich um. Noch zwei Signale. Dann wird der Anrufbeantworter anspringen und mitteilen, dass die Sprechstunde der Kreiskrankenschwester für heute beendet ist. Bitte wenden Sie sich an den kommunalen hausärztlichen Dienst oder an das Krankenhaus. Ihre eigene Stimme wird die Telefonnummern und Öffnungszeiten herunterleiern.
Sie greift nach dem Hörer.
»Hier ist Allan. Göta ist jetzt eingeschlafen. Ja, es ist eine Weile her. Ich saß an ihrem Bett und hielt ihre Hand, bis ich plötzlich merkte, dass es dunkel ist.« Die Stimme zittert. »Es war wohl gegen drei Uhr. Zuerst bekam ich Angst. Sie atmete heftig. Dann überhaupt nicht mehr. Ich blieb also einfach sitzen. Jetzt weiß ich nicht, was ich machen soll.«
»Ich komme gleich. Leg dich solange ein wenig hin.«
Mari führt zwei Telefongespräche, das eine, um zu Hause zu sagen, dass es spät wird, das andere mit dem häuslichen Pflegedienst, um Hilfe anzufordern.
Allan ist gefasst. Er kommt ihr an der Tür entgegen. Trotz der Trauer zeigt sich bei ihm auch Erleichterung. Endlich ist es vorbei. Britta und Pia vom häuslichen Pflegedienst helfen Mari, die Tote zu waschen und anzuziehen, während Allan in der Küche sitzt. Mari geht die Kleider in Götas Garderobe durch. Sie wählt ein dunkles mit einem rotgrünen Muster. Damit geht sie zu Allan in die Küche.
»Wenn es dir recht ist, ziehen wir Göta dieses Kleid an?«
Er nickt. In der Küche ist es fast dunkel, nur die Lampe über dem Ausguss brennt.

Göta ist schön im Tod. Die kräftige Britta und die nachlässig wirkende Pia wissen nicht, wie sie es am besten machen sollen.

»Können wir die Hände so hinlegen? Sollen wir diesen kleinen Tisch hinausstellen? Kannst du die Medikamente wegräumen?«

Was Allan zu sehen bekommt, als er in das Schlafzimmer gebeten wird, ist ein friedvoller Anblick. Brennende Kerzen stehen in einem Ständer auf dem Nachttisch. Göta, frei von Plagen und Angst, liegt mit gefalteten Händen da. Nachdem die Mädchen vom Pflegedienst abgefahren sind, bleibt Mari noch eine Weile. Sie hilft Allan dabei, das Beerdingungsinstitut anzurufen. Es wird vereinbart, dass sie später am Abend kommen, um die Leiche zu holen.

»Komm hier herein«, sagt Allan. »Ich will dir etwas zeigen.«

Die gute Stube. Wo es in Erwartung eventueller Gäste immer aufgeräumt ist. Auf einem ovalen Tisch vor zwei Sesseln liegt ein Album. Es ist ein altmodisches Fotoalbum mit einem weinroten Samtbezug und einem goldenen Ornament auf dem Deckel.

»Setz dich.« Allan nimmt das Album in die Hand und zögert, bevor er es schließlich aufschlägt. Seine Hände zittern leicht. »Das sind Göta und ich als frisch Verlobte, das ist Börje an seinem ersten Schultag.« Er blättert durch das Album und Mari zeigt Interesse, weil sie weiß, dass es Allan hilft. »Das ist Börje«, sagt er.

Die ersten Bilder des Jungen waren aus der Kindheit. Jetzt sieht Mari einen jungen Mann, den sie bereits auf einem anderen Foto gesehen hat. An einem anderen Ort. Noch

ein Wiedererkennen. Schlaksig. Dunkel. Ein durchdringender Blick.
»Hatte er Freunde in Sundsby? Ich meine, ihr habt ja noch nicht lange hier gewohnt, als er starb.«
»Er hatte ein paar Kameraden. Er war im Jugendverband der Zentrumspartei. Aber wohl hauptsächlich, weil sie Freizeitaktivitäten organisierten und so etwas.«
»Vielleicht eine Kanufreizeit?«, fragt Mari.
»Unter anderem. Zum Zeitpunkt seines Todes wohnten wir fast ein Jahr hier. Es fiel ihm leicht, Freunde zu finden.«

Åke öffnet die Tür, und Mari fällt ihm um den Hals. Er stellt keine Fragen, sondern nimmt ihr die Jacke ab und führt sie zum Sofa. Sie weint, und er legt die Arme um sie. Als die Tränen getrocknet sind, fragt er: »Ist etwas Besonderes passiert?« Ihr Haar riecht nach Schampoo. Sie ist ihm nahe, und er fühlt sich unbeholfen. Wie ein Tölpel.
»Es ist einfach zuviel. Den ganzen Herbst über war es zuviel. Mit der Arbeit und mit all diesen Toten. Wohin ich schaue, sehe ich Tote. Ich komme gerade von Allan aus Svensbo. Seine Frau ist heute nachmittag gestorben.«
Åke löst vorsichtig seine Arme und blickt Mari an. »Möchtest du, dass ich Iris anrufe und ihr sage, dass du hier bist? Vielleicht machen sie sich Sorgen?«
Mari nickt.
Er kocht ihr einen Tee. Dann geht er zu seinem großen Küchenschrank und holt ein Paket heraus. Soll ich?, denkt er und ist nahe daran, es zurückzulegen, entscheidet sich

aber doch dafür. Er nimmt das Paket mit ins Wohnzimmer.

»Du, Åke? Warst du als Jugendlicher im Jugendverband der Zentrumspartei?«

»Machst du Witze? Ich hatte noch nie Ahnung von Politik.« Er steht neben dem Couchtisch und reicht ihr die Tasse.

»Vorsicht, der Tee ist heiß.«

»Das war auch nur eine Frage. Allans Sohn Börje hat sich das Leben genommen. Er war etwa in unserem Alter. Sie waren von Smålandsstenar hierher gezogen und wohnten erst ein Jahr hier, als er starb. Ich war damals in Dalarna. Allan erzählte, dass sein Sohn Mitglied im Jugendverband war. Ich dachte, du hättest ihn vielleicht dort kennengelernt.«

»Nein, nicht da. Aber ich erinnere mich an ihn. Wir haben ab und zu Zeltlager organisiert. Trinkgelage ist im übrigen das bessere Wort. Du weißt schon, wir haben Bier gesoffen und herumgegrölt. Ich war nur ein paar Mal dabei. Ich fand, dass es entgleiste, als sie mit Schnaps anfingen.«

»Waren Bengt und Janne dabei? Sven-Göran?«

»Die und fast alle Jugendliche aus der Gegend. Auch Mädchen. Hast du Hunger?« Åke findet, dass Mari sehr müde wirkt. Die Augen sind geschwollen, die Nase gerötet. Trotzdem empfindet er sie nicht als unattraktiv. Er möchte so gerne etwas für sie tun, sie zum Lachen bringen. »Du solltest etwas essen.«

»Nachher«, sagt Mari. »Ich habe Fotos in Jannes Wohnung gefunden. Auf einem davon war Börje zu sehen.«

Åke beobachtet, wie Mari eines der von seiner Mutter bestickten Kissen auf die Armlehne des Sofas schiebt. Dann zieht sie die Beine hoch und legt sich hin.

»Entschuldigung«, sagt sie.

Åke möchte eine Rede halten. Darüber, dass sie sich nicht zu entschuldigen braucht. Dass er dankbar und stolz darüber ist, dass sie sich an ihn wendet. Dieses und tausend andere Worte möchte er sagen. Aber er hört sich selbst erwidern: »Es ist schon in Ordnung, Mari. Du … Als wir in Kopenhagen waren, war ich in einer Buchhandlung, um etwas zu kaufen. Ich hatte daran gedacht, es dir als Weihnachtsgeschenk zu geben. Aber vielleicht ist jetzt der geeignetere Moment. Ich hatte ein paar Jahre lang ein Gedicht an der Wand hängen, das ich sehr mag. Also habe ich in der Buchhandlung nach dem Autor gefragt. Ich glaube, es passt zu dir.« Eine kleine Rede ist es nun doch geworden, denkt Åke und fährt fort: »Ich gehe hinunter und hole Pizza, solange du das Geschenk öffnest.« Er reicht ihr das Buch und geht schnell hinaus. Mehr weiß er nicht zu sagen.

Mari entfernt das Papier und liest den Titel. Die Großstadt-Trilogie von Dan Turèll. Ein Taschenbuch, auf dessen Umschlag vor einem rot-blau-grünen Hintergrund ein Mann mit Schlapphut, Brille und schwarzem Spitzbart zu sehen ist. Es sind drei Bücher in einem. *Drive-in-Gedichte*, *3-D-Gedichte* und *Großstadt-Blues*. Wie konnte Åke wissen, dass sie Dan Turèll liebte? Sie blättert zerstreut in dem Buch und entdeckt ganz hinten das Gedicht »Der letzte Gang durch die Stadt«.

Und wie ein Schatten gehe ich die Strøget entlang
Und den ganzen Weg hinunter
begleiten mich all meine Freunde
Und alle, die ich geliebt habe
Und alle werden sie Gespenster sein
Und niemand außer mir, wird sehen, dass sie da sind,
aber sie sind es
Und wir verabschieden uns von allem und voneinander
Und wir sind nicht sentimental
Aber die Luft ist erfüllt von etwas, das keiner kennt
Und wir gehen in schweigendes Gespräch vertieft
Und am Nytorv sind sie wieder weg
Alle Schatten verschmelzen
Und ich gleite etwas tiefer hinab
Mein letzter Spaziergang durch die Stadt ist beendet
Und ein einfacher Schatten weniger
bevölkert die Straße

Fast ganz Sundsby scheint beim Gedenkgottesdienst für Sven-Göran und Göta anwesend zu sein. Die Kirche ist bis auf den letzten Platz besetzt, aber schließlich ist auch der dritte Advent, eine Zeit im Jahr, in der nicht nur ältere Damen den Gottesdienst besuchen.

Mari sitzt mit Anton auf dem Schoß eingeklemmt zwischen Iris und Gösta ganz hinten in der Kirche.

Es riecht nach einer Mischung aus Kerzenwachs, Schweiß und Wintermänteln. Sie bohrt ihre Nase in Antons Haar, um seinen Duft nach Seife und der Mandarine, die er im Auto gegessen hat, einzuatmen. Es ist das zweite Mal innerhalb eines Monats, dass sie hier ist. Das letzte Mal war es zu Jannes Beerdigung. Heute ist die Stimmung gehobener, es ist ein Familiengottesdienst, die Kinder aus der Jugendgruppe der Gemeinde werden singen, und Anders wird so predigen, dass auch die Kleinen etwas verstehen.

Nicht, dass Anders für gewöhnlich unverständlich spricht, denkt sie.

Als er sich vorne am Altar umdreht, stellt sie fest, wie mitgenommen er aussieht. Müde. Es muss der schwierigste von allen Berufen sein, der des Priesters, desjenigen, der die Sorgen aller anderen entgegennehmen und versuchen muss, sie zu mildern. Da gilt es, einen starken Glauben zu haben.

Sie singen *Bereitet dem Herrn den Weg, ebnet die Berge, erhebt die Tiefen.*

Anders predigt über das achte Gebot. Darüber, ein falsches Zeugnis abzugeben. Dass die Menschen verzeihen und gut voneinander sprechen und denken sollen. Er verwendet die Sprache der Kinder. Kumpel. Zusammen sein. Nett sein. Dann singen die Kinder *Breite deine weiten Schwingen aus* und *Du bist meine Zuversicht.* Bei Maris Lieblingspsalm *Hosianna, Davids Sohn* steht die ganze Gemeinde auf. Wenn ein Dach abheben könnte, würde es das nun tun.

Am Ende verliest Anders die Bekanntmachungen und Danksagungen. »Mit der Bekanntgabe des Ablebens folgender Gemeindemitglieder werden wir heute erneut an unsere Sterblichkeit erinnert: Sven-Göran Axel Stenström, im Alter von einundvierzig Jahren, drei Monaten und zehn Tagen …«

Außer einem ganz kleinen Kind, das vorne schreit, ist es still. Mari sieht von ihrem Platz aus wenig, aber beim Betreten der Kirche hat sie Sven-Görans Frau und seine Kinder in einer der ersten Reihen erkannt, daher weiß sie, dass sie dort sitzen. Elisabeth, Sebastian und Daniel. Die Kinder müssen siebzehn und fünfzehn Jahre alt sein. Anders verliest auch die Danksagung für Göta. Ist es Einbildung, oder hört Mari Allan schluchzen? Zum Abschluss erfährt die Versammlung, dass die Kollekte an die Stadtmission geht.

Beim anschließenden Gemeindekaffee geht Anton direkt

auf den Teller mit den Pfefferkuchen zu. Gösta muss den Jungen, der in jeder Hand drei Herzen hält, von dem gedeckten Tisch am Fenster forttragen. Das Gemeindehaus ist erst ein paar Jahre alt und wurde mit den vereinten Kräften von Kirche und Dorfgemeinschaft gebaut. Der große Saal ist aufgrund der Panoramafenster an der Breitseite und der Holzvertäfelung sehr hell. In einer Ecke steht ein Weihnachtsbaum. Gösta nickt: »Ein schöner Baum.« Er hat ihn auf seinem Grundstück gefällt. Mari weiß, dass er auf der Suche nach den schönsten Bäumen wochenlang durch den Wald gegangen ist, da ihm die Ehre zuteil wurde, für das Gemeindehaus und sogar für die Kirche einen Baum zu stiften.

»Wir setzen uns hierhin«, sagt Iris. Sie führt sie zu einem der freien Tische.

»Habt ihr für mich auch noch einen Platz?« Anders hat sich eine dunkelblaue Strickjacke über das Priesterhemd gezogen und sieht ziviler aus als in der Kirche. Jedes Mal wenn Mari ihn trifft, wundert sie sich, wie kindlich er aussieht. Wie die Karikatur eines dicken Mönches. Glatzköpfig, rund, pausbäckig, ohne Augenbrauen, mit großen vorspringenden blauen Augen und rosiger Haut über dem Beffchen. Er könnte genausogut ein Cherub sein, der von irgendeinem Kirchendach gestiegen ist. Er ist nicht alt, knapp vierzig.

Aber heute sieht er aus, als hätte er die ganze Nacht nicht geschlafen. Vielleicht mehrere Nächte lang nicht. Der Arme versucht, Konversation zu betreiben.

»Glaubst du, dass der Weihnachtsmann dieses Jahr kommt?«, fragt er Anton.

»Unser Weihnachtsmann ist seltsam. Er hat keine eigenen Kleider, sondern muss sich Opas Pullover leihen. Komisch, oder?«
Anders kann sich ein Lachen nicht verkneifen. Er tätschelt dem Jungen den Kopf.
Gösta will Anders zeigen, wie entrüstet er ist. »Was ist mit unserer Gesellschaft los? Mord! Hier in Sundsby. Ja, dass Bengt Silén getötet wurde, ist vielleicht nicht so verwunderlich, aber Sven-Göran? Er hatte sicher seine schlechten Seiten, aber er war doch ein gewöhnlicher Mensch.«
Iris zischt ihn an. »Pass auf, was du sagst!« Sie schaut vielsagend zu Anton.
Mari bemerkt, dass Anders die Tränen in die gutmütigen blauen Augen schießen und er in seine Kaffeetasse schaut, um es zu verbergen. »Entschuldigt mich«, sagt er, steht auf und eilt hinaus.
Iris und Mari tauschen Blicke, dann läuft Mari ihm hinterher. Sie findet Anders in dem kleinen Büro hinter der Küche. Er sitzt am Schreibtisch, die Arme über die Tischplatte gelegt, den Kopf darüber gebeugt. Sie berührt ihn vorsichtig an der Schulter.
»Ich will mich nicht aufdrängen, Anders, aber kann ich dir helfen? Was ist los?«
»Entschuldigung. Ich habe nicht geschlafen. Die letzte Woche war etwas viel.«
»Hast du viel für Elisabeth und ihre Kinder tun müssen?«
»Ja, selbstverständlich.« Er schluchzt auf, hebt den Kopf und wischt sich mit der rechten Hand über die Augen. »Manchmal verlangt Gott von uns Priestern, schwere Bürden zu tragen.«

»Du meinst damit, immer derjenige sein zu müssen, der trösten soll.«
»Vielleicht. Aber daran gewöhnt man sich in gewisser Weise.«
»Ja, wahrscheinlich ist es so.« Mari weiß nicht, was sie sagen soll. Der Raum ist warm, und sie schwitzt in ihrem dicken Pullover. Sie schiebt einen Stapel Holzsterne beiseite, Bastelmaterial für die Kinderstunde der Gemeinde, und lehnt sich an die Schreibtischkante.
Anders atmet tief durch und schüttelt dann wie um sich zusammenzureißen so heftig den Kopf, dass die Wangen zittern.
»Sven-Göran kam mich nach Jannes tragischem Unfall öfter besuchen. Der Mord an Bengt und Jannes Tod machten ihm sehr zu schaffen. Er wollte eine Beichte ablegen.«
»Wenn es eine Geschichte betrifft, in die Gun-Marie verwickelt war, dann kenne ich sie. Ging es um dieses Ereignis?«
»Auch. Wir Pfarrer unterliegen der Schweigepflicht. Das, was während der Beichte gesagt wird, bleibt ein Geheimnis zwischen demjenigen, der beichtet, mir und Gott. Ich kann nichts preisgeben. Das darf ich nicht.«
»Natürlich nicht. Verzeih. Es war dumm von mir, so etwas zu fragen. Ich wollte dir nur helfen.«
»Das ist nett von dir. Danke. Aber ich muss wohl, mit Gottes Hilfe, damit leben.«
»Aber was den Schlaf betrifft, kann ich dir helfen. Du musst schlafen. Sonst wirst du nur immer bedrückter. Ich werde Lars morgen bitten, dir ein paar harmlose Schlaftabletten zu verschreiben.«

Anders richtet sich auf. »Nein! Nein!«
»Wie du willst. Aber melde dich, falls du deine Meinung ändern solltest. Du weißt, wo ich zu finden bin. Du kannst mich auch gerne zu Hause anrufen.«
»Danke. Weißt du was? Eine Sache, über die ich froh bin, ist, dass ich nicht in dieser Gemeinde aufgewachsen bin. Ich habe keine Bindung zu diesen Menschen. Jetzt lass mich bitte allein. Ich muss mich nur ein wenig sammeln.« Er legt den Kopf wieder auf die Arme.

Gösta schaut Iris nicht in die Augen, und das macht sie noch wütender. Sie wünschte sich, sie wäre zu Hause und könnte mit den Schranktüren schlagen und mit den Kochtöpfen klappern. Sie wirft Anton, der neben ihr sitzt, einen besorgten Blick zu, aber der ist vollauf damit beschäftigt, seinen letzten Pfefferkuchen in das Saftglas zu tunken. Natürlich zerfällt er, und das, was von dem aufgelösten Keks übrig ist, schwimmt auf der Oberfläche.
»Sieh mal! Mund auf!« Iris nimmt einen Löffel und fischt die Keksreste heraus. Hoffentlich bekommt er von all diesem Kuchen keine Magenschmerzen, denkt sie. Armer Pfarrer. Er hat keine leichte Arbeit. Es muss noch schlimmer sein, wenn junge Leute eines gewaltsamen Todes sterben. Gösta konnte noch nie im richtigen Moment den Mund halten.
Was soll aus der Welt werden? Was soll aus den Menschen werden? Seltsamerweise scheint das Elend trotz aller Entwicklung, allen Wissens und aller sogenannten Fortschritte jeden Tag größer zu werden. Man kann problemlos zum Mond reisen, aber nicht für Frieden und Harmonie

auf der Erde sorgen. War es früher besser? Iris' Großmutter, die gegen Ende senil und nörgelig wurde, sagte immer: »Das ist das Ende der Welt.« Vielleicht meinten die Menschen das zu jeder Zeit. Aus Verzweiflung darüber, nicht mit der Gegenwart zurechtzukommen, klammert man sich an etwas, das war, flüchtet sich in die Vergangenheit, die einen versöhnlichen Glanz bekommt, weil der Mensch die Tendenz hat, das Schlechte zu vergessen und sich an das Gute zu erinnern.

Als Iris acht Jahre alt war, bekam ihre Mutter eine Waschmaschine. Ein großes, lärmendes Wunderding. Bis zu ihrem Tod hatte die Mutter behauptet, dass die Waschmaschine die beste wissenschaftliche Erfindung aller Zeiten war. Obwohl sie auch das Jahr 1969 erlebte, als Neil Armstrong seine berühmten Worte über den kleinen Schritt für den Menschen, aber den großen für die Menschheit sprach. Dieser Armstrong muss eine Mutter gehabt haben, die ihm die Wäsche wusch.

Iris sieht Anton an und wird mit Wehmut erfüllt, wenn sie zugleich an ihre Mutter denkt. Die hätte den Jungen gemocht, aber sie war altmodisch, vertrat die Meinung, dass der Platz einer Frau zu Hause war und nirgendwo sonst. Tief religiös mit einem übertriebenen Rechtsempfinden. Iris kann sich nicht erinnern, jemals eine zärtliche Geste von ihr erhalten zu haben, eine Umarmung, einen Klaps oder ein Lächeln. Aber auf ihre Art wollte sie nur das Beste. Machte alles, so gut sie es vermochte. Die Mutter musste im Haushalt und im Stall hart arbeiten, die Männer brauchten viermal am Tag zu essen, dazwischen war Melkzeit. Damals melkte man auch mittags. Sie waren sieben Geschwister, von denen Iris das zweitjüngste war. Sie erinnert sich, dass die Mutter erzählte, wie sie für die Ältesten, Zwillinge, Westen genäht hatte und sie im Bett festband, wenn sie zum Melken hinausgehen musste. Der Vater kam von der Arbeit nach Hause, aß und machte anschließend einen Mittagsschlaf.

Für die Mutter hatte es keinen Mittagsschlaf gegeben. Dennoch hielt sie an den alten Sitten fest. Das tut Iris nicht. Ihretwegen dürfen Frauen Ingenieure oder Polizisten sein. Sie gehört nicht zu denen, die noch behaupten, die Frau gehöre an den Herd. Dagegen ist sie der Meinung, dass der Platz der Eltern zu Hause ist. Es ist erstaunlich, denkt sie, dass wir jetzt, wo wir solch einen Wohlstand erreicht haben, immer noch nicht in der Lage sind, selbst auf unsere Kinder zu achten. Vielleicht ist sie doch ein wenig altmodisch?

Nette Menschen gab es früher auch. Nett. Heute ist das ein schlechtes Wort. Sara und einige andere Frauen aus dem Nähverein schauen sich diese Seifenopern im Fernsehen an, aber Iris erträgt sie nicht. Sie findet die verkünstelten Menschen darin schlimm.

Kann man damals und heute vergleichen? Iris wird nicht klug daraus. Sie seufzt und sieht Gösta an. Ob er wohl traurig ist? Vielleicht sollte sie heute abend Speckpfannkuchen machen. Sie hat Glück gehabt und einen guten Mann gefunden. Kein Schnaps. Ein fleißiger Arbeiter. Hilfsbereit. Beklagt sich nie.

Wo bleibt Mari? Iris schaut sich nach der Schwiegertochter um, sie will jetzt nach Hause. Was wohl aus ihr und Åke wird? Er ist anständig, aber wenn die beiden sich zusammentun, dann wohl kaum in Hallsered? Mari hat es schwer gehabt und ich bin egoistisch, denkt Iris. Aber sie weiß auch, dass tief in ihrem Inneren die Trauer um Lennart sitzt, ihren einzigen Sohn, die sie immer zurückgehalten hat. Wegen Mari und Anton. Und Gösta. Einer musste stark bleiben. Die Trauer ist wie ein verschlossener Raum, mit einer kleinen Luke in der Tür. Spätabends, wenn sie im Bett liegt, öffnet Iris sie ab und an einen Spalt breit.

»Wir sollten jetzt nach Hause gehen«, sagt sie. Gösta nickt.

»Mach du einen Spaziergang, und ich koche. Anton kann mir helfen«, sagt Iris auf dem Rückweg im Auto. Sie klingt bestimmt, auf eine Art, die Mari zu Beginn ihrer Bekanntschaft angst machte.

Mari läuft zunächst schnell in ihre Wohnung und zieht sich einen warmen Wollpullover und feste Schuhe an. Sie will die sechs Kilometer um den See herum gehen. Den Schnee, der in der Lucianacht fiel, hat der Regen nach ein paar Tagen fortgespült, aber dann kam die Kälte. In den letzten Tagen ist es klar gewesen, bei fünf bis sechs Grad minus tagsüber. Deshalb ist die Welt dennoch weiß, glitzernd vor Raureif. Milliarden Eiskristalle blinken und spielen Fangen, reflektieren die hin und her hüpfenden Sonnenstrahlen, die zurückschießen und die Augen blenden. Auf dem Wasser liegt eine dünne Eisschicht. Wie anders der See jetzt im Vergleich zum Sommer ist, denkt Mari. Das ist die winterliche Ruhe. Vielleicht sollten auch die Menschen Winterschlaf halten, den Stoffwechsel her-

unterfahren und den Energieverbrauch auf ein Minimum reduzieren. Sind deshalb so viele von uns im Winter müde? Wir versuchen im gleichen Takt wie das restliche Jahr über zu leben, obwohl wir eigentlich ruhen sollten.
Auf halbem Weg befindet sich der eine der beiden Badeplätze des Sees. Hier gibt es Steine, die ins Wasser ragen, weshalb der Platz hauptsächlich von Jugendlichen genutzt wird. Die Felsen fallen an manchen Stellen steil ab, so dass man von ihnen aus gut in den See springen kann. Im Sommer ist der Platz voller Jugendlicher, und das hohe Kreischen der Mädchen vermischt sich mit dem Grölen der Jungen, die sich im Stimmbruch befinden. Es sind vor allem die Leute aus der Umgebung, die hier baden, da die Stelle geschützt ein Stück vom Weg entfernt liegt. Die Deutschen finden nicht allein hierher.
Mari geht den Pfad zum Strand hinunter, setzt sich auf einen Stein und blickt über das Wasser. Lukas legt sich auf ihre Füße. Zwei Schwäne in der Nähe nehmen keine Notiz von ihnen. Sie leben als Paar. Das ganze Leben über Seite an Seite. Mari fragt sich, was das Weibchen macht, wenn das Männchen stirbt. Besorgt sie sich dann einen neuen Schwanenmann?
Hier am See ist es schön. Es passiert so schnell, dass man den Sinn dafür verliert, dass man für selbstverständlich erachtet, was man hat. Sie erinnert sich an ein Paar aus Belgien, das letzten Sommer in ihre Sprechstunde kam. Wie sie die Natur priesen. Natürlich schätzen diejenigen, die aus einer dichtbesiedelten Gegend kommen, die hiesige Abgeschiedenheit und Stille. Was sagte Patricia immer? Harmonie findest du in der Ruhe.

Sie wird von Lukas in ihren Gedanken unterbrochen. Der Dackel wittert etwas und bellt. Ist es ein Hase?
Jemand kommt. Er geht mit gesenktem Kopf und blickt überrascht auf, als er Mari und den Hund bemerkt.
»Lars? Hallo.«
»Hallo Mari. Hier sitzt du?«
»Ich dachte, ich mache auf halbem Weg um den See eine Pause.«
Lars sieht abwesend aus. »Hier ist es sehr schön. Sowohl im Sommer als auch im Winter.« Er setzt sich neben sie auf einen Stein.
»Das ist wahr. Wie geht es dir? Åke war deinetwegen beunruhigt, und so habe ich mir auch Sorgen gemacht. Åke ist nicht der Typ, der einen Sinn dafür hat, wie es den Leuten geht, daher nehme ich an, dass du wirklich eine schwere Zeit hattest. Wenn sogar er es bemerkt hat, meine ich.«
Lars lacht. »Ich glaube, du unterschätzt ihn. Er verfügt vielleicht nicht über weibliche Intuition, aber er ist ein netter Kerl.«
Mari bekommt ein etwas schlechtes Gewissen. »Du hast recht. Ich nehme meine Worte zurück.«
»Es war ein Schock, aber ich komme langsam darüber hinweg«, sagt Lars. Die Stirnlocke verbirgt sich unter einer schwarzen Mütze, und die Wangen sind vor Kälte gerötet. »Dass jemand um mein Haus herumschlich, war wohl nur Einbildung, es ist erstaunlich, wie man auf starke Gemütsbewegungen reagiert. Ich habe auch zuviel gearbeitet, habe sozusagen keine Reserven mehr.«
»Du solltest verreisen.«

»Ja, vielleicht.«
»Aber hast du an jenem Abend wirklich einen Schuss gehört?«
»Ich glaube. Es war ein lauter Knall. Man weiß nie genau, wenn man so etwas hört. Es kann auch jemand gewesen sein, der eine Katze tötete. Von mir aus sind es nur ein paar hundert Meter bis zum Wald, auch wenn es eine ungewöhnliche Zeit war, um Katzen zu erschießen. Ein Auspuff kann auch einen lauten Knall von sich geben.«
»Aber andere Nachbarn haben doch sicher auch etwas gehört?«
»Ich habe mit Elof und Britta im Haus nebenan gesprochen, die Polizei ist auch bei ihnen gewesen, sie haben den Knall gehört. Hätten wir erkannt, was es war, hätten wir die Polizei sofort verständigen können. Aber keiner von uns dachte an so etwas.«
»Und warum? Warum in aller Welt sollte jemand auf die Idee kommen, Sven-Göran zu erschießen?«
»Wenn man das wüsste.«
»Es ist schlimm für die Frau und die Kinder«, sagt Mari.
»Es ist für viele schlimm«, antwortet Lars.
»Lars! Du darfst das nicht so schwer nehmen. Du hast abgenommen. Das sehe ich.«
Lars legt seine Hand auf die ihre. »Du, Mari … Ich bin immer in dich verliebt gewesen …«
Mari antwortet nicht, aber sie zieht auch nicht ihre Hand weg. Er hat seinen Handschuh ausgezogen, aber durch ihren eigenen spürt sie, dass seine Hand warm ist.
»Du bist warm, Mari«, sagt Lars.
»Nein, Lars. Ich friere. Ich glaube, ich muss jetzt zurück-

gehen. Iris wartet mit dem Essen. Wir sehen uns morgen bei der Arbeit.«
Sie verlässt ihn, dreht sich aber an der Stelle, wo der Pfad in den Wald verschwindet, noch einmal um.
Er sitzt ganz still da, tief in die Betrachtung des Wassers versunken.

Annika denkt nicht daran anzuklopfen.

»Leander Andersson hat angerufen. Übernimm du ihn. Das ist dein Bezirk.« Sie wirft einen Zettel vor Mari auf den Schreibtisch, die ihr Telefongespräch schneller beendet als geplant. Als Mari den Hörer aufgelegt hat, ist Annika schon auf dem Weg hinaus.

»Warte, Annika! Worum geht es?«

»Lies den Zettel!«

»Annika! Komm her und schließ die Tür hinter dir.«

»Ich habe zu arbeiten.« Sie macht dennoch, worum Mari sie gebeten hat, bleibt aber in der Tür stehen. Der weiße Kittel macht sie bleich, sie hat heute einen harten Zug um den Mund, die Augenbrauen sind gerunzelt. Sie hat kurzes dunkles Haar und ein schmales Gesicht. Mit ihrer Launenhaftigkeit haben die Kollegen gelernt zu leben, aber heute ist es Mari zuviel.

»Annika. Welchen Grund es auch immer für deine schlechte Laune gibt, lass sie nicht an mir aus. Das akzeptiere ich nicht. Verstehst du?«

Die Tür schlägt wieder zu. Mari schüttelt den Kopf und schaut auf den vor ihr liegenden Zettel. »Leander Andersson, Ehefrau rief an, Verstopfung, will Hausbesuch.« Das ist Maritas Vater. Mari hat schon früher mit Leanders

Magen und auch mit anderen Körperfunktionen zu tun gehabt.
Der kleine Hof, der nicht länger genutzt wird, Leander und seine Frau sind um die fünfundsiebzig, liegt abgeschieden am Waldrand, ein Stück von der Straße nach Lunnered entfernt. Frau Ella öffnet Mari die Tür. In der Küche ist es warm, der Holzofen knistert, und die Heizung ist voll aufgedreht. Leander möchte nicht frieren, denn dann geht es ihm schlechter. Der Spültisch glänzt wie ein Spiegel, und am Fenster hängen weiße Gardinen mit tanzenden Wichteln darauf.
Ella ringt die Hände. »Er sitzt in seinem Zimmer. Es ist der Magen. Gut, dass du da bist … ich schaffe das nicht länger. Er hat heute schon zwei Abführtabletten genommen, aber es kommt nichts.«
»Wann hat er das letzte Mal abgeführt?«
»Gestern.«
Mari seufzt unmerklich und geht in das Zimmer neben der Küche. Auch darin ist es aufgeräumt. An der einen Wand steht ein Bett, und mitten im Raum sitzt Leander auf einem Nachttopf, die Hose bis zu den Knöcheln heruntergelassen. Die Wanduhr tickt.
»Hallo, Leander. Geht es dir nicht gut?«
»Ich kann nicht scheißen.« Er hebt die Stimme. »Ella! Hol mir ein Glas Wasser!«
Ella eilt in die Küche hinaus, und Mari setzt sich auf das Bett.
»Es ist ganz normal, nur ein paar Mal pro Woche Stuhlgang zu haben. Man muss nicht jeden Tag abführen.«
Leander umfasst hart die weißen Griffe des Nachttopfes

und lehnt den Kopf zurück. Das schwarze Haar ist dick und struppig, über der fülligen Oberlippe trägt er einen Schnurrbart, und das Gesicht ist hochrot. »Es spannt so, es muss raus.«

Aus Ellas vorgestreckter Hand nimmt er ein Wasserglas entgegen. Die steht mit gebeugtem Kopf und hochgezogenen Schultern da.

»Das ist warm, verdammt!« Er spuckt das Wasser aus und gibt ihr das Glas zurück. »Bring mir kaltes Wasser. Du weißt doch, was kalt bedeutet? Und wisch den Boden auf.«

»Es ist gut, dass du trinkst.« Mari muss irgendetwas sagen.

»Es ist gut gegen den Zucker. Aber nur Wasser und Kaffee. Sonst bekomme ich Krämpfe und Blähungen.«

»Schaffst du es, ein wenig hinaus und spazieren zu gehen? Das ist auch gut für den Magen.«

»Mit diesem verdammten Ischias kann ich nicht laufen. Außerdem, wenn ich nur den geringsten Schritt mache, wird mein Darm durchgeschüttelt. Bring mir das Wasser! Das ist besser.«

Ella geht zur Seite und stellt sich in die Tür, die Hände vor dem Schoß. Sie ist eine magere Frau mit grauen Haaren, die zu einem Knoten im Nacken aufgesteckt sind. Sie hebt den Blick nicht vom Boden.

»Womit soll ich dir helfen, Leander?«, fragt Mari.

»Scheißen, natürlich!«

»Du hast schon alle Medikamente, die es gibt. Man kann nicht so oft abführen.«

»Ich kann es! Bring die Katze raus.« Er weist Ella an, die

getigerte Katze, die von einem Stuhl springt, hinauszutragen. »Gibt es nichts, was du mir geben kannst? Ich bin ein schwieriger Fall.«

Mari ist froh, keinen Krankenschwesterneid darüber abgelegt zu haben, immer die Wahrheit zu sagen. Schließlich hat Leander recht. Er ist ein schwieriger Fall. »Etwas, das sehr gut hilft, ist, sich ein warmes Handtuch auf den Bauch zu legen und damit eine Weile zu liegen«, sagt sie. Das sollte Ella die Chance geben, eine Kaffeepause zu machen. Leander nickt nachdenklich, sieht aber zufrieden aus.

»Wie geht es denn Marita?«, fragt Mari dann.

»Sie wohnt jetzt hier«, antwortet Ella.

»Ella! Wärm mir ein Handtuch. Ich werde mich hinlegen.« Mühsam steht er auf und stolpert zum Bett.

Mari folgt Ella hinaus in die Küche. Die nimmt ein großes Badehandtuch und legt es in den Ofen. Schon nach ein paar Minuten ist es warm genug, und sie geht damit zu ihrem Mann. Mari hört Leander brummen.

»Arbeitet Marita wieder?«, wundert sich Mari, als Ella sich ihr gegenüber an den Küchentisch gesetzt hat.

Ella spielt mit den Fransen der Tischdecke. »Sie arbeitet, aber sie ist so nervös geworden. Sie traut sich nicht allein zu wohnen, wenn Tomas nicht da ist. Das liegt an dieser schrecklichen Geschichte.« Ellas Blick flackert. »Und dann Bengt.«

»Du meinst, dass sie so lange bei Vera gearbeitet hat?«

»Jaa ... Marita und Bengt ... Sie waren eine Zeitlang zusammen ... Es ist sicher über zwanzig Jahre her. Und es ist wohl gut, dass nichts daraus wurde. So wie er war, meine ich. Und Tomas ist ein feiner Kerl ... Aber es war schade um das Geld ...«

»Geld?«

»Marita hatte von ihrer Großmutter ein kleines Vermögen geerbt. Bengt und Sven-Göran haben sie dazu verleitet, es in die Autofirma zu stecken. Es ging wohl vor allem von Bengt aus. Sie glaubte an ihn. Dass sie heiraten würden und so, meine ich. Leander war damals nicht glücklich.«

Åke muss Mari erreichen. Zu Hause geht sie nicht ans Telefon, und in der Sprechstunde ist sie nicht. Das Handy ist ausgeschaltet. Åke hat seine Arbeit für heute beendet, aber die Angelegenheit, in der er mit ihr sprechen will, gilt teilweise dem Job. Es gibt eine Sache, die ihn nichts angeht, in die er keinen Grund hat sich einzumischen, aber die wie ein Stachel in seinem Herzen sitzt. Es muss etwas getan werden. Nur Mari kann ihm dabei helfen.

Er hält beim Supermarkt Konsum, um seine Wochenration an Fertiggerichten zu kaufen. Schon oft hat er sich selbst gesagt, dass er im Herbst endlich einen Kochkurs machen sollte. Aber es wird einfach nichts daraus.

Er wandert zwischen den Regalreihen hindurch, am Kaffee und der Tiefkühlkost vorbei, und will gerade nach einer Packung Knäckebrot greifen, als er einen Stoß im Rücken spürt. Mari steht da und schaut auf die Beefsteaks und die Piroggen in seinem Korb.

»Entlarvt.« Er lacht. »Verstehst du jetzt, warum ich nie nein sage, wenn du mich zum Essen einlädst?«

»Verstehst du, warum ich immer nein sage, wenn du mich einlädst? Verzeih, ich hätte fast die Pizza vergessen.«

Sie sieht fröhlich aus, trägt ihren Norwegerpullover und hat einen ungewöhnlichen Lippenstift aufgelegt, den er noch nie an ihr gesehen hat. Lila?

»Wie geht es?«, fragt sie. »Ich habe deinen Wagen gesehen und als ich vorhin bei der Arbeit anrief, sagten sie, du hättest mich gesucht?«

»Können wir vielleicht draußen darüber sprechen? Ich muss nur schnell bezahlen.«

Nachdem Åke seine Waren im Kofferraum des Volvos verstaut hat, gehen sie über die Straße und folgen dann dem Pfad hinunter in Richtung Sundsby Park. Es handelt sich um eine kleinere Grünanlage, durch die ein schmaler Bach verläuft. Die Anlage liegt brach, und die Parkbänke werden den Winter über verwahrt. Die nackten Bäume erinnern um diese Jahreszeit weder an den Nationalfeiertag im Juni noch an die Sommerfeste. Åke bleibt unter einer Straßenlaterne am Bach stehen. Der Wind bläst kalt und lässt ihn zittern.

»Ich mache mir Sorgen um Marita«, sagt er.

»Warum denn das? Ich war heute bei ihren Eltern. Sie wurde nach der Sache mit Vera und Bengt ein paar Wochen krankgeschrieben, sie hat keine starken Nerven, aber jetzt arbeitet sie wieder.«

Åke schaut Mari an, das Licht der Lampe lässt ihre Augen glitzern. Wenn ich mich jetzt hinunterbeuge, kann ich ihre Stirn küssen. Er schiebt den Gedanken beiseite.

»Wir haben Tomas verhaftet.«

»Tomas?«

»Da Marita, abgesehen vom Mörder, am Abend vor dem Mord die Letzte und am Tag danach die Erste bei den

Siléns war, haben wir ihre Schuhe genauso untersucht wie deine. Diese klebrige Flüssigkeit im Treppenhaus war übrigens getrockneter Urin. Mit Zucker darin. Sie hat an manchen Stellen fast den Teppich aufgelöst. Es sieht so aus, als hätte Bengt Diabetes gehabt. In jedem Fall war Marita kaum ansprechbar, so aufgelöst war sie, als einer unserer Männer zu ihr geschickt wurde, um die Schuhe zu holen. Sie wusste nicht, welches Paar sie getragen hatte, also nahm er die Schuhe mit, die in der Diele standen. Dabei nahm er aus Versehen ein Paar, das ihr nicht gehörte, und letzte Woche wollten wir sie zusammen mit allen anderen Sachen zurückschicken. Da bemerkte ein Mann etwas an der Sohle des einen Schuhs. Also des Paars, das nicht Marita gehörte. Er hatte den Verdacht, dass es sich um eingetrocknetes Blut handelte, und analysierte es. Eine noch genauere Untersuchung ergab, dass es Blut von Bengt war.«

»Es waren Tomas' Schuhe?«

»Genau.«

»Wie ist das Blut dorthin gekommen?«

»Das muss er beantworten. Sie haben ihn heute nachmittag gefasst, mit Hilfe der norwegischen Polizei.«

»Arme Marita!«

»Das war auch mein Gedanke. Wie soll sie mit dieser Situation zurechtkommen? Kannst du nichts tun? Wir sind in der ersten Klasse nebeneinandergesessen, und die restliche Schulzeit über war ich so eine Art Bruder für sie. Sie hatte es schließlich nicht ganz leicht.«

»Was soll ich machen? Vielleicht mit ihr reden, das ist wohl das einzige.«

»Ja, daran dachte ich.«
»Ich kann zu ihr fahren, sie ist heute abend sicher zu Hause. Hoffentlich schläft Leander bis dahin. Aber du musst mitkommen. Ich fahre nicht allein.«
»OK. Wann sollen wir los?«
»Um acht. Ich muss nach Hause und kochen und Anton ins Bett bringen. Dann kannst du mich abholen.«

Die Straßen sind sehr glatt, Åke fährt langsam und wagt es dennoch kaum, bei der Abzweigung zu Anderssons Haus abzubremsen. Mari, die den Weg über geschwiegen hat, sagt nun: »Es sind seltsame Leute. Kein Wunder, dass Marita so ist, wie sie ist.«
»Es war wirklich nicht leicht, hier aufzuwachsen.«
»Wenn es nicht so tragisch wäre, könnte man darüber lachen.«
In der Küche treffen sie die weinende Marita an. Die Tür zu Leanders Zimmer ist geschlossen, aber der Fernseher darin ist deutlich zu hören. Ella geht auf dem rotweiß gestreiften Teppich vor dem Holzofen auf und ab. Der Haarknoten im Nacken befindet sich in Auflösung.
»Sagt … sagt Leander nichts. Wir haben uns nicht getraut, darüber zu sprechen.«
Åke bleibt in der Tür stehen, aber Mari setzt sich zu Marita auf die gelbe Küchenbank und legt den Arm um sie.
»Wir haben uns Sorgen um dich gemacht, Marita. Wie geht es dir?«
»Er hat nichts getan. Er könnte niemandem etwas antun.«
Marita hat rote Tränensäcke unter den Augen.
»Das hat er auch nicht, aber du verstehst sicher, dass die

Polizei alle Verdächtigen überprüfen muss. Es findet sich bestimmt eine natürliche Erklärung für alles.«

Marita putzt sich mit einem zerknüllten Küchenpapier die Nase. »Er hat nichts getan. Das ist so furchtbar, furchtbar, furchtbar.«

»Ja. Es ist furchtbar. Aber war er an dem Abend dort?«

»Ich darf nichts sagen, sonst denken alle, dass er es getan hat.«

»Niemand denkt das. Sag jetzt lieber, wie es wirklich war.«

»Er war damals nicht mit dabei. Also, als ich Vera zu Bett brachte. Er ist immer zwei Wochen weg, um zu arbeiten, weißt du. Manchmal auch drei, wenn es viel zu tun gibt, anschließend ist er zwei Wochen zu Hause. Jedenfalls war er an dem Abend, an dem Bengt starb, zu Hause. Und weil ich so bedrückt war, als ich von Vera nach Hause kam, wurde er so wütend. Tomas, meine ich.«

»Warum warst du bedrückt?« Mari fordert Ella auf, sich auf den Hocker zu setzen, der am Herd steht. Gewohnt zu gehorchen, setzt sie sich.

»Bengt war so dumm.« Marita macht eine Grimasse, bei der die beiden großen Schneidezähne im Oberkiefer deutlich zu sehen sind.

»Dumm?«

»Ich ging ins Haus, um mein Handy zu holen, das ich vergessen hatte. Da stand er in der Diele. Er wollte, dass ich mit zu ihm nach oben komme, aber du verstehst sicher, dass ich das widerlich fand. Er war so ekelhaft.«

»Menschen, die Drogen nehmen, können manchmal recht ekelhaft sein.«

»Ja. Und er war außerdem noch mit Männern zusammen. Damals, als wir zusammen waren, erwischte ich ihn einmal mit einem Mann im Bett. Danach wollte ich ihn nicht mehr sehen. Und er wusste, dass ich jetzt verheiratet bin. Tomas wurde sehr, sehr wütend. Aber er hat es nicht getan.«

Sie schiebt sich ihre pferdeähnliche Mähne aus dem Gesicht und sieht Mari und Åke flehend an.

»Was machte Tomas dann? An dem Abend?«

»Ich musste zu Arvid Johansson fahren und ihm seine Medikamente bringen, nachdem ich bei Vera gewesen war. Als ich anschließend nach Hause kam, war ich so bedrückt. Tomas fuhr hin, um Bengt zu beschimpfen. Doch dann kam er zurück und war ganz aufgeregt, wollte aber nicht sagen, was los war. Aber er hat Bengt nicht getötet.«

»Das sagt auch niemand. Beruhige dich jetzt. Was habt ihr dann gemacht?«

»Tomas wollte eigentlich nicht zurück zur Arbeit, doch er musste fahren. Deshalb gab er vor, gestürzt zu sein, so dass er wieder nach Hause kommen und bei mir sein konnte.«

»Was war mit dem Einbruch?«

»Tomas dachte sich das aus, damit uns niemand verdächtigen würde. So konnten wir vier Wochen zusammenbleiben. Er war zwei Wochen krankgeschrieben und hatte dann noch zwei Wochen frei. Obwohl ich es seltsam fand, weil wir schließlich nichts getan hatten.«

Zum ersten Mal äußert sich Åke: »Es ist immer besser, der Polizei gleich die Wahrheit zu erzählen. Es erspart einem selbst und der Polizei viel Zeit.«

Maritas Weinen nimmt zu.
»Marita! Åke meint es nicht böse. Es war seine Idee, hierher zu fahren. Er hat sich Sorgen um dich gemacht.«
»Tomas hat niemanden getötet.«
»Jetzt machen wir es so«, sagt Mari. »Åke ruft den netten Kommissar Svensson an, den mochtest du doch? Dann kann Åke erzählen, was du gesagt hast, und anschließend darf Tomas genau erklären, wie sich alles zugetragen hat.«
Nachdem eine weitere Viertelstunde mit tröstenden Worten vergangen ist, Åke fragt sich, wie Mari das aushält, wird die Tür zu Leanders Zimmer mit einem Ruck geöffnet.
»Was ist das hier für ein verdammter Krach?« Er verstummt, als er Åke und Mari erblickt.
Ella steht auf, wendet sich ab und macht sich am Feuerholz zu schaffen.
»Wir sind nur hier, um mit Marita zu sprechen. Sie ist ein bisschen betrübt«, sagt Mari.
»Betrübt! Sie ist wie ihre Mutter. Ella! Wo bleibt mein Kaffee? Und achte darauf, dass er nicht zu stark ist.«
Åke bemerkt, dass Leanders Hose am Bauch spannt. Knopf und Reißverschluss stehen offen, statt dessen wird die Hose von einem Paar ausgeleierter Hosenträger gehalten.
Einen kurzen Moment lang spielt Åke mit dem Gedanken, dem Wanst einen ordentlichen Schlag zu verpassen. Er nickt Ella und Marita zu, und als er sich zum Gehen wendet, hört er Mari sich verabschieden.
»Nun beruhige dich, Marita. Alles kommt in Ordnung.«
Åke will schnell weg von hier. Die Geschichte ist ihm

unangenehm, und sobald sie im Wagen sitzen, startet er den Motor.

»Jetzt bist du müde«, sagt er zu Mari. »Verzeih, dass ich dich mit hineingezogen habe. Ich hatte nicht erwartet, dass es sich so entwickeln würde.«

»Vielleicht war es gut, dass es herauskam. So ging es schneller. Du solltest heute abend wohl noch Svensson anrufen. Aber berichte mir morgen davon, ich bin neugierig.«

Als Åke in Hallsered hält, um Mari abzusetzen, macht sie keine Anstalten, aus dem Wagen zu steigen. Er schaltet den Motor aus und trommelt mit den Fingern auf das Lenkrad. Der Sternenhimmel ist an diesem Abend beeindruckend, und den Kopf gegen die Nackenstütze gelehnt fragt Mari: »Wohin wohl das Licht verschwindet?«

»Wie meinst du das?«

»Das Licht braucht so lange, um hierher zu gelangen, dass ein Teil der Sterne, die wir sehen, vielleicht schon lange verloschen ist. Deshalb frage ich mich, ob das Licht nie stirbt, ob es die Erde passiert und einfach weiterexistiert, bis in alle Ewigkeit?«

»Darüber habe ich nie nachgedacht«, antwortet Åke.

»Ob es sich mit den Menschen wohl genauso verhält? Ob wir eine Art Licht haben, das nach unserem Tod ewig weiterleuchtet?« Sie legt ihre Hand auf die von Åke.

Er küsst sie.

Bereits in der Nacht beginnt das Haus zu beben. Der Wind bläst aus Südwest und stürmt die Küste hinauf, um dann im Landesinneren den Wald zu erfassen. Mit unerbittlicher Kraft fegt er dahin – die Natur wütet, unbarmherzig in ihrem Zorn.

Der erste Schnee peitscht um drei Uhr nachts gegen die Scheiben.

Mari wacht im selben Augenblick auf, aber es ist nicht der Wind, der sie geweckt hat. Sie zittert, friert unter der Decke, macht sich klar, dass das ihr Zimmer ist, wohlbekannt und sicher, sie braucht sich nicht zu fürchten. Sie versucht, den Traum zu rekapitulieren, um ihn unschädlich zu machen; wenn sie sich nur erinnern würde, wovon er handelte, könnte sie erkennen, wie absurd er war, welch unsinnige Dinge sie darin vermischt hat.

Das einzige, woran sie sich erinnern kann, ist, dass sie auf Lennart herumtrampelte. Er schrie, aber sie hörte nicht auf zu trampeln, bis ihre Mutter kam. Da streckte Mari ihr die Hände entgegen, aber die Mutter zog sich ein Laken über den Kopf und wollte sie nicht sehen.

Während die Tränen fließen, beruhigt sich Mari, aber sie kann nicht wieder einschlafen.

Draußen pfeift der Sturm, das Heulen kommt in Wellen,

als hole der Wind zwischendurch Luft. Es verleiht ihr Sicherheit zu wissen, dass Iris und Gösta oben sind. Sie fragt sich, wie es Lukas geht. Von seiner Hundehütte führt eine Klappe in eine Box im Stall. Vermutlich hat er sich gegen den Wind in seinem Korb zusammengerollt, vielleicht mit einer der Stallkatzen neben sich, mit denen er so gut befreundet ist.

Wenn Anton nun vom Sturm aufwacht und sich fürchtet. Mari beschließt, sich zu ihm zu legen, macht aber einen Umweg über die Küche, um Wasser in das Waschbecken laufen zu lassen, denn wenn es so weiterbläst, wird bestimmt der Strom ausfallen. Ohne Strom funktioniert auch die Wasserpumpe nicht, und dann kommt aus den Hähnen kein Wasser. Auf der Toilette füllt sie den Putzeimer mit Wasser, damit man ihn anstelle der Klospülung verwenden kann.

Auf diese Weise gewappnet kriecht sie zu dem Jungen ins Bett. Im Schein der Weihnachtsbeleuchtung in Form eines Schneemanns, die im Fenster steht, sieht sie seine runden Backen. Er liegt da wie ein kleiner Engel, die rechte Hand unter der Wange. Mari legt sich dicht neben ihn und schläft ruhig ein.

Sie wird nur mühsam wach. Der Wecker steht noch in ihrem Zimmer und sie hört ihn von weitem, einen surrenden, wütenden Signalton. Nein, es ist nicht der Wecker. Oder doch, aber da ist auch noch etwas anderes. Das Handy, das auf dem Küchentisch liegt.

Es ist Åke. Sie wirft einen Blick auf die runde IKEA-Uhr, die über der Spüle hängt. Halb acht.

»Hallo, Mari. Ich rufe nur an, um zu sagen, dass sie im

Radio eine Warnung durchgegeben haben. Man soll nicht hinausgehen. Habt ihr Strom?«

»Ich weiß nicht, ich muss nachsehen. Entschuldige, ich bin noch nicht richtig wach. Die Weihnachtsbeleuchtung ist ausgegangen, dann haben wir wohl keinen.«

»Das ganze Dorf scheint ohne Strom zu sein. Die Straßen sind unbefahrbar. Heute nacht sind einige Dezimeter Schnee gefallen und der Wind hat ihn zu Wehen aufgetürmt. Am besten bleibst du erst einmal zu Hause.«

»OK. Versprochen. Bei dem Wetter werden wohl ohnehin keine Patienten kommen. Birgitta und Lars gehen bestimmt zur Arbeit, sie wohnen ganz in der Nähe. Weißt du, ob das Telefon funktioniert?«

»Meines funktioniert jedenfalls, ich bin zu Hause und rufe von dem Apparat aus an. Im übrigen habe ich Neuigkeiten. Ich habe gestern mit Evert gesprochen, und er rief mich vorhin noch einmal an. Tomas hat etwas sehr Seltsames präsentiert, du wirst nicht erraten, was.«

Mari friert an den nackten Füßen, sie sehnt sich zurück ins Bett. »Nein, was denn?«

»Eine Brieftasche, von der er behauptet, er habe sie auf Bengts Couchtisch gefunden. Als er zu den Siléns kam, war die Tür unverschlossen, was stimmen kann, denn Marita hat bestätigt, dass sie am nächsten Morgen keinen Schlüssel brauchte. Von außen lässt sich die Tür nur mit einem Schlüssel abschließen, der häusliche Pflegedienst besitzt einen eigenen. Jedenfalls stieg er die Treppe hinauf und ging dort oben herum. Er schaute sich die Brieftasche an, und als er sah, wem sie gehörte, vermutete er, dass Bengt sie gestohlen hatte, und steckte sie ein. Dann tat er das gleiche wie du, er öffnete die Badezimmertür und muss die Schwelle passiert haben, da unter einem seiner Schuhe Blut klebte, aber das bemerkte er nicht. Danach hatte er es verdammt eilig wegzukommen.«

»Das könnte der Wahrheit entsprechen.«

»Ja, freilich. Aber er wurde gestern sechs Stunden lang verhört und später noch einmal sechs. Jetzt steht er von Rechts wegen unter Strafverdacht, weshalb der Staatsanwalt die Untersuchung übernommen hat. Svensson leitet sie nicht länger.«

»Wurde er verhaftet?« Mari greift nach einem Pullover, der über einem Stuhl hängt, und legt ihn sich über die Schultern, bevor sie sich an den Küchentisch setzt.

»Er wurde festgenommen. Aber wenn sie ihn in Untersuchungshaft behalten wollen, müssen sie innerhalb von vier Tagen zum Haftrichter.«

»Arme Marita. Aber es könnte doch so sein, wie Tomas sagt. Ich kann nicht glauben, dass er es war.« Mari sieht den dicklichen Tomas vor sich, einen Kopf kürzer als Marita.

»Ich auch nicht. Und Evert glaubt es auch nicht.«

»Hat er ein Alibi für die Zeit, in der Janne und Sven-Göran starben?«

»Als Janne starb, waren er und Marita bei seiner Mutter in Smålandsstenar. Als Sven-Göran erschossen wurde, war er in Norwegen. Rein theoretisch könnte er zurückgekommen sein, um sie zu töten.«

»Wem gehört denn die Brieftasche?«

»Halt dich fest. Palle Willumsen.«

»Die Geschichte wird immer seltsamer.«

»Ja, nicht wahr? Jetzt ist er an der Reihe, als Verdächtiger verhört zu werden. Aber wenn er sagt, er habe die Brieftasche verloren, wird es schwer sein, das Gegenteil zu beweisen.«

Mari nimmt einen Tag Urlaub. Sie erreicht Lars, der ihre Vermutung bestätigt, dass sich bei dem Wetter keine Patienten in die Pflegestation verirrt haben. Er und Birgitta halten die Stellung, und Mari kann sich ohne Probleme freinehmen.

Zunächst weiß sie nicht, was sie so kurz vor Weihnachten mit diesem Geschenk anfangen soll, aber da der Strom bald zurückkehrt, gibt sie schließlich Antons Drängen nach, noch eine Ladung Pfefferkuchen zu backen. Es wird richtig gemütlich, und nach ein paar Hundert ausgestochenen Schweinen und Herzen lässt sich Mari in der nach Plätzchen duftenden Wohnung am Küchentisch nieder, um einen wohlverdienten Kaffee zu trinken. Anton ist dabei, sich unter dem Couchtisch mit Decken und Tüchern eine Höhle zu bauen.

Mari denkt über die neueste Entwicklung der Ereignisse nach.

Kann Tomas Bengt ermordet haben? Tomas ist ein weicher Mann, so gesehen passen er und Marita gut zusammen. Wahrscheinlich könnte er nicht einmal zur Selbstverteidigung nach einem Messer greifen. Palle? Vielleicht ist er dort gewesen und hat Bengt getötet? Er sieht recht entschlossen aus. Möglicherweise wollte er sein Erbe mit niemandem teilen, denn wenn Vera Bengt nie adoptiert hatte, hätte dieser Berta beerbt. Oder Palle wollte seiner Mutter die Wahrheit über den wirklichen Charakter ihres idealisierten Sohnes Bengt ersparen. Es ist doch wahrscheinlich, dass Palle über die Briefe Bescheid wusste. Aber wo kommen dann Janne und Sven-Göran ins Spiel?

Als sie ihren Kaffee getrunken hat, ist es draußen schon fast dunkel, obwohl es erst vier Uhr nachmittags ist. Es hat aufgehört zu stürmen und zu schneien. Die Straßen sind inzwischen sicher geräumt. Soll sie heute abend noch in die Pflegestation fahren und Krankenberichte schreiben? Sie ist ein wenig im Verzug damit. Eine Statistik muss auch noch fertiggestellt werden. Anton kann bei Iris und Gösta das Kinderweihnachtsprogramm anschauen, sie dürfte nicht mehr als ein paar Stunden brauchen. Wenn man allein ist und nicht unterbrochen wird, geht die Arbeit schnell voran.

Mari parkt vor der verlassenen Pflegestation, wo nur zwei eingeschneite Leihwagen stehen. Morgen wird sich zeigen, was mit ihnen geschieht. Der Schneepflug hat den Parkplatz so weit wie möglich geräumt. Der Schnee liegt in großen Haufen vor der Sauerdornhecke. Es ist kalt. Ein eisiger Wind, die Nachwirkung der Nacht, sticht in den Wangen. Mit ihren dicken Handschuhen muss Mari eine Weile herumfummeln, bis der Schlüssel im Schloss steckt. Es ist erstaunlich, wie still dieses Gebäude sein kann, das tagsüber so voller Licht und Leben ist.

Die Schilder der Notbeleuchtung sind das einzige, was das Wartezimmer und den Gang zu ihrem Büro beleuchtet. Sie knipst das Neonlicht an. Es heißt, dass Krankenhauspersonal abergläubisch ist und jedes Krankenhaus mindestens ein Gespenst beherbergt, aber das gilt doch sicher nicht für die Räume der Kreiskrankenschwestern? Dennoch ist es unangenehm, ganz alleine hier zu sein. War es wirklich nötig, heute abend hierher zu kommen? Nun ja, jetzt ist sie da. Sie schließt die Tür zu ihrem Büro hinter sich, da sie meint, überall Geräusche zu hören, obwohl das natürlich Einbildung ist. Die Klimaanlage steht um diese Zeit still, und sie redet sich ein, dass es eher das Fehlen dieses ständigen Surrens im Hintergrund ist als wirkliche Geräusche.

Mari loggt sich in den Computer ein und geht die Fünfjahreskontrollen in den Kinderkrankenakten durch. Dann schreibt sie den Eltern Termine heraus, die sie ihnen nach Hause schicken wird. Sie verwendet gewöhnliche Postkarten mit der Abbildung eines kleinen Strichmännchens auf der Vorderseite. Sie schielt auf die Uhr. Erst acht. Es dauert sicher nicht länger als eine halbe Stunde, den Vorrat an Arzneien durchzugehen und zu bestellen, was fehlt. Es ist sinnvoll, das vor Weihnachten zu erledigen, denn während der Feiertage ist es hoffnungslos, die Waren noch zu bekommen.

Aus dem Schlüsselschränkchen mit dem Nummernschloss, der in ihrem Büro an der Wand hängt, holt sie den Schlüssel für den Arzneimittelraum hervor. Eigentlich ist es nur eine kleine Kammer am Ende des Flurs, in dem sie ein paar Krankenakten, Verbandsmaterial, Spritzen und Kanülen aufbewahren. Dort befindet sich auch ein Apothekenschrank, der fast wie ein Garderobenschrank aussieht und mit einem zusätzlichen Schloss versehen ist und

in dem die Arzneimittel eingeschlossen sind, die sich die Patienten regelmäßig holen, sowie ein Grundvorrat an Alvedon, einigen Antibiotika, Einläufen und anderen gewöhnlichen Medikamenten. Außerdem befinden sich in dem Schrank einige Arzneimittel für akute Fälle. Ab und zu bekommen sie einen Herzstillstand oder ein Lungenödem herein. Häufiger sind Asthmaanfälle.
Mit dem Bestellformular der Apotheke in der Hand geht Mari den Inhalt des Schranks durch. Vieles fehlt. Einige Arzneimittel sind abgelaufen, und Mari macht auf dem Formular die entsprechenden Kreuze, um neue zugeschickt zu bekommen. Die Tür hat sie angelehnt gelassen.
Sie erstarrt.
Sind es Schritte, die sie hört?
Nein. Vielleicht. Ein schlurfendes Geräusch? Sicher nur der Wind.
Im gleichen Moment, in dem sie ein Scheppern vernimmt, als würde die Fensterscheibe am Ende des Ganges zerschlagen, wirft sie sich gegen die Tür. Zu spät. Hat jemand ihr einen Stoß versetzt?
Es muss ein Windzug vom Fenster her gewesen sein, der die Tür zuschlug. Aber das hilft ihr jetzt nicht weiter.
Sie ist eingesperrt.
Der Schlüssel steckt von außen in der Tür, und auf der Innenseite gibt es keine Klinke. Ist es wirklich erlaubt, aus Gründen des Feuerschutzes solche Türen anzubringen? Man muss doch irgendwie hinauskommen können?
Mari hämmert eine Weile gegen die Tür, bevor sie einsieht, dass es zwecklos ist. Niemand hört sie. Das Handy steckt noch in ihrer Tasche im Büro. Kann sie hoffen, dass ein

Hundebesitzer, der noch eine Runde dreht, das zerbrochene Fenster sieht und Alarm schlägt? Vielleicht lohnt es sich doch zu klopfen. Vielleicht bemerkt es jemand. Iris und Gösta werden sie kaum vermissen. Selbst wenn sie gegen Mitternacht nicht zu Hause ist, werden sie wohl denken, sie sei bei Åke. Was soll sie machen?
Das Schlimmste ist, dass sie dringend auf die Toilette muss. Sie verflucht sich selbst, dass sie nicht vorhin gegangen ist, obwohl sie bereits am Computer merkte, dass sie pinkeln muss. Aber wer hat das Fenster eingeschlagen? Ein paar Kinder, die mit Steinen geworfen haben?
Sie gleitet zu Boden und bleibt dort sitzen, ab und zu klopft sie gegen die Tür. Vergeblich. Sie sieht sich nach einer Schüssel oder einem Eimer um, in den sie pinkeln könnte. Es gibt keinen. Da entdeckt sie eine Windel. Eine dieser dicken grünen Nachtwindeln, die sie als Probe bekommen hat. Warum nicht?
Mari zieht die Windel an und pinkelt. Es erleichtert zwar, ist aber unangenehm. Ihr fällt Vera ein. Mari kann sich die Windel wenigstens gleich wieder ausziehen, Vera dagegen muss die ganze Nacht darin liegen bleiben.
Als ob das Gesetz, nach dem ein Unglück selten alleine kommt, seine Richtigkeit beweisen wolle, fällt auch noch der Strom aus.
Mari hat keine Ahnung, wieviel Uhr es ist, wie lange sie bereits eingeschlossen ist. Eine Stunde? Zwei? Oder erst eine halbe? Sie hämmert wild gegen die Tür, tritt und schlägt, weil das Entsetzen darüber, in diesem kleinen, dunklen Raum eingeschlossen zu sein, sie ergreift. Wenn es nun anfängt zu brennen?

Sie muss, muss, muss hinaus. Sie hört sich selbst schreien, brüllen, bevor sie sich wieder auf den Boden hockt.
Aus reiner Erschöpfung schläft sie den Kopf an den Türrahmen gelehnt ein, fällt in einen leichten Schlaf. Ein Geräusch weckt sie wieder auf. Jemand läuft draußen vor der Tür herum.
Plötzlich bekommt Mari Angst. Wenn es nun der Mörder ist? Als sie die Schritte hörte, war ihr erster Impuls zu rufen. Jetzt wagt sie es nicht mehr. Hoffentlich kommt derjenige, wer immer es auch sein mag, nicht auf die Idee, dass jemand in der Arzneimittelkammer sein könnte, sondern geht vorbei. Geht weg, so dass sie die ganze Nacht hier sitzen kann, bis es Morgen wird und alle zur Arbeit kommen und alles so wird wie immer.
Dann hört sie eine Stimme.

»Mari??? Bist du da?« Åke ist durch das zerbrochene Fenster eingestiegen und den ganzen Flur hinuntergelaufen, bevor er zu rufen anfängt. Jetzt dreht er um und geht zu dem Loch in der Scheibe zurück. In der Pflegestation brennt kein Licht, aber weil er Maris Wagen auf dem Parkplatz gesehen hat, ist er einmal um das Gebäude herumgegangen. Darüber ist er jetzt froh. Er leuchtet mit der Taschenlampe. Die Scheibe muss von innen eingeschlagen worden sein, vielleicht mit der großen Tafel, die in der Ecke lehnt, die Glassplitter liegen zum größten Teil außerhalb des Hauses. Der Wind hat die Topfpflanzen umgeworfen, die in einem Haufen Erde auf dem Boden liegen. Rechts und links des Fensters flattern die Gardinen.

Dann hört er ein Klopfen aus der geschlossenen Arzneimittelkammer. Der Schlüssel steckt, Åke dreht ihn um und befreit Mari.
»Ganz ruhig«, sagt Åke. »Jetzt ist es vorbei.« Sie schluchzt an seiner Schulter, und er fährt fort: »Ich habe zuerst bei dir angerufen und dann bei Iris. Sie sagten, dass du hier seiest und sie angenommen hätten, du wärst hinterher zu mir gefahren. Es ist Mitternacht.«
»Der Strom ist wieder weg«, sagt Mari.
»Das ist sehr seltsam, weil es dann nur hier der Fall wäre. Im Dorf ist Strom. Ich könnte wetten, dass jemand die Sicherung herausgenommen hat.«
»Du machst mir Angst.«
Åke versteht, dass er Mari ängstigt. Deswegen erwähnt er nicht, dass das Fenster vermutlich von innen zerschlagen wurde. Er hilft ihr, Jacke und Tasche zusammenzusuchen, und fährt sie nach Hause. Vorher ruft er Lars an. Der klingt verschlafen, findet aber schnell zu sich.
»Ich sage Arne, dem Wachmann, Bescheid. Ich nehme an, dass er irgendeine Abdeckung hat, die er vor das Fenster nageln kann. Fahr du mit Mari nach Hause. Danke übrigens.«
Mari schläft im Auto ein, und Åke muss sie ins Haus bringen. Als sie das Kopfkissen berührt, schläft sie schon wieder. Wie ein kleines Kind deckt Åke sie zu. Er bleibt eine Weile auf dem Boden sitzen und streicht ihr über die Wange, bevor er hinaus zum gelben Sofa geht. Von einer Höhlenkonstruktion, die aus Sofatisch und Stühlen besteht, klaut er ein Kissen und eine Decke, so dass die Höhle in sich zusammenfällt, dann schiebt er einen Berg Klei-

der beiseite und legt sich hin. Er hat Probleme einzuschlafen, er hat Angst. In der letzten Zeit ist so viel passiert, dass er nicht weiß, was er von all dem halten soll. Es kann natürlich ein Einbrecher gewesen sein, der erschrak, als er merkte, dass jemand so spät am Abend im Gebäude ist. Aber halb neun ist für einen Einbruch etwas zu früh. Und wie ist der Dieb hineingekommen? Åke muss sich morgen die Türen und Fenster genauer anschauen, um zu sehen, ob es irgendwelche Spuren gibt.

Es ist Donnerstag, ein Tag vor Heiligabend, und Mari muss arbeiten. Trotz des Schocks. Trotz des Schlafmangels. Es hilft nichts. Eva und Birgitta haben Urlaub, und einer muss sich um die Patienten kümmern.

Åke hat Frühstück gemacht, als sie gegen sieben Uhr aufwacht, aber sie bekommt nichts hinunter. Nur Kaffee. Anton ist umso munterer, er darf heute mit Opa einen Weihnachtsbaum fällen gehen und kann Weihnachten kaum erwarten.

»Mama, was macht man, wenn man schimmert?«

Mari sieht ihn verständnislos an. Åke dagegen antwortet: »Du meinst bestimmt strahlen?« Anton nickt. »Das sagt man, wenn die Kinder sich auf Weihnachten freuen. Dann strahlen ihre Augen, das heißt glitzern«, erklärt Åke.

Anton macht Grimassen mit den Augen und grinst. Das ganze Frühstück über sitzt er so da, bis Mari schließlich lachen muss.

Åke fährt sie zur Pflegestation. Arne ist da gewesen und hat eine Platte vor die Scheibe genagelt, außerdem hat er aufgeräumt.

Das ärgert Åke, er wollte jetzt bei Tageslicht nach Spuren suchen. Die Tür zum Sicherungskasten ist geschlossen, er befindet sich in einem Verschlag, der so groß ist wie eine Garderobe und auf demselben Flur liegt wie die Arzneimittelkammer, allerdings näher an der Eingangstür. Soweit er es erkennen kann, wurde die Tür nicht beschädigt. Er trifft Arne in dessen Büro im Kellergeschoss an. Er ist ein Glatzkopf um die sechzig und trägt einen etwas besseren Blaumann mit dem Schriftzug »Grundversorgung« auf der Brust. Er ist damit beschäftigt, Papiere zu ordnen, trinkt Kaffee und isst belegte Brote, die er aus einer gelben Plastikdose hervorholt.
»Der Strom war abgestellt, die Tür zum Sicherungskasten stand offen«, sagt er zwischen zwei Bissen. »Als ich heute nacht kam, habe ich den Strom wieder angestellt und die Tür verschlossen.«
»Was für einen Schlüssel braucht man dafür?«, fragt Åke.
»Den gleichen Typ wie für alle anderen Türen. Aber nicht alle haben einen Schlüssel zu genau dieser Tür. Die meisten haben nur Schlüssel zu den Büroräumen, einen A1-Schlüssel. Der ist auch für die Haustür. Zusätzlich haben einige einen Schlüssel zu dem Raum mit den Krankenakten, das heißt Ärzte, Krankenschwestern und Sekretärinnen. Außer den Akten stehen dort auch Kopiergeräte. Dafür braucht man einen A2-Schlüssel.«
»Und wie heißt der Schlüssel zum Sicherungskasten? A3? Und wer hat dazu Zugang?«
»A4. A3 ist der Schlüssel zu den Räumen der Krankengymnastik und Reha. In der Schreibtischschublade im Sekretariat liegt ein A4er. Außerdem glaube ich, dass die

Ärzte und Gunilla jeweils einen A5er haben. Das ist ein Zentralschlüssel, der passt in alle Türen. Damit man nicht auf so viele verschiedene Schlüssel aufpassen muss.«

»Wiederholen Sie das bitte«, sagt Åke, »ich komme nicht ganz mit.«

Arne nimmt einen Schluck aus seiner schmutzigen Kaffeetasse und sieht Åke an, als frage er sich, ob jeder Schwachkopf Polizist werden dürfe. »Der A1er ist nur für die Haustür und die Büroräume. Der A2er ist zusätzlich noch für den Raum mit den Akten. A4 ist für die Haustür, die Büros, den Aktenraum und den Sicherungskasten. A5 passt überall. A3 ist nur für die Reha, dorthin gelangt man über das Kellergeschoss.«

»Also, wenn ich es richtig verstehe, dann hatte derjenige, der am Sicherungskasten war, entweder einen A4- oder einen A5-Schlüssel?«

»Genau. Entweder ist jemand mit einem gewöhnlichen A1-Schlüssel hereingekommen und hat den A4er genommen, der im Sekretariat in der Schublade liegt, oder jemand hat den A5er benutzt.«

»Es ist wohl am wahrscheinlichsten, dass der Schlüssel der Sekretärinnen verwendet wurde«, meint Åke. »Weißt du, ob er in der Schublade liegt?«

»Das war das erste, was ich heute nacht kontrolliert habe. Er lag dort. Die Tür zum Sekretariat war auch abgesperrt.«

»Wenn ein neuer Mitarbeiter hier anfängt, von wem bekommt er einen Schlüssel?«

»Von mir. Ich habe sie gut in Verwahrung.« Arne zeigt auf einen Safe, der in der Ecke steht.

»Was ist mit dem Arzneimittelraum? Mit dem Schlüssel, der steckte, als ich heute nacht kam.«

»Das ist ein Spezialschlüssel. Er ist nur für diesen einen Raum, und es existieren davon nur zwei Kopien, die beide in Maris Büro in einem Schrank mit Nummerncode eingeschlossen sind.«

»Kann ein Schlüssel in falsche Hände geraten sein?«, fragt Åke. »Wer immer es auch gewesen ist, muss durch die Eingangstür gekommen sein, das Fenster war von innen eingeschlagen.«

»Alles ist möglich. Es passiert, dass jemand seinen Schlüssel verliert, oder glaubt, ihn verloren zu haben, er kann natürlich genausogut gestohlen worden sein. Dann ist es natürlich auch nicht völlig unmöglich, einen Schlüssel nachzumachen.«

Åke verlässt Arne und dessen Butterbrote mit dem Gefühl, dass es nicht viel bringt, die Schlüsselspur weiterzuverfolgen. Mari hat einen A2, also wäre es für die betreffende Person sinnlos gewesen, Maris Schlüssel zu nehmen, während sie sich in der Arzneimittelkammer befand. Åke geht nach oben, um Lars zu suchen. Da er gerade mit einer Patientin beschäftigt ist, setzt sich Åke vor das Untersuchungszimmer und wartet, bis eine Dame mit einer Gehhilfe herauskommt. Sie sieht sehr zufrieden aus.

»Vielen Dank, lieber Herr Doktor«, sagt sie.

Es kommt zwar vor, dass jemand »Danke, lieber Herr Wachtmeister«, sagt, denkt Åke, aber wir müssen auch viele Anfeindungen ertragen, vermutlich ist der Arztberuf dankbarer. Seufzend erhebt er sich und geht zu Lars. Der wäscht sich gerade die Hände und bemerkt zunächst nicht, dass Åke hereinkommt. Über dem Waschbecken ist ein Spiegel angebracht, und Lars sieht überrascht aus, als er aufschaut und Åkes Blick im Spiegel begegnet.

»Hast du etwas gefunden?«, fragt Lars.

»Einen Schlüsselwirrwarr. Ich weiß nicht, was ich davon halten soll. Wäre der Strom nicht abgestellt worden, hätte ich an irgendeinen Dummejungenstreich geglaubt. So kann es ein verlorener Schlüssel gewesen sein oder ein nachgemachter.«

»Das ist unschön«, sagt Lars. »Es könnte jemand gewesen sein, der auf Medikamente aus war, viele glauben, dass wir hier Narkotika verwahren, aber davon haben wir nur äußerst wenig. Ich habe eine Schlüsselfirma angerufen, sie versuchen, heute noch zu kommen und neue Schlösser einzubauen. Ich denke, wir sollten auch auf etwas bessere Sicherungsmaßnahmen achten, ich habe Gunilla beauftragt, etwas auszuarbeiten.«

Åke verbringt mehrere Vormittagsstunden damit, herumzugehen und nach den Schlüsseln zu fragen. Niemand gibt an, den seinen in den letzten Wochen verloren zu haben. Ulla hat ihren Schlüsselbund im November verlegt, aber er fand sich hinter einem Schrank im Umkleideraum der Putzfrau wieder. Die Putzfrau besitzt nur einen A1er. Sie muss die anderen bitten, ihr aufzuschließen, wenn sie in gewissen Räumen saubermachen will. Schließlich gibt Åke auf und fährt nach Varberg.

Mari ist im Stress. Drei Feiertage stehen bevor, und vor Weihnachten müssen noch so viele Wunden versorgt und Behandlungen durchgeführt werden wie möglich.

Die Augen des Mädchens vor ihr sind aufgeweckt. Über dem linken Ohr wird das dunkle Haar von einer Spange, die einen Schmetterling darstellt, zurückgehalten. Mari schätzt ihr Alter auf ungefähr zwölf Jahre. Ein Kind. Bald eine Frau. Ein bisschen altklug. Sie trägt Jeans und einen schwarzen Pullover. Sie sagt: »Meine Mama ist so müde. Sie sagen, sie muss zu ihren Kursen gehen und arbeiten, aber sie hat solche Schmerzen im Rücken.« Alina, wie das Mädchen heißt, schiebt sich auf dem Metallhocker, auf dem sie sitzt, vor und zurück, so dass ihre Haare hin und her schwingen.

Draußen im Wartezimmer sind noch weitere fünf Patienten – mindestens. Die Frau auf dem Stuhl neben ihrer Tochter ist so alt wie Mari. Aber Fatima sieht älter als vierzig aus, vor allem aufgrund ihrer schlechten Zähne.

»Was hat der Arzt gesagt?«, fragt Mari.

»Der Arzt hat nichts am Rücken gefunden«, sagt das Mädchen.

»Kannst du sie fragen, ob sie immer Schmerzen hat oder nur ab und zu?«

Alina wendet sich ihrer Mutter zu und spricht in einer Sprache zu ihr, die Mari für Serbokroatisch hält. Fatima gibt ihr eine lange, ausführliche Antwort, bei der sie abwechselnd Mari und ihre Tochter anschaut.

»Mama sagt, dass sie die ganze Zeit Schmerzen hat. Sie findet die Ärzte schlecht, weil sie ihr keine Medizin geben. Sie versteht nicht, wie sie arbeiten soll, wenn sie solche Schmerzen hat. Zu Hause im Kosovo hat sie gearbeitet und sich um ihren Mann und ihre Kinder gekümmert.«

»Gefällt es ihr hier in Schweden?«

»Sie findet alles sehr gut. Das finde ich auch. Ich habe so viele Freunde gefunden. Aber meine Mama vermisst den Kosovo. Hier ist alles so anders. Überhaupt nicht wie zu Hause.«

»Der Arzt, Doktor Alvin, der mir diese Notiz geschrieben hat, ist Psychiater. Er ist sehr gut. Hat er deiner Mutter erklärt, dass sie Spritzen bekommen soll?«

»Das weiß sie. Sie findet, dass er ein guter Arzt ist. Sie hatte einen Dolmetscher dabei, als sie bei ihm war. Sie ist froh darüber, Spritzen zu bekommen.«

»Sie soll Vitamin-B-Spritzen bekommen«, sagt Mari. »Das ist gewöhnliche Medizin.«

»Meine Mama ist sehr zufrieden.«

Fatima nickt zustimmend, und Mari erkennt auf einmal das Absurde an dieser Situation. Die Frau versteht sicher wesentlich besser, als sie sprechen kann, deshalb beschließt Mari, sich direkt an sie zu wenden.

Sie bittet Alina hinauszugehen und macht sich Fatima dann mit Zeichen verständlich.

»Könnten Sie den Rock heben und sich auf die Pritsche legen?«

»Wie viele Kinder haben Sie?«, fragt Mari, als sie die Injektion gegeben und Fatima sich aufgesetzt hat.

»Vier«, sagt Fatima. Zur Sicherheit hält sie auch vier Finger ihrer rechten Hand hoch. Sie lächelt Mari an, bekommt dann einen neuen Termin und geht, anscheinend zufrieden.

Mari versorgt noch drei wunde Beine und gibt eine weitere Injektion, bevor Palle Willumsen in das Behandlungszimmer tritt.

Es lässt sich nicht leugnen, dass er ein stattlicher Mann ist. Das schwarze Haar ist genausogut frisiert wie damals, als er und Mari sich in Gun-Maries Salon trafen. Er trägt eine dicke Norwegerstrickjacke, auf die Mari sofort neidisch ist. Er ist groß, hat herbe Gesichtszüge, das Gesicht mit dem kantigen Kinn und den hohen Wangenknochen wirkt wie gemeißelt. Von seinem Blick geht eine intensive Anziehungskraft aus, die Mari an ihren Lippenstift denken lässt. Sitzt er noch?

»Ich würde mich gerne gegen Grippe impfen lassen. Geht das?«

»Natürlich. Das kostet hundertsechzig Kronen. Die müssen Sie hier bezahlen.«

»In Ordnung. Ich bin gerade dabei, eine Sache zu beenden, und kann es mir nicht leisten, jetzt krank zu werden.«

Mari öffnet die Kühlschranktür und holt den Impfstoff heraus. »Machen Sie sich bitte oben frei und setzen sich auf die Pritsche. Ist es eine Symphonie, mit der Sie fertig werden müssen?«

»Die meisten hier in der Gegend wissen, dass ich Musiker bin, Pianist, aber nicht viele wissen, dass ich auch komponiere. Aber ich glaube zu verstehen. Sie sind die Krankenschwester, die meine Mutter besucht hat.«

»Ja, das war ich. Wissen Sie, weshalb?« Mari umfasst Palles behaarten Bizeps und sticht unter die Haut. Er verzieht das Gesicht. Sie zieht die Spritze heraus und sagt: »Sie können sich jetzt wieder anziehen.« Ein schöner Mann mit einem nackten, muskulösen Oberkörper verunsichert sie.

»Ich habe Schwester Dorte angerufen, und sie hat mir be-

richtet, was Sie meiner Mutter über meinen Bruder erzählt haben.«
Palle bleibt auf der Pritsche sitzen, nachdem er seinen Pullover wieder angezogen hat.
»Waren Sie schockiert? Wussten Sie, wer Bengt war?« Mari wirft die gebrauchte Spritze in den Abfalleimer und setzt sich auf einen Hocker.
»Ich habe ihn nie getroffen. Aber natürlich war es eine Überraschung, es ist vor allem traurig für meine Mutter. Aber man kann kaum glauben, dass wir Brüder waren, so verschieden wie wir waren.«
»Woher wissen Sie das, wenn Sie ihn nie getroffen haben?«
Palle schaut zu Boden und wird still. Schließlich sagt er: »Ich wusste von den Briefen. Es ist komisch mit Eltern, sie glauben immer, sie könnten Geheimnisse vor ihren Kindern haben, aber das geht nicht. Ich wusste über Bengt Bescheid, seit ich lesen gelernt hatte.«
»Haben Sie deswegen hier ein Haus gekauft?«
»Es war einer dieser Zufälle, die eigentlich keine echten Zufälle sind. Als ich in den Immobilienanzeigen den Namen Sundsby entdeckte, wurde mein Interesse für das Objekt erst geweckt. Immerhin kommt meine Mutter von hier. In gewisser Weise liegen hier meine Wurzeln.«
»Wann haben Sie Bengt dann getroffen? Wie landete Ihre Brieftasche auf seinem Couchtisch?«
Die ordentlich gekämmte Frisur gerät in Unordnung, als Palle sich mit der Hand durch die Haare fährt. Er schaut Mari etwas verzweifelt an und sagt: »Ich bin schlecht dran.«

»Wieso?«
»Als ich vor einem halben Jahr hierher zog, brachte ich in Erfahrung, wer Bengt war, wo er wohnt und so weiter. Aber ich habe nie mit ihm gesprochen. Erst an dem Montag, bevor er starb. Da ging ich vor dem Postamt auf ihn zu und fragte, ob ich ihn besuchen dürfte. Ich wollte nicht sagen, worum es ging. Wir machten Mittwochabend neun Uhr aus.«
»Waren Sie dort?«
»Verdammt! Nicht nur das, ich habe auch die Polizei angelogen, indem ich behauptete, ich hätte die Brieftasche verloren. Ja, ich war dort, kam gegen neun und klopfte an die Tür. Ich glaube, er stand direkt dahinter und wartete, weil er sofort öffnete, und dann gingen wir in seine Wohnung hinauf. Dort redeten wir. Er war nüchtern. Ich erzählte von Mutter.«
»Wie reagierte er?«
»Er war schockiert. Mein Gott, wie ich es bereue. Er war von seinem Leben enttäuscht; wenn ich es richtig verstanden habe, starb sein Stiefvater, den er für seinen richtigen Vater hielt, als Bengt acht Jahre alt war. Er war nie darüber hinweggekommen, vermutlich fühlte er sich von seinem Stiefvater im Stich gelassen, als er starb.«
»Wurde er aggressiv?«
»Nein, eigentlich nicht, er fluchte nur auf eine sentimentale Art. Ich hatte den Eindruck, dass er den Tränen nahe war.«
Palle verlässt die Pritsche und setzt sich in einen Lehnstuhl Mari gegenüber. Er verbirgt zunächst das Gesicht in der rechten Hand, wirft dann den Kopf zurück und holt

tief Luft. »Dann wollte er unbedingt von mir wissen, wer sein richtiger Vater war.«

»Haben Sie es ihm gesagt? Wussten Sie es überhaupt?«

»Ich wusste es, es stand in den Briefen. Aber ich wollte nicht oder wagte nicht, es ihm zu sagen. Herrgott! Ich weiß nicht, was ich mir gedacht hatte. Einen Bruder zu bekommen vielleicht. Dass meine Mutter ihn zurückgewinnen und glücklich werden könnte. Gesund. Zum Teufel, ich habe ein halbes Jahr lang mit einer Illusion gelebt. So funktioniert es in Wirklichkeit einfach nicht.«

»Was taten Sie dann?« Mari hat Mitleid mit dem schönen Mann vor ihr. Sie glaubt ihm. Oder will sie nur alles glauben, was er erzählt?

»Ich ging gegen halb zehn. Er führte mich hinaus und schloss hinter mir ab. Er wollte bloß, dass ich verschwinde. Ich bin feige, ich dachte nur daran, was ich meiner Tante und meiner Mutter angetan hatte. Dann bekam ich Angst vor ihm, mir wurde klar, dass seine Laune umschlagen konnte; ich bekam Angst, Prügel zu beziehen.«

»Fuhren Sie nach Hause?«

»Ja. Ich dachte zunächst daran, Vera am nächsten Tag zu besuchen, aber wagte es dann doch nicht. Ich wollte zu meiner Mutter fahren, aber auch davor fürchtete ich mich. Also schloss ich mich zu Hause ein und zog den Telefonstecker heraus. Dann hörte ich in den lokalen Nachrichten von dem Mord.«

»Warum haben Sie nichts gesagt?«

»Ich wäre verdächtigt worden. Da ich selbst wusste, dass ich ihn nicht getötet hatte, dachte ich, es würde keine Rolle spielen, dass ich dort gewesen war.«

Mari muss danach fragen. Sie richtet sich auf und versucht, seinem ausweichenden Blick zu begegnen. »Wer war sein Vater?«

»Ist das wichtig? Ich habe schon genug Probleme verursacht.«

»Ich denke, die Polizei sollte es wissen. Vielleicht ist es sehr wichtig, das können wir nicht wissen.«

Palle windet sich. »Ich bin mit meiner Arbeit, der Musik zu einem amerikanischen Film, im Verzug. Der Job ist für mich wichtig, er kann meinen Durchbruch bedeuten. Aber wegen dieser Geschichte konnte ich nichts schaffen. Ich war völlig blockiert. Vielleicht geht es besser, wenn ich alles erzähle.«

»Das glaube ich auch. Wenn Sie nichts mit dem Mord zu tun haben, können Sie nur davon profitieren, die Wahrheit zu sagen.«

»Er hieß Mauritz, oder heißt, er kann ja noch am Leben sein. Andersson. Aus Smålandsstenar. Mutter war Ende der fünfziger Jahre mit einer Theatertruppe dort. Ich glaube, er war ein paar Jahre jünger als meine Mutter. Sie hatten ein Verhältnis, und dann wollte er nichts mehr von ihr wissen. Aus den Briefen geht hervor, dass er sie wohl ziemlich schlecht behandelt hat. Er nannte sie Theatermatratze.«

»Wenn ich die Dinge richtig verstehe, haben Sie die Sorge Ihrer Mutter geteilt, seit Sie lesen gelernt haben. Sie hatten es sicher nicht leicht.«

»Nein. Vielleicht habe ich deswegen diesen Beruf gewählt. In der Musik kann ich alles verarbeiten, was ich in mir trage.«

Erst jetzt erkennt Mari hinter dem kräftigen Kinn und dem muskulösen Körper das schwache Kind in Palle. Sie ist gerührt, sagt: »Gehen Sie jetzt nach Hause. Rufen Sie die Polizei an. Ich werde es nicht tun. Ich vertraue darauf, dass Sie es tun.«

Moral.
Ist Mitgefühl oder vernünftige Erwägung die Grundlage der Ethik?
Wenn wir Menschen Teil eines größeren Ganzen sind und uns nicht im besonderen Maße voneinander unterscheiden, dann erklärt das die Identifikation, das heißt das Gefühl, unser eigenes innerstes Wesen zu verletzen, wenn wir einen anderen Menschen verletzen.
Wenn wir einen freien Willen haben, sind wir auch imstande zu entscheiden, was richtig und was falsch ist. Wir führen eine vernünftige Erwägung durch.
Oder eine unvernünftige. Ist es Vernunft, sich dafür zu entscheiden, etwas »Falsches« zu tun?
Was ist richtig? Was ist falsch? Wer hat die Kriterien festgelegt? Das, was wir für »richtig« halten, sollte universal sein. Aber leider verändert sich das, was allgemeine Gültigkeit hat.
Moral ist nur bei rationalen Wesen möglich. Ist der Mensch rational?
Welche Strafe erhält der Sünder? Sind die Unterlassungssünden die schlimmsten? Diejenigen, die daneben stehen. Diejenigen, die mitlachen. Der Panzer der Gleichgültigkeit.

Der Tag vor dem großen Tag. In ganz Sundsby werden Weihnachtsbäume geschmückt und Schinken gebraten. Åke sitzt im Streifenwagen und denkt während des Fahrens nach; auf dem Beifahrersitz neben ihm ist Göte in seine eigenen Überlegungen vertieft. Göte hinterlässt eine Lücke, wenn er in Pension geht. Er und Åke haben gut zusammengearbeitet, wussten, was sie aneinander hatten, und konnten miteinander reden und schweigen. So wie jetzt.

Åke hat keinen Weihnachtsbaum und keinen Schinken. Aber er hat einen Bruder, und wie immer ist er bei ihm eingeladen. Seit sein Vater vor zehn Jahren starb, und später auch seine Mutter, schnell und unerwartet, sie erlag einem Herzanfall an Ostern vor fünf Jahren, hat Åke immer weniger Lust, zu seinem Bruder und dessen Familie zu gehen. Er vermag nicht zu sagen, woran es liegt, vielleicht fühlt er sich wie ein Alibi für ihre Familieninszenierung. Aber es steht ihm nicht zu, ihr Leben zu kritisieren. Der Bruder Johan und seine Frau Kristina sind nett. Sie haben ein schönes Zuhause, nicht ein Teller ist angeschlagen, die Gardinen entsprechen der neuesten Mode. Satellitenschüssel und verwöhnte Kinder. Vielleicht ist er nur neidisch. Auf das Familienleben. Sie haben drei Kinder zwi-

schen zehn und achtzehn Jahren. Was wollen sie mit den Kindern, wenn sie nie zu Hause sind? Ständig arbeiten? Es ist verrückt, dass es nicht mehr möglich ist, von einem Gehalt zu leben. Menschen werden in einen Kreislauf aus Arbeit und schlechtem Gewissen gezwungen und werden dann krank. All diese Zwänge. An Weihnachten kommen sie im Überfluss vor.
Åke hat viel darüber nachgedacht, was es für eine Bedeutung haben kann, dass Johan zehn Jahre älter ist als er. Sie hatten nicht viel gemeinsam, als sie Kinder waren, wegen des großen Altersunterschieds stritten sie sich nicht einmal, und andere Geschwister gab es nicht. Åke hat sich in jedem Fall entschieden. Morgen früh wird er seinen Bruder anrufen und sagen, dass er Magenschmerzen hat, und am Abend trinkt er dann den Wein, für den er heute im Spirituosengeschäft angestanden ist. Es kommen viele gute Filme im Fernsehen.
Sein Entschluss ist wohldurchdacht, er ist es gewohnt, allein zu sein. Letztendlich ist es besser, mit sich selbst allein zu sein, als einsam unter anderen.
Mari. Mit ihr will er ständig zusammen sein, die Sehnsucht nach ihr ist jetzt nicht größer, nur weil Weihnachten ist. Was will sie von ihm? Einen Flirt? Nein. Nicht, weil das etwas Schlimmes wäre, aber er kennt sie so gut, dass er weiß, wenn sie sich auf einen Flirt, ein kurzes Abenteuer, einlassen würde, dann nicht mit ihm. Sie fürchtet um ihre lange Freundschaft. Genau wie er. Freundschaft. Vielleicht ist es für sie nur das. Aber nicht für ihn. Er will sie haben.
Neben ihm beugt Göte sich vor und dreht das Funkgerät

auf. Åke spitzt die Ohren. Es ist später Nachmittag, bald sechs Uhr, sie befinden sich in Lillevik und sind auf dem Weg nach Varberg, um ihre Polizeistreife zu beenden. Nun werden sie statt dessen gebeten, nach Sundsby zu fahren. Ein Mann hat gemeldet, dass er schikaniert wird. Ein älterer Herr.

Es dauert zehn Minuten, bis sie vor Ort sind. Die Adresse, die per Funk durchgegeben wurde, sagt Åke nichts, aber als sie ankommen, versteht er den Zusammenhang. Dalinsväg 8. Ein zweistöckiges Mietshaus aus gelbem Backstein. Die Straßenlaternen beleuchten etwa fünfzig Personen, die sich merklich zurückziehen, als sie den Streifenwagen sehen. Sie schreien dennoch weiter. »Pädophiler! Lump! Verschwinde!«

»Lynchstimmung«, konstatiert Göte, bevor sie aus dem Wagen steigen.

Draußen ist es kalt, ein feiner Eisregen schlägt den Polizisten ins Gesicht, als sie auf die Menschenmenge zugehen. Enarsson wohnt rechts im Erdgeschoss. Auf sein Fenster und seine Balkontür wurden hässliche Worte gesprüht: »Faschistenschwein, Kinderschänder, Ekel ...« In der Wohnung brennt kein Licht, im Schein der Straßenlaterne blinken die Fenster wie schwarze Spiegel.

Während er und Göte sich vor die Leute stellen, den Hauseingang im Rücken, wirft Åke einen Blick auf diejenigen, die dort stehen. Natürlich gibt es ein paar Jugendliche, aber zu seiner Verwunderung auch ältere Menschen. Einige sind keine gebürtigen Schweden, trotz der Finsternis kann er in der Gruppe ein paar dunkle Gesichter ausmachen. Es sind vor allem Männer. Sie haben sich zusam-

mengerottet, denn etwas vereint sie, ein gemeinsames Ziel. Göte ergreift das Wort, auf seine gewohnt ruhige, aber bestimmte Art.
»Sie stören die allgemeine Ordnung! Ich muss Sie alle bitten, nach Hause zu gehen. Jeder zu sich!«
Statt der Aufforderung nachzukommen, rücken die Männer näher an die Polizisten heran. Einer von ihnen, ein Schwede, in dem Åke einen Automechaniker aus Lunnered erkennt, führt das Wort. Er ist laut und aufgrund seiner Körpergröße furchteinflößend. »Ihr müsst uns vor solchen Kerlen schützen. Was ist das für eine verdammte Art, ihn nach Hause zu schicken?« Die Leute um den Mann herum stimmen zu, und er fährt fort: »Ist er vielleicht gesund? Lasst ihr ihn deshalb frei? Damit er sich an weiteren Kindern vergreifen kann?«
Eine Frau schreit im Falsett: »Wäre er der Nachbar des Staatsanwalts, dann wäre er sicher eingesperrt worden.« Das ist das Signal für die anderen, die sich nun auch trauen, den Mund aufzumachen, und auf einmal schreien alle.
Göte hebt die Stimme: »Wenn Sie nicht augenblicklich auseinandergehen und sich auf den Weg nach Hause machen, werde ich Verstärkung rufen und Sie allesamt verhaften lassen. Das wollen Sie einen Tag vor Weihnachten doch bestimmt nicht?« Niemand beachtet ihn.
Der erste Stein trifft die Scheibe hinter Åke. Er und Göte ziehen sich zum Polizeifahrzeug zurück und schlagen Alarm. Es ist entmutigend. Der dreiundzwanzigste Dezember ist einer der schlechtesten Tage im Jahr für einen Nachbarschaftsstreit. Nur ein Wagen befindet sich in

Varberg, wegen der Misshandlung einer Ehefrau, die anderen sind alle weiter südlich, in Falkenberg und Halmstad.
»Verdammter Mist!«, ruft Åke Göte zu. Der verliert gerade ein wenig seine ruhige Fassung. Er schließt den Wagen von innen ab, wobei Åke sieht, dass ihm die Hände zittern. Außerdem bemerkt er, dass sich die Menge jetzt dem eingeschlagenen Fenster nähert. Lange hält es nicht mehr. Åke steigt aus dem Wagen. Niemand beachtet ihn, würde er schreien, wäre das nur ein weiterer Ruf aus der Menge. Er holt seine Sig Sauer hervor. Entsichert sie und feuert einen Schuss ab. Hoch in die Luft. Plötzlich wird es still, so leise, dass man den Wind hören kann. Eine Glasscherbe fällt aus dem Fenster auf den Balkon und klirrt.
»Jetzt ist es genug«, sagt Åke. »Macht euch nicht unglücklich. Die meisten von euch haben Kinder, ihr solltet ein Vorbild sein. Wenn ihr sofort nach Hause geht, alle, dann verspreche ich, dass wir Enarsson mitnehmen.«
»Das wollen wir zuerst sehen«, sagt der Automechaniker.
»OK. Stellt euch alle ein Stück weiter unten auf die Straße, dann gehen Göte und ich hinein und holen ihn. JETZT!«
Sie gehorchen, ziehen sich zur Straßenkreuzung zurück. Es scheint am einfachsten, durch die zerbrochene Balkontür hineinzugehen.
Innen in dem dunklen Wohnzimmer ist alles in Ordnung. Die Erde aus den umgestürzten Blumentöpfen und die Glasscherben knirschen unter den Füßen der Polizisten. Sie tasten sich in die Wohnung vor, wagen es aber nicht, Licht zu machen, aus Angst, den Mob erneut zum Leben zu erwecken. Die Küche ist leer. Ebenso das Schlafzimmer

und das Bad. Es ist eine kleine Zweizimmerwohnung, ohne große Möglichkeit, sich zu verstecken. Irgendwo muss Enarsson sein.
Sie finden ihn in der Kleiderkammer.
Er hängt von einem Lampenhaken an der Decke herunter.
Eine Zehntelsekunde lang schaut Åke auf die dünnen Waden, die zwischen den Hosenbeinen und den Strümpfen hervorlugen. Der eine Schuh ist abgefallen, am großen Zeh gähnt ein Loch im Strumpf.
Dann reagieren er und Göte. Sie schieben die Lampe beiseite, die Enarsson vor die Tür gelegt hat, und heben den Stuhl auf, den er benutzt hat, um darauf zu steigen. Åke stellt sich auf den Stuhl, während Göte die Beine des Mannes anhebt.
»Es ist unglaublich, dass der Haken gehalten hat, aber er ist auch ein kleiner Kerl«, sagt Göte.
Åke hat den Pfarrer klein und mager in Erinnerung, das Alter hat ihn noch schmächtiger werden lassen. Er wiegt nicht viel. Das spürt Åke, als er ihn mit Götes Hilfe herunterhebt und den Gürtel, der sich tief eingeschnitten hat, von seinem Hals löst. Er glaubt nicht wirklich an das, was er tut, aber Åke beginnt dennoch mit der Beatmung, während Göte einen Krankenwagen ruft.
Nach vier Minuten ist das Martinshorn zu hören. Göte öffnet den Rettungssanitätern die Tür, damit sie nicht über das Fenster einsteigen müssen.
»Wir waren in der Nähe.« Es ist dieselbe kräftige Fahrerin, die Åke in der Lucianacht bei Sven-Göran traf. Jetzt stellt er fest, dass sie rothaarig ist. Sie fährt fort: »Schnell! Trag ihn in die Diele!«

Sie legen Enarsson auf den Boden, und die Rothaarige zerrt an seinem Hemd, um den Defibrillator aufsetzen zu können. Sie schaut auf die EKG-Anzeige und schüttelt den Kopf. Dann wirft sie einen Blick auf den Hals des Alten, untermalt ihr Kopfschütteln mit Lauten des Bedauerns und zeigt auf Enarssons Nacken.
»Seht her«, sagt sie, »das Genick ist vermutlich gebrochen. So alte Leute haben ein zerbrechliches Skelett.«
»Ist er tot?«, fragt Göte.
Der andere Sanitäter, ein junger Kerl, nickt. »Mausetot.«
Es gibt nicht viel mehr zu tun. Die Sanitäter machen sich auf den Weg zu ihrem nächsten Notfall. Kein Verbrechen, zumindest kein praktisch ausgeführtes Verbrechen, wurde begangen. Der Schlüssel zum Sicherheitsschloss steckte von innen in der verschlossenen Haustür. Enarsson war allein in der Wohnung, er hat sich selbst erhängt. Göte ruft die Kollegen vom Innendienst an und erstattet Bericht. Da Mord oder Totschlag nicht in Frage kommen, beschließt man, keine weitere Untersuchung vorzunehmen und den Alten lediglich zur üblichen Obduktion zu bringen.
Sie rufen den diensthabenden Arzt an, und während sie auf ihn warten, geht Åke durch die Wohnung. Der Geruch von alten Menschen vermischt sich nun mit der rauen Kühle, die durch das offene Fenster eindringt. Und noch ein anderer Geruch liegt in der Luft, der nach alten Büchern, nach Ledereinbänden und vergilbten Seiten von längst vergessenen Predigttexten. Es gibt fast nur theologische Literatur, abgesehen von den gesammelten Werken Selma Lagerlöfs. Steht in diesen Büchern nirgends, dass man sich nicht an Kindern vergreifen darf? An einer Wand

hängt ein Porträt. Ein Hochzeitsfoto von Enarsson und seiner vor vielen Jahren verstorbenen Frau. Sie sah bereits als junge Braut spitz und verschüchtert aus. Es finden sich auch Fotos von einem Mann, dem Sohn, aufgenommen zu der Zeit, als er noch ein kleiner Junge war, dann von der Konfirmation bis zum Abitur und der Hochzeit. Ist es das, was von einem Leben übrigbleibt? Eine Reihe Fotografien an einer Wand. Versteinerte Bilder eines Augenblicks, historische Momente. Åke denkt an seine Konfirmationszeit zurück. Danach hat er nur noch selten seinen Fuß in eine Kirche gesetzt. Dank Enarsson. Wie viele Pfarrer haben im Laufe der Zeit durch ihre Hemmungen, Neurosen und Vorurteile Menschen von Gott ferngehalten? Enarsson war ein armer Kerl. Angst vor Frauen, Angst vor dem Leben, Angst vor dem Tod. Angst vor Gott? Existiert Gott? Åke weiß es nicht. Vielleicht. Im Innersten, ganz tief in uns drin, sind wir einsam. Vollständig nackt und einsam. Ist Gott also ein Surrogat, eine Möglichkeit, der Angst vor der absoluten Einsamkeit zu entkommen? Oder ist es so, dass wir tatsächlich das geistige Vermögen haben, mit Gott in Kontakt zu treten? Ist der heutige Gott eigentlich ein Abgott? Etwas Formalisiertes, dem sich die wenigsten zuwenden können, weil der unmittelbare Kontakt zerstört ist?
Die Kreisärztin kommt, um den Todesfall zu konstatieren, es ist Eva-Lena Grundén, die Bereitschaftsdienst hat. Sie sieht abgehetzt aus und ist wenig gesprächig. Als sie ihre Unterlagen ausgefüllt hat, sagt sie: »Die Identität lässt sich zum Glück leicht feststellen, er war mehrfach mein Patient.«

Für Åke und Göte folgt nun ein langes Warten auf den Leichenwagen, bevor sie nach Varberg fahren, um ihren Bericht zu schreiben, und schließlich ihren Dienst beenden. Die Straße vor Enarssons Wohnung ist verwaist. Nicht ein einziger ist von dem Mob übriggeblieben. Åke vermutet, dass es nichts gibt, weswegen man sie anklagen könnte. Höchstens Angst zu verbreiten, aber das ist nicht strafbar. Todesverschulden? Es würde sich wohl kaum ein Staatsanwalt auf ein so schwieriges Unternehmen einlassen. Wie auch immer, das ist nicht Åkes Problem. Er hat einen Zettel mit dem Namen und der Telefonnummer des Sohnes in Enarssons Brieftasche gefunden, und das letzte, was er an diesem Abend macht, ist die Kollegen in Gävle zu bitten, den Sohn zu benachrichtigen.

Erst gegen elf Uhr ist Åke zu Hause in seiner Wohnung. Er zieht den Telefonstecker und öffnet eine Flasche Wein.

Jemand wirft Åke Steine an den Kopf. Bei jedem Treffer zuckt ein Schmerz durch seinen Körper. Er muss sich übergeben, weiß aber nicht, wie er aus dem Bett kommen soll. Er kriecht zur Toilette. Nachdem er gespuckt hat, bleibt er mit dem Rücken an die Tür gelehnt sitzen. Er versucht, an Ort und Stelle wieder einzuschlafen, aber das Klopfen hört nicht auf. Schließlich wird ihm klar, dass jemand gegen die Wohnungstür hämmert. Wieviel Uhr ist es? Herrgott, er will jetzt niemanden sehen. Hoffentlich ist es nicht Johan.

Mühsam kriecht er aus dem Badezimmer, und in der Diele gelingt es ihm aufzustehen. Er stützt sich an der Wand ab, geht zum Briefkastenschlitz und ruft: »Wer ist da?«

»Ich bin es. Mari.«
»Ich bin krank. Ich habe mir den Magen verdorben. Am besten gehst du wieder, damit ich dich nicht anstecke.«
»Es ist zwölf Uhr. Ich habe gestern den ganzen Abend versucht, dich anzurufen, und heute wieder. Ich habe mir Sorgen gemacht.«
»Ich habe gestern gearbeitet. Dann wurde ich krank.«
»Mach jetzt auf! Ich bin gegen alle Bakterien immun. Ich will nicht hier draußen herumstehen und schreien.«
Er öffnet die Tür. Ein Blick von Mari genügt. Sie folgt ihm zum Sofa, wo er sich hinlegt. Er spürt, dass er schwankt, und muss sich mit den Füßen abstützen, um nicht zwischen das Sofa und den Couchtisch zu fallen. Wie im Nebel sieht er die Weinflasche und den Schnaps, von dem er getrunken hat, nachdem der Wein geleert war. Hat er wirklich so viel getrunken? Pfui Teufel!
»Enarsson ist tot«, sagt er.
»Ich weiß.« Mari steht auf und geht in die Küche. Sie findet ein Röhrchen mit Alvedon Brausetabletten und wirft zwei Stück in ein Glas Wasser.
»Deine Leber wird das lieben. Trink!«
Gehorsam nimmt er das Glas und trinkt den Inhalt aus. Zuerst denkt er, dass er noch einmal spucken muss, aber der Brechreiz geht vorüber. Er legt sich wieder hin.
Mari geht. »Ich hole dich um fünf Uhr ab, versuch bis dahin zu schlafen.«
Åke schläft tatsächlich. Gegen vier Uhr steht er auf, duscht und schaltet dann den Fernseher ein, hört zerstreut der Stimme des Moderators Arne Weise zu, während er zugleich durch die Wohnung wandert und aufräumt. Er

hat noch immer Kopfschmerzen und nimmt noch einmal zwei Alvedon. Er schwört sich selbst, nie wieder Alkohol zu trinken, und legt sich in Erwartung Maris auf das Sofa.

In einer der ersten Nachrichtensendungen am Morgen des Heiligen Abends berichtete Radio Halland von Enarssons Tod. Ein Ereignis, das vermutlich verschwiegen worden wäre und als kurze Todesanzeige mit den Zeilen »Die Beerdigung fand in aller Stille ab« geendet hätte, hätte es nicht die Vorgeschichte gegeben, die allen bekannt war. Den Vorfall im Radio zu erwähnen half vielleicht, den Tratsch im Rahmen zu halten und die kollektive Angst zu besänftigen, dachte Mari.

Die üblichen Experten waren eingeladen oder wurden angerufen, um alles eingehend zu analysieren. Ein Jurist, ein Psychologe und ein verschlafener Beamter von der obersten Verwaltung der zivilen Bereitschaft, der Massenpsychosen studiert hatte. Er klang etwas müde, so als habe er bis tief in die Nacht Weihnachtsschinken gebraten und den Baum geschmückt. Mari hatte das Radio ausgeschaltet.

Was hatte Patricia doch über Schuld und Scham gesagt? Sie waren zweieiige Zwillinge mit einem Abgrund zwischen sich. Die Schuld sagt: Ich habe etwas Schlechtes *gemacht*, die Scham: Ich *bin* etwas Schlechtes. Schuldige fühlen sich stark, diejenigen, die sich schämen, fühlen sich schwach und ausgesetzt. Sind wir schuldig, kommen wir uns gefährlich vor, schämen wir uns, dann fühlen wir uns hilflos. Das Schuldgefühl entsteht, wenn wir etwas getan haben, von dem wir im Innersten wissen, dass es falsch ist.

Scham verspüren wir bei der Gefahr, entlarvt zu werden. Die Entlarvung dessen, was wir getan haben, oder die Entlarvung unserer Untauglichkeit, die zeigt, dass wir nicht geliebt werden können, verachtet werden.
Enarsson muss sowohl Scham als auch Schuld verspürt haben, dachte Mari. Es gibt keine Entschuldigung für Pädophilie, nichts, was seine Tat rechtfertigen könnte. Aber vielleicht war er ein Mensch, der sich schämte, fest in seiner Lebenslüge verankert, die bewirkte, dass er anderen antat, worunter er selbst gelitten hatte. Jemand, der es nie gewagt hatte, die Scham darüber, wie sie behandelt worden war, einzugestehen und damit auch die eigene Schwäche, und der deshalb in einem Zustand der Hybris gelebt hatte. Wer weiß? Wie ließe sich sonst seine arrogante, überlegene Art erklären, die Art, seine Konfirmanden und die Gemeindemitglieder, die in seinen Augen nichts taugten, zu missachten?
Aber – bis zuletzt konsequent in seinem Selbstschutz war es vermutlich Enarssons Scham und nicht seine Schuld, die ihn dazu brachte, sich das Leben zu nehmen.
Mari wusste über das, was im Radio berichtet wurde, schon Bescheid, denn sobald sie gemerkt hatte, dass die Schwiegertochter wach war und in der Wohnung umherging, war Iris heruntergekommen, um Bericht zu erstatten. Iris hatte durch »das Netz« davon erfahren, wie Mari böse die Damen des Nähvereins und ihre Vorliebe für Telefonate zu nennen pflegte.
Anton und sie hatten am Abend vorher den Weihnachtsbaum geschmückt. Mari war nach der Arbeit müde gewesen und hatte dem Jungen zum größten Teil die Entschei-

dung überlassen. Deswegen sah ihr Baum ein wenig sonderbar aus, die meisten Kugeln hingen in den unteren Zweigen und wechselten sich mit den Knallbonbons und Wollmännchen ab, die Anton im Kindergarten gebastelt hatte. Dann wollte er auf dem Sofa schlafen, um beim Einschlafen den Weihnachtsbaum anschauen zu können. Das durfte er. Mari hatte die Kissen von der Rückenlehne genommen, damit sie beide gemeinsam Platz fanden. Es war zwar kuschelig, aber auf Dauer doch unbequem gewesen, so dass Mari gegen Mitternacht aufgestanden und sich in ihr eigenes Bett gelegt hatte, nachdem sie einen letzten Versuch unternommen hatte, Åke anzurufen. Keine Antwort.

Auch am Morgen vor Heiligabend nahm er nicht ab. Sie und Anton sahen am Vormittag fern, und ab und zu hatte sie den Versuch unternommen, Åke zu erreichen. Iris wollte gegen ein Uhr das Weihnachtsessen servieren und Mari hatte daran gedacht, Åke dazuzubitten, da Iris angedeutet hatte, dass er willkommen war. Also fuhr sie zu Åkes Wohnung im Lillåsaväg, nicht direkt aus Sorge, dass etwas passiert sein könnte, eher aus Angst, dass er sich allein und ausgegrenzt fühlen könnte. Warum hatte sie ihn nicht schon vor ein paar Tagen eingeladen? Warum schob sie immer alles bis zur letzten Minute auf?

Es war lange her, seit Mari das letzte Mal einen Kater gehabt hatte, aber sie wusste noch, wie es sich anfühlte. Das Schlimmste an dieser Krankheit war, dass man sie sich selbst zuzuschreiben hatte. Wenn man irgendwann einmal Einblick in die eigene sündige und niederträchtige Persönlichkeit gewinnt, dann an einem Tag, an dem sich der

Alkoholrausch aus dem Körper verzieht. Aber Åke hatte im Moment mehr Bedarf an Schlaf als an Mitleid.
Sie fuhr wieder nach Hause, um mit Anton, Iris und Gösta zu Mittag zu essen.

Iris will nicht von sich aus fragen, aber ihr Blick ist offenbar deutlich genug, denn Mari sagt: »Åke hat gestern abend spät gearbeitet und muss ausschlafen. Er war es, der gestern mit diesem lynchenden Pöbel beschäftigt war. Ich werde ihn um fünf Uhr abholen.«
Iris findet Maris Antwort ausweichend, aber sie lässt sich nichts anmerken. Ob sie sich wohl gestritten haben?
Anton, der am Morgen ein weißes Hemd angezogen bekommen hat, das inzwischen Schokoladenflecken aufweist und die Hoffnung aufgegeben hat, in der Hose stecken zu bleiben, zerrt an Iris' linker Hand.
»Komm jetzt, Oma! Komm!«
»Warte einen Moment.« Iris steht am Küchentisch und versucht, Hering auf einen Teller zu legen. Der Hering ist gut dieses Jahr, sie ist zufrieden. Damit genauso wie mit allen anderen Speisen. Es kommt selten vor, dass Iris mit etwas unzufrieden ist, was sie selbst zubereitet hat.
»Soll ich dir helfen?«, fragt Mari.
Sie hat sich an den Küchentisch gesetzt und streckt Anton die Arme entgegen. Iris sieht Mari nicht oft im Kleid, aber heute trägt sie ein hellblaues Wollkleid, das zusammen mit ihrem mahagonifarbenen Haar zwar farbenfroh wirkt, sich aber umso mehr mit dem roten Weihnachtstischtuch und den rotweiß karierten Gardinen beißt. Iris gefällt ihre Küche. Gösta hatte vor ein paar Jahren Buchenschränke

montiert, eine neue hellblaue Tapete angebracht und das Holz weiß gestrichen, zu der Zeit als sie selbst nach oben zogen und Mari und Anton sich unten einrichteten. Zu der Zeit als Lennart starb.
Der Herd war neu, mit zwei Backöfen, ebenso der Kühlschrank und die Tiefkühltruhe. Noch immer hat Iris sich nicht ganz an diese Bequemlichkeiten gewöhnt, sie kommt sich vor wie eine Königin in einem neuen Königreich.
»Du kannst das Bier und den Weihnachtsmost öffnen«, sagt Iris und stellt den Hering auf den Esstisch.
»Ich will es machen!«, schreit Anton und rennt in die Speisekammer, um die Flaschen zu holen.
Iris schneidet den Schinken an und trägt ihn ins Esszimmer. Sie setzen sich an den Tisch und beginnen zu essen.
»Wie schön du gedeckt hast«, lobt Mari. Der Tisch ist mit einem roten Halbleinentuch bedeckt, auf das Iris ihre selbstgemalten Weihnachtsmänner platziert hat.
»Danke«, antwortet Iris. »Den dort drüben habe ich in diesem Herbst gemalt.«
Gösta gießt Schnaps ein, und als er gerade Prost sagt, als sie gerade die Gläser erhoben haben, spürt Iris die Trauer wie eine Flutwelle hervorbrechen. Sie stürzt wie der Wasserfall Harspranget hinter ihren Augen hervor, eine Welle unaussprechlicher Sehnsucht, Wehmut darüber, was war, darüber, dass er nicht mehr am Leben ist.
Sie beeilt sich, ihren Schnaps zu trinken, gibt vor zu husten und steht auf, um in die Küche zu gehen.
An der Spülbank reißt sie ein Stück Haushaltspapier von der Rolle, schnäuzt sich und trocknet die Tränen. Um den

Schein zu wahren, hustet sie noch ein paarmal. Sie schließt fest die Augen, denkt: Beruhige dich! Denk an den Jungen! Denk an Gösta und Mari!
Iris geht zurück und setzt sich wieder an den Tisch.
»Geht es wieder?«, fragt Mari.
»Keine Gefahr. Ich habe mich verschluckt. Ich bin den Brandwein nicht gewöhnt.«

Gösta und Mari nippen an ihrem Schnaps, während Iris in der Küche ist, und er gießt ihnen noch einmal ein. Er denkt daran, dass sie eine ungewöhnliche Familie sind, aber dennoch eine Familie. So ist es.
Inzwischen hasst Gösta Weihnachten, weil es so viel Sehnsucht mit sich bringt. Wehmut. Lennart, der bei ihnen sein sollte, bei seiner Familie. Etwas fehlt unwiederbringlich. Manchmal, wenn er draußen bei den Tieren ist oder mit der Motorsäge in den Wald geht, legt sich die Sehnsucht wie ein enges Eisen um seine Brust.
Es ist wahr! Er ist tot! Fort! Diese Einsicht ist etwas, was er schon lange verstanden haben und womit er seit langem zurechtkommen sollte. Eine Wahrheit, die wie eine Feuerschrift vor seinen Augen brennt und sich ständig in Erinnerung ruft. Ein ums andere Mal. Solche Feiertage sind am schlimmsten, denn da kommen so viele Erinnerungen hoch. An Weihnachten vor vier Jahren hatte Lennart sie gerade verlassen, deshalb kann Weihnachten nie wieder sein, was es einmal war.
Trotz allem muss er stark sein und darf sich nichts anmerken lassen, um Antons, Maris und Iris' Willen.
Iris. Manchmal hört er sie schluchzen, wenn sie neben ihm

im Bett liegt. Vielleicht bildet er es sich auch nur ein. Er wagt es in diesen Stunden nicht, ihre Hand zu ergreifen, aus Angst, dass dann auch seine Welt zusammenbrechen könnte.

Anton unterbricht seine Überlegungen.

»Wann kommt der Weihnachtsmann, Opa?«

Mari antwortet. »Er kommt bestimmt nicht, bevor Åke nicht da ist. Ich werde ihn bald abholen. Jetzt wollen wir erst Donald Duck im Fernsehen anschauen. Der Weihnachtsmann hat heute viel zu tun, weißt du.«

Als Mari um fünf Uhr zu Åkes Wohnung kommt, ist die Tür unverschlossen, und sie klopft nur kurz an, bevor sie eintritt. Der Fernseher läuft, und Åke liegt auf dem Sofa und schläft. Sie sieht ihn lange an. Er trägt Jeans und sein rotschwarz kariertes Flanellhemd. Das dunkle Haar ist noch feucht, er hat sich rasiert und dabei geschnitten, am Kinn sieht man eine kleine Wunde. Er ist zu groß für das kleine Sofa, auf dem er liegt. Die Füße ragen ein gutes Stück über die Armlehne hinaus.

Seit sie laufen konnten, haben sie zusammen gespielt. Haben Höhlen gebaut und sind auf Bäume geklettert, haben Bachläufe erforscht und sind Schlitten gefahren. Nicht in der Schule, da war er bei den Jungen und sie bei den Mädchen gewesen, aber in der Freizeit. Unzertrennlich bis sie Teenager wurden. Beste Freunde. Kumpel. Der Nachbarsjunge. Er ist immer da gewesen, wie ein Fixpunkt, etwas Selbstverständliches. Allzu Selbstverständliches. Mari wird von einer unerhörten Zärtlichkeit erfüllt, wie sie da steht. Und von etwas anderem.

Lust.

Sie geht zu ihm, setzt sich neben ihn und beginnt, seine Kleider aufzuknöpfen. Er wacht sofort auf. Sie liebkost seine breite Brust, küsst ihn am Hals, zieht ihre eigenen Kleider aus und setzt sich rittlings auf ihn. Ein paar Minuten lang sehen sie sich in die Augen, bevor er sie lachend auf den Boden befördert. Der Couchtisch wird beiseite geschoben, und eine Hyazinthe rollt davon.

Als Åke und Mari schließlich nach Hallsered kommen, werden sie von Anton an der Tür empfangen.
»Mama, du schimmerst!«
Sie hebt ihn auf den Arm. »So ist das an Weihnachten, Liebling, auch Mamas können strahlen.«
Während Gösta hinausgeht und vorgibt, die Bullen füttern zu müssen, macht Iris einen Teller mit Weihnachtsessen für Åke zurecht. Den Schnaps lehnt er dankend ab. Sie sitzen in den schwarzen Ledersesseln, im Kachelofen knistert das Feuer, Kerzen brennen in diversen Haltern, und am Fenster steht der Weihnachtsbaum. Der Baum, den Iris mit altertümlichen Kugeln geschmückt hat, von denen manche über hundert Jahre alt sind, brüchig und zart. Solche Kugeln, wie Iris sie an ihrem Baum hängen hat, kann man heutzutage nicht mehr kaufen, das jetzige Sortiment ist Massenware und nicht mehr handbemalt. Das Einzigartige glänzt immer ein wenig klarer, ein Stückchen Seele liegt darin.
Am Vortag hatte Gösta geflucht und wie üblich ein Durcheinander veranstaltet, als er die Lichterkette in Ordnung bringen und aufhängen sollte. Jetzt sitzt sie an ihrem Platz in einem der schlanken, gut gewachsenen

Bäume, die er und Anton gefällt haben, das Licht glitzert in den Kugeln und erwärmt die Nadeln, wodurch sie einen harzigen Duft verströmen.

Anton zittert vor Aufregung, als Gösta mit dem Sack in der Hand und der Maske vor dem Gesicht hereinkommt.

Mari schaut zu Åke, der ihr ein Lächeln schenkt. Ein heimliches Einverständnis, Zärtlichkeit und Geborgenheit liegen in seinem Blick. Mari sieht Iris an, die in einem Sessel sitzt, die Hände auf den Knien, aber die hat nur Augen für Anton. Der Schnaps, den es zum Essen gab, verleiht Iris' Wangen mehr Röte als sonst, und ihre Augen glänzen. Ausnahmsweise hat sie ihre Haare mit Hilfe von Lockenwicklern frisiert, und die Kleider, die sie trägt, sind neu, ein Rock und eine Bluse aus einem seidigen Material mit einem Muster aus spitzen grünen und blauen Blättern auf weißem Grund. Zur Feier des Tages hat sie die Schürze heute weggelassen.

Als Mari zum ersten Mal nach Hallsered kam, hatte sie Angst vor Iris' geradliniger und dominanter Art. Dann blickte sie hinter die Fassade und erkannte das Herz aus Gold, das in Iris' Brust schlug. Außerdem hatte Mari ein für allemal bestimmt, eine fatalistische Haltung gegenüber der Schwiegermutter einzunehmen. Iris war, wie sie war, Mari wollte keine Energie darauf verschwenden, sich über sie aufzuregen. Das war eine Methode, die ausgezeichnet funktionierte, wenn man sich einmal darauf eingelassen hatte. Mari ließ alle Bemerkungen und alle Kritik von sich abprallen.

Jetzt an Weihnachten, wie sie da auf dem Sofa saß, kam

Mari in den Sinn, dass sie nie gewusst hatte, wie eine »richtige« Mama sein sollte; selbst wenn Iris eine richtige Mutter war, so konnte man als richtige Mutter sicher auch anders sein als sie.

Patricia hatte darüber gesprochen, wie wichtig es war, gute Vorbilder zu haben, um selbst zu guten Eltern werden zu können. Darin liegt Maris große Angst, ihre Elternidentität ist ein unsicherer Boden, auf dem sie jeden Tag von Stein zu Stein springt, in ständiger Sorge, einen falschen Schritt zu machen.

So gesehen ist Iris ein Muster für Mari. Alles, was Iris in Sachen Kindererziehung sagt, macht und denkt, muss »richtig« sein.

Dennoch handelt Mari manchmal still und leise gegen Iris' Willen, und selbst wenn Iris es merkt, sagt sie nichts.

An Patricias Versicherung, dass manche Mütter, die eine schwere Kindheit hatten, ohne Vorbild, im Gegenteil zu »Supermüttern« werden, weil sie sich bemühen, ihren Kindern all das zu geben, was ihnen selbst verwehrt wurde, kann Mari nicht richtig glauben. Ihr Selbstbewusstsein als Mutter ist, wenn sie es genau betrachtet, schwach.

Mari und Lennart hatten über zehn Jahre auf Anton warten müssen. Als er dann endlich zur Welt kam, fühlte Mari sich sicher, sie waren schließlich zu zweit.

Diese Periode der Sicherheit, des Glücks währte nur kurz. Wie alles Wertvolle im Leben war sie eine Leihgabe und nicht von Dauer. Das Glück kann länger oder kürzer anhalten, ist aber trotz allem nur geliehen.

Ein paar Zeilen von Tranströmer fallen Mari ein:

Der Kalender ist gefüllt, die Zukunft ungewiss …
Mitten im Leben kommt manchmal der Tod
und nimmt beim Menschen Maß.
Der Besuch wird vergessen, das Leben fährt fort.
Aber der Anzug ist sichtbar im Stillen.

Was hätte Lennart gesagt? Gemeint? Gewollt?
Dass Mari für den Rest ihres Lebens einsam bleibt? Nein. Dass Anton einen Mann bekommt, der die Vaterrolle übernehmen kann? Ja, absolut. Lennart hatte Åke immer gemocht, sie waren Freunde gewesen, hatten einander respektiert. Warum sitzt sie also da und ist verunsichert? Schuldgefühle? Ja, vielleicht sind es Schuldgefühle. Mari könnte eine Kathedrale damit füllen und würde sie gerne verbrennen, gemeinsam mit all diesen Gefühlen der Unzulänglichkeit. Plötzlich erinnert sie sich an ein Weihnachtsfest vor langer Zeit und muss an Åkes Mutter denken. Sie muss Åke fragen, ob er sich auch daran erinnert.
Gösta überreicht ihr ein Päckchen und als sie es entgegennimmt, schiebt sie heimlich ihre rechte Hand in Åkes linke. Er drückt sie im Einvernehmen.
Das Päckchen von Gösta und Iris beinhaltet ein neues Funkgerät für die Jagd.

Als Mari und Åke endlich mit Anton nach unten gegangen sind und der Junge eingeschlafen ist, liegen sie in Maris Bett, und Mari fragt Åke: »Erinnerst du dich noch an dieses eine Weihnachtsfest, wir müssen acht oder neun Jahre alt gewesen sein, als ich an Heiligabend zu euch kam? Deine Mutter war so nett und ließ mich bleiben.«

»Ja, dein Onkel wurde operiert oder so etwas, und du konntest nicht bei ihm sein, nicht wahr?«
»Ja. Der Arzt hatte Mama Valium verschrieben, und sie schlief das ganze Weihnachtsfest über.«
»Auch eine Art, mit geistig Behinderten umzugehen. Wussten sie nicht, wie es um sie stand?«
»Doch, aber sie wollten es nicht sehen …«
Bevor sie einschlafen, findet Mari die Gelegenheit, von ihrem Gespräch mit Palle zu berichten. Sie hört Åke im Halbschlaf murmeln: »Das könnte stimmen.«
Mari drückt sich ganz fest an Åke und schläft ebenfalls ein. In dieser Nacht träumt sie, dass Lennart an ihre Tür klopft und sie sich entschließt, ihn nicht hereinzulassen.

Am Dienstag nach Weihnachten wird Mari bei der Arbeit von Else-Britt angerufen.

»Darf ich vorbeikommen, um mit dir zu reden?«, fragt sie.

Else-Britt kommt im Kostüm und einem grauen Mantel in Maris Büro. Sie sieht so schön aus, dass Mari staunen muss. Else-Britt lässt sich auf dem Besucherstuhl nieder, nimmt den Hut ab und legt ihn sich auf den Schoß.

»Entschuldige, dass ich dich belästige. Ich möchte dich um einen Gefallen bitten.«

»Worum geht es?« Mari sortiert ein paar Überweisungsformulare und richtet dann ihre Aufmerksamkeit auf Else-Britt.

»Mein Mann war über Weihnachten hier. Wir haben beschlossen, nach dem Dreikönigstag nach Hause zu fahren, ich werde mit ihm gehen. Unter uns gesagt – ich weiß, ich kann dir vertrauen –, wir hatten eine Zeitlang Probleme miteinander. Es war eigentlich niemandes Schuld, ich hatte mehrere Fehlgeburten, was mir schwer zu schaffen gemacht hat, und er musste viel arbeiten. Ich hatte den Eindruck, ihm wäre alles egal.«

»Bist du deswegen so lange hier geblieben?«

Else-Britt nickt, so dass die blonde Mähne um ihr Gesicht fliegt. »Ja. Das war auch gut so. Ich musste über einiges nachdenken. Jetzt habe ich in gewisser Weise akzeptiert, dass ich niemals Kinder haben werde. Mein Mann und ich haben uns ausgesprochen. Ich habe verstanden, dass das viele Arbeiten seine Art war zu trauern.«

»Dann ist also alles soweit in Ordnung? Womit soll ich dir helfen? Mit dem Hausverkauf?«

»Mein Mann hat einen Makler kontaktiert, der kümmert sich um den Verkauf. Alles ist in Ordnung, außer einer Sache. Mutter. Ich habe dir erzählt, dass sie in einem Pflegeheim in Småland ist. Und dass der Arzt denkt, sie habe außer einer Psychose auch noch Alzheimer.«

»Ja, ich erinnere mich.«

»Ich dachte ... Du bist schließlich Krankenschwester und kennst dich mit Krankheiten aus. Das tun weder mein Mann noch ich. Ich dachte daran, so unverschämt zu sein und dich zu bitten, mit uns nach Smålandsstenar zu fahren, um sie zu besuchen. Am Donnerstag. Wir wollen dich gerne für deinen Lohnausfall bezahlen.«

»Ich habe am Donnerstag frei. Und von einer alten Freundin nehme ich kein Geld. Das kommt gar nicht in Frage.«

Mari denkt fieberhaft nach, während sie ihre Stifte sortiert. Sie kann die Bitte kaum abschlagen. Birgit Persson. Die Diakonissin. Die involviert war, als Gun-Marie von Bengt und Sven-Göran in Jannes Beisein vergewaltigt wurde.

Maris Neugier gewinnt. Und ihre Hilfsbereitschaft. Sie fragt sich, ob Else-Britt jemals etwas verweigert wird. Eigene Kinder natürlich. Else-Britt kann nichts dafür, dass sie schön ist. Da ist es schwer, nein zu sagen. Aber sie hat auch ihre Probleme gehabt.

»Natürlich. Ich komme mit und sage, was ich denke. Aber ich bin keine Ärztin. Willst du nicht Lars bitten?«

»Nein, wenn er eine Frau wäre … Aber Ärzte denken zu logisch und problemorientiert. Ich möchte einfach, dass du mit deiner Erfahrung Mama triffst. Und sagst, was dein Eindruck von ihr ist.«

Adrian hat einen silberfarbenen Volvo S80 gemietet, und darin sausen sie auf der breiten und geraden Bundesstraße 153 durch die Wälder. Vorbei an Ullared, Ätran, Fegen und Skeppshult. Die Straße ist frei, aber auf den Feldern und in den Gräben liegt noch Schnee. Die Sonne, die am frühen Morgen zwischen den Wolken hervorschaute, hat nun beschlossen, sich ganz zurückzuziehen, und es beginnt zu regnen. Der Wetterbericht hat viel Niederschlag versprochen, im Götaland in Form von Regen.

Else-Britt sitzt auf dem Rücksitz und Mari vorne, neben Adrian. Er ist ein dunkelhaariger, schicker Mann, sicher zehn Jahre älter als Else-Britt, mit Bart und braunen Augen. Er macht einen sympathischen, ruhigen Eindruck und sieht reich aus. Er strahlt die Selbstsicherheit jener aus, die wissen, dass sie fast alles bekommen können, wenn sie nur die Geldbörse zücken. Er spricht gut Englisch, und während der Fahrt unterhalten sie sich über Schweden. Adrian hat den Eindruck, dass das Land von Wald bedeckt ist. Er spricht auch über Ingmar Bergman, über den Mari leider nicht sehr viel weiß.

Das Pflegeheim wird privat geführt. Es liegt zwischen einem See und einem Gehölz. Das Haus mit seiner Glasveranda und den Erkern sieht aus, als sei es um die Jahrhundertwende erbaut worden. Friedlich. Ein guter Ort für Kranke.

»Ich bin nur einmal vor zwanzig Jahren hier gewesen«, sagt Else-Britt. Sie schaut Mari nicht an, als sie das sagt. Schlechtes Gewissen? Trauer?

Sie werden in der Eingangshalle von einem jungen Mädchen mit fettigem Haar empfangen, deren Gesicht leicht aufgedunsen wirkt, möglicherweise dank ihrer weit fortgeschrittenen Schwangerschaft.

Mari beobachtet, wie Else-Britt es vermeidet, auf den dicken Bauch zu schauen.

»Ich hole Marre.« Das Mädchen watschelt den Korridor hinunter. Sie hören, dass sie in einen Raum hineinspricht, dann kommt ein Mann heraus und streichelt ihr über den Bauch.

Das Mädchen verschwindet im Zimmer, und der Mann geht auf Mari, Else-Britt und Adrian zu.

Der Mann ist in den Sechzigern und sieht selbst so aus, als sei er mindestens im siebten Monat. Sein Scheitel ist kahl, dafür trägt er das Haar am restlichen Kopf umso länger. Es ist grau und im Nacken zu einem Pferdeschwanz gebunden. Der Mann trägt Jeans und darüber eine graue, gebatikte Tunika. Um seinen Hals hängt ein Peace-Zeichen aus Leder.

»Willkommen! Willkommen! Mauritz Andersson. Ich bin hier der Leiter.«

Klick! Mari hat plötzlich den Eindruck, dass in irgendeinem Winkel das Schicksal sitzt und über die Streiche lacht, die es ihr mit solchen Zufällen spielt. Kann es sein …? Ja, bestimmt. Das muss Bengts Vater sein.

Mari bewundert Adrians gemessene Haltung, als er sich vorstellt.

»From Italy? Ohoo. I am in charge here. Italians have such lovely vibrations.«

Mauritz Andersson führt sie zu Birgit Perssons Zimmer. Währenddessen erzählt er in stotterndem Englisch von dem Heim. Sie haben zwanzig Bewohner, alle leicht psychisch krank. Es gibt drei Angestellte. Er ist der alleinige Besitzer des Heims.

»Ich wollte mein Leben etwas Wichtigem widmen. Ich wollte mich engagieren. Deswegen habe ich vor fünfundzwanzig Jahren dieses Haus gekauft. Auf diese Weise fühle ich mich nützlich.«

»Bekommen Sie Unterstützung vom Land?«, fragt Mari.

»Ja, von der Kommune, aus der die Patienten stammen. Fünfhundert Kronen pro Tag. Zusätzlich«, er wendet sich an Else-Britt, »bezahlt, wie Sie wissen, jeder Patient eine kleine Summe. Die Pflege kostet viel.«

Er bekommt einen bekümmerten Gesichtsausdruck und geht ihnen voran eine Treppe mit zerschlissenem Linoleumboden hinauf. Überhaupt macht das Heim einen heruntergekommenen Eindruck. Die Wände sind schmutzig gelb, und die Vorhänge sehen aus, als seien sie in der Zeit, seit der Andersson das Haus besitzt, nie gewaschen worden.

Else-Britt flüstert Mari zu: »Mama bezahlt zweihundert Kronen am Tag, sechstausend im Monat. Die Zahlung läuft über mein Konto, jetzt, wo Papa tot ist.« Ihr schönes Gesicht ist sichtbar bleich. Mari nimmt sie bei der Hand. Andersson plappert weiter: »Ich muss Ihnen leider

mitteilen, dass ich vorhabe, das Heim zu schließen. Ich werde bald Vater und möchte mich gerne meinem Kind widmen. Ich finde, es ist wichtig, dass ein Vater da ist.«
Nach der Treppe folgt ein weiterer Korridor, ebenso trist und schmutzig wie der im Erdgeschoss. Unmittelbar bevor der eigentliche Flur beginnt, erhascht Mari hinter einer Flügeltür mit Fenstern einen Blick auf weiße Ledersofas und einen Marmortisch. Der Aufenthaltsraum?
Sie gehen an fünf Türen vorbei, bevor Mauritz Andersson stehenbleibt. »Hier drinnen wohnt sie. Hätten wir gewusst, dass Sie kommen, hätten wir ihr natürlich geholfen, die Haare zu richten.«
Else-Britt sieht nun völlig panisch aus. Adrian legt seinen Arm um ihre Schultern und öffnet die Tür.
Der Gestank nach Urin schlägt ihnen entgegen.
Das kleine Zimmer hat eine weiße Tapete mit Rosen, die seit langem verblasst ist und an manchen Stellen abblättert. Vor dem Fenster hängen zerschlissene Gardinen. Die einfache Möblierung besteht aus einem Schreibtisch, einem Schrank mit Schiebetür und einem Bett.
Auf diesem sitzt Birgit Persson und wiegt den Oberkörper vor und zurück, während sie zugleich eintönig vor sich hin summt. Ihr Haar ist grau und dreckig und hängt bis zu den Schultern. Die Kittelschürze, die sie trägt, war einmal grün geblümt, die Beine stecken in faltenschlagenden Nylonstrümpfen, und die Schuhe sind ausgetreten. Sie ist sehr, sehr mager.
Adrian, Else-Britt und Mari bleiben mitten im Zimmer stehen, Andersson ist noch draußen auf dem Gang.
»Frau Persson«, sagt Mari. »Birgit.«

Keine Reaktion.
Mari sieht Else-Britt an, dass sie zusammenbrechen würde, wenn Adrian sie nicht stützte.
Mari versucht es noch einmal: »Birgit! Else-Britt ist hier.«
Birgit scheint sie nicht zu bemerken, vielleicht summt sie in einem etwas schnelleren Tempo. Sie bleiben eine Weile stehen.
Else-Britt wimmert ein paarmal »Mama«, bevor sie einsehen, dass es sinnlos ist, wenn sie versuchen, Kontakt zu Birgit aufzunehmen, und sie das Zimmer verlassen.
Mauritz Andersson ringt nervös die Hände, als sie wieder auf dem Gang sind. Mari fragt ihn: »Wer ist der verantwortliche Arzt hier?«
»Das ist ein pensionierter Psychiater. Doktor Lundbom. Sehr tüchtig.«
»Die Sache mit dem Alzheimer, wie genau ist das untersucht worden?«, wundert sich Mari.
»Ja ...«, antwortet Andersson. »Anhand der Symptome.«
»Haben Sie das Vitamin B12 und die Schilddrüsenwerte kontrolliert?«
Andersson antwortet nicht und begeht nun statt dessen einen großen Fehler. Er lädt sie in seine Wohnung ein.
Sie gehen durch die Glastüren und werden gebeten, auf den weißen Sesseln Platz zu nehmen. Das Wohnzimmer stinkt nach vulgärem Luxus. Dicke Vitrinen und roter Plüsch. In einem der Ledersessel sitzt zusammengekauert das Mädchen mit dem dicken Bauch und schaut auf einen großen Bildschirm. Sie kaut Kaugummi, das sie mit dem rechten Zeigefinger herauszieht und dann wieder in den Mund schiebt.

»Emma, Kleines«, sagt Andersson. »Kannst du bitte etwas Kaffee machen. Wir müssen uns um unsere Gäste kümmern, wie wir es immer machen.« Er lacht einschmeichelnd, und Mari sieht sich nach einem Eimer um, in den sie sich übergeben könnte.
Sie hat genug und weigert sich, auch nur eine Minute länger an diesem Ort bleiben. »Wir brauchen nichts«, sagt sie. »We must go«, sagt sie zu Adrian, der nickt. Er ist vollauf damit beschäftigt, Else-Britt aufrecht zu halten, die jetzt weint. Sie finden selbst hinaus und lassen Andersson händeringend zurück.
Im Auto setzt sich Mari nach hinten zu Else-Britt. Adrian startet den Wagen und beginnt sofort, mit seiner Frau auf italienisch zu sprechen. Er gestikuliert und argumentiert. Else-Britt sagt: »Ich habe Adrian gesagt, dass ich möchte, dass Mutter in ein gewöhnliches Krankenhaus in Sundsby kommt.« Die Tränen fließen in Strömen über das schöne Gesicht.
Adrian sagt etwas. Sie sind einige Kilometer vom Heim entfernt, als er plötzlich abbremst und an der Einbiegung zu einer Seitenstraße den Wagen wendet. Er fährt zurück. Bremst vor dem Pflegeheim, dass der Kies aufspritzt. Ohne ein Wort lässt er die Frauen im Wagen zurück und geht zielstrebig ins Haus. Nach drei Minuten ist er mit Birgit Persson auf dem Arm wieder zurück. Er bittet Else-Britt auf den Beifahrersitz umzuziehen und setzt die alte Frau zu Mari auf die Rückbank. Der Unringestank ist so stark, dass Mari übel wird und sie das Fenster öffnen muss. Adrian reicht ihr ein Pillendöschen, es ist das einzige, was er aus dem Heim mitgenommen hat.

»Adrian will sie mit nach Italien nehmen«, schnieft Else-Britt. »Er will einen Spezialisten konsultieren und sie in einem schönen Pflegeheim unterbringen.«

Mari bekommt fast kein Wort heraus. »Du hast einen guten Mann«, sagt sie nur, während sie Adrians Nacken betrachtet. Die Muskeln sind vor Entschlossenheit angespannt.

Auf dem Weg zurück nach Hause wird nicht viel gesprochen. Einmal fragt Adrian, ob Mari eine Krankenschwester kennt, die sie anstellen können, um Birgit zu pflegen, bevor sie nach Hause nach Rom fahren.

Mari erklärt, dass Birgit ein Anrecht auf häusliche Pflege von der Kommune hat, aber Adrian insistiert darauf, dass er eine Krankenschwester haben und sie gut bezahlen will. Schließlich fällt Mari Pia ein, die Teilzeit beim häuslichen Pflegedienst arbeitet, vielleicht würde sie den Job übernehmen. Sie ist ein gutes Mädchen, ledig und ohne Kinder, und sie möchte sicher gerne etwas dazuverdienen. Sie hat ein teures Hobby, Pferde. Per Handy führt Mari ein paar Gespräche und es gelingt ihr, Pia zu erreichen. Die verspricht, sie in einer Stunde in der Pflegestation zu treffen. »Ich kann Vater bitten, nach den Pferden zu schauen«, sagt sie.

Den Rest der Fahrt über denkt Mari darüber nach, an wen sie sich beim Sozialamt wenden könnte. Sie rechnet aus, dass zwanzig Patienten à siebenhundert Kronen am Tag einundzwanzigtausend Kronen im Monat für jeden Patienten ergeben und vierhundertzwanzigtausend als monatliche Einnahme für das ganze Haus. Lohnkosten, Betriebskosten und Verpflegung können nicht einmal die

Hälfte dieser Summe ausmachen, Birgit Persson sieht aus, als habe sie von Kartoffelwasser gelebt. Wenn Andersson für die Zweihunderttausend, die er jeden Monat Gewinn macht, Steuern zahlt, müsste er netto mindestens Hunderttausend im Monat verdienen. Kein Wunder, dass er sich weiße Ledersofas leisten kann.

Bengts Vater. Er muss es sein. Ein so ungewöhnlicher Name in einem so kleinen Ort. Mauritz Andersson hatte doch Züge von Bengt? Der große Abstand zwischen Oberlippe und Nase, das kleine Kinn. Smålandsstenar. Dieser Name ist im Laufe dieser Geschichte schon mehrfach aufgetaucht. Allan und Göta, deren Sohn Börje sich das Leben nahm, waren von Smålandsstenar. Tomas und Marita waren in Smålandsstenar, als sie sich nach dem gefälschten Einbruch zurückziehen wollten. Mari muss Åke danach fragen. Das letzte, was sie hörte, war, dass Tomas in Erwartung eines möglichen Gerichtsverfahrens freigelassen wurde. Aber Åke sagte, dass sie mit den Ermittlungen auf der Stelle treten. Die Polizei ist noch nicht sehr weit gekommen. Die Detektivin in Mari sagt, dass sie weitergeben muss, was sie heute erfahren hat, vielleicht sollte sie Evert Svensson selbst anrufen? Sie entschließt sich, es zu tun.

Während der gesamten Fahrt starrt Birgit vor sich hin und wiegt den Oberkörper hin und her. Zumindest summt sie nicht, konstatiert Mari dankbar. Vor der Pflegestation wartet Pia. Mari geht hinein und holt ein paar Windelpackungen.

»Ich glaube, dass sich von Tante Elsa noch ein paar Kleider finden werden«, sagt Else-Britt. Sie weint nicht mehr, sieht nur unerhört müde und unbeholfen aus, als sie Mari dankt. Adrian ist umso resoluter. Als er die Windeln in den Kofferraum legt, holt er ein Paket heraus. Er sagt, es sei ein Geschenk für Mari, zum Dank für ihre Hilfe. Sein Handschlag ist kräftig.

Sobald sie nach Hause kommt, wird das Paket aufgerissen, und dann weint Mari fast vor Freude. Es beinhaltet ein zwei Meter langes Stück Seidenstoff in Blau mit großen roten Blumen. Sie legt es auf ihr gelbes Sofa und bestimmt, sofort neue Hüllen für ihre großen Kissen daraus zu nähen.

Verzeihen.
Das ist ein schwieriges Wort.
Ein schwieriger Akt.
Sind wir schlechte Menschen, wenn wir nicht verzeihen können? Wo verläuft die Grenze dessen, was wir verzeihen sollten?
Welche unsichtbare Grenze bildet die Trennungslinie zwischen einem einfachen Unrecht und dem Unverzeihlichen?
»Komm darüber hinweg und geh weiter!« So rasch. So unverfroren.
Die Antwort ist wie alle Antworten überhaupt nicht selbstverständlich. Nicht, wenn wir genauer darüber nachdenken.
Ein geschundenes Kind wird zu einem geschundenen Erwachsenen.
Können wir dem geschundenen Erwachsenen verzeihen, dass er einmal ein geschundenes Kind war?
Nein, von ihm verlangen wir Verzeihung. Denen gegenüber, die ihn zerstörten.
Sie sagen: »Wir wollen dein geschundenes Kind nicht sehen. Nimm es mit und geh woanders hin. Sonst lachen wir dich aus. Verachten dich.«

Diejenigen, die mit dem Recht des Stärkeren treten, werden erhöht.
Idealisiert. Auf einen Sockel gestellt.
Warum sollte ich verzeihen?

Als Mari schließlich, nachdem sie bei Iris gewesen ist, Anton abgeholt, gekocht und den Jungen ins Bett gebracht hat, in die Diele geht, um die Nähmaschine hervorzuholen, entdeckt sie den Brief. Gösta hat ihn auf ihre Hutablage gelegt, und aus Freude über das Päckchen hat sie nicht daran gedacht, nachzusehen, ob Post gekommen ist. Zwischen den Reklameblättchen liegt ein weißer Umschlag.

Es ist eine Einladung zu einem Fest, eine schöne Karte mit einem Champagnerglas auf der Vorderseite. Für den Abend des Dreikönigstags. Im Eskil-Keller, in der Festung von Varberg. Von Else-Britt. Komisch, dass sie heute nichts gesagt haben. Mari dreht den Umschlag um und sieht, dass er vor mehreren Tagen abgeschickt wurde. Die Postbeförderung ist zwischen den Feiertagen nicht gerade die beste, ein Brief kann zwischen der vielen Weihnachtspost und den Neujahrsglückwünschen leicht einmal abhanden kommen. Adrian und Else-Britt müssen sie für sehr unhöflich gehalten haben, weil sie die Einladung nicht erwähnte. Sie fragt sich, ob Åke auch eine bekommen hat.

Die Nähmaschine landet auf dem Küchentisch, dann breitet sie den Stoff auf dem Boden aus und schneidet ihn in zwei Teile, beginnt ihn abzustecken und erinnert sich plötzlich daran, was sie noch machen wollte. Sie nimmt die Nadeln aus dem Mund, geht zum Telefon und sucht dort zwischen den Zetteln. Sie kann ihn nicht weggeworfen haben. Da ist er. Unter einem Stapel Quittungen findet sie die Notiz mit Svenssons Telefonnummer.

»Verzeihen Sie die Störung, aber es gibt eine Sache, über die ich gerne reden möchte. Wie laufen die Ermittlungen?«

»Welche?«, fragt Svensson.

»Beide.«

»Schwierig. Hinsichtlich des Mordes an Bengt Silén haben wir nicht viel mehr als die Blutflecken an Tomas' Schuhen. Er gibt zu, dort gewesen zu sein, streitet aber die Tat ab. Wir haben außerdem eine paar unidentifizierte Fußspuren aus Siléns Treppenhaus, die uns nicht weiterbringen, solange wir keine Schuhe haben, mit denen wir sie vergleichen könnten. Was den Mord an Sven-Göran angeht, haben wir gar nichts. Niemand scheint etwas gesehen zu haben. Und wie geht es Ihnen?«

»Gut, danke. Hat Palle Willumsen Sie kontaktiert?«

»Ja. Es scheint an dem betreffenden Abend ein starkes Kommen und Gehen bei den Siléns gegeben zu haben. Fragt sich, wer nicht dort war. Wenn sowohl Palle als auch Tomas die Wahrheit sagen, muss noch eine weitere Person dort gewesen sein.«

»Hat Palle ein Alibi für die Zeit, in der Janne und Sven-Göran getötet wurden?«

»Er sagt, dass er alleine in seinem Haus in Prästhult war.«

»Haben Sie Bengts Vater überprüft?«, fragt Mari.

»Er betreibt ein Pflegeheim in Smålandsstenar, aber er hat ein Alibi, und ich glaube aufrichtig gesagt nicht, dass er etwas damit zu tun hat.«

Mari erzählt von ihrem Besuch im Pflegeheim an diesem Tag. Sie fühlt sich wie Kalle Blomqvist, aber erwähnt dann doch ihre Überlegung, dass soviel in dieser Geschichte um Smålandsstenar zu kreisen scheint. Bevor sie ihr Gespräch beendet, sagt Svensson in väterlichem Ton: »Danke für den Tipp. Ich werde sehen, was ich herausbekommen kann.«

Als er aufgelegt hat, steht Mari wie eine Idiotin da und schaut auf den Telefonhörer in ihrer Hand. Was wird Svensson nun von ihr denken? Ach, sie wirft den Kopf in den Nacken und geht zu ihrer Nähmaschine zurück, sie will schließlich nur helfen.

Am Morgen des einunddreißigsten Dezember schlafen sie lange. Es wurde spät am gestrigen Abend, bis die Kissen fertig waren, aber die Mühe hat sich gelohnt. Sobald Mari aufwacht, geht sie ins Wohnzimmer und betrachtet ihr Werk, befühlt den Stoff und bewundert die Farben. Sie machen sie froh.

»Los, auf, Anton! Wir gehen einkaufen.«

Der Junge stolpert ins Wohnzimmer mit seiner Schmusedecke in der Hand und reibt sich den Schlaf aus den Augen. Die Kissen gefallen ihm. »Cool, Mama.«

Der Konsum-Supermarkt ist voller Leute, die vor den Neujahrsfeiertagen Essen einkaufen, und viele von ihnen wollen ein Wort mit Mari wechseln. Das ist einer der Nachteile in ihrem Beruf als Kreiskrankenschwester, sie kann nicht einfach in ein Geschäft gehen und einen Liter Milch kaufen oder zur Post, um ein paar Briefmarken zu besorgen. Nein, immer steht jemand da, der mit ihr über seinen Blutdruck sprechen oder nach seiner Medizin fragen möchte.

An der Obsttheke trifft sie mit Lars zusammen. Er sieht munter aus, die schwarzen Ringe unter den Augen und das käsige Gesicht, das er vor Weihnachten hatte, sind verschwunden.

Mari vermutet, dass die paar zusätzlichen freien Tage ihm gut getan haben, die Augen leuchten blau unter der Stirnlocke hervor, und die Wangen sind gerötet. Sie wünschen sich ein frohes neues Jahr.

»Was machst du heute abend?«, fragt Mari ihn.

»Ich dachte daran fernzusehen.« Lars sucht sich gründlich die Tomaten aus und nimmt ein halbes Dutzend. Ist er Vegetarier?

»Komm doch zu mir. Ich koche für Iris und Gösta. Åke kommt auch.«

»Vielen Dank, aber mir waren Feiertage noch nie sehr wichtig, es macht mir nichts aus, allein zu sein. Aber es ist nett von dir.«

»Du weißt, wo du uns findest, falls du es dir anders überlegst, ich kann auch etwas Vegetarisches zubereiten. Gehst du übrigens zu Else-Britts Fest? Ich habe gestern eine Einladung bekommen.«

»Ja, ich komme.« Er sieht sie lächelnd an, und Mari wird von dem Wunsch erfüllt, ihn glücklich zu machen, ihre Freude mit ihm zu teilen.

»Ach, Lars. Willst du nicht trotzdem heute abend kom-

men?« Mari bemerkt, was Anton gerade anstellt, und dreht sich hastig um, um ihn davon abzuhalten, den gesamten Ladenvorrat an Clementinen in den Einkaufswagen zu legen. »Wir brauchen eine Tüte, Anton. Hier!«
Sie wendet sich wieder Lars zu: »Wir gehen in die Mitternachtsmesse.«
Er schüttelt sich die Locke aus der Stirn. »Nochmals danke, aber ich glaube, ich bleibe zu Hause. Grüß Åke und die Schwiegereltern von mir.«
»Übrigens ... Lars ... Wusstest du, dass Bengt Diabetes hatte?«
»Ja. Ich habe ihm Tabletten verschrieben, aber ich glaube, er kümmerte sich nicht darum und nahm das Medikament nicht vorschriftsmäßig ein. Er weigerte sich, zu dir zu gehen und seinen Blutzucker testen zu lassen, was hätte ich also tun können?«
Lars geht weiter zu den Hackfrüchten, und für Mari und Anton wird es Zeit zu entscheiden, was sie einkaufen wollen. Planung ist nicht gerade Mari Johanssons starke Seite, denkt Mari und wirft einen unschlüssigen Blick auf die Fleischtheke. Was soll sie kochen?
»Was möchtest du an Silvester essen?«, fragt sie Anton, der den Einkaufswagen als Schlitten benutzt.
Der Junge sieht nachdenklich drein. »Makkaroni und Fleischklößchen.«
»Ja«, antwortet Mari. »Das kannst du haben, aber ich dachte, dass es vielleicht etwas Festlicheres geben sollte, jetzt zur Jahrtausendwende.«
»Ich finde Makkaroni und Fleischklößchen festlich.«
»OK, aber das finden Oma und Opa wahrscheinlich nicht,

also muss ich noch ein anderes Gericht finden. Einen Braten vielleicht.«

»Opa mag Braten.«

Die Diskussion endet damit, dass Mari Lachs wählt und dazu, Iris wird es nicht gefallen, Fertigsoße. Dann müssen sie bezahlen. An der Kasse ist eine lange Schlange. Zwei Frauen stehen vor ihnen, und es dauert eine Weile, bis Mari die eine von ihnen erkennt. Elisabeth, Sven-Görans Frau, dreht sich um und entdeckt sie. Was sagt man zu einer frischgebackenen Witwe? Mari fühlt sich unbeholfen, fragt aber, wie es geht.

»Das Leben muss weitergehen«, antwortet Elisabeth. Sie, eine große und schöne Frau, sicher eins achtzig groß, eine Walküre, die das dichte dunkle Haar meist in Zöpfen aufgesteckt trägt, sieht aus wie ein schmutziges Madonnenbildnis. Die Haare sind im Nacken zu einem schlampigen Pferdeschwanz zusammengebunden, die Wangen sind gräulich und die Augen geschwollen. Kein Make-up. Ihrer ganzen Gestalt haftet etwas Sorgenvolles und Ratloses an. Sie stellt die Frau vor, die bei ihr ist.

»Das ist Ellen, meine Mutter.«

Mari begrüßt in gebührender Weise die ältere Dame, die genauso groß ist wie ihre Tochter, aber bedeutend magerer und grauhaarig. Aber gemeinsame Züge lassen sich erkennen, man sieht, dass sie Mutter und Tochter sind.

»Ich habe beschlossen, die Firma weiterzubetreiben«, sagt Elisabeth. »Ich muss nur erst über das Schlimmste hinwegkommen, ich habe zum Glück tüchtige Angestellte, die sich so lange um das Ganze kümmern. Die Zukunft der Kinder ist auch wichtig, ich darf mich nicht vergraben.«

Großes Mitleid erfüllt Mari. Elisabeths Sätze klingen wie aus einem Faltblatt für Trostworte, ähnliche hat sie in letzter Zeit vermutlich öfter zu hören bekommen. Mari sagt: »Du musst dir auch die Zeit lassen zu trauern.«
»Großer Gott«, sagt Elisabeth. Panik ist ihren Augen abzulesen. »Ich darf nicht mitten im Laden anfangen zu weinen.« Sie schaut auf die Leute, die in der Schlange um sie herum stehen, und Mari versteht, was sie meint. Alle werfen verstohlene Blicke auf Elisabeth. Sie sind bestimmt mehr teilnahmsvoll als tratschsüchtig, aber nichtsdestotrotz neugierig.
Elisabeth macht eine Kraftanstrengung und reißt sich zusammen. »Es geht, solange ich nicht darüber reden muss«, sagt sie.
»Ich verstehe«, antwortet Mari. Sie sind jetzt an der Kasse angelangt, Ellen räumt die Waren in Tüten, während Elisabeth bezahlt. Mari und Anton, die nicht so viel gekauft haben, gehen gleichzeitig mit den beiden Frauen aus dem Laden. Ellen geht zum Wagen vor.
Draußen ist es feucht, der Schnee, der in der Unwetternacht fiel, ist weggeschmolzen. Der Wetterbericht hat für den Abend neuen Schnee angekündigt, aber so wie es im Moment aussieht, wird es eher regnen. Schon fallen vereinzelte Tropfen, und es weht ein schneidender Wind. Mari friert, und Anton hat keine Mütze auf, aber sie will Elisabeth noch nicht gehen lassen.
»Du kannst mich gerne anrufen, wenn du mit jemandem reden möchtest. Du bekommst doch sicherlich auch etwas Unterstützung von Anders?«
»Danke. Ja, er ist ein sehr guter Pfarrer. Aber … Was ge-

schehen ist, ist geschehen, und es gibt keine Worte, die daran etwas ändern können.«

»Glaub mir, ja, ich weiß, dass du jetzt nicht glauben kannst, was ich sage, aber es geht vorüber. Versprochen. Wie du selbst sagtest, das Leben geht tatsächlich weiter.«

»Ja, du musst es wissen. Das Schlimmste ist …« Elisabeth vermeidet es, Mari in die Augen zu schauen.

»Ja?«

»Ich weiß, dass die Leute über Sven-Göran reden. Dass er überheblich und egoistisch war und all das. Er war wohl nicht der beste Mensch der Welt, aber er hatte auch eine andere Seite, die er anderen nicht zeigte. Schon als wir geheiratet haben, wusste ich, dass ich seine Frauengeschichten würde akzeptieren müssen, ich bin mit offenen Augen in die Ehe gegangen. Auf seine Art hatte er es nicht leicht. Sein Vater war unglaublich fordernd.« Elisabeth schüttelt resigniert den Kopf und zieht den Schal, den sie um den Hals trägt, über die Ohren.

Mari erzählt, was Sven-Göran ihr bei ihrem Besuch in der Autowerkstatt gesagt hat, und fährt fort: »Ich dachte daran, wie gut er zeichnen konnte. Ich weiß also, dass es einen anderen Sven-Göran gab.«

»Es ist schön zu hören, dass jemand das sagt. Es gibt noch etwas, worüber ich viel gegrübelt habe. Janne.«

»Wie meinst du das?«

»Sven-Göran erzählte mir von dem Streit, den er und Janne an dem Tag hatten, an dem Janne in die Werkstatt kam. Weißt du, dass Janne Geld wollte, um abzuhauen? Er hatte Todesangst. Sven-Göran wollte mir nicht sagen, worum es ging, aber ich glaube, dass Janne wusste, wer

Bengt getötet hat. Als Janne dann überfahren wurde, war Sven-Göran wie ausgewechselt. Er machte sich Vorwürfe, Janne nicht geholfen zu haben.«
»Ihm war nicht so leicht zu helfen. Glaubst du, Sven-Göran wusste, wer Bengt getötet hat?«
»Jetzt, wo du es sagst. Sven-Göran war in der letzten Zeit so grüblerisch, so reumütig. Und ängstlich. Ja, er hatte Angst. Er wusste es vielleicht nicht, aber ich frage mich, ob er es nicht ahnte. Das ist es, was so schrecklich ist, mein Mann wurde auch ermordet und wofür? Dafür, dass er etwas wusste, oder dafür, dass er etwas getan hatte? Aus Rache? Es macht mich verrückt, es nicht zu wissen.«
Anton zieht Mari schon eine ganze Weile am Arm. »Ich komme, Anton, warte einen Moment. Wie geht es den Kindern, Elisabeth?«
Elisabeth schiebt sich eine Haarsträhne aus dem Gesicht und antwortet zögernd: »Es geht ihnen ungefähr wie mir. Wobei wir uns näher gekommen sind. Meine Mutter kann so lange bleiben wie nötig, und das ist schön. Die Jungen lieben sie.«

Wie unvorhersehbar das Leben manchmal sein kann, denkt Mari, als sie vom Einkaufen nach Hause fährt. Wenn jemand Elisabeth vor einem halben Jahr gefragt hätte, wie sie Silvester feiern würde, hätte sie bestimmt geantwortet, dass sie mit ihrem Mann und ihren Kindern zusammen sein würde. Mit Hummer und Champagner. Daraus wurde nichts. Immer wieder müssen wir solche Prüfungen bestehen, ohne dass wir ihnen ausweichen können. Es gibt keine Möglichkeit, dem zu entgehen, was hinter der nächsten Ecke auf einen lauert, keine Bananenschale, an der man vorbeischlittern kann. So ist es einfach. Mari hat vor langer Zeit aufgehört, nach Antworten zu suchen, aber vom Fragen kann sie nicht lassen. Wenn Anton manchmal auf diese kindlich direkte und einsichtige Weise nach solch schwierigen Sachen wie Leben und Tod fragt, antwortet sie, dass sie es nicht weiß. Es gibt Dinge, sagt sie dann, über die sich die Menschen schon immer Gedanken gemacht haben, solange es sie auf der Erde gibt, aber auf die sie nie eine Antwort bekommen haben. Wir müssen damit leben, dass wir nicht alles wissen können. Und auf die kluge Art der Kinder akzeptiert Anton diese Antwort besser, als wenn sie mit Ausflüchten und konstruierten Lösungen gekommen wäre.

In Maris Bücherregal findet sich ein Kochbuch, in dem sie unter Fisch nachschlägt und ein Rezept für eingebackenen Lachs entdeckt, für das sie sich entscheidet. Insgeheim weiß sie, dass, was immer sie auch kocht, es für Iris' Standard nicht ganz ausreichen wird. Was soll's, Iris kann sich aussuchen, ob sie es isst oder nicht. Dennoch stellt sich Mari jedes Mal an, wenn sie für ihre Schwiegermutter kochen soll, obwohl sie weiß, dass sie sich ohnehin nicht selbst übertreffen kann.
Lennart war verwöhnt gewesen, was das Essen anbelangte, Mari hatte ihm die einfachsten Sachen beibringen müssen. Wie sie sich deswegen gestritten hatten. Sie erinnert sich vor allem an einmal, es war ganz zu Anfang ihrer Beziehung gewesen, als sie vor Wut explodiert war. Es war an einem Sonntag, und Lennart sollte das Essen fertig ha-

ben, wenn Mari von der Arbeit kam. Statt dessen war er zu Iris gegangen und hatte bei ihr gegessen. Als Mari dann Iris klarzumachen versuchte, dass Lennart sehr wohl kochen könnte, wenn er nur wollte, hatte sie ihr geantwortet: »Es ist nicht leicht für einen Mann.« Später hatten Lennart und Mari über diesen Satz gelacht, benutzten ihn als internen Witz. Wann immer etwas nicht gut lief, sagte einer von ihnen: »Es ist nicht leicht für einen Mann.«

Mari wird bei der Lektüre des Rezeptes vom Läuten des Telefons unterbrochen. Es ist Gun-Marie, die ein gutes neues Jahr wünschen möchte.

»Dir auch ein schönes neues Jahr«, sagt Mari. »Was machst du heute abend?«

»Stefan und ich haben ein paar Freunde eingeladen. Ich würde so gerne in die Mitternachtsmesse gehen, es ist bestimmt sehr feierlich. Als Erinnerung. Nach dem Motto: Zur Jahrtausendwende saß ich in der Kirche und hörte die Glocken läuten ... Aber Stefan will nicht mitgehen. Mal sehen. Vielleicht gehe ich allein.«

»In dem Fall treffen wir uns dort, wir wollen hingehen.«

»Hast du eine Einladung für die Feier auf der Varberg-Festung erhalten?«

Mari gelingt es, sich mit dem Hörer so weit vorzubeugen, dass sie eine Ofenform aus dem Schrank holen kann. »Ja. Gehst du hin?«

»Natürlich«, antwortet Gun-Marie. »Es klingt gut. Ich meine, alle Leute zu treffen und so. Zu sehen, wie sich manche verändert haben. Else-Britt erzählte, dass sie einige alte Klassenkameraden eingeladen hat.«

Vielleicht sind nicht alle Veränderungen positiv, denkt

Mari, als das Gespräch beendet ist. Hat nicht einmal jemand gesagt, dass Klassentreffen der Triumphzug der Erfolgreichen über die Missratenen ist? Wenn sich schließlich zeigt, wer es auf der steilen Karriereleiter am weitesten gebracht hat.

Åke kommt gegen sechs. Er bewundert die Kissen, und Mari muss berichten, woher sie den Stoff hat, was in Smålandsstenar passiert ist, von Mauritz Andersson und der Verwahrlosung des Heims, von Adrian und zum Schluss von ihrem peinlichen Gespräch mit Svensson.

»Mach dir deswegen keine Sorgen«, sagt Åke. »Es war nicht ganz dumm gedacht, tatsächlich hat sich heute manches aufgeklärt.«

»Was denn?«

»Top secret.« Er lässt sich auf das Sofa fallen und versucht, Mari zu sich herunterzuziehen. »Nur unter ganz besonderen Bedingungen darf ich enthüllen, was ich weiß.«

»Sag es mir!« Mari beginnt, ihn zu kitzeln.

Er lacht und zieht sie auf sich. Nach einem langen Kuss sagt er: »OK. Das hier dürfen wir wohl als ausreichend schwerwiegende Bedingung ansehen. Geständnis unter Folter. Weißt du, dass Bengt und Tomas Halbbrüder waren? Es sieht so aus, als hätte der gute Andersson seinen Samen ein bisschen überall verstreut.«

»Lebt seine Mutter? Die von Tomas, meine ich.«

»Natürlich. Sie hat vor vielen Jahren wieder geheiratet.«

»Gibt es einen Zusammenhang?«

»Nein. Es ist wohl nur ein pikantes Detail. So eine Sache, solch eine Verbindung, die man entdeckt, wenn man beginnt herumzustochern. Eine typische Polizeierfahrung. Du entdeckst vieles, was eigentlich nichts mit dem Fall zu tun hat, aber du musst es dennoch überprüfen, um die belanglosen Informationen ausschließen zu können.«

Mari streicht mit dem Zeigefinger über Åkes Nase. »Und die Sache mit diesem Jungen, Börje? Der Sohn von Allan aus Svensbo, sie kamen doch ebenfalls aus Smålandsstenar.«

»Es scheint keine Verbindung oder Verwandtschaftsverhältnisse zu geben.«

»Mama! Ich will auch mitkuscheln.« Anton ist aus seinem Zimmer gekommen, hüpft auf das Sofa und setzt sich auf Åkes Brust. »Findest du, dass Makkaroni und Fleischklößchen festlich sind?«, fragt er Åke.

»Sehr festlich. Ich esse das oft«, antwortet Åke. »Sollen wir Lego spielen?«

»Macht das, dann kann ich kochen«, sagt Mari.

Iris lobt die Soße, und Mari denkt daran, dass sie diesen Tag im Kalender rot anstreichen muss. Der Abend vergeht schnell und bald ist es an der Zeit für die Mitternachtsmesse. Sie haben vereinbart, frühzeitig in der Kirche zu sein, und fahren kurz nach elf von zu Hause los. Der Regen, der am Nachmittag fiel, ist in Schneeregen übergegangen, und es ist sehr glatt. Gösta fährt, als lägen rohe Eier unter dem Bremspedal. Der Parkplatz ist schon voll, und sie müssen den Wagen am Straßenrand abstellen, einige hundert Meter von der Kirche entfernt.

Die Kirche und der Friedhof von Sundsby liegen zwischen einem Waldstück und einer Villengegend. Es ist eine

relativ neue Kirche, vor knapp dreißig Jahren erbaut, was auch die Lage ein wenig außerhalb des eigentlichen Ortskerns erklärt. Die alte Kirche brannte in einer Winternacht aus ungeklärter Ursache ab, aber am wahrscheinlichsten schienen defekte Stromkabel der Grund gewesen zu sein. Dieser Brand ist zu so etwas wie einem Zeitenteiler geworden, die Menschen können nun sagen: »Dieses war vor dem Kirchenbrand« oder »Jenes begann nach dem Kirchenbrand«. Da es vor der großen Zusammenlegung der Kommunen passierte, hatten Kirche und Kommune gemeinsam beschlossen, die neue Kirche an einem anderen Ort zu bauen. Der alte Friedhof wurde schon damals zu klein. Man wollte nicht gerne Kirche und Friedhof an zwei verschiedenen Stellen haben.
Es wurde ein modernes Gebäude, seiner Zeit ein wenig voraus, da es aus Holz gebaut wurde. Anfang der siebziger Jahre waren Beton und Ziegel vorherrschend, aber ein Architekt, entweder vorausschauend oder eigensinnig, hatte entschieden, dass Holz am schönsten wäre. Das war es ohne Zweifel auch. Die Bevölkerung von Sundsby, sowohl der Teil, der in die Kirche ging, als auch derjenige, der nur daran vorbeispazierte, war sehr stolz auf ihre neue, schöne Holzkirche mit dem separaten Kirchturm.
Heute abend ist die Kirche beleuchtet, und gemeinsam gehen Åke und die Bewohner vom Hallseredhof darauf zu, die Kapuzen gegen das Unwetter schützend über den Kopf gezogen. Als sie den Eingang fast erreicht haben, sagt Mari: »Mist! Ich habe meine Tasche im Wagen vergessen. Geht ihr schon vor, ich hole sie schnell.« Sie bekommt den Autoschlüssel von Gösta, holt die Tasche und

läuft zurück zur Kirche. Es ist beinahe halb zwölf, und alle sind schon hineingegangen und haben sich gesetzt. Mari geht auf das Kirchenportal zu, da erblickt sie jemanden, der auf einem der Friedhofswege angerannt kommt. Sie nimmt an, dass es sich um einen verspäteten Gottesdienstbesucher handelt, doch dann erkennt sie die Gestalt und auch, dass offenbar nicht alles in Ordnung ist.
Die Person, die herangestolpert kommt, hält die Hand an den Kopf und kann sich nur mit Mühe aufrecht halten.
»Anders! Was ist passiert?«
Der Pfarrer wankt, legt seine Aktenmappe ab und setzt sich keuchend auf die Treppe. Er sucht in seiner Tasche und holt ein Taschentuch hervor, das er sich an die Schläfe hält. »Ich habe durch den Wald abgekürzt, und unmittelbar bevor ich den Friedhof erreichte, beugte ich mich hinunter, um meinen Schuh zuzubinden. Das muss mir mein Leben gerettet haben.«
»Hat dich jemand geschlagen?«, fragt Mari.
»Ja. Ich weiß nicht, womit oder woher er kam, aber ich bekam einen ordentlichen Schlag. Wieviel Uhr ist es? Der Gottesdienst! Ich muss hineingehen!«
»Ich begleite dich«, sagt Mari und trägt ihm die schwere Mappe. Sie folgt dem Pfarrer auf die andere Seite der Kirche, und dort gelangen sie durch eine Tür in die Sakristei. Sie sieht aus wie ein gewöhnliches Büro mit einer Toilette und einem Umkleideraum vor dem Eingang. Mari ist durchnässt und friert, aber es gelingt ihr, sich so weit zusammenzunehmen, dass sie ein paar Papierhandtücher holt und damit Anders' Schläfe abtupft. Er hat eine sehr oberflächliche Schürfwunde, die wohl nicht einmal einen

blauen Fleck hinterlassen wird. Mari findet in einem Verbandskasten ein Pflaster und befühlt das Jochbein unter Anders' Auge. »Tut das weh?«

Anders' für gewöhnlich runde und rosige Wangen sind jetzt sehr blass. »Nein. Aber ich muss den Gottesdienst beginnen.«

»Bist du sicher, dass du das schaffst?«

»Ja, ja. Ich werde dem Organisten sagen, dass wir auf einen der Psalme verzichten.«

Als Mari sich zu ihrer Familie setzt, lässt sie den Blick über die Gemeinde schweifen, die schwach von Kerzenlicht beleuchtet ist. Die Kirche ist voller Menschen, von denen sie die meisten kennt, zumindest vom Sehen. Kurz nachdem sie sich gesetzt hat, hört sie die Kirchentür knarren und schielt nach hinten. Es ist Gun-Marie, die sich hineinschleicht und sich in einer der hintersten Bänke auf einem freien Platz niederlässt.

Die Predigt ist kurz. Anders spricht darüber, wie wenig Menschen einen Jahrtausendwechsel erleben, über die Hoffnung auf Frieden und Liebe, die alle haben, und über den Wunsch, dass die nächsten tausend Jahre weniger Not und Elend mit sich bringen werden als die vergangenen.

Dann singt der Chor *Gottes Liebe ist wie der Strand und das Gras*. Mari fällt auf, wie unterschiedlich Psalme sein können. Manche, wie dieser, sind rein poetisch, andere anprangernd, einige unverständlich, wieder andere banal.

Die Gemeinde singt *Herrlich ist die Welt* und dann wird es still in der Kirche.

Alle warten andächtig. Auf der Standuhr neben dem Altar

nähert sich der Minutenzeiger dem Stundenzeiger auf der Ziffer zwölf.
Dann läuten die Glocken.
Es fühlt sich sonderbar an. Und dennoch ganz gewöhnlich. Aber der Strom fällt nicht aus, und Mari fragt sich, was mit all den Jahrtausendcrashs ist, über die soviel gesprochen wurde.
Die Zeit ist etwas ganz Eigenes, wir können ihr nicht entgehen, sie lässt sich nicht anhalten. Aber ist sie wirklich linear? Im All soll es Löcher geben, winzig kleine Löcher im Gewebe, in das man rein theoretisch Photonen, Lichtpartikel, schicken könnte. Die Zeitmaschine würde Wirklichkeit werden. Es ist faszinierend, sich das vorzustellen. Die Charterreise des nächsten Jahrtausends geht vielleicht nicht nach Mallorca, sondern in die Vergangenheit und Zukunft. Zeit ist relativ. Ein Menschenalter kann lang wirken. Aber aus der Perspektive der Sterne ist es nicht lange her, seit auf der Erde die Kontinente aus dem Superkontinent Pangaea entstanden sind. Das ist erst um die zweihundert Millionen Jahre her. Was ist das? Ein Augenblick? Das Madonnenbildnis vorne rechts neben dem Altar wird auf das fünfzehnte Jahrhundert datiert. Es wurde vor zehn Jahren auf dem Speicher eines Hofes gefunden, der abgerissen werden sollte, es war während der Reformation aussortiert worden. Davor befand es sich wohl in der Kirche, die zu jener Zeit hier stand, und wurde von Menschen betrachtet, die wie Mari über den Gang der Welt nachdachten.
Der Organist spielt den Schlusspsalm, Anders geht auf das Kirchenportal zu, wo er sich hinstellt, um den Kirchenbe-

suchern die Hand zu geben. Draußen ist der Himmel voller Feuerwerk, Anton, der drinnen auf der Bank fast eingeschlafen wäre, wird auf einmal wieder ganz wach. Er darf auf Åkes Schultern sitzen, wo er bei jeder Rakete aufjuchzt, die er sieht. Alle wünschen einander ein gutes neues Jahr. Gun-Marie kommt in einem weißen Kunstpelz und mit einem schwarzen Schal um den Kopf auf sie zu.

»Bist du allein hier?«, fragt Mari.

»Ja, Stefan hat zuviel getrunken. Wie es eben so ist.«

»Ja. Bist du zu Fuß gekommen?«

»Nein. Ich bin mit dem Auto da. Ich fahre jetzt wohl nach Hause und schaue nach, ob er noch wach ist. Gutes neues Jahr!«

Gun-Marie verschwindet in Richtung ihres Wagens, und nach und nach macht sich jeder auf den Weg nach Hause, aber Mari will noch ein wenig warten, um zu sehen, wie es Anders geht.

»Was ist?«, erkundigt sich Åke.

»Anders ist niedergeschlagen worden.« Mari erzählt, während sie unruhig Anders im Auge behält. Dieser hat wieder Farbe im Gesicht, aber angefangen zu zittern. Der verspätete Schock.

»Wir fahren dich nach Hause«, sagt Åke.

So wird es entschieden, und Gösta machte einen Umweg über das Zentrum von Sundsby. Anders wohnt in dem alten Pfarrhaus, das, seitdem die neue Kirche gebaut wurde, nicht mehr mit Blick auf die Kirche ist.

»Ich glaube, ich komme mit hinein und sehe nach, ob alles in Ordnung ist.«

Åke folgt Anders in die alte Holzvilla, aber er kommt schnell wieder heraus.
»Mein Gott«, sagt Åke. »Der Kerl braucht einen Whiskey, das ist der Schock. Es kommt mir nicht richtig vor, ihn heute nacht in diesem Spukhaus allein zu lassen.«
Anton ist auf Iris' Schoß eingeschlafen. Nach einigem Hin und Her auf dem Weg nach Hallsered beschließt man, dass Iris Anton ins Bett bringt und dass Åke und Mari zurück nach Sundsby fahren, um Anders in Åkes Wohnung mitzunehmen.
In Åkes Wohnzimmer kann Anders sich endlich entspannen, aber damit kommt auch umso stärker die Reaktion auf den Schock. Er zittert am ganzen Körper und weint, als er in Åkes schwarzem Sessel sitzt.
Åke holt ihm einen großen Schnaps. »Trink!« Anders trinkt gehorsam und verzieht dabei nicht einmal das Gesicht. Mari schaut sich erneut die Wunde an der Schläfe an. Es ist nur ein Kratzer. »Der Schlag hat dich wohl nur gestreift?«
»Ja ... Ich bin nicht einmal gestürzt. Hätte ich mich nicht gebückt, dann ...« Ein Schluchzen lässt das runde Kinn auf dem Kragen erbeben. »Dann rannte ich, so schnell ich konnte, weg.«
»Das war Glück«, meint Åke. »Du hast keine Ahnung, wer das gewesen sein könnte?«
Anders schweigt lange. »Nein.« Er klingt bestimmt.
»Anders«, sagt Mari. »Ich glaube, du weißt mehr, als du zugeben willst?«
Anders wird plötzlich wütend und ruft abweisend: »Ihr habt gut reden. Wir Priester haben die Schweigepflicht.

Ich weiß schließlich auch nichts Genaues. Ich kann nicht einen Eid wegen einer Vermutung brechen.«
»Wir verbleiben so«, sagt Åke. »Du darfst heute nacht auf meinem Sofa schlafen und bekommst meinen Schlüssel. Ich leg mich bei Mari aufs Ohr.«
Als Mari und Åke die Tür zur Wohnung hinter sich zugezogen haben, sagt Åke: »Wir müssen morgen Anzeige erstatten.«
»Es gibt etwas, das ich vergessen habe, dir zu erzählen«, fällt Mari ein. Sie berichtet von Sven-Göran und seiner Beichte.
»Es wäre vielleicht keine schlechte Idee, den Pfarrer unter Polizeischutz zu stellen. Er könnte in großer Gefahr sein. Ich werde morgen mit Evert reden«, sagt Åke.

Verständnis.
Das ist ein gewichtiges Wort, oft verwechselt mit Akzeptanz. Was ist Verständnis?
Vollständiges Hineinversetzen in Worte und Handlungen eines anderen.
Aus sich selbst heraustreten und sich in einen anderen einfühlen.
Das, was passiert ist, mit dessen Augen betrachten. Was ihn prägte und zu dem machte, was er ist.
Auf diese Weise könnten wir sowohl Hitler als auch Stalin verstehen. Uns in ihre Denkweise versetzen.
Aber – wenn es um unsere Nächsten geht, wie es so schön heißt, obwohl ein meilenweiter geistiger Abstand zwischen uns liegen kann, wird unser Verständnis von unseren Gefühlen getrübt.
Das Verständnis hat eine Rückseite.
Die Identifikation.
Wir wollen die Verspotteten und Geschundenen nicht sehen, da wir denken, dass sie an unserer Stelle hätten stehen können.
Wir wollen die Henker nicht sehen, da wir denken, dass wir an ihrer Stelle hätten stehen können.
Was macht einen Menschen zu einem Menschen?

Ich habe versucht, sie zu verstehen.
Ich habe versucht, mein Leben zu verstehen.
»Das Leben kann nur rückwärts verstanden, aber es muss vorwärts gelebt werden«, sagte Kierkegaard.
Jetzt brauche ich kein Verständnis mehr.

Es geschieht aus einer Eingebung heraus. Auf dem Weg von Varberg, an der Kreuzung Östra Vallgata/ Engelbrektsgata, fährt sie an der Pfingstkirche vorbei. Eine moderne Kirche mit Cafeteria, in der sich arme Leute eine Tasse Kaffee und ein belegtes Brot leisten können, fast immer geöffnet und voller lieber Menschen. Solcher, die Gutes tun wollen, denkt Mari. Solcher, die uns andere gerne von uns selbst erlösen möchten.
Sie bremst, überlegt es sich anders, bremst wieder. Ein schwarzer Volvo hinter ihr hupt wütend und zu Recht, es ist keine Art, so Auto zu fahren.
Die Entscheidungsfindung dauert genauso lange, wie Mari braucht, um zum Kreisverkehr zu gelangen, aber dort fährt sie einmal herum und zurück, biegt links in die Engelbrektsgata ein und parkt den Wagen vor dem Second-Hand-Geschäft. Es weht ein kalter Wind, als sie aus dem Auto steigt, zum Schutz gegen den Schneeregen zieht sie die Kapuze über den Kopf.
Mari ist nicht oft hier gewesen, an den Tellern und Kleidern anderer Leute haftet so etwas Verlorenes. All dieser Plastikkram und die seltsamen Souvenirs, von denen sie mehr als genug zu Hause hat. Die Gegenstände sind staubig, zerschlissen und haben eine Geschichte, die nicht die

ihre ist. Aber sie sind billig, und manchmal findet man etwas.
Ein groß gewachsener Mann um die sechzig kommt aus einem Hinterzimmer auf sie zu. Die Kleider, die er trägt, sehen aus, als stammten sie aus dem Warenlager, eine abgetragene graue Hose und eine alte schwarze Strickjacke. Mit einem Taschentuch putzt er sich unaufhörlich seine enorme Nase. Will er sie verstecken oder läuft sie tatsächlich? Mari sieht sich unschlüssig um.
»Ich suche einen Schreibtisch.«
»Die Möbel stehen dort drüben.« Er führt sie durch Reihen von Regalen mit einzelnen Geschirrstücken, vorbei an Ständern mit abgelegten Wintermänteln und anderen Kleidern.
Es finden sich mindestens zehn Schreibtische, und es dauert eine Weile, bis Mari Jannes wiedererkennt. Sie möchte den Verkäufer loswerden.
»Darf ich ein wenig für mich schauen? Es fällt mir immer so schwer, mich zu entscheiden.«
»Natürlich, meine Liebe«, sagt er, putzt sich die Nase und trottet zurück in seinen Privatbereich.
Mari zieht mit klopfendem Herzen die mittlere Schublade heraus. Sind sie noch da?
Sie sind es. Inga und Einar haben es nicht fertiggebracht, die Schubladen zu leeren, und hilfsbereite Bekannte haben den Tisch mitgenommen, wie er war.
Die Fotos fühlen sich in ihrer Hand schwer wie Blei an. Aus irgendeinem Grund ist Mari davon überzeugt, dass sich die Lösung der Morde und dessen, was geschehen ist, auf diesen Bildern findet. Was soll sie nun machen? Sie

stehlen? Ist es Diebstahl, etwas zu nehmen, von dem niemand weiß, dass es existiert?
Sie hat die Hand schon halb in der Tasche, als das Gewissen obsiegt. Sie geht in den vorderen Ladenbereich zurück und ruft nach dem Mann.
»Diese Bilder«, sagt sie, als er wieder bei ihr ist. »Ich kenne die Lundmarks, die den Schreibtisch, in dem sie lagen, herbringen ließen. Die Frau hat mich gebeten, nachzusehen, ob sie noch da sind. Ich dachte daran, sie mitzunehmen.« Eine Notlüge. Die halbe Wahrheit.
Der Mann sieht sie ein wenig fragend an, aber entscheidet dann offenbar, dass das nicht sein Problem ist, und wessen Problem es auch immer sein mag, so ist es kein großes.
»Natürlich, meine Liebe. Nehmen Sie sie nur mit.«
Danach hat Mari es eilig wegzukommen, verspätet wie immer. Dass es so schwer sein kann, pünktlich zu sein? Aber sie ist selbst schuld. Was musste sie auch an der Pfingstkirche halten? Aus einer Laune heraus. Erstaunlich, dass sie zwischen den Feiertagen überhaupt geöffnet hatten. Und wenn Mari genauer darüber nachdenkt, ist sie sich nicht sicher, ob der Laden nicht in Wirklichkeit geschlossen hatte. Die Tür stand auf, und der Nasenputzer war wahrscheinlich einfach zu nett, um sie abzuweisen.
Diese hoffnungslosen Feiertage. Wenn die Woche nicht ihre fünf Arbeitstage hat, läuft das Dasein aus dem Ruder, wie die Alten sagen. Das, was bei der Arbeit normalerweise erledigt wird, muss in die verbleibenden Tage gezwängt werden.
Die Ambulanzsprechstunde an diesem Morgen, dem Montag nach Silvester, war schrecklich gewesen, und das

Telefon auf ihrem Schreibtisch hatte nicht stillgestanden. All diese Wunden, bei denen je nach Zustand der Verband nach ein bis sieben Tagen gewechselt werden musste. All die Rezepte, die erneuert werden sollten, ganz eilig, weil der Patient erst jetzt gesehen hatte, dass das Medikament zur Neige ging. All die Menschen, die Magenschmerzen hatten oder Grippe oder die vor einer Auslandsreise geimpft werden wollten.

Und dann noch diejenigen, die zu ihr kommen, um den Blutdruck oder die Blutwerte kontrollieren zu lassen. »Irgendetwas kann nicht stimmen«, behaupten sie. »Ich bin so müde.« Viele von ihnen sind jung, sowohl Männer als auch Frauen. Und natürlich ist der Blutdruck ein guter Auftakt, um ein Gespräch zu beginnen. Ein Gespräch über die Dinge, die man nicht so direkt ansprechen kann. Dass es einem nicht gut geht. Zuviel von einem gefordert wird. Dass das Rad des Lebens sich immer schneller dreht, so dass man rennen muss und ausgebrannt und erschöpft ist.

Mari und ihre Kollegen sehen das täglich. Es gibt sogar Studien darüber. Die Hälfte der Leute, die innerhalb des Gesundheitswesens behandelt werden, heißt es in einigen Untersuchungen, haben auch eine psychische Krankheit oder psychische Probleme. Manchmal verursachen physische Schmerzen psychische Beschwerden. In anderen Fällen verursachen psychische Probleme physische Symptome. Es lässt sich nicht immer unterscheiden, was vorausgegangen ist. Aber die Menschen gehen wegen physischer Probleme, wegen organischer Beschwerden zum Arzt. Es heißt, das beruhe auf der gesellschaftlichen

Verachtung für psychische Störungen, die nicht akzeptiert sind, aber Mari fragt sich, ob die Vorurteile nicht in Wirklichkeit innerhalb des Gesundheitswesens existieren. Diejenigen, die helfen sollen, wollen nichts sehen, und den Patienten begegnet alles, von Gleichgültigkeit bis Nachlässigkeit.

An diesem Neujahrstag hatte Mari einen ihrer inzwischen selten gewordenen Feiertagsdienste. Schon morgens um acht, als ihre Schicht begonnen hatte, war sie von den Silvesterereignissen müde gewesen. Sie hatte Åke und Anton nach nur wenigen Stunden Schlaf verlassen müssen. Gegen neun wurde sie zu einer alten Dame gerufen, die Atembeschwerden hatte. Mari rief einen Krankenwagen und schickte die Frau in die Klinik. Dann meldete der häusliche Pflegedienst, dass es einem seiner Patienten schlechtging. Was dabei ein möglicher Herzinfarkt und was nur Angst war, konnte Mari nicht ausmachen und überwies auch diesen Patienten. Mari hatte im Krankenhaus angerufen und mit der diensthabenden Ärztin gesprochen, der Stimme nach eine relativ junge Frau.

»Das wird ja die reinste Langzeitabteilung hier«, sagte die Ärztin sauer.

Mari wurde wütend, müde wie sie war. »Was wollen Sie?«, fragte sie. »Zwanzigjährige mit Blinddarmentzündung? Wenn Sie diesen Beruf gewählt haben, dann haben Sie entschieden, mit Menschen zu arbeiten, die zu neunzig Prozent alt oder psychisch krank sind.«

Die Ärztin hatte einfach aufgelegt.

Mari wirft einen Blick auf die Digitaluhr des Armaturenbrettes. Die Pflegebesprechung in der Psychiatrie, es war darum gegangen, dass der Bezirk schnellstens einen ihrer Patienten übernehmen sollte, hatte länger gedauert, als sie angenommen hatte. Und was hatte sie im Second-Hand-Laden der Pfingstgemeinde zu suchen? Jetzt würde sie eine Dreiviertelstunde zu spät zu Britta kommen. Britta, die sich kurz vor Weihnachten die Hand gebrochen hatte und nun statt eines Gipses ein Metallgestell am Arm trug. Britta aus dem Paradisväg, verheiratet mit Elof, keine Kinder. Nachbarin von Lars und Sven-Görans Witwe Elisabeth. Mari parkt ihren Wagen vor dem Haus und fragt sich insgeheim, wie man im Winter einen so gepflegten Garten haben kann. Der Boden ist noch immer schneefrei, aber es ist kalt, und sie friert auf den wenigen Metern zur Tür.

Elof öffnet. Er ist ein kleiner, runder Kerl mit einer tonsurähnlichen Frisur. Der weiße Pudel, der um Maris Beine springt, hat umso mehr Haare.

»Ganz ruhig, Ludde. Ganz ruhig«, sagt Elof. »Er tut nichts. Er will Sie nur begrüßen.«

Britta sitzt in einem Sessel im Wohnzimmer. Braunes Sofa, beigefarbene Vorhänge, dunkler Couchtisch, Porzellanhunde und Grünpflanzen. Britta ist eine große, um nicht zu sagen enorme Frau. Aufgrund des sperrigen Gestells an der Hand hat sie die graue Bluse nicht über den Arm gezogen. Unter der aufgeknöpften Bluse sieht man, dass sich das weiße Unterhemd wie bei einem Michelinmännchen um die Fettwülste legt.

»Entschuldigen Sie die Verspätung«, sagt Mari.

»Ich kann mit dieser Hand ja doch nicht viel tun.« Britta hebt den Arm und verzieht zugleich das Gesicht. Es schmerzt noch immer.

Mari holt Kompressen, Desinfektionsmittel und Gazebinden hervor. Sie reinigt die Metalldrähte und bindet einen neuen Verband darum.
»So, fertig. Morgen kommt auch wieder jemand, ich kann aber noch nicht sagen, ob ich es sein werde.«
»Das spielt keine Rolle«, sagt Britta. Ihr rundes Gesicht unter dem bläulich gefärbten Haar ist rosig.
Elof kommt aus der Küche. »Möchten Sie einen Kaffee? Wir trinken jetzt einen.«
Maris erster Gedanke ist es abzulehnen, aber irgendetwas lässt sie sagen: »Ja, danke. Das wäre schön.«
Der Tag ist ohnehin bald vorbei, warum sollte sie sich also stressen? Es gibt nichts, was heute noch dringend gemacht werden müsste, der Papierkram im Büro kann auch bis morgen warten. Die Arbeit verschwindet schließlich nicht.
Sie trinken den Kaffee in der Küche an einem grün lasierten Tisch. Die Gardinen sind braunweiß kariert, und eine Amaryllis mit fünf roten Blüten steht auf dem Fensterbrett. Elof beendet den Abwasch, trocknet sorgfältig den Spültisch und hängt den Lappen über den Wasserhahn. Drei Kaffeetassen werden aus dem Schrank geholt und zusammen mit einem Teller Zimtschnecken auf den Tisch gestellt.
»Elof hat sie gebacken«, sagt Britta.
»Dann werden Sie ja richtig verwöhnt«, erwidert Mari und schaut zu den Vögeln, die sich vor dem Küchenfenster um eine Futterstelle drängen. Ein Minihaus auf einem Pfeiler. Es sind vor allem Spatzen, Kohlmeisen und Blaumeisen. Die eine oder andere Goldammer. Mari fragt sich,

ob sie spüren können, dass der Frühling nicht mehr allzufern ist. Ob sie eine Art eingebauten Kalender haben. Britta redet weiter: »Wir sollten eigentlich über die Feiertage zu meinem Bruder nach Enköping fahren. Aber so dachten wir, wäre es besser, zu Hause zu bleiben.«

Mari hört zerstreut dem gemütlichen Geschwätz zu und nimmt sich eine Zimtschnecke. Ihr Blick wandert wieder zu den Vögeln.

Wie intensiv sie den Frühling erleben müssen. Diese Sehnsucht und Erwartung, die an einem Frühjahrstag in der Luft liegt. Die sich nicht beschreiben, nicht in Worte fassen lässt. Etwas Klares und Inniges.

Durch das Fenster sieht sie in etwa zwanzig Metern Entfernung Sven-Görans Haus, aber es scheint niemand da zu sein.

»Sei nun still, Britta, das geht uns nichts an.«

»Ich finde nur, dass er einem leid tun kann«, antwortet Britta.

»Wer?«, fragt Mari.

»Schhh«, sagt Elof.

»Jaaa … Einar Lundmark«, erwidert Britta.

»Ach so«, sagt Mari. »Ich dachte, Sie würden über Sven-Göran sprechen.«

»Das taten wir auch«, wirft Elof ein.

»Ja, also«, sagt Britta. »Wir wissen ja, dass Einar seinen Sohn Janne verloren hat, und Sara erzählte im Nähverein, dass Janne und Sven-Göran Jugendfreunde gewesen sind. Da ist es wohl nicht so sonderbar, dass er hier war.« Ihr Doppelkinn bebt vor Erregung.

»Jetzt verstehe ich nicht, wovon Sie reden.« Mari ist sehr

verwirrt und sieht Britta fragend an, die nun vollständig Elofs Einwände ignoriert.
»Er war hier. An dem Abend vor Lucia. Einar, meine ich. Ich habe ihn gesehen, diesen buckligen Kerl würde ich überall wieder erkennen. Er stand dort drüben unter der Straßenlampe, so dass ich auch sein Gesicht deutlich sah. Wahrscheinlich wollte er reden. Das habe ich auch der Polizei gesagt.«
»Wann war das?«, fragt Mari.
»Tja, das war, nachdem Lars mit Sven-Göran gesprochen und den Schlüssel bekommen hatte, das war früh am Abend, eigentlich noch am Nachmittag. Ich verstehe übrigens nicht, warum er uns nicht gebeten hat, die Post hereinzuholen. In jedem Fall war es unmittelbar, bevor wir uns schlafen legten, dass Einar kam, und wir gehen gewöhnlich um neun ins Bett. Ich warf nur einen letzten Blick aus dem Fenster, bevor ich zu Elof ins Schlafzimmer ging. Daher weiß ich nicht, wann er wieder nach Hause ging.«
Was dich sicher unerhört grämt, denkt Mari. Und lügt: »Ich weiß, dass Janne einige Fotografien hatte und Inga einen Teil davon Sven-Göran geben wollte, also diejenigen, auf denen er zu sehen war. Einar war bestimmt deshalb hier. Ich war an diesem Tag bei Einar und Inga und habe Medikamente abgeholt. Da sprachen wir darüber.«
Es ist eine spürbar enttäuschte Britta, die Mari verabschiedet, nachdem die sich für den Kaffee bedankt hat. Das geschieht Britta recht. Was ist das überhaupt für ein Hobby, den ganzen Tag am Küchenfenster zu sitzen und zu beobachten, was die Leute machen?

Mari hat eine Idee. Warum nicht? Der Beschluss, den Papierkram aufzuschieben, hat ihr Zeit verschafft und es dürfte nicht allzu lange dauern, zu Einar zu fahren.
Er öffnet nach dem ersten Klingeln und bittet sie herein. Er ist genauso mager und schwermütig wie das letzte Mal, als sie sich begegneten. Mit einer verlegenen Geste fährt er sich über das dünne Haar und bittet Mari, in die gute Stube zu treten.
»Inga ist in Varberg und kauft ein. Soll ich einen Kaffee kochen?«
»Nein, vielen Dank. Mein Magen verträgt heute keinen Kaffee mehr.«
Das Zimmer, das sie betreten, ist voller Topfpflanzen. Nicht nur die gewöhnlichen, die die meisten Menschen auf ihren Fensterbänken haben, finden sich darin, sondern auch seltene Orchideen in Rosa, Weiß und anderen Farbtönen. Mari geht vorsichtig an einem braunen Esstisch mit weißem Tischtuch und einem Beistelltisch vorbei, auf dem Blumentöpfe stehen.
»Wie schön. Sind sie nicht schwer zu pflegen?«
»Nein, überhaupt nicht. Das ist mein kleines Hobby. Setz dich.« Er weist ihr einen Platz auf einem blau bezogenen Empire-Sofa zu, das an der Wand steht.
»Wie geht es euch jetzt?«, fragt Mari.
»Das Leben muss weitergehen.« Einar verstummt, sieht auf seine Hände und macht keine Anstalten fortzufahren.
»Ich komme direkt zur Sache«, sagt Mari. »Du warst bei Sven-Göran am Abend, bevor er starb.«
Einar schweigt noch immer, als müsse er über das nachdenken, was sie gesagt hat. Schließlich sagt er: »Ja. Ich war

dort. Ich wollte mit ihm reden. Ich habe nie daran geglaubt, dass der Tod des Jungen ein Unfall war. Ich glaube, dass es ebenfalls Mord war und dass es eine Verbindung zu dem Mord an Bengt gibt. Die drei waren doch früher ständig zusammen, Janne, Bengt und Sven-Göran. Ich dachte, dass Sven-Göran vielleicht eine Ahnung hätte, wer dahintersteckt.«

»Warum nahmst du das an?«

»Er war bei der Beerdigung, du hast ihn ja sicher gesehen. Als er mir im Anschluss die Hand gab, hatte ich den Eindruck, dass er mich so komisch anschaute.«

»Was sagte er? An dem Abend, als du bei ihm warst, meine ich.«

»Dass er nichts wüsste. Aber er stimmte mir darin zu, dass der Unfall Mord gewesen sein könnte. Dann sagte er etwas, worüber ich lange nachgedacht habe.«

»Was denn?«

»Dass Janne im Himmel Frieden finden würde, weil er nichts getan hätte. Die Sünde straft die anderen, sagte er. Ich wusste nicht, dass Sven-Göran religiös war, und verstand nicht, was er damit meinte.«

»Er erwartete nicht zufällig Besuch an dem Abend?«

»Nein, im Gegenteil. Ich kam sehr ungelegen, er war dabei zu packen, weil er früh am nächsten Morgen zu seinen Schwiegereltern fahren wollte. Ich blieb etwa eine halbe Stunde, vielleicht länger, wir sprachen ein wenig über früher. Er war sehr gesprächig. Als ich gerade auf dem Weg nach draußen war, klingelte das Telefon. Ich nahm an, dass es seine Frau war.«

Später an diesem Abend sitzen Åke und Mari bei ihr im Wohnzimmer.
»Irgendjemand muss nach Einar gekommen sein.« Mari ist aufgeregt und hört selbst, dass sie die Stimme hebt.
»Sch, denk an Anton«, sagt Åke. »Weck ihn nicht.«
Mari schenkt neuen Kaffee aus der Thermoskanne ein und lehnt sich mit der Tasse in der Hand im Sofa zurück. »Ich sehe keinen Grund, Einar nicht zu glauben. Er ist nicht der Typ, der Lügen erzählt.«
»Bist du naiv.«
Krach! Maris Kaffeetasse fällt auf den Wohnzimmertisch und zerschellt. Wütend rast sie in die Küche, holt ein Geschirrtuch und wischt dann mit heftigen Bewegungen die verschüttete Flüssigkeit auf. Sie sieht Åke dabei nicht an. Er läuft ihr hinterher in die Waschküche.
»Mari! Tut mir leid!« Mit der einen Hand hält er die Klappe der Waschmaschine fest, so dass Mari sie nicht schließen kann. »Hör zu. Es tut mir leid, habe ich gesagt.« Er greift mit der anderen Hand nach Maris Kinn und dreht ihr Gesicht zu sich, zwingt sie, ihm in die Augen zu schauen. »Entschuldigung.«
Widerwillig, störrisch geht sie zum Sofa zurück, setzt sich und zieht die Beine unter das Kinn.
»Du bist nicht naiv, ich habe es nicht so gemeint. Aber manchmal lügt man eben. Die allerbesten und anständigsten Leute sagen manchmal Dinge, die nicht stimmen. Um sich selbst oder jemand anderen zu schützen und sogar aus Angst, in etwas verwickelt zu werden.« Åke rückt näher heran und legt seinen rechten Arm um ihre Schultern. Sie entzieht sich ihm, steht auf, geht in die Diele hinaus und

holt ihre Tasche. Die Bilder sind noch darin, sie nimmt sie heraus und breitet sie auf dem Tisch aus, nachdem sie die Stehlampe angeknipst hat.
»Hier! Erinnerst du dich an dieses Klassenfoto? Wir müssen damals neun oder zehn Jahre alt gewesen sein«, sagt sie.
Åke hebt das Foto hoch und betrachtet es eingehend. »Nein, das habe ich vergessen, aber ich erkenne natürlich alle wieder, die darauf zu sehen sind. Der ist weggezogen, und die, und die da. Wie klein Janne war.«
»Und dünn. Er war der Kleinste von allen. Das ist Sven-Göran.«
»Sind das die Bilder, von denen du gesprochen hast?« Åke greift nach dem Gruppenfoto, das vor einem Kanu aufgenommen wurde. »Ich glaube, das habe ich gemacht«, sagt er dann verwundert. »Jetzt erinnere ich mich. Es war Jannes Kamera, aber er benutzte sie nicht. Aus Spaß nahm ich den Apparat und fotografierte alle. Deshalb bin ich selbst nicht mit auf den Bildern.«
»Da ist dieser Börje«, sagt Mari. Die intensiven Augen des dunkelhaarigen Jungen scheinen ihr aus dem Bild heraus zuzurufen, ziehen ihren Blick auf sich.
»Er war ein angenehmer Typ«, sagt Åke. »Nett und ruhig irgendwie. Er trank auch nicht so viel, soweit ich mich erinnern kann. Siehst du, was für einen schrecklichen Bikini Gun-Marie hatte?«
Mari muss lachen. »Ich hatte auch so einen.« Sie fährt fort: »Ich kann nicht erklären, warum, aber ich habe das Gefühl, dass sich die Lösung für alles auf diesen Bildern findet.«
»Du warst doch damals in Dalarna.«

»Ich weiß.«
Åke legt die Fotos beiseite und wechselt das Gesprächsthema. »Sollen wir zu dem Fest gehen?«
Sie zögert, schaut auf die Einladung, die vor ihr auf dem Tisch liegt. Hat sie überhaupt Lust? »Was willst du?«, fragt sie.
»Vielleicht wird es lustig«, sagt er und zuckt mit den Schultern. Wie gewöhnlich nimmt er die letzte Hefeschnecke vom Teller, als wäre es zu schade, welche übrigzulassen, und grunzt zwischen den Bissen: »Ich würde eigentlich gerne hingehen. Und du?«
»Mir ist es nicht so wichtig, aber wenn du gehst, komme ich mit. Ich rufe an und sage zu. Else-Britt wäre vielleicht traurig, wenn wir nicht kämen.« Mari greift nach dem schnurlosen Telefon, das auf dem Couchtisch liegt, und wählt die Nummer von Else-Britt.
»Wie schön, Mari. Kommst du?«
»Ja, Åke und ich kommen. Haben viele zugesagt?« Mari schiebt Åkes Hand fort, mit der er sie unter dem Kinn kitzelt.
»Fast dreißig Personen. Nicht so schlecht, wenn man bedenkt, dass wir die Einladungen etwas spät verschickt haben.«
»Wie hast du es angestellt, den Raum zu bekommen? Ich dachte, der Eskil-Keller wäre weit im voraus ausgebucht?«
»Papa kannte Walter Östlund, den Wachtmeister. Ein durch und durch sympathischer Kerl. Ich rief ihn einfach an und hatte Glück. Er hatte eine Absage von einer Hochzeitsgesellschaft bekommen, die Mutter der Braut war plötzlich gestorben oder so ähnlich. Dann gab es ein we-

nig Probleme mit der Musik, aber jetzt ist alles organisiert.«

»Aha, was war denn?«

»Die Musiker sagten kurzfristig ab. Ich hatte ein Trio engagiert. Aber Gun-Marie kennt jemanden, und der hat versprochen, statt dessen zu kommen. Er bringt ein Keyboard mit, aber ich denke, das ist genauso gut.«

»Wie nett.«

»Ja, ich wollte gerne etwas machen, um allen zu danken, die mir in dieser Zeit geholfen haben. Zugleich dachte ich, es könnte schön sein, einen Teil der Leute wiederzutreffen, mit denen ich früher zusammen war.«

»Wie geht es deiner Mutter?«, fragt Mari und drückt Åkes Hand an ihre freie Wange.

»Besser, danke. Pia ist phantastisch. Welche Geduld sie hat! Wir nehmen sie vielleicht mit nach Italien.«

»Sie meint bestimmt Palle Willumsen«, sagt Mari, nachdem sie aufgelegt hat. »Ich nehme an, dass Gun-Marie nicht so viele andere Musiker kennt.«

»Vielleicht. Bist du neugierig zu erfahren, wie es dem Pfarrer ergangen ist?«

»Selbstverständlich. Weißt du etwas?« Sie verlagert seine Hand von ihrer Wange zu ihrem linken Knie. Mit ihrem Zeigefinger streicht sie ihm behutsam über einen seiner Finger. Sie sind lang und grob, auf dem Handrücken wächst dunkler Flaum.

»Er hat eine Alarmanlage bekommen. Die Gefahr wurde als so groß eingestuft, dass es notwendig war.«

»Ein seltsamer Mann eigentlich. Stell dir vor, ganz alleine in diesem großen, verlassenen Pfarrhaus zu wohnen.«

»Die reinste Bruchbude. Würde mich nicht wundern, wenn es dort spukte. Irgendein alter Pfarrer, der nicht zur Ruhe kommt.«

»Dass er nicht verheiratet ist? Pfarrer haben doch normalerweise eine Frau und mindestens zehn Kinder«, sagt Mari.

Er zieht sie näher zu sich heran. »Jetzt haben die Klatschtanten auf jeden Fall wieder etwas zu tratschen.«

Vera durfte zurück nach Svalebo kommen. Am Dienstag zwischen Neujahr und dem Dreikönigstag findet Mari Zeit, sie nach der Arbeit kurz zu besuchen. Sie liegt im Bett, als Mari hereinkommt, der Fernseher läuft, und Vera hebt ihren runden Arm, um per Fernbedienung das Vorabendprogramm abzuschalten. Sie scheint sich über den Besuch zu freuen und lächelt überrascht.

»Du siehst viel besser aus«, sagt Mari.

»Ich fühle mich auch besser. Das sind wohl die Medikamente. Glaubst du, du könntest mir zu dem Sessel am Fenster helfen?«

Sie greift nach dem Galgen über dem Bett, und mit Maris Unterstützung zieht sie sich hoch und setzt sich auf die Bettkante.

»Ich muss ein bisschen langsam machen«, sagt sie, rutscht vorsichtig hinunter auf den Boden und macht ein paar wacklige Schritte in Richtung Sessel. Es ist mühsam für sie, sich umzudrehen und zu setzen, daher greift sie nach der Stuhllehne und lässt sich auf das orangefarbene Polster fallen. »So, jetzt«, sagt sie.

Mari setzt sich Vera schräg gegenüber an den Tisch auf einen Sprossenstuhl. Auf dem Tisch liegt ein weißes Tuch mit roten Weihnachtsglocken und darauf steht eine prächtige lila Azalee. Ein verlassener Weihnachtsmann starrt zwischen den blauen Gardinen vom Fensterbrett herunter, ansonsten findet sich nicht viel Weihnachtsschmuck im Zimmer.

Vera sieht wirklich besser aus. Jemand vom Personal hat ihre Haare zu einem schönen Knoten im Nacken gebunden, nachdem sie zunächst zu zwei Zöpfen geflochten wurden. Die Frisur steht ihr. Die weißen Strähnen wirken in dem schwarzen Haar wie eingeflochtene Silberfäden. Die Augen sind auch nicht mehr so matt, tief drinnen glänzen sie, und Veras Mimik ist nicht mehr so starr wie beim letzten Mal, als Mari sie besuchte. Vera trägt eines ihrer eigenen Kleider, hellblau mit dunkelblauen Rechtecken darauf.

»Wie lange wirst du hier bleiben?«, fragt Mari.

»Ich weiß es nicht genau. Carina hat mir eine behindertengerechte Wohnung angeboten, und ich werde sie vielleicht annehmen. Ich habe noch etwas Zeit, darüber nachzudenken, im Moment ist ohnehin noch keine frei.«

»Es wäre wahrscheinlich nicht angenehm, zu Hause wohnen zu bleiben, nach allem, was passiert ist.«

Vera sieht Mari an und seufzt, die Trauer ist ihrem Gesicht einen Augenblick lang abzulesen, dann sagt sie: »Es würde schon gehen, aber ich fürchte, dass es zu Hause ein wenig einsam wäre. Ich brauche Leute um mich herum, um nicht völlig deprimiert zu werden.«

»Du siehst nicht mehr so niedergeschlagen aus wie das letzte Mal.«

»Die Zeit vergeht, und ich bin über das Schlimmste hinweg, außerdem zeigen die Medikamente ihre Wirkung. Es ist phantastisch, dass es so etwas gibt.«

»Ja.«
»Hast du eine Ahnung, wer ihn getötet hat? Ein Polizist, dieser Svensson, war einmal bei mir im Krankenhaus. Aber er konnte nicht viel sagen. Das war genau zu dem Zeitpunkt, als sie Tomas verhaftet hatten. Ich kann nicht glauben, dass es Tomas war.«
»Mir fällt es auch schwer, das zu glauben«, sagt Mari. »Kennst du Tomas?«
»Er hat mich ein paarmal zusammen mit Marita besucht. Er ist doch ein ziemlich schwacher Kerl und sehr nett. Nein, kann ich mir überhaupt nicht vorstellen. Aber es sieht dennoch so aus, als sei er an jenem Abend da gewesen.«
»Hast du erfahren, dass er und Bengt denselben Vater hatten?«
Das hat Vera offenbar nicht, denn sie reißt ungläubig die Augen auf. Mari erklärt ihr alles. Sie erzählt von Mauritz Andersson und Smålandsstenar, von der Theatertruppe, in der Berta war, als sie schwanger wurde, und auch von Palle Willumsen. Als sie bei Vera im Krankenhaus gewesen war, um nach der Rückkehr aus Kopenhagen Bericht zu erstatten, hatte sie Vera aus Rücksicht auf ihren labilen Zustand nicht allzuviel zumuten wollen. Aber jetzt ist Mari der Meinung, dass Vera ein Recht darauf hat, alles zu erfahren, was sie weiß. Sie kommen sogar auf Jannes Unfall und den Mord an Sven-Göran zu sprechen.
»Bengt und Sven-Göran hatten keinen Kontakt mehr«, sagt Vera. »Zumindest nicht, dass ich wüsste. Sie können sich natürlich an einem anderen Ort als bei uns zu Hause getroffen haben. Aber Janne war oft da.« Sie schweigt

einen Moment, wagt es dann aber, ein heikles Thema anzusprechen, nämlich Bengts Drogenmissbrauch. »Er kaufte wohl Tabletten von Bengt.«

Mari schaut aus dem Fenster, aber begegnet nur einer schwarzen Fläche, die die Zimmerlampe reflektiert. Dort draußen, hinter der Scheibe, gibt es etwas, passiert etwas, aber es liegt in der Dunkelheit verborgen.

Die Wahrheiten, an die wir Menschen uns nicht heranwagen, denkt sie, verbergen sich auch hinter einer schwarzen Scheibe. Es kann schmerzhaft sein, sie zu zerschlagen, da ist es besser, stellenweise einen Scheinwerfer auf das Unbekannte zu richten, bis man eines Tages stark genug ist, das, was man vorher nicht zu sehen wagte, ganz und gar zu beleuchten.

Mari fragt: »Hast du noch immer Gewissensbisse wegen Bengt?«

»Zum Teil. Aber der Psychologe, mit dem ich gesprochen habe, hat mir zu verstehen gegeben, dass ich mich in einer Situation befand, in der ich kaum anders hätte handeln können. Meine Krankheit, Stens Tod, Bengts Eigenverantwortung für sein Leben. Nach dem, was du jetzt erzählt hast, hatte er vielleicht auch nicht die beste Erbanlage. Wer weiß.«

Auf dem Weg hinaus aus dem Pflegeheim trifft sie in der Eingangshalle auf Marita und Tomas. Marita trägt eine schwarze Steppjacke und eine braune, unkleidsame Mütze. Sie geht mit heftigen, aber kurzen Schritten und leicht schlenkernden Armen. Ihr Blick wandert unsicher von Mari zu Tomas. Dieser, er reicht Marita bis zur Schulter, trägt eine Jeansjacke und darunter einen dicken weißen Pullover. Er ist barhäuptig, das spärliche Haar ist noch feucht vom Duschen. Die Babywangen sind vom Rasieren gerötet, und der Blick hinter den dicken Brillengläsern ist treuherzig.

Ein ungleiches Paar, das doch zusammenpasst, denkt Mari.

»Wollt ihr zu Vera?«, fragt sie, nachdem die Begrüßungsfloskeln ausgetauscht sind.

Tomas, der einen in Papier gewickelten Blumentopf trägt, nickt. »Es ist eine Weile her, seit wir sie gesehen haben. Wie geht es ihr?«

»Viel besser«, sagt Mari.

»Fein«, sagt Tomas. »Wir möchten ihr gerne anbieten, ihr beim Umzug zu helfen.«

»Das wird sie bestimmt freuen«, meint Mari.

Marita, die bisher nicht gesprochen und nur nervös hin und her geschaut hat, sagt jetzt:

»Arme Vera. Es ist so furchtbar für sie.«

Geduld! »Nein«, erwidert Mari. »Es ist nicht furchtbar für sie. Solange wir das denken, kann sie nicht darüber hinwegkommen. Werdet ihr zu Else-Britts Fest gehen?«

»Ich weiß nicht so recht«, sagt Marita.

»Doch, wir gehen hin«, sagt Tomas. »Wir brauchen ein bisschen Ablenkung, nach allem, was passiert ist. Ich darf als Anhang mitkommen, Else-Britt und ich sind uns nie begegnet, aber Marita und sie haben als Kinder zusammen gespielt.« Er reicht Marita den Blumentopf und fährt fort: »Ich habe die Zeitschriften im Auto vergessen, geh du schon vor, ich komme gleich nach.«

Tomas folgt Mari zu ihrem Wagen, stellt sich aufrecht unter eine Straßenlaterne und sieht sie prüfend an, als sie die Wagentür aufschließt.
Er möchte etwas sagen, aber Mari sieht, dass er nicht weiß, wie er anfangen soll, deshalb fragt sie: »Wie geht es euch jetzt? Hat sich alles ein wenig beruhigt?«
»Es war nicht gerade lustig, angeklagt und verhaftet zu werden.« Er hält ihrem Blick stand, schaut aber dann zu Boden und seufzt. »Mein Gott, wie verzwickt die Sache war.«
»Dieser angebliche Einbruch war vielleicht etwas unnötig«, sagt Mari.
»Ja, natürlich. Aber ich wollte Marita schützen, sie ist nicht so zäh wie andere. Ich konnte sie nicht alleine lassen, ich wage es jetzt noch kaum.«
»Kanntest du Bengt?«
»Nein, überhaupt nicht. Ich wusste, wer er war, und sah ihn auf der Straße, aber nicht mehr. Er war so ein Bisexueller, oder wie man das nennt. Ich glaube eigentlich nicht, dass er an jenem Abend etwas von Marita wollte, er wollte sie wahrscheinlich nur erschrecken. Was ich von Marita gehört habe, so fand er großen Spaß daran, einfach gemein zu sein. Aber ich wurde unheimlich wütend und dachte, dass ich hinfahre und ihm ein für allemal klarmache, dass er Marita nicht so behandeln kann.«
»Du hast an dem Abend niemanden gesehen?«
»Nein, die Tür stand offen. Ich ging nach oben, fand die Brieftasche und war auf dem Weg die Treppe hinunter, als mir in den Sinn kam, die Badezimmertür zu öffnen. Es war schrecklich, ich rannte einfach zum Auto und fuhr

weg. Als ich auf die Hauptstraße kam, musste ich anhalten und versuchen, mich ein wenig zu beruhigen. Dann dachte ich, dass ich Marita um jeden Preis heraushalten, sie beschützen müsste.« Tomas hebt das Kinn, und Mari sieht etwas sehr Charakterstarkes und Entschlossenes in seinen Augen aufblitzen. Er fährt fort: »Ich kam gar nicht auf die Idee, dass Marita am nächsten Morgen dorthin gehen sollte, dass sie diejenige hätte sein können, die ihn fand, wenn Vera sie nun gebeten hätte, hinaufzugehen. Das wurde mir erst später klar, und da wurde mir ganz anders zumute. Stell dir vor, sie hätte ihn entdeckt?«

»Jetzt ist es, wie es ist«, sagt Mari. »Im nachhinein ist man immer klüger. Das beste wäre sicher gewesen, du hättest sofort die Polizei gerufen.«

Tomas knöpft ununterbrochen den untersten Knopf seiner Jeansjacke auf und zu, als helfe ihm das nachzudenken. Ihm scheinen die Worte zu fehlen. »Verdammt«, ist das einzige, was er hervorbringt.

Mari zögert. Soll sie? Es geht sie eigentlich nichts an, aber vielleicht erfährt Tomas es sonst von jemand anderem auf weniger schonende Art und Weise.

»Bengt war Veras Ziehkind. Sein richtiger Vater heißt Mauritz Andersson. Sagt der Name dir etwas?«

Er starrt sie an, verständnislos und zugleich misstrauisch, als ob er vermute, sie erlaube sich einen Scherz mit ihm. »Ja, das tut er«, erwidert er schließlich. »Mein leiblicher Vater heißt so, meine Mutter hat wieder geheiratet, und ihr Mann war für mich wie ein richtiger Vater. Er half mir bei den Hausaufgaben, schnitzte mir Spielzeugautos und so. Ich wusste immer, dass Mauritz Andersson existiert,

aber ich wollte ihn nie treffen. Das war nicht nötig. Bist du sicher, dass es derselbe Mann ist?«
»Ja, ich habe das kürzlich erfahren.«
Tomas hört auf, an seiner Jacke herumzuspielen, und rückt sich mit der rechten Hand die Brille zurecht. Er scheint von dem, was Mari gesagt hat, relativ wenig berührt zu sein, und weicht ihrem Blick aus. »Familienbande entstehen durch Zusammensein und Zuneigung, nicht durch Gene. Bengt mag mein Halbbruder gewesen sein, für mich ändert das nichts.«

Später an diesem Abend ruft Lars bei Mari an. Seine Stimme klingt fröhlich. »Ich wollte fragen, ob ich mit euch zu dem Fest fahren kann. Mein Auto macht Probleme. Mit dem Kühler stimmt etwas nicht, und so zwischen den Feiertagen bekomme ich ihn nicht repariert.«
»Natürlich. Ich nehme an, dass Åke fährt. Sollen wir sagen, dass wir dich um halb sieben abholen?«
»Ich werde bereit sein. Ich weiß übrigens, dass du bei Britta und Elof warst.«
»Sag nicht, dass du auch anfängst, am Küchenfenster zu spionieren?«
Er lacht und sagt: »Nein, aber Britta war bei mir in der Sprechstunde. Da sich die Polizei offenbar nicht so sehr für die Sache mit Einar Lundmark interessiert hat, muss sie sich wohl bei anderen Leuten wichtig machen. Ich glaube übrigens nicht, dass der gute Einar jemanden erschossen hat.«
»Ich auch nicht«, antwortet Mari.
»Da ist noch etwas anderes«, sagt Lars. »Frau Birgit Pers-

son. Else-Britt und Adrian waren mit ihr bei mir. Ich habe gehört, dass du ihnen in Smålandsstenar geholfen hast.«

»Es war nicht so sehr mein Verdienst als Adrians. Ich habe eigentlich nicht mehr getan, als mitzugehen.«

»Du warst ihnen eine Stütze. Jedenfalls habe ich selten jemanden in einem so verwahrlosten Zustand gesehen wie Birgit. Fünfundvierzig Kilo und fast eins siebzig groß, das ergibt einen BMI von knapp 16. Ich habe ihr Vitamine verabreicht und sie auf hyperkalorische Kost gesetzt.«

»Physische Mängel hast du an ihr nicht entdeckt?«

»Ich habe noch nicht alle Ergebnisse, aber ich denke nicht. Ein niedriger Blutdruck, aber das kann wieder in Ordnung kommen und ist in jedem Fall nichts, was ich behandeln würde.«

»Bekam sie Medikamente?«

»Das kann man wohl sagen. Zuerst rief ich im Pflegeheim an, aber von diesem Andersson war keine vernünftige Information zu bekommen. Dann erwischte ich den Psychiater, Lundbom, der die medizinische Verantwortung dort trägt. Er machte keinen vertrauenerweckenden Eindruck auf mich. Er berichtete, dass sie hohe Dosen Mallorol bekam, das ist ein recht starkes Neuroleptikum, sowie Stesolid nach Bedarf. Nachdem ich mit Andersson gesprochen habe, habe ich den Verdacht, dass ziemlich oft Bedarf bestand.«

»Du meinst, sie stand unter Drogen?«

»Allerdings! Ich habe einen Rückstufungsplan verfasst, ich wage es nicht, die Tabletten sofort abzusetzen. Dann habe ich für die italienischen Ärzte den Krankheitsverlauf aufgeschrieben. Ich glaube, dass es Birgit Persson wieder

besser gehen wird und sie ohne Medikamente und mit normaler Ernährung leben kann.«
»Und dass sie sich einnässt?«
»Sicher eine Nebenwirkung der Medikamente, sie leidet ansonsten nicht unter Inkontinenz.«
»Wie schrecklich«, sagt Mari. »Ich hatte noch keine Zeit dazu, sonst hätte ich das Heim beim Sozialamt gemeldet.«
»Das brauchst du nicht. Das habe ich bereits getan.«
Nach dem Gespräch mit Lars geht Mari in ihr Wohnzimmer und legt sich auf das Sofa, um nachzudenken. Sie sollte schlafen, zu Bett gehen, es wird morgen ein langer Tag werden, aber es gibt so viel, über das sie noch grübeln muss …
Im Traum steht sie an einem Flussufer, unterhalb einer Stromschnelle mit rauschendem, schäumenden Wasser. Darin wirbeln Menschen mit verzweifelten Gesichtern vorbei. Sie strecken die Arme nach ihr aus, damit sie sie rettet, aber Mari schafft es nicht, steht da wie gelähmt und kann sich nicht bewegen.
Bengt strömt vorbei, das Wasser um ihn herum ist rot von Blut. Vera, die Haare wie ein Fächer um sich gebreitet. Else-Britt und Tomas, die sich an Marita festklammern, die die ganze Zeit schreit: »Sie sind doch wohl nicht böse auf mich?« Birgit Persson sitzt auf einem Holzstamm und wiegt sich eintönig summend vor und zurück. Lars, dessen Stirnlocke durchnässt ist, ringt nach Atem. Palle Willumsen geht immer wieder unter, um dann erneut aufzutauchen. Mitten in der Stromschnelle steht Anders Nilsson auf einem Felsen und predigt. Er hält in seiner linken Hand das Gesangbuch, mit seiner rechten zeigt und

gestikuliert er. Dann kommen Iris und Gösta, plötzlich ist das Wasser voller Gesichter, aber sie kann keines mehr vom anderen unterscheiden. Da kommt ihre Mutter, ein weißes Laken statt eines Kleides um den Körper geschlungen. In der Hand hält sie eine Art Werkzeug, mit dem sie den Strand zu bearbeiten beginnt. Bald hat sie einen Pfropfen herausgezogen, den sie emporhält, um ihn Mari zu zeigen, er ist groß und schleimige Drähte hängen an ihm herunter. Durch das Loch, in dem der Pfropfen gesessen hat, rauschen nun das ganze Wasser und sämtliche Menschen davon. Ihre Mutter kommt ihr entgegen, um ihre Augen herum sind schwarze Striche, und sie öffnet den Mund, um ihre Zähne zu zeigen …

Es dauert zwei Stunden, bis Mari wieder einschläft.

Gerechtigkeit.

Gibt es eine absolute Gerechtigkeit? Ist sie ein Wesen, das aus eigener Kraft lebt? Worauf basieren ihre Prinzipien?

Die Vorstellung von Gleichem für Gleiches?

In dem Fall habe ich mich zum Interpreten dieses abstrakten Wesens gemacht.

Ich habe die Gerechtigkeit in die Hand genommen.

Sokrates sagte, unter der Prämisse, dass deine Seele unberührt bleibt, seien Misserfolge trivial.

Die persönliche Katastrophe tritt erst ein, wenn die Seele Schaden nimmt. Und daher sei es für einen Menschen weit weniger schlimm, Unrecht zu erleiden, als Unrecht zu begehen.

Meine Seele hat Schaden genommen. Ich habe Unrecht begangen. Ich habe getötet. Ich bin mir meiner Handlungen bewusst, und somit ist Tugend keine Frage der Erkenntnis.

Der gute Sokrates. Er sprach über »die Pflicht sich selbst gegenüber«.

Wie Jesus, der fragte: »Was nutzt es einem Menschen, wenn er die ganze Welt gewinnt, aber seine Seele verliert?«

Der weise Tor. Ich hätte ihn gerne getroffen, Sokrates, meine ich, nicht Jesus. Oder vielleicht beide.
Ich weiß nicht, ob ich noch mehr hinwegraffen soll. Töten soll. Es fängt an, zur Gewohnheit zu werden.
Meine persönliche Vendetta.

Åke ist zeitig dran, er kommt schon, als Mari noch unter der Dusche steht.

»Kannst du so nett sein, Anton zu Iris zu bringen und dann einen Kaffee aufzusetzen? Ich bin gleich fertig«, ruft sie ihm durch die halboffene Badezimmertür zu.

Er macht, worum sie ihn gebeten hat, und als sie im Bademantel und mit einem Handtuch um das Haar in die Küche kommt, sitzt er dort und blättert in der Zeitung. Sie nimmt eine Tasse vom Geschirrständer und schenkt sich Kaffee ein, bleibt aber neben der Spüle stehen.

»Ich weiß nicht, was ich anziehen soll«, sagt sie und betrachtet seinen grauen Anzug, das blaue Hemd und die blauweiß gemusterte Krawatte. »Kann ich mein rotes Kleid nehmen?«

Er schlägt die Zeitung zu, mustert sie erstaunt, lacht und schüttelt leicht den Kopf.

»OK, ich verstehe«, sagt sie. »Ich nehme das rote.«

Er folgt ihr ins Badezimmer und setzt sich auf den Klodeckel, um sich mit ihr zu unterhalten, während sie sich schminkt.

»Ich habe über etwas nachgedacht«, sagt er.

»Hmmm …«

»Es muss doch nicht derselbe Mörder sein. Ich meine, es

kann eine Person sein, die Bengt getötet hat, und ein ganz anderer Täter, oder eine Täterin, der oder die Sven-Göran erschossen hat.«
Mari wendet sich mit erhobenem Mascarapinsel vom Spiegel ab. »Welcher Zusammenhang besteht da?«, fragt sie.
»Vielleicht hat Sven-Göran Bengt getötet und ein anderer wollte ihn rächen.«
»Wer sollte Bengt gegenüber solche Gefühle hegen oder eine solche Verbindung zu ihm haben, dass er oder sie ihn für wichtig genug erachtete, seinen Tod zu rächen?«
»Vera«, sagt Åke.
»Nicht einmal in meinen wildesten Träumen kann ich mir vorstellen, wie Vera Sven-Göran hätte töten sollen. Sie kann doch kaum gehen.«
Åke antwortet ihr nicht, aber an seinem abwesenden Blick erkennt Mari, dass seine Idee ihn noch beschäftigt.
Sie zieht ihr rotes Taftkleid an, und dann brechen sie auf, zunächst zum Paradisväg, um Lars abzuholen. Es ist ein klarer Abend, noch liegt kein Schnee, aber es ist sehr kalt, an die zwanzig Grad minus. Das Winterwetter von Halland ist wechselhaft wie die Laune einer Kurtisane. Der Sternenhimmel ist gewaltig, und eine schmale Neumondsichel hat ihre Wanderung über den Nachthimmel begonnen.
Lars trägt einen braunen Wollmantel, ein schwarzes Halstuch und zur Feier des Tages einen Hut. Er steht unter einer Straßenlaterne vor seinem Haus und wartet auf sie, und Mari fällt auf, was für ein eleganter Mann er ist. Es ist beeindruckend, wie Menschen, die im Alltag nichtssagend und gewöhnlich wirken, sich in einer anderen Situation

und mit anderen Kleidern verändern können. Er rutscht hinter Mari auf die Rückbank.
»Ich könnte wetten«, sagt Mari, »dass dieser Musiker, den Gun-Marie organisiert hat, Palle Willumsen ist. Hast du ihn schon einmal getroffen?«, fragt sie Lars.
»Nein, noch nie«, antwortet er, während er sich vorbeugt, damit Åke ihn besser verstehen kann: »Etwas Neues von der Polizeifront?«
»Nein«, erwidert Åke. »Ach, doch, das hätte ich beinahe vergessen. Dieses Mädchen, mit dem Janne an dem Abend zusammen war, an dem Bengt ermordet wurde, wurde wegen eines schweren Drogendeliktes festgenommen. Sie und ein männlicher Bekannter haben in Malmö zweihundert Ecstacy-Tabletten gekauft, die sie dann hier um Varberg herum verkauften. Sie wurden verhaftet, da dringender Tatverdacht bestand und es sichere Beweise gab.«
»Es ist schrecklich mit diesen vielen Drogen, die hier hereinströmen«, sagt Mari.
»Nicht genug damit«, sagt Åke. »Sie wurde im Vorfeld schon auf Bewährung verurteilt, jetzt sieht es schlecht für sie aus. Außerdem ist sie nicht so jung, wie Evert Svensson behauptete, sie ist fünfundzwanzig, aber das ist in seinen Augen vielleicht noch jung. Sie riskiert also, ins Gefängnis zu kommen. Die Staatsanwaltschaft hat zwei Wochen Zeit, um Anklage zu erheben. In jedem Fall hat das Mädchen versucht zu verhandeln, damit die Klage fallengelassen wird. Sie behauptet, Janne sei an jenem Abend zu Bengt gegangen, um Tabletten zu besorgen, aber als er zurückgekommen sei, habe er erzählt, er hätte jemanden bei Bengt gesehen. Und dass er ihr gesagt habe, wen. Wenn sie

eine Strafmilderung bekommt, ist sie bereit auszusagen, wen Janne gesehen hat.«

»Aufhebung der Anklage?«, fragt Lars. »So etwas gibt es doch wohl nur in Amerika?«

»Hier bei uns ist es nicht offiziell, aber es kommt vor, wird nur anders genannt. Es hängt von der Staatsanwältin ab. Wenn die Lösung des Mordes an Bengt Silén als wichtig genug erachtet wird, kann es sein, dass sie, also die Staatsanwältin, darauf eingeht.«

Sie stellen den Wagen auf dem Hafenparkplatz ab, neben das alte Lagerhaus, das jetzt eine Keramik- und Glaswerkstätte, ein Fischgeschäft und eine Silberschmiede beherbergt. Es ist geschlossen und verwaist, ganz im Gegensatz zum Sommer, wo es vor Menschen wimmelt und das Geschäft läuft. Die Skulptur von Walter Bengtsson steht einsam da, und eine Dänemarkfähre liegt mit leeren Fenstern vor Anker, der Dreikönigstag ist kein großer Reisetag.

Es ist ein gutes Stück Weg bis zur eigentlichen Festung, zunächst an dem schönen, kürzlich renovierten Kaltbadehaus vorbei, das in der Winternacht wie Zuckergebäck aussieht, dann den Wallgraben entlang und durch den untersten Bogengang hindurch. Mari hat Schwierigkeiten, mit ihren Pumps auf dem Kopfsteinpflaster zu gehen, deshalb muss sie sich bei Åke und Lars einhaken. Der Weg führt die ganze Zeit steil bergauf. Als sie durch den ersten Gewölbegang getreten sind, gelangen sie auf das eigentliche Areal der Festung. Links liegen die Treppe, die nach Karl XII. benannt ist, und der Stall von Karl XI., jetzt ein Fahrradmuseum, und geradeaus befindet sich die heutige Jugendherberge, die früher einmal ein Gefängnis war.

Sie sind später dran als geplant und daher allein unterwegs, alle anderen Gäste sind bestimmt schon da, denkt Mari. Sie passieren das Mittelgewölbe, das einen Teil der inneren Verteidigungsanlage bildete; sie war zu Beginn des siebzehnten Jahrhunderts im Zuge der umfassenden Renovierungsarbeiten erbaut worden, die um 1570, nach dem nordischen Siebenjährigen Krieg, eingesetzt hatten. Es ist ein zirka zwanzig Meter langer Gang mit einer Gewölbedecke. Darin ist auch eine Öffnung, von der viele Menschen, vor allem Kinder, glauben, sie habe dazu gedient, kochendes Öl auf die Feinde zu schütten, aber in Wirklichkeit wurde sie benutzt, um Getreide hochzuziehen. In dem Gewölbegang befinden sich außerdem die öffentlichen Toiletten, Mari ist schon dort gewesen und es ist ein seltsames Erlebnis, durch die Tür dieses altertümlichen, steinernen Gewölbes zu treten und sich dann in einem modernen Klosett wiederzufinden.
Als sie durch den mittleren Gewölbegang kommen, liegt die Festung vor ihnen, mit dem Meer zur Rechten und dem Nordteil des Schlosses, in dem sich das Museum von Varberg befindet, ihnen gegenüber. Es ist faszinierend, sich vorzustellen, dass König Magnus Eriksson Mitte des vierzehnten Jahrhunderts tatsächlich hier saß und sein großes Reich Schweden und Norwegen regierte.
Eine Tür links neben dem Museum führt sie in den inneren Burghof, wo in aufgestellten Fässern Feuer brennen. In dem Haus direkt vor ihnen, dem sogenannten Südflügel, befindet sich der Eskil-Keller, heutzutage Festsaal, früher Pulvermagazin und eine Zeit lang auch Stallung. Ein paar Stufen hinunter und durch eine Tür, dann stehen

sie im Kanonengang, einem etwa zehn Meter langen Gewölbe, das einst dazu verwendet wurde, Kanonen vom Burghof zur Südmauer zu befördern. Rechts sieht man zunächst eine Gefängniszelle, die bewahrt wurde und bei den Burgführungen gezeigt wird, dann eine alte Feuerstelle und dahinter noch eine Zelle, die zu einer modernen Toilette umgebaut wurde. Links liegt der Eskil-Keller.

Else-Britt und Adrian stehen an der Tür und empfangen die Gäste. Noch haben sich die Leute nicht an die drei Tische gesetzt, die mitten im Raum stehen, und Mari entdeckt Anders, Marita und Tomas, Gun-Marie und Stefan sowie andere bekannte Gesichter. Einen Teil der Gäste hat sie seit Jahren nicht mehr gesehen, und ihr wird leicht schwindlig bei dem Versuch, Namen und Gesichter zusammenzubringen, als sie herumgeht und die Leute begrüßt.

Es *ist* Palle.

Er sitzt rechts vom Eingang und spielt alte Simon-&-Garfunkel-Lieder. Von *Mrs Robinson* gleitet er über zu *Cecilia*, und als sie vorbeikommt, hebt er den Kopf und nickt ihr lächelnd zu. Er ist schön. Und glücklich. Als wäre es sein einziges Bedürfnis im Leben, ein Instrument in den Händen zu halten und Töne hervorzuzaubern.

Sie setzen sich, und Mari blickt sich im Keller um. In der Mitte des Saals befinden sich zwei klobige Pfeiler, die an der Decke in Bögen übergehen. In die dicke Mauer, die zum Burghof zeigt, sind drei kleine Fenster eingelassen. Die Wände im Saal sind alle weiß gestrichen, mit Kalk verputzt, vermutet Mari. Links neben ihr sitzt Åke und rechts Anders. Ihr schräg gegenüber ist Gun-Marie, und vor ihr sitzt Lars. Neben Lars sitzt Anna-Karin, eine ehemalige Klassenkameradin von ihnen, die jetzt als Krankenschwester im Ost-Krankenhaus in Göteborg arbeitet. Als die angeheuerte Bedienung das Essen serviert hat, ein Krabbencocktail gefolgt von einem Gericht mit Rinderfilet, dessen genaue Bezeichnung Mari nicht kennt, beginnen Lars und Mari mit Anna-Karin über das Gesundheitswesen zu diskutieren. Anders erzählt, dass er eine Zeit lang als Klinikpfarrer in Malmö gearbeitet hat.

Dann plätschert die Unterhaltung so dahin, wie sie es auf Festen tut. Die Leute benutzen ihre Berufs- und Lebenserfahrung als Grundlage, um Kommentare über die Gesellschaft und die Welt abzugeben.

Nach ein paar Stunden beginnt man, von den Tischen aufzustehen und sich zu bewegen. Etwas später soll es noch Kaffee und Kuchen geben.

Else-Britt kommt auf Mari zu.

»Ich möchte mich für deine Hilfe bedanken«, sagt sie und umarmt Mari. »Du bist herzlich willkommen in Rom, falls du und Åke Lust habt, eine Reise zu unternehmen.«

Mari dankt ihr, spürt aber, dass sie Kopfweh bekommt. Es sind die wohlbekannten Spannungskopfschmerzen, die sie von zu viel Zigarettenrauch und Lärm bekommt, und als Else-Britt weitergeht, um mit anderen Gästen zu sprechen, erscheint der Geräuschpegel im Saal auf einmal unerträglich. Sie will an die frische Luft gehen und sucht Åke, um ihn zu fragen, ob er mitkommen möchte, aber er unterhält sich gerade mit ein paar alten Schulfreunden, so dass Mari beschließt, alleine zu gehen. Sie greift nach ihrer Jacke und tritt hinaus in die Stille und Kälte.

Die Tür links in Richtung der südlichen Festungsmauer steht offen, doch Mari geht rechts herum auf den Burghof hinaus. Andere Gäste hatten dieselbe Idee wie sie, ein paar Leute spazieren in kleinen Gruppen im Burghof herum, und Mari sieht den Rücken einer weiteren Person, die durch das Tor in der Nordwand verschwindet. Ihre hohen Schuhe verleihen ihr auf dem Kopfsteinpflaster einen wackeligen Gang. Sie bleibt einen Moment lang am Brunnen stehen und fragt sich, ob die Gebäude früher einmal, vor langer Zeit, wirklich rosa gestrichen waren. Fragt sich, ob das Trinkwasser ausreichte; dieser Brunnen und die Zisterne, die sich unmittelbar vor dem Nordflügel befindet, sammelten nur Regenwasser, der Felsen, auf dem die Festung von Varberg erbaut wurde, hatte ansonsten keine eigene Wasserversorgung. Fragt sich, wie es hier im Mittelalter aussah, als die Menschen Umhänge und Beinkleider trugen. Fragt sich, wie es gewesen sein mochte, ein hoher Herr, eine Schlossmagd oder ein Ritter zu sein. Fragt sich, wie die Menschen damals wohl lebten.

Mari schließt halb die Augen und stellt sich vor, die Gegenwart würde verschwinden und sie befände sich in der Vergangenheit, die Stille würde gegen das Geklapper von Pferdehufen vertauscht, das Gebell eines Hundes, die Stimme von jemandem, der einen Stallknecht zurechtweist. Sie schaut zu den Sternen hinauf, es sind dieselben damals wie heute, sie leuchten still und friedlich über denselben Platz, der nun aber von anderen Menschen und ihren Sitten bevölkert wird.

Sie verlässt den Brunnen und den Burghof und wendet sich nach links. Dort oben links, auf dem Giebel des

Nordflügels, befindet sich der zugemauerte Abtritt, von wo aus der gefangengenommene Lübecker Heerführer Marcus Meyer in einer Märznacht im Jahre 1535 Knechte und Bürger mit Hilfe von Strickleitern hereinließ. Als der Schlossherr Truid Ulfstand am Morgen danach durch das Burgtor ritt, nahmen sie das Schloss ein und hielten es tatsächlich fünfzehn Monate, bevor der gute Truid mit Hilfe von Kanonenkugeln in allen Ecken der Burg nach Marcus suchen konnte. Dieser wurde, mit dem Privileg des Edelmannes, auf dem Marktplatz von Helsingör geköpft. Die anderen Aufständischen wurden bei lebendigem Leib aufgeschlitzt oder gerädert. Es war keine Zeit der Gleichstellung.

Unterhalb des Giebels befindet sich die Festungsterrasse, die im Sommer als Café genutzt wird. Sie liegt in etwa zwischen dem Schloss und dem Meer. In der Mauer über dem nördlichen Teil der Terrasse ist eine Gittertür, an der Mari rüttelt. Erstaunlicherweise ist sie nicht verschlossen, und so geht Mari hindurch und die Treppe hinunter, bis sie auf der Terrasse steht. Sie ist nicht groß, vielleicht fünfundzwanzig auf acht Meter, und mit fünf, sechs Bäumen bepflanzt, Mari tippt auf Mehlbeerbäume. Drei kleine weiße Gebäude, die wie Kioske aussehen, stehen verlassen da und warten auf Kuchen essende und Kaffee trinkende Touristen.

Mari bleibt ein paar Meter vom kleinsten Kiosk entfernt stehen, demjenigen, der der Treppe am nächsten liegt, über die sie hinuntergekommen ist, und hört, mehr als sie sieht, wie das Kattegat unter ihr gegen den Strand rollt. Es weht kein starker Wind, aber er reicht aus, um die Wellen regelmäßig gegen die Felsen branden und sich dann wieder zurückziehen zu lassen, ein rhythmisches und beruhigendes Geräusch, das Mari die Kälte vergessen lässt. Sie dreht das Gesicht zu den Sternen und erkennt den Großen Wagen sowie Kassiopeia am Himmel; sogar die Plejaden sind heute nacht deutlich zu sehen.

Etwas lässt sie zusammenzucken.

Ein plötzliches Geräusch, das nicht hierher gehört.

Sie macht einen Schritt zur Seite und dreht sich um, so dass der Stein, der auf sie gezielt wurde, sie verfehlt und vorbeifliegt und mit einem dumpfen Schlag gegen die Mauer der Terrasse prallt.

Mit Entsetzen begreift Mari, dass jemand hinter dem Kiosk steht und dass dieser Jemand einen Stein nach ihr geworfen hat. Ihr erster Gedanke ist, zurück zur Treppe zu rennen, aber der Fluchtinstinkt, der sich rasch, innerhalb einer Tausendstelsekunde, einstellt, gibt ihr ein, sich von demjenigen, der den Stein geworfen hat, zu entfernen, und daher läuft sie nach links, bis ans Ende der Terrasse. Eine steil gewundene Treppe führt nach unten an der Mauer entlang, und da sie keine große Wahl hat, tastet sich Mari die glatten Stufen hinunter. Es gibt ein Geländer zum Festhalten, aber die Schuhe behindern sie. Es würde viel zu lange dauern, sich hinabzubeugen und die Schuhe in die Hand zu nehmen, deshalb kickt sie sie kurz entschlossen fort.

Mari glaubt, hinter sich Schritte zu hören, ist sich aber nicht ganz sicher, das Donnern der Wellen verschluckt alle anderen Laute und sie will nichts riskieren. Es ist besser, einfach weiterzulaufen. Sie atmet schwer und fühlt,

wie das Herz in einer Mischung aus Schreck und Anstrengung hämmert.
Die Treppe entlang der Mauer ist lang, und als sie unten angekommen ist, weiß sie noch immer nicht genau, ob sie verfolgt wird. Eines ist jedoch sicher, denselben Weg zurück nimmt sie nicht. Nach rechts oder nach links? Über die Promenade am Strand entlang und hinauf zum Nordteil oder um den südlichen Teil der Festung herum? Sie wählt die zweite Möglichkeit. Mein Gott, wie sie an den Füßen friert!
Noch nie zuvor hat sie darüber nachgedacht, wie groß die Festungsanlage ist. Obwohl sie rennt, braucht sie beinahe zehn Minuten, um erst den südlichen Teil der Festung zu umrunden, dann an der Südost-Bastion vorbeizulaufen, dem sogenannten Grauen Mönch, weiter den östlichen Wallgraben entlang, zurück durch das untere und anschließend das mittlere Gewölbe, bis sie wieder vor dem Nordflügel steht. Beim Laufen stellt sie sich vor, dass hier oben bestimmt mehr Menschen unterwegs sein werden und sie hier um Hilfe rufen könnte. Das ist zwar nicht ganz richtig, aber zumindest ein Versuch, ihrem klopfenden Herzen Mut zu machen.
Niemand ist im Burghof zu sehen, und mit zu Eisklumpen erstarrten Füßen hastet sie in den Eskil-Keller. Das alte Gewölbe strahlt angenehme Sicherheit aus, aber die Gäste, die inzwischen zum Kaffee übergegangen sind, sehen sie erstaunt an.
Åke kommt auf sie zugestürzt.
»Wie du aussiehst!«, ruft er aus.
Mari lässt sich auf einen Stuhl fallen und legt die Füße auf

einen anderen. Sie beginnt zu weinen. »Meine Füße, meine Füße.« Sie zieht die Jacke aus und wickelt sie um ihre Füße und Beine, dann schaut sie Åke an. »Jemand hat einen Stein nach mir geworfen. Draußen auf der Festungsterrasse.«

»Hier, nimm meinen Mantel«, sagt Åke, holt ihn und legt ihn um sie. Die Festgäste beginnen, sich um Mari zu versammeln, und sie geniert sich. Lars steht mit einer Kaffeetasse in der Hand neben Åke, und Åke sagt: »Ich nehme Lars mit nach draußen und schaue nach. Versprich, dass du solange hier drinnen bleibst.« Nur im Jackett verschwinden er und Lars nach draußen.

Else-Britt kommt mit einem Glas Whiskey zu Mari. »Trink!«, sagt sie. Mari trinkt gehorsam und lässt es über sich ergehen, dass Else-Britt ihr unbeholfen über das Haar streicht. Palle hat wieder angefangen zu spielen, und deshalb hört Mari zunächst nicht, dass ein Telefon klingelt. Aber es ist ein Telefonläuten. *Für Elise* ertönt immer wieder von irgendwoher. Aber von wo?

Es kommt aus Åkes Manteltasche.

»Hallo!«, sagt Mari, als sie den grünen Knopf am Handy gefunden hat.

»Ja, hallo. Hier ist Evert Svensson. Ich suche Åke. Mit wem spreche ich?«

»Hallo, Evert. Hier ist Mari.«

»Hallo, Mari. Wo sind Sie?«

»Åke und ich sind bei einem Fest in der Varberg Festung, und es ist hier etwas sehr Unschönes passiert.« Sie erzählt von dem Stein, der nach ihr geworfen wurde. »Åke ist draußen und sieht nach.«

»Wer ist noch dort?«
Mari nennt die Namen der Gäste, die ihr auf die Schnelle einfallen, und wundert sich, warum er das wissen will.
»Ich weiß nicht, ob Åke berichtet hat, dass wir das Mädchen verhaftet haben, das Janne für den Abend von Bengts Tod ein falsches Alibi gab.«
»Ja, das hat er, und auch, dass sie behauptet zu wissen, wen Janne bei Bengt gesehen hat.«
»Deswegen rufe ich an. Sie hat es inzwischen erzählt. Ich werde Ihnen sagen, wer es war, und nun, da ich es weiß, sehe ich auch ein Muster, begreife, dass er es gewesen sein muss, aber gleichzeitig macht mir das angst. Ich schicke sofort ein paar Streifenwagen zur Festung, bis dahin möchte ich, dass Sie absolut nichts unternehmen. Wenn Åke zurückkommt, will ich, dass Sie ihm das gleiche sagen. Alle sollen im Festsaal bleiben. Die Polizei kann in fünf bis zehn Minuten da sein.«
Mari hört selbst, dass sie ihre Frage ins Telefon schreit, und sieht die Menschen um sich herum wie graue Schatten, die sich nach ihr umdrehen und sie anschauen. »Wer ist es???«

Ohne Schuhe und in Åkes Mantel stürzt sie hinaus, nachdem sie das Handy von sich geworfen hat. Palle hört auf zu spielen und folgt ihr, aber das bemerkt sie nicht. Auch nicht, dass alle anderen wie die Lemminge hinterherkommen, denn alle begreifen nun, dass etwas passiert ist.
Instinktiv wendet sie sich nach links, geht durch das Tor im Kanonengang zur südlichen Schlossmauer hinaus.
Draußen ist es still, nicht ein Laut, außer der Polizeisire-

nen, die jetzt von ferne zu hören sind. Rechts von ihr ist die Lotsenstube, die sich ganz oben auf dem südwestlichen Wall befindet, oberhalb der Bastion Roter Mönch, und dort sieht sie zwei Figuren herumrollen.

Sie ruft »Åke!«, was die beiden Männer für einen Moment innehalten lässt, dann beginnt der Ringkampf um Leben und Tod erneut. Irrationalerweise fragt sich Mari, wie Lars so stark sein kann, bevor sie versteht, dass er verzweifelt ist.

Lars und Åke rollen herum, manchmal dem Rand der Mauer gefährlich nahe, und Mari schreit immer wieder Åkes Namen. Das ist ein völlig nutzloses Unterfangen, da die beiden Männer sie nicht länger zu hören oder sich um ihre Anwesenheit zu kümmern scheinen, vielmehr verstärken ihre Schreie die schicksalhafte Stimmung: der schwarze Sternenhimmel, das Grollen der Wellen und die gesammelten Erinnerungen der Festung an Belagerungen und Kanonendonner, die wie eine Aura um die Mauern schweben. Irgendwo weit weg heulen die Polizeisirenen. Hinter Mari stehen die anderen Festgäste, handlungsunfähige Komparsen in dem Drama, das sich vor ihren Augen abspielt. Das, was dann geschieht, dauert tatsächlich vielleicht zehn Sekunden, erscheint ihnen aber wie eine Stunde in Zeitlupe, wie ein langsamer Horrorfilm, in dem sie selbst mitwirken.

Mari beschließt, dass sie etwas tun muss. Was?

Sie rennt auf Åke und Lars zu.

Åke ist im Moment der Unterlegene, Lars sitzt ihm auf der Brust, sie sind jetzt gefährlich nahe an der Mauerkante. Lars ist hemdsärmelig, das Jackett hat er vor dem Kampf ausgezogen. Seine Hände umfassen Åkes Hals, dessen Kopf nach hinten über die Mauer hängt, er und Lars rutschen immer weiter vor.

Mari erkennt nur ihre Silhouetten, den Schrecken, der in Åkes Augen zu lesen sein muss, kann sie nicht sehen, auch nicht Lars' irren Blick, die innere Raserei und den gewaltigen Hass, die ihn so stark machen.

Noch immer hängt Åkes Mantel Mari um die Schultern. Mit bloßen Füßen stürzt sie auf die Männer zu und wirft Lars den Mantel über den Kopf. Er lockert nicht den Griff um Åkes Hals, aber ist lange genug verwirrt, dass Åke seinen Körper anspannen, sich unter ihm winden und ihn von sich ins Gras abwerfen kann.

Als Åke sich befreit hat, schreit er, ob aus Wut oder um Luft zu holen, kann Mari nicht ausmachen. Sie läuft ein paar Schritte zur Seite, um aus dem Weg zu gehen, und sieht, wie Åke sich auf Lars wirft, der kämpft, um den Mantel loszuwerden.

Es hilft ihm nicht, bald liegt Lars auf dem Bauch, mit Åkes hundertzehn Kilo auf sich und einem auf den Rücken gedrehten Arm.

Inzwischen sind die Sirenen ausgeschaltet, die Polizeifahrzeuge sind bis zu dem kleinen Parkplatz vor dem Nordflügel des Schlosses hinaufgefahren, der normalerweise nur vom Museumspersonal genutzt wird, und Blaulicht erhellt blinkend die Nacht. Adrian ist ihnen offenbar entgegengerannt, jetzt kommt er mit Evert im Schlepptau herbeigestürzt. Der kurze Lauf lässt Evert schnaufen, und sein sonst so gleichmütiges Gesicht hat einen äußerst besorgten Ausdruck.

Åke keucht: »Er hat versucht, mich zu stoßen, und dann fingen wir an zu kämpfen.«
Vier Polizisten erscheinen hinter Evert, und eine Polizistin namens Bengtsson holt Handschellen hervor, die sie Lars mit Åkes Hilfe umlegt. Evert hebt Lars' Jackett auf und hängt es ihm um die Schultern, als sie ihn aufgerichtet haben. Der Mantel ist auf die Erde gerutscht, Evert reicht ihn Åke. Lars wehrt sich nicht mehr, sondern steht mit gesenktem Kopf da, die Locke fällt ihm in die Stirn, aber im Schein der Taschenlampen kann Mari sehen, dass ihm Tränen über das Gesicht laufen. Sie sollte kein Mitleid für ihn empfinden, doch das Gefühl, das sie erfüllt, lässt sich nicht anders als Mitleid beschreiben.
Bengtsson tastet routinemäßig Lars' Körper ab, um zu überprüfen, ob er Waffen bei sich hat. Das hat er nicht, sie nickt Evert kurz zu und macht sich bereit, Lars zusammen mit einem Kollegen abzuführen, als ihr Handy klingelt. Sie holt es aus der Brusttasche und antwortet.
»Einen Moment«, sagt sie, nimmt das Telefon vom Ohr und wendet sich an Evert. »Wir haben einen Notruf hereinbekommen wegen eines Mannes, der im Foyer des Stadthotels Leute mit einem Messer bedroht.«
»Sind keine anderen Wagen unterwegs?«, faucht Evert.
»651 ist in Halmstad und 652 bei einer misshandelten Ehefrau in Vessingbro.«
»Verdammt!«, schnaubt Evert.
Åke hat sich neben Mari gestellt und seinen rechten Arm um ihre Schultern gelegt. Jetzt lässt er sie los und geht auf Svensson zu. »Ich bin OK. Ich kann mitgehen. Wenn Bengtsson mit Lars zur Polizeistation fährt und Linder,

Birger und Gert zum Stadthotel fahren, dann kann sie später dorthin nachkommen.«
Svensson nickt, und die drei Polizisten eilen davon. Åke zieht seinen Mantel an, geht zu Mari, tätschelt ihr die Wange und sagt: »Ich komme nachher, fahr nach Hause und leg dich hin.« Er küsst eine Träne von ihrem Auge fort. »Es ist vorbei, Mari, mir geht es gut, alles wird sich regeln.« Noch einmal streicht er ihr über die Wange, bevor er sich gemeinsam mit seinen Kollegen entfernt. Er und Bengtsson führen den zombieähnlichen Lars zwischen sich zu einem wartenden Polizeifahrzeug.

Behutsam geleitet Anders Mari zurück in den Eskil-Keller, und die anderen Gäste kommen hinterher und lassen sich an den Tischen nieder. Else-Britt geht im Saal auf und ab und ringt die Hände. Ihr perfektes Make-up ist um die Augen herum zerlaufen. Schließlich setzt sie sich zu Mari an den Tisch. Mari kann an nicht viel anderes denken als an ihre große Dankbarkeit darüber, dass Åke am Leben ist. Immer wieder schluchzt sie an Anders' Hals: »Er lebt, er lebt.«
»Ja, ja«, sagt Anders. »Jetzt ist es vorbei.«
Gun-Marie bestellt Taxis für die Gäste, die nicht selbst fahren, während Palle zwischen den Tischen umhergeht und denen, die möchten, Wein einschenkt. Mari sieht aus dem Augenwinkel, dass Marita mit großen Augen dasitzt, scheinbar ohne zu verstehen, was geschehen ist. Tomas nimmt sie bei der Hand, sie stehen auf und gehen zu Else-Britt und Adrian, der sich inzwischen neben seine Frau gesetzt hat.

»Glaubst du, wir können jetzt fahren?«, fragt Tomas. »Marita muss nach Hause.«
Niemand antwortet, da er sich nicht an eine spezielle Person gewandt hat, aber nach einer Weile richtet Anders sich auf und nickt so heftig, dass sein Doppelkinn zittert. Mit einem sehr ernsten Blick hinter den dicken Brillengläsern verabschiedet sich Tomas ruhig von den Gastgebern. Er führt Marita, als sei sie ein kleines Kind, und Mari hofft, dass sie es bis nach Hause schaffen, bevor der Schock durchbricht und Marita begreift, was sie miterlebt hat. Anders reicht Mari ein Glas Wein, und nachdem sie es in einem Zug ausgetrunken hat, füllt er es noch einmal. Als auch das geleert ist, spürt sie die Wärme in den Körper zurückströmen.

Nach und nach gehen die Gäste. Zum Schluss sind noch Mari, der Gastgeber und die Gastgeberin sowie Anders, Palle, Gun-Marie und Stefan übrig.
Keiner von ihnen spricht besonders viel, sie finden nicht die passenden Worte, aber ihr Schweigen ist im Grunde genommen eine gemeinsame Verarbeitung dessen, was sie erlebt haben. Adrian möchte Mari ein Taxi besorgen, aber sie nimmt statt dessen Anders' Angebot an, sie nach Hause zu fahren.
Bevor sie aufbrechen, erscheint der Wachmann der Festung. Er wirkt zufrieden darüber, dass in seinem Reich nichts beschädigt wurde, schüttelt aber den Kopf, als er Maris bloße Füße sieht.
»Mädchen, so kannst du nicht gehen. Warte einen Augenblick.« Er verschwindet einen Moment und kommt dann

mit einem Paar Arbeitsstiefeln mit Stahlkappe zurück. Er reicht sie Mari zusammen mit einem Paar Skisocken. »Besser als nichts«, sagt er. »Du kannst sie bei Gelegenheit zurückbringen.« Er tätschelt ihr den Arm, lächelt sie teilnahmsvoll an und geht dann wieder, um die Räume abzuschließen.

Mari stützt sich auf dem Weg zum Hafenparkplatz hinunter auf Anders' Arm. Er hat einen weißen Opel Astra Kombi, er startet den Motor, drückt auf die Knöpfe für die Heckscheiben- und die Sitzheizung und dreht die Lüftung auf. Er erinnert Mari an einen Orgelspieler, der die Register zieht und die Pedale betätigt. Während sie zu dem Brummen des Motors und der Lüftung auf dem Beifahrersitz zittert, schlittert Anders mit seinem runden Körper um den Wagen herum und kratzt die Scheiben frei.

»Es ist glatt heute abend«, sagt er, als er sich endlich ans Steuer setzt. Er wartet eine Weile, bis die Windschutzscheibe nicht mehr beschlagen ist, dann fährt er vorsichtig Richtung Västra Vallgata und biegt an der Kreuzung links ab. Wenige Menschen sind um diese Zeit unterwegs, ein jüngeres Paar torkelt durch den Brunnspark, vermutlich ist es auf dem Weg nach Hause von einem Fest, das hoffentlich schöner endete als das, auf dem Mari und Anders waren. Der Bahnhof ist leer, sie fahren weiter den Birger-Svenssonväg entlang, weitaus langsamer als die erlaubten fünfzig Kilometer in der Stunde, da es so glatt ist. Das Wetter hat wieder umgeschlagen, es ist milder geworden, vielleicht liegt Schnee in der Luft.

»Wie geht es dir?«, fragt Anders.

»Ich weiß nicht. Im Moment empfinde ich noch nicht viel. Es ist so unfassbar. Er muss es gewesen sein, dieses drogenabhängige Mädchen sagte, dass es Lars war, den Janne an jenem Abend bei Bengt gesehen hat. Lars ging auf Åke los und versuchte, ihn von der Mauer zu stoßen, und es muss auch Lars gewesen sein, der einen Stein nach mir warf.«

»Ja. Ich hätte nie gedacht …«

»Du klingst unschlüssig?«

»Ja, also …« Anders bremst vorsichtig an der Kreuzung bei Lassabacka, die Ampel blinkt orange, und als er sicher ist, dass keine Autos in Sicht sind, biegt er nach links ab und fährt fort: »Sven-Göran sprach ein paarmal mit mir. Nach Bengts und Jannes Tod. Er erzählte mir Dinge, die jetzt für mich einen Zusammenhang bekommen.«

»Was ich nicht verstehe, ist, wie Lars geistig so gestört sein konnte, ohne dass wir es bemerkt haben«, sagt Mari. »Er muss doch geisteskrank sein. Oder?« Sie wendet den Kopf und betrachtet Anders, der die Augen auf die Straße gerichtet hält.

In der Dunkelheit kann sie nur seine Umrisse erkennen, er trägt eine unkleidsame Zipfelmütze, seine dicke, pelzbesetzte Jacke lässt ihn hinter dem Steuer wie einen unförmigen Seelöwen aussehen, und als sie eine Straßenlaterne passieren, wird sein Gesicht einen kurzen Moment lang beleuchtet und verrät tiefe Konzentration.

»Geisteskrank? Ja.«

»Was hat Sven-Göran dir erzählt? Verzeih! Das darfst du vielleicht nicht sagen?«

»Einen Teil kann ich erzählen. Sven-Göran hatte unerhörte Schuldgefühle. Vor allem Jannes wegen. Sven-Göran befand sich in einer tiefen Lebenskrise, er war der Meinung, falsch gelebt zu haben, wollte gewissermaßen alles begleichen. Alles, was er falsch gemacht hatte.«

»Vergebung der Sünden meinst du?«

Ein Hase zeigt sich am Wegesrand, Anders blendet ab und bremst, bis der Wagen fast zum Stehen kommt. Als er sich sicher ist, dass sich nicht weitere Tiere auf der Fahrbahn befinden, legt er den ersten Gang ein und beschleunigt langsam. Er schaltet das Fernlicht wieder an. Die Autoscheinwerfer reflektieren den Raureif am Straßenrand, lassen ihn wie tausend Augen glitzern, eine tückische optische Täuschung. Was sind Eiskristalle? Was sind die Augen eines lebendigen Tieres? Nach dieser Episode fährt Anders langsamer, bleibt im dritten Gang. Mari schielt auf den Tachometer und sieht, dass er beständig bei vierzig liegt. Sie fahren jetzt auf einer einsamen Straße, ab und zu kommen sie an einem Hof vorbei, bei dem nur der außen stehende Weihnachtsbaum erleuchtet ist, als Hinweis darauf, welche Jahreszeit sie haben.

»Die Vergebung der Sünden. Tja. Für uns Pfarrer ist das ein äußerst realer Begriff. Vergebung von Gott zu erhalten, wenn man tut, was man nicht möchte, und möchte, was man nicht tut. Was viele nicht begreifen, ist, dass es nicht nur darum geht, Vergebung von Gott zu erhalten, sondern auch darum, dass man sich selbst vergeben darf. Das war es, was Sven-Göran brauchte. Es ist so tragisch, es gab viel Gutes in diesem Mann, freilich verborgen, aber es hätte wachsen können. Wer von uns ist im übrigen perfekt?«

»Was hatte Sven-Göran denn getan?«
»Darauf möchte ich nicht näher eingehen. Aber er war der Meinung, sich manchen Menschen gegenüber falsch verhalten zu haben, darunter auch Janne.«
»Lars auch?«
»Vielleicht.«
»Glaubst du, dass er überarbeitet ist? Lars, meine ich.«
»Das ist möglich, aber ich glaube nicht, dass das irgendeine Bedeutung hat.«
Anders seufzt aus tiefstem Herzen, und Mari merkt, dass er zögert, sich aber schließlich dafür entscheidet, etwas zu sagen, das er ihr vielleicht nicht erzählen sollte. »Du musst das hier vertraulich behandeln. Sven-Göran hatte auch Lars gegenüber Schuldgefühle. Er hat Lars einmal etwas sehr Hässliches angetan, ich sage nicht, was, aber es war sehr, sehr schlecht. Ich riet Sven-Göran mit Lars ins reine zu kommen, ihn um Verzeihung zu bitten. Ich weiß nicht, ob er es gewagt hat. Das habe ich nie erfahren. Er sagte jedenfalls, dass er versuchen wolle, freundlich zu ihm zu sein.«
»Meinst du, Lars hat das alles gemacht, um sich zu rächen?«
»Ja, das glaube ich tatsächlich. Und ich glaube nicht, dass Zweifel daran bestehen, dass er beide Morde verübt hat. Den an Bengt und den an Sven-Göran.«
»Vielleicht auch an Janne.«
»Vielleicht.«
Mari kann den Gedanken an den Lars, den sie immer gekannt hat, nicht loswerden. Den normalen Lars. Sie hatte in den letzten Monaten nichts Ungewöhnliches an ihm

bemerkt. Er wirkte müde, was sie auf die Überarbeitung und den Schock über die Morde geschoben hatte. Sie konnte ja nicht ahnen.

»Das hätte ich nie geahnt«, sagt sie.

»Du meinst Lars?« Anders verringert das Tempo an der Abzweigung nach Hallsered, er blinkt, obwohl keine Autos hinter ihnen sind, und als er abgebogen ist, gerät der Wagen trotz des langsamen Tempos ins Schleudern, doch Anders hat das Fahrzeug schnell wieder unter Kontrolle.

»Ja. Er schien der Lars zu sein, der er immer gewesen ist.«

»Wie viele von uns sind eigentlich der Mensch, für den andere uns halten?« Anders' Stimme zittert. Er fährt fort: »Die meisten von uns tragen eine Maske, die unsere tiefsten Gefühle, unser Innerstes, verbirgt. Lars trägt eine solche Maske, aber dahinter findet sich viel mehr als bei uns anderen. Trauer und offenbar auch starker Hass. Aufgestaute Verbitterung.« Anders hält vor Maris Haus, lässt aber den Motor laufen.

»Das brauche ich einer Krankenschwester vielleicht nicht zu sagen, aber das Leben kann Menschen manchmal krank machen. Sie können eine Veranlagung zur Geistesstörung haben, dann geschieht etwas, was diese ausbrechen lässt. Wie du dich vielleicht erinnerst, war ich unter anderem Gefängnispfarrer, daher weiß ich, wovon ich spreche.« Anders legt die Arme auf das Lenkrad, dreht das Gesicht und begegnet Maris Blick. Im Licht der Laterne, die an der Hauswand hängt, sieht sie, dass er blass ist. »Was ich damit sagen möchte, ist, dass er krank ist. Krank. Versteh das, Mari! Ich kenne dich inzwischen ein wenig und

vermute, dass du Schuldgefühle haben wirst, wenn nicht jetzt, dann morgen. Er ist krank, und man konnte ihm nicht helfen, da er selbst nicht einsichtig war.«
Es ist zwei Uhr, als Mari ihre Wohnung betritt. Sie stellt die Stiefel des Wachmannes im Flur ab, dann lässt sie ein Bad einlaufen.

Bengtsson ist eine Polizistin um die Vierzig, mit aschblondem Haar und einer großen Brille. Sie wurde vor kurzem auf eigenen Wunsch von Stockholm versetzt. Evert Svensson und seine Untergebenen haben schnell ihre Bedächtigkeit zu schätzen gelernt sowie ihre Art, den Menschen das Gefühl zu geben, ihnen würde mit Respekt begegnet, egal wie unverschämt oder betrunken sie sind. Sie hat eine beruhigende Wirkung sowohl auf Kriminelle als auf Kollegen, und Evert hofft, dass es ihr in Varberg so gut gefällt, dass sie bleiben möchte.
Gemeinsam mit Åke führt sie Lars jetzt in das Vernehmungszimmer, wo sie ihn an einen Tisch in der Mitte des Zimmers setzen. An der einen Wand steht ein Schreibtisch mit einem Drehstuhl davor. Aus einer Schreibtischschublade holt Åke ein Tonbandgerät, kontrolliert, ob ein neues Band darin liegt, und stellt den Apparat auf den größeren Tisch. Dann hängt er seinen Mantel über den Schreibtischstuhl, greift nach einem Notizblock und setzt sich an den Schreibtisch, um Everts Anweisungen abzuwarten.
Evert, der von seinem Büro aus den Staatsanwalt angerufen hat, sieht gehetzt aus, als er ins Zimmer kommt, aber nur für einen kurzen Moment. Åke bemerkt, wie er

einmal tief durchatmet und die ruhige und verständnisvolle Miene aufsetzt, die bei einem Verhör so wichtig ist. Evert setzt sich Lars gegenüber an den Tisch, kontrolliert ebenfalls, ob sich ein Band im Aufnahmegerät befindet, und nickt Bengtsson zu, die noch immer neben Lars steht.

»Ich denke, du kannst die Handschellen abnehmen. Fahr runter zum Stadthotel. Åke und ich kommen jetzt allein zurecht, aber komm schnell zurück, sobald ihr da unten fertig seid.«

Bengtsson beugt sich zu Lars hinunter und öffnet die Handschellen. Bevor sie den Raum verlässt, hebt sie das Kinn zum Gruß.

Lars legt die Hände in den Schoß und massiert seine Handgelenke. Er sitzt zusammengesunken mit hängenden Schultern und gebeugtem Kopf, das weizenblonde Haar hängt ihm in das Gesicht.

Åke fällt auf, wie schmächtig Lars ist, als befinde er sich noch immer in der schlaksigen Vorpubertät. Er hat aufgehört zu weinen, aber von seinem Platz aus kann Åke sein linkes Auge sehen. Es ist feucht und blickt abwesend. Tiefer Schmerz zeigt sich darin, aber auch eine andere Wirklichkeit, eine Zeit, ein Raum, ein Ort, an dem sich kein anderer Mensch befindet.

Evert Svensson drückt auf den Play-Knopf des Tonbandgeräts und beginnt, Datum, Uhrzeit und die Namen der Anwesenden zu nennen.

»Sie haben das Recht, einen Anwalt zu diesem Verhör hinzuzuziehen«, sagt er dann.

Lars starrt fortwährend auf seine Hände und sagt: »Was

spielt das für eine Rolle? Er dürfte doch wohl ohnehin nur still dabeisitzen?«

»Das ist richtig. Aber es ist meine Pflicht, Sie zu informieren. Ich kann das Gericht bitten, einen Pflichtverteidiger für Sie zu benennen, wenn Sie keinen eigenen Anwalt haben.«

Lars reagiert nicht.

»Soll ich das so deuten, dass wir das Verhör ohne Anwesenheit eines Verteidigers durchführen können?«

»Ja«, antwortet Lars.

Evert schweigt einen Moment, als wolle er überlegen, wie er die Befragung beginnen soll.

Dann sagt er: »Gestehen Sie, Bengt Silén und Sven-Göran Stenström getötet zu haben?«

»Ja.«

Lars fingert an dem Lederarmband seiner Uhr herum und fährt fort: »Ich hätte es schon lange tun sollen. Ich suche Verständnis. Ich bilde mir ein, dass demjenigen, der verstanden wird, verziehen wird, aber so ist es natürlich nicht.« Seine Stimme zittert, und als er weiterspricht, hat Åke den Eindruck, er lese aus einem Buch vor, als sei das, was er sagte, eine einstudierte Verteidigungsrede, die er bereits mehrfach zu seiner Rechtfertigung wiederholt hat.

»Alle Menschen wollen ihre Handlungsweise erklären, erläutern, warum sie dieses oder jenes getan haben, was sie dazu trieb, und dass niemand in ihrer Situation etwas anders hätte machen können. Mein Gott! Wenn Sie wüssten, was ich alles verstanden habe. Vor mir sind sie gesessen und haben mich mit feuchten Augen und eindringlichen

Gesten angefleht. Verstehen Sie mich, Doktor! Ich habe bei tausenderlei Sorgen getröstet, manchmal schweigend, da einige Sorgen nicht mit Worten gelindert werden können. All die Reue. All die Selbstvorwürfe. Sie wurden zu mir gebracht, und ich nahm sie entgegen.«

»Was war Ihr Motiv?«, fragt Evert.

»Motiv!?« Lars nimmt einen blauen Kugelschreiber aus der Brusttasche des Jacketts, in der auch ein weißer Stift steckt, und Åke denkt absurderweise, dass man sich so den Prototyp eines Arztes vorstellt, mit Stiften in der Brusttasche. Lars drückt auf dem Kugelschreiber herum und ergreift wieder das Wort.

»Wissen Sie, was Einsamkeit ist? Einsam auf die Welt zu kommen, einsam aufzuwachsen. Das war ich. Das Kind, das ich war. Mein Vater hatte die Flasche zum Freund, meine Mutter hatte genug an sich selbst. Deshalb blieb ich einsam. Jetzt sind sie nicht mehr da. Mama und Papa. Guter Gott! Hoffentlich hat man sie verstanden und es wurde ihnen verziehen, dort, wo sie nun sind, denn ich kann nicht verstehen und verzeihen. Ich verlange von anderen, was ich selbst nicht vermag.«

Lars steckt den Kugelschreiber in die Brusttasche zurück und macht sich wieder an seiner Armbanduhr zu schaffen.

»Sie sprechen jetzt über Ihre Eltern«, sagt Evert sanft. »Was haben sie mit den Morden zu tun?«

Åke erkennt, dass Evert die Taktik anwendet, den Mörder scheinbar zu verstehen, scheinbar mit ihm zu sympathisieren, ihn über sich selbst reden zu lassen, um ein vollständiges Geständnis zu erreichen. In einem Buch über

Rechtspsychologie, das Åke einmal gelesen hat, stand, dass tief im Innersten alle Mörder bekennen wollen. Sie wollen über die Kränkungen sprechen, die sie erleiden mussten, und möchten, dass man ihnen beipflichtet. Sie wollen zeigen, wie clever sie vorgegangen sind, und dafür bewundert werden.

Zum ersten Mal sieht Lars auf und begegnet Everts Blick.

»Ich bin ein Mörder. Ein berechnender Mörder, der genussvoll die Morde an Bengt und Sven-Göran geplant und ausgeführt hat. Auch den an Janne, obwohl ich nie die Absicht hatte, ihm Schaden zuzufügen.«

Åke bemerkt, dass Evert nicht darauf reagiert, dass Lars Janne nennt, sondern statt dessen auf der eingeschlagenen Bahn bleibt. »Aber warum haben Sie ihn getötet?«

Lars holt den blauen Kugelschreiber wieder hervor, seufzt und lässt die Schultern noch tiefer fallen.

Schließlich schüttelt er die blonde Locke aus der Stirn und sagt: »Die Antwort liegt in dem, was andere Kindheit nennen, ich aber das Leiden. Sie haben mir meine Kindheit gestohlen. Sie haben mir meine Liebe gestohlen. Haben Sie mal Zeitung gelesen? Oder ferngesehen?« Bei den letzten Worten gerät Lars' Stimme ins Falsett. »Da heißt es: ›Dieser oder jener wurde in der Schule gemobbt.‹ Alle zucken mit den Schultern und denken: ›Na und, das ist lange her.‹« Lars zuckt mit den Schultern und wirft den Kopf zurück. Dann senkt er die Stimme und betont jede Silbe: »Aber ich könnte Ihnen erzählen, wie es ist, ständig, jeden Morgen, mit dem Gefühl der Wertlosigkeit aufzuwachen, das das kleine Kind im erwachsenen Menschen verfolgt.«

Lars' Blick ist intensiv und voller Tränen. »Darf ich aufstehen?«, fragt er. »Ich muss mich ein wenig bewegen.«
Evert nickt, und Lars erhebt sich und geht auf das vergitterte Fenster an der einen Breitseite des Raumes zu. »Ich kann die Augen schließen«, sagt er, den Rücken Åke und Evert zugewandt. »Ich kann die Augen schließen und sehe vor mir, wie Bengt, oder vielleicht war es Sven-Göran, auf dem Flur an mir vorbeigeht. ›Jetzt sehe ich ein Ekel‹, sagt er. Das war ich. Das Ekel. Janne wusste auch, wie es sich anfühlte. Großer Gott, warum war ich nur gezwungen, ihn zu töten?«
»Haben Sie Janne getötet?«, fragt Evert.
Lars dreht sich um und sieht Evert an. Lars' grauer Anzug verschmilzt mit den grauen Wänden, er senkt seinen flammenden Blick, die Augenlider sind durchscheinend und weiß wie Porzellan. »Ja. Es wurde notwendig. Janne und ich haben in der Kindheit das gleiche erlebt, aber jeder wählte seinen eigenen Weg. Er wählte die Flasche, und ich wählte die Methode: ›Ich lasse mir nichts anmerken‹. Keiner von uns wurde mit seiner Wahl glücklich. Das war wohl auch nicht zu erwarten.«
Lars setzt sich wieder an seinen Platz, holt seinen blauen Kugelschreiber hervor und schlägt damit gegen die Tischkante.
»Wir hatten eine Chance. Ich hätte die Chance gehabt, glücklich zu werden, und Bengt und Sven-Göran hätten am Leben bleiben dürfen. Sie haben selbst ihr Schicksal besiegelt, als sie Börje töteten. Vor dreiundzwanzig Jahren. Was ist schon Zeit?«
»Als sie Börje töteten?« Evert ändert vorsichtig seine

Position, darauf bedacht, Lars nicht in seiner Bereitwilligkeit zu reden zu stören.

»Ja. Ich sage: töteten. Sie brachten ihn dazu, sich das Leben zu nehmen.«

»Wer war Börje?«

»Wer war Börje? Ha! Wer war Börje?« Lars wirft den Kopf in den Nacken. »Er war alles. Er ist alles. Meine große Liebe. Er und ich, wir begriffen früh, dass wir homosexuell waren.« Er verstummt jäh und wartet auf eine Reaktion von Evert. Als keine kommt, wirft er Åke einen Blick zu und fährt fort: »Wir hatten bis dahin noch keine Erfahrung gemacht und tasteten uns voran. Es war schön. Es gibt kein anderes Wort dafür.« Lars' Augen füllen sich mit Tränen, er senkt den Kopf auf die Brust und schluchzt.

Evert lässt ihn weinen.

Nach einer Weile steht Lars auf und geht zum Fenster, als wäre es zu schmerzhaft, jemandem gegenüberzusitzen, während er über das spricht, was jetzt kommt.

»Wir waren ein halbes Jahr lang Tag und Nacht zusammen gewesen, als Bengt und Sven-Göran uns überraschten. Ich erinnere mich noch genau an Ort und Zeit. Es war unten am See, am Badeplatz, dort, wo die Klippe über das Wasser ragt. Ja, Sie wissen schon. Wir badeten für gewöhnlich dort. Es war spät am Abend, wir dachten, die anderen würden schlafen, es war so eine wunderbare Juninacht, samtig und verzaubert. Wir gingen Hand in Hand zum Wasser hinunter, umschlungen von der Nacht, als sei die Nacht nur für uns und unsere Liebe da. Dann, nach dem Bad, lagen wir unter Börjes Bademantel auf der

Klippe und küssten uns.« Nach seinen poetischen Worten zittert Lars und schlägt die Hände vor das Gesicht. »Ich will nicht auf die Erniedrigung eingehen, die nun folgte. Als sie uns entdeckten. Für mich hätte es keine Rolle gespielt, vor der Öffentlichkeit entblößt zu werden, wir hatten ja uns. Außerdem war ich abgehärtet, ich hatte ein Herz aus Eis. Es war bereits lange zuvor zu Eis gefroren. Nur für Börje gab es einen warmen Platz in meinem Herzen.«

Lars fährt sich mit dem Rücken der rechten Hand über die Augen und setzt sich dann wieder an den Tisch. Seine Augen sind so lodernd und intensiv, dass es Evert schwerfällt, den Blick nicht abzuwenden, wie Åke bemerkt.

»Börje war sensibel. Seine Eltern hätten vielleicht zunächst falsch reagiert, das kann ich mir schon vorstellen. Aber nach dem ersten Schock hätten sie Verständnis gehabt und ihn genauso geliebt wie vorher. Solche Typen waren sie. Sind sie. Die Mutter ist nun nicht mehr da. Göta und Allan hatten keine Ahnung, wie sehr ich mit ihnen gelitten habe.«

»Börje nahm sich das Leben«, konstatiert Evert.

Lars lehnt sich zurück und drückt auf seinem blauen Kugelschreiber herum, die Locke hängt ihm in die Stirn, aber das scheint ihn nicht zu stören, statt dessen starrt er seinen Stift an und sagt: »Er nahm sich das Leben. Bengt und Sven-Göran bekamen Angst und sagten niemandem etwas. Ein Jahr später begann ich mit meinem Medizinstudium und hätte nie daran gedacht, nach Sundsby zurückzukehren. Mein Vater war schon lange tot, aber dann wurde meine Mutter krank. Großer Gott, verzeih ihr, denn ich kann es nicht. Doch mein Pflichtgefühl war in jedem Fall stärker, und ich zog hierher zurück und nahm die Stelle als Kreisarzt an. Als Mutter starb, hatte ich nicht mehr die Kraft, mich von hier wegzubewerben. Außerdem gab es hier trotz allem die Erinnerung an Börje. In all diesen Jahren habe ich es nicht geschafft zu vergessen. Es gibt kein Vergessen. Ich habe ständig an ihn gedacht. Tag und Nacht. Mein Geliebter.« Erneut Tränen. Er weint wie ein kleiner Junge, denkt Åke.

»Wann haben Sie die Entscheidung getroffen, Bengt und Sven-Göran zu töten?«

Lars steckt den Stift zurück in die Brusttasche und fängt an, an der Armbanduhr zu nesteln. »Bengt hat mich erpresst.«

»Erpresst?«

»Ja. Jedes Jahr mehr. Ich habe ihm und anderen Tabletten verschrieben. Zum Schluss waren es so viele, dass mir klar wurde, dass er sie unmöglich alle selbst nehmen konnte, wie groß seine Abhängigkeit auch sein mochte. Er verkaufte sie weiter. An Janne und andere. Was spielt das für eine Rolle?«

»Hatten Sie Angst, als Homosexueller entlarvt zu werden? War Ihre Zulassung als Arzt in Gefahr?«

Schweigen.

Lars seufzt und sagt schließlich: »Nein, eigentlich nicht. Ich hatte keine Angst davor, entlarvt zu werden, mir war inzwischen alles egal, die Zulassung und alles. Es war Rache. Die Vergeltung dafür, dass sie mich meiner Kindheit beraubt hatten und meiner einzigen Chance auf Liebe.«

»Wenn wir das Motiv einmal beiseite lassen und auf die eigentliche Tat eingehen. Können Sie davon erzählen?«

»Was soll ich sagen? Ich fuhr gegen acht Uhr abends mit dem Fahrrad nach Klocksbo.« Lars hat den Kugelschreiber wieder in die Hand genommen, das rhythmische Klicken irritiert Åke. »Ich selbst habe Vera ein Schlafmittel verschrieben und wusste daher, dass sie tief schlafen würde. Während das Mädchen vom häuslichen Pflegedienst Vera ins Bett brachte, schlich ich mich ins Haus. Sie hatte einen Schlüssel und würde hinter sich abschließen, wenn sie ging. Es wäre fast schiefgegangen, da sie ihr Handy vergessen hatte, aber es gelang mir, zurück in die Garderobe im Flur zu schlüpfen. Als sie zurückkam, um ihr Telefon zu holen, kam Bengt herunter und wurde ihr gegenüber aufdringlich. Sie rannte hinaus, was ich gut verstehen kann. Bengt schlich sich dann zu Vera hinein und blieb eine Weile dort, ich vermute, dass er oft etwas von ihren Medikamenten klaute. Als er aus Veras Zimmer kam, klopfte es an der Haustür und er bekam Besuch. Später habe ich erfahren, dass es Palle Willumsen war. Ich musste noch eine halbe Stunde im Garderobenschrank stehen.« Lars schließt halb die Augen, und seine langen Wimpern werfen Schatten auf seine Wangen. Åke glaubt, eine Veränderung bei ihm zu bemerken, als habe er sich entspannt, resigniert.

»Und dann?«, fragt Evert.

»Nachdem Bengt Palle hinausgeführt hatte, folgte ich ihm die Treppe hinauf. Er ging ins Badezimmer und schien nicht besonders überrascht, als er mich im Spiegel über dem Waschbecken erblickte. Er wollte ein paar Rezepte

und dachte wohl, ich käme deshalb. Aber ich hatte Bengt noch nie so gesehen, er sah traurig aus, vielleicht wusste er trotz allem, was ihn erwartete. Er drehte sich halb um. Ich trug das Messer unter meinem Regenmantel. Es ging schnell. Es war süß. Das beste war, dass er verstand warum. Ich las es in seinen Augen. Ich bekam meine Rache.«
Lars steckt den Stift wieder in die Tasche und begegnet triumphierend Everts Blick. Evert, der ein geübter Vernehmungsleiter ist, behält eine neutrale Miene, lehnt sich in seinem Stuhl zurück und fragt: »Haben Sie kein Blut abbekommen?«
»Nein. Ich hatte wie gesagt einen Regenmantel an, den ich auszog und in eine Tüte steckte. Ich trug Handschuhe. Ich habe beides in meinem Holzofen verbrannt.«
»Und dann?«
»Ich fuhr nach Hause. Einen halben Kilometer vom Haus entfernt begegnete ich Janne auf seinem Moped. Ich wagte nicht zu hoffen, dass er mich nicht erkannt hatte, völlig betrunken war er nicht. Aber ich wartete ab, bis ich hörte, wie er mich vor allen Leuten im Wartezimmer der Pflegestation bedrohte. Da wurde mir klar, dass ich nicht länger warten durfte. Vor allem nicht, nachdem er mich angerufen und mir gesagt hatte, dass er auf dem Weg zu Mari wäre. Da klang er unangenehm nüchtern.«
»Was haben Sie daraufhin getan?«
»Ich nahm meinen Wagen. Es schien mir so am einfachsten. Ich hoffe, dass er sofort tot war.«
Wenn Åke nicht ohnehin schon begriffen hat, dass Lars verrückt ist, begreift er es jetzt.
Diese Mischung aus Berechnung und Sorge, die Lars an

den Tag legt, ist so krankhaft, dass Åke davon schlecht wird. Er atmet ein paarmal tief durch, und es gelingt ihm, die Übelkeit und den Brechreiz zurückzudrängen, bevor er weiter zuhört, wie Lars mit Stolz in der Stimme seinen Bericht fortsetzt.

»Der Wagen bekam ein paar Schrammen und Dellen ab. Ich habe ihn gewachst und das repariert, was ich selbst konnte, aber habe ihn die meiste Zeit stehenlassen und bin statt dessen zu Fuß gegangen oder mit dem Fahrrad gefahren. Nach einem Jahr hätte ich sagen können, dass ich ein Tier angefahren habe, ohne dass jemand das mit Janne in Verbindung gebracht hätte.«

»Und Sven-Göran?«, wundert sich Evert.

Lars fährt mit der Hand über die Stifte in seiner Brusttasche und wählt schließlich wieder den blauen. Die Luft im Zimmer ist stickig, und Åke kommt es vor, als tanzten die Wände vor seinen Augen. Er versucht, weder die Leuchtröhre an der Decke noch Lars oder Evert anzuschauen, sondern heftet den Blick statt dessen auf das vor ihm liegende Papier. Mit dem Bleistift zeichnet er fünfzackige Sterne, und auf einmal werden die Stimmen der anderen zu einem weit entfernten Gemurmel, und in seiner Erinnerung fühlt es sich an wie früher, wenn er auf dem Schoß seines Vaters einschlief, während die Erwachsenen redeten. Aus Angst, vornüber auf den Schreibtisch zu fallen, richtet Åke den Rücken auf. Er hört Lars von dem Mord an Sven-Göran erzählen.

»Ich knöpfte ihn mir vor. Wissen Sie, dass ich ein Herz aus Eis habe? Sven-Göran musste immer prahlen, und als ich ihm erzählte, dass ich daran dachte, mit der Jagd anzufangen, da war es nicht schwierig, ihn dazu zu bringen, mir sein Gewehr zu zeigen. Er lud es sogar selbst. Ich bekam das Gewehr in die Hand und hielt eine kleine Rede für ihn. Damit er verstand. Er schwitzte vor Entsetzen. Ich hoffe, dass er wesentlich mehr Angst hatte als Börje damals. Das hat Sven-Göran verdient. Dann schoss ich.«

Åke sollte es nicht tun. Das widerspricht allem, was er einmal auf der Polizeischule gelernt hat, allem, was er in den zwanzig Jahren, die er Polizist ist, eingeimpft bekommen hat. Er schreit.

»Du kannst doch verdammt noch mal nicht Leute töten, nur weil sie es verdienen. Mein Gott! Wenn es so wäre, würden wir alle umgebracht werden, wir alle haben Dinge getan, die wir bereuen. Das ist menschlich, zum Teufel!«

Åke sieht Everts Blick und seine erhobene Hand. Das lässt ihn verstummen.

»Weiter«, sagt Evert und nickt Lars zu.

Lars sinkt auf seinem Stuhl noch weiter in sich zusammen und flüstert. »Die einzige Genugtuung, die es gibt, ist Rache.« Er hebt wieder die Stimme und schreit Evert an: »Ich will alle töten, alle sind böse. Alle verdienen es zu sterben. Plötzlich sehe ich die Menschen, wie sie wirklich sind. Sie sind böse. Alle. Alle. Alle. Großer Gooott!« Lars legt die Arme auf den Tisch und schluchzt, das Gesicht gegen seine geballten Fäuste gedrückt.

»Ich möchte mich nicht auf eine solche Diskussion einlassen«, antwortet Evert und sieht hastig zu Åke hinüber, als fürchte er, dieser könne sich nicht länger ruhig verhalten. Åke schließt die Augen und schüttelt den Kopf. Mach dir keine Sorgen, bedeutet diese Geste. Ich werde nichts mehr sagen. Er fühlt sich inzwischen auch ein wenig besser, der Raum dreht sich nicht mehr, er hat diesen Ausbruch gebraucht.

»Was taten Sie dann, nachdem Sie Sven-Göran erschossen hatten?«

Lars richtet sich wieder auf und lehnt sich im Stuhl zurück. »Ich bekam furchtbare Angst. Zugleich spürte ich Erleichterung. Ich rief Åke an, und wir gingen im Haus herum, aber das wissen Sie ja schon. Ich hatte den Büroschlüssel nachmachen lassen, als ich mich das letzte Mal um ihre Post kümmerte.«

»Waren Sie dafür verantwortlich, dass Mari in der Pflegestation eingeschlossen wurde?«

»Ja.« Lars schüttelt die Locke aus der Stirn. Seine Augen leuchten im Kontrast zu der weißen Gesichtsfarbe stechend blau, die Wangen sind gerötet, als habe er Fieber. Er fingert an der Brusttasche herum, entscheidet sich aber für die Armbanduhr, und während er daran spielt, sagt er: »Sie sah in letzter Zeit so glücklich aus. Ich kann glückliche Menschen nicht ertragen.«

Er schlägt die Hände vor das Gesicht und schüttelt sich vor Weinen, steht dann auf und stellt sich mit dem Rücken zu Åke und Evert ans Fenster.

»Ich habe es für Börje getan. In den dreiundzwanzig Jahren bin ich oft zum See hinuntergegangen. Ich habe am Strand gesessen, da wo die Klippe ins Wasser ragt. ›Es tut mir leid um dich, mein Bruder Jonathan, ich habe große Freude und Wonne an dir gehabt; deine Liebe ist mir wundersamer gewesen, als Frauenliebe ist.‹ Das stammt aus dem zweiten Buch Samuel, Kapitel eins, Vers sechsundzwanzig. Davids Klagelied, als Jonathan, Sauls Sohn, stirbt.«

Åke sieht Lars' schmalen Rücken, sieht, wie er den rechten Arm hebt, sieht, wie er scheinbar den Kugelschreiber aus der Brusttasche des Jacketts nimmt, aber er versteht nicht, was plötzlich geschieht. Lars steht mit gebeugtem Kopf da, ist so lange still, dass Åke auf die Uhr schaut. Evert wartet ab.

Dann stürzt Lars zu Boden. Er zuckt ein paarmal krampfartig, dann wird er ruhig.

Als Åke zur Besinnung gekommen, von seinem Stuhl aufgesprungen und mit Evert vor dem liegenden Lars zusammengestoßen ist, erkennt er, dass Lars bewusstlos ist.

»Verdammt!«, schreit Evert. »Verdammt! Ruf einen Krankenwagen!«

Åke stürzt zum Telefon auf dem Schreibtisch und wählt die Nummer des Notrufs. Dann eilt er zurück zu Evert und hilft ihm, Lars' Krawattenknoten und Gürtel zu lösen und ihn in die stabile Seitenlage zu legen.

Evert hockt auf dem Boden, das eine Bein unter sich, das andere angewinkelt vor der Brust. Er verbirgt das Gesicht in den Händen. Als er wieder aufschaut, sieht er unerhört müde aus.

»Ich glaube, er stirbt«, sagt er. »Was zum Teufel ist passiert?«

»Ich weiß es nicht«, antwortet Åke. Er sucht in Lars' Taschen, aber findet nichts. Einen Meter entfernt auf dem Boden liegt der weiße Stift, den Lars in der Brusttasche seines Jacketts hatte. Irgendetwas an ihm ist seltsam. Åke streckt sich nach ihm aus. An einem Ende befindet sich

eine ein Zentimeter lange, sehr dünne Kanüle. Er zeigt ihn Evert. »Was ist das hier?«
»Actrapid«, sagt Evert. »Ein schnell wirkendes Insulin. Mein Bruder hat so etwas.« Er beugt sich vor und untersucht Lars' Handgelenke. Um das linke ist die Armbanduhr fest zugezogen, die Blutgefäße treten hervor, und dann sehen Åke und Evert ein Rinnsal Blut, das über den Handrücken geflossen ist. »Er hat es direkt ins Blut gespritzt«, erklärt Evert und betrachtet den Stift. »Drei Millimeter, hundert Einheiten pro Millimeter. Diese Dosis überlebt er nicht.«
In dem Moment kommt Bengtsson gefolgt von den Sanitätern angerannt. Evert steht auf, setzt sich an den Tisch und legt den Kopf auf die Tischplatte. Åke will etwas sagen, möchte sagen, dass niemand das wissen konnte, dass niemand einen Fehler gemacht hat, dass Evert sein Bestes getan hat. Statt dessen geht er zu seinem Schreibtischstuhl und sieht still zu, wie Lars auf einer Bahre weggetragen wird.

Åke nimmt ein Taxi nach Hallsered. Den ganzen Weg über sitzt er mit geschlossenen Augen da und hat den Kopf gegen die Nackenstütze gelehnt. Seine Welt wankt. Wankt wie bei einer dieser Jahrmarktsattraktionen, bei der man kopfüber hängt, bei der sich alle Proportionen auflösen, wo es kein Oben und kein Unten gibt, keine festen Haltepunkte zwischen Himmel und Erde.
Er kriecht zu Mari ins Bett und sieht, dass der Wecker auf dem Nachttisch 04:53 zeigt. Blinkende rote Ziffern, die die Zeit des Vortages hätten angeben können, als alles

noch normal war, aber statt dessen die Gegenwart anzeigen, in der alles anders ist. Nichts wird mehr sein, wie es war.

»Åke«, hört er Mari sagen.

»Entschuldige, dass ich dich geweckt habe.«

»Das macht nichts, ich glaube nicht, dass ich geschlafen habe. Wie lief es?«

»Lars ist tot.« Åke erzählt. Zu seiner eigenen Verwunderung ohne sich zu unterbrechen und in geordneten Sätzen. »Ich bin in die Klinik hinterhergefahren. Dort haben sie sofort mit der Reanimation begonnen, mit Medikamenten und so weiter, und dann eine Schädelcomputertomografie gemacht. Der Arzt sagte, dass sie ihn vielleicht hätten retten können, aber er hatte einen Tumor im Kopf, er war in schlechter physischer Verfassung. Das erklärt wohl alles. Er starb nach ein paar Stunden.«

Als er fertiggeredet hat, setzt Mari sich im Bett auf und schaltet die Nachttischlampe ein. Åke legt seinen Kopf in ihren Schoß, und sie streicht ihm sanft über das Haar.

»Sei nicht traurig, Åke. Es war vielleicht das beste so. Er hat sein Schicksal besiegelt, man hätte ihn in der Klinik nicht heilen können.«

Åke spürt die Wärme von Maris Schenkeln an seinem Gesicht, und unter seinen Lidern brennen Tränen.

»Erinnerst du dich an die Gedichte, die wir in der Schule gelesen haben?«, fragt sie. »An diese Top-Ten-Liste an Gedichten, für die wir stimmen sollten, und an das von Sten Selander, das immer auf dem ersten Platz landete? Allein deswegen werde ich es nie vergessen.« Sie beginnt zu deklamieren:

»Wir spielten Murmeln auf dem Hof eines Tags,
ein kleiner Volksschulknabe und ich.
Ich hatte wohl fünfzig, er hatte fünf.
Wir spielten, und er verlor allesamt.
Er schniefte laut und blickte mich an,
als ich überlegen pfeifend verschwand.
Doch nach Hause gelangt bereute ich es
und fand, dass ich etwas Schlechtes getan.
Ich lief zurück. Aber nirgendwo
konnte man sagen, wo der Junge sich fand.
Ich schämte mich. Ich glaube, ich schäme mich noch,
wenn ich nun jemand Murmeln spielen seh'.
Und ich gäbe her, ich weiß nicht was,
um einmal den Jungen glücklich zu sehen.
Doch jetzt ist er sicher ein großer Kerl,
der sich plagt und müht – ich weiß nicht, wo.
Und wüsste ich es, es nützte nicht viel.
Man kann nie ändern, was man Schlechtes getan.
Man kann die Murmeln nicht zurückbringen
und Jungen trösten, die gereift sind zum Mann.«

Sie verstummt.
Bald bricht ein neuer Tag an, denkt Åke und schlummert unter Maris Liebkosungen ein. Ein neuer Tag mit neuem Licht.

Die einzige Figur in diesem Roman mit einem realen Vorbild ist ein älterer Jagdtreiber. Alle anderen Personen und Ereignisse sowie der Ort Sundsby sind frei erfunden. Die Stadt Varberg und ihre Festung entsprechen jedoch der Wirklichkeit.
Mit der im Text erwähnten Patricia ist die Autorin Patricia Tudor-Sandahl gemeint.

»Der wichtigste schwedische Krimi-Autor.«
Svenska Dagbladet

Olov Svedelid

Der Tag des Gerichts
Roman

Eigentlich will Kommissar Roland Hassel bei der neu gebildeten Informationsabteilung der Stockholmer Polizei bleiben und der gefahrvollen Ermittlungsarbeit den Rücken kehren. Doch ein Kollege überredet ihn, noch einmal undercover aktiv zu werden. Es geht um Hehlerei in ganz großem Stil …

Wiedergänger
Roman

Kommissar Hassels spektakulärster Fall – als Hassel von einem Wochenendausflug zurückkommt, findet er im Kinderzimmer eine barbarisch zerstückelte Leiche. Das Opfer: Journalist Karsten Lund. Vor wenigen Tagen noch hatte er Hassel besucht und ihm in panischer Angst eine verworrene Geschichte von Wiedergängern und Gespenstern der Vergangenheit erzählt. War an der Story tatsächlich etwas dran gewesen?
Das Morden geht weiter. Mysteriöse Wiedergänger treiben in Stockholm ihr Unwesen und bringen Hassel psychisch und physisch an seine Grenzen …